IN JARASKAI

herrschen seit jeher die Fürsten der sieben Todsünden. Nur ein Fürstentum – das Reich der Wahrheit – wurde geschaffen, um ihre Macht einzudämmen. Als dieses angegriffen wird, ist es Naviens Pflicht, ihre jüngere Schwester zu schützen. Denn als Heroe von dämonischem Blut muss sie ihr Leben für das der Thronerbin geben. Ohne zu wissen, welcher der Fürsten den Putsch geplant hat, gibt sie sich als Prinzessin aus und verhilft so ihrer Schwester zur Flucht. Doch ausgerechnet einer der Fürsten bringt nicht nur Naviens Herz, sondern auch ihre Pläne aus dem Takt: Denn der hochmütige Liran scheint ihre wahre Identität zu kennen …

Völckersstraße 14 – 20, 22765 Hamburg

Lektorat: Yvonne Lübben, Janina Roesberg
Umschlagbilder: shutterstock.com / © wacomka / © Mikhail © Bakunovich / © JM-MEDIA
Umschlaggestaltung: Formlabor
Satz: Pinkuin Satz und Datentechnik, Berlin
Herstellung: Gunta Lauck
Litho: Margit Dittes, Hamburg
ISBN 978-3-551-58495-3

DANA MÜLLER-BRAUN

FALLEN KINGDOM

GESTOHLENES ERBE

CARLSEN

Für meine Mama

PROLOG

ZWANZIG JAHRE ZUVOR

Die Schreie der Fürstengattin hallen durch die Palastgänge. Ihre Amme hat mir eingebläut hierzubleiben. Vor der Tür zu warten, bis ich meine Aufgabe erfüllen kann.

Wieder diese ohrenbetäubenden Schreie im Gleichtakt mit dem Donner und dem Regen, der gegen die riesigen Fenster des Palastes der Wahrheit prasselt. Kurz zucke ich zusammen und werfe einen Blick auf den Heroer, der mir gegenübersteht. Ich weiß, dass sein Name Nath ist, auch wenn er kaum spricht. Er ist der Heroer des Fürsten. Genau genommen handelt es sich um seinen älteren Bruder. Der Erstgeborene. Aber so wie das Kind, das die Fürstengattin gerade zur Welt bringt, sind die Erstgeborenen immer von dämonischem Blut. Sie sind das Resultat der Erbsünde. Denn die Götter haben einen Fluch über all die Fürstenfamilien gelegt, die vor Tausenden von Jahren aus der Unterwelt hinauf auf die Erde stiegen. Erst der Zweitgeborene wird wirklich als Kind und damit Thronerbe anerkannt, da er nichts Dämonisches in sich trägt. Und doch sind die Seelen der Geschwister unweigerlich miteinander verbunden.

Ein weiterer Heroer betritt den schmalen Gang vor dem Schlafgemach der Fürstengattin. Er ist noch jung, gerade einmal sieben Jahre, aber er strahlt bereits mehr Stärke aus, als ich es mit meinen siebzehn Jahren kann.

»Warum schreit Schwägerin Everline?«, fragt er mit schief gelegtem Kopf und sieht Nath an, der erst ganz starr bleibt, dann tief durchatmet, bevor er ihm mit der flachen Hand gegen sein Ohr schlägt.

»Sie ist nicht deine Schwägerin!«, knurrt er und plötzlich trifft mich sein düsterer Blick.

Ich senke sofort den Kopf. Natürlich ist sie seine Schwägerin. Ich weiß das und sie wissen es auch. Doch der kleine Heroer, Marec, ist der Drittgeborene des ehemaligen Fürsten, der vor drei Jahren gestorben ist, und somit wieder ein Dämon. Denn bevor ein normales Kind zur Welt kommen kann, muss immer erst ein Dämon geboren werden. Etwa so, als würden sie das Kind, das nach ihnen kommt, von allen Sünden befreien. Zuerst wurde Nath geboren, dann unser Fürst, danach Marec und schließlich Andrews, der als einzig wahrer Bruder des Fürsten gilt und somit der Duke unseres Fürstentums ist. Nath und Marec sind zwar ebenfalls seine Brüder, aber Dämonen gehören rein rechtlich nicht zur Familie.

Marec wird das noch lernen müssen. Er ist allein. Dazu bestimmt, ein Leben zum Schutze seines kleinen Bruders, des Dukes, zu führen. Und vielleicht wird er irgendwann vergessen, dass eigentlich auch er ein Teil dieser Familie ist.

Ich schließe die Augen, als die Fürstengattin wieder so laut aufschreit, dass die Fackelhalter an den Wänden erbeben. Der Wind pfeift durch die undichten Fenster und verursacht mir Gänsehaut am ganzen Körper.

Erneut sehe ich zu Nath und er wagt ebenfalls einen flüchtigen Blick auf mich. Mein Herz stolpert. Dieser Heroer hat schon immer eine Art Anziehung in mir ausgelöst. Aber wir wissen beide, dass wir niemals zusammen sein könnten. Ich würde ausschließlich dämonische Kinder zur Welt bringen^, und sie würden sofort getötet werden, weil ich keine Adelige bin, die ein Recht auf einen Heroer oder eine Heroe hat. Sie werden ausgebildet, um den Adeligen zu dienen. Genießen sie diese Ausbildung nicht, sind sie viel zu gefährlich.

»Kessedi, es ist so weit!«, ruft die Amme hinter der Tür und sofort eile ich in das Gemach.

Die Fürstengattin liegt auf einem Bett aus dunklem Edelholz, angelehnt an Dutzende purpurne und goldene Kissen. Cuminfarbene Vorhänge ummanteln die Balken, die bis hinauf zur Decke reichen. Schweiß rinnt der wunderschönen Fürstengattin über die Stirn. Sie ist leichenblass und vor ihren Beinen ist das Laken blutgetränkt. Und dann fällt mein Blick auf das kleine Baby in den Armen der Amme.

»Es ist ein Mädchen, Euer Gnaden«, flüstert sie, als würde sie eine schlechte Nachricht überbringen. Und ja, das ist tatsächlich so, denn eine Frau darf kein Fürstentum übernehmen. Das heißt, dass die Fürstengattin zuerst noch ein Mädchen ohne dämonisches Blut zur Welt bringen wird und danach versuchen muss, einen Thronerben zu gebären. Und vor ihm seinen Heroer. Das ist der Lauf der Dinge. Die Natur. Es werden immer zwei Kinder desselben Geschlechts nacheinander geboren.

»Lasst sie mich sehen«, stößt die Fürstengattin hervor, als die Amme das Bündel in meine Hände legt. Ich zögere, doch die ältere Frau schüttelt den Kopf.

»Euer Gnaden, das da ist nicht Euer Kind. Es ist ein Dämon!«, wiegelt sie ab, aber die Fürstengattin beginnt zu schluchzen und beugt sich zu mir vor. Greift vergeblich nach mir und dem Mädchen.

»Lasst sie mich sehen!«, schreit sie nun voller Verzweiflung. »Sie ist mein Kind!«

»Das ist sie nicht!«, knurrt die Amme und umklammert das Symbol unseres Glaubens an ihrem Hals. »Sie ist ein Dämon!«, sagt sie dann nachdrücklicher.

Die Fürstengattin beginnt bittere Tränen zu vergießen und in diesem Moment entscheide ich mich, auf sie zuzugehen. Die Amme flucht. Aber das hier vor mir ist meine Fürstengattin und ich bin ihr verpflichtet. Ich lasse das Kind nicht los, halte es jedoch vor sie. Weitere nasse Perlen strömen aus ihren Augen, während sie ganz zart über die rosige Haut des kleinen Mädchens streicht.

»Ich nenne dich Navien«, flüstert sie, beugt sich vor und küsst das Baby, bevor sie zurück in ihre Kissen sinkt.

Die Amme zischt wieder und ich wende mich ab.

»Nein!«, schreit die Fürstengattin. »Bring sie zurück!« Ihre Stimme ist so gebrochen. So voller Trauer, dass auch mir Tränen über die Wangen laufen.

»Los!«, befiehlt die Amme.

Ich sehe noch, wie die Fürstengattin hinter mir aus dem Bett rutscht, doch sofort zu Boden fällt. »Bringt sie mir zurück!« Ihre Stimme lässt mich erschaudern. Mein Herz will ihr das kleine Mädchen in die Arme legen. Aber das hier ist meine Aufgabe. Ich muss das dämonische Kind in die Obhut von Abt Rejan und seinem Orden geben, damit sie es großziehen, bis es ausgebildet werden kann. Also renne ich los. Renne und renne, bis die Schreie der Fürstengattin hinter mir verstummen.

KAPITEL 1

Die Buchstaben vor mir auf der Seite verschwimmen. Sie sirren in meinen Ohren, bevor sie sich zu einem Satz zusammenfügen. In einer Sprache, die nur wir Heroe verstehen.

»Sagt, was seht Ihr?«

Abt Rejan ist der Einzige, der mich mit der majestätischen Anrede anspricht. Und er weiß genauso gut wie ich, dass es sich nicht ziemt. Dass ich, obwohl ich die Erstgeborene des Fürsten bin, keinen Adelstitel trage – tragen darf – und deshalb geduzt werde. Doch in dem dunklen Studierzimmer seines Ordens sind wir unbeobachtet. Da sind lediglich die gigantisch hohen Regale voller Bücher, die wenigen Fackeln und Kerzen, die den Raum in ein geheimnisvolles Licht tauchen, und der alte Schreibtisch, an dem ich sitze.

Ich schlucke schwer und beginne mich zu konzentrieren. Wenn ich nach meinem Verstand gehen würde, wären das hier nur seltsam aneinandergereihte Worte, die keinen Sinn ergeben. Aber mein Geist kann sie lesen. Sie erfassen und verstehen. Heute stammen sie aus dem 134. Buch der Apokryphen, das ich für ihn übersetze. Schriften über die Unterwelt und die Lichtwelt. Ihre Geschichte, die ausschließlich Wesen mit dämonischem Blut entschlüsseln können. Ich weiß nicht, was der Abt und die Fürsten darin zu finden hoffen. Doch es muss etwas sehr Wichtiges sein, denn neben mir werden auch all die anderen Heroen dazu gezwungen, die Apokryphen zu lesen.

Kurz schließe ich die Augen und fahre die Zeilen vor meinem inneren Auge noch einmal entlang.

»Du, der du geboren bist, um Heil zu bringen«, flüstere ich, um meine Kraft nicht abzulenken, »bist erwählt zu schützen, was die Sünden zu zerbersten drohen.«

Ich stocke, als die nächsten Zeilen in meinem Geist erscheinen, und öffne die Augen. Nun kann ich sie auch deutlich vor mir geschrieben sehen. *Als Erste geboren, als Zweite gesühnt. Verbunden durch Seelen, den Schmerz nicht gespürt. Der Tod wird dich suchen, doch findet er dich nicht. Denn dein ist die Herrschaft, versunken in Licht.*

Schmerz flammt in meinem Kopf auf.

»Heroe«, brummt der Abt ungeduldig. Aber etwas in mir hindert mich daran, ihm diese Worte zu nennen. Als hätten sie die Kontrolle über meinen Körper. Als würden sie sich materialisieren und mit ihren verheißungsvollen Händen meine Kehle zudrücken.

»Ich kann nicht«, bringe ich hervor und keuche vor Schmerz.

»Ihr könnt nicht?«, hakt Rejan nach und durchbohrt mich mit seinen glasigen grünen Augen, als ich hinaufschaue. »Ihr könnt nicht oder Ihr wollt nicht? Sprechen die Worte wieder mit Euch, Navien?«

Meine Lider zucken. Rejan benutzt immer dann meinen Namen, wenn er etwas will. Wenn er Vertrauen in mir auslösen will, um an Informationen zu kommen. Und sonst erzielt er damit auch genau diese Wirkung. Nur heute nicht. Diese Apokryphe hat mehr Macht über mich als die Vertrautheit, die Rejan in mir hervorruft. Und das muss schon etwas heißen, denn seit ich fünf Jahre alt bin, sitze ich hier jeden Tag mit ihm zusammen und übersetze Texte, von denen es Tausende gibt und die er nicht imstande ist zu verstehen. Der Abt war jedoch stets gut darin, mir ab und zu kleine Geschenke mitzubringen. Süße Speisen oder Puppen, die ich sonst nicht haben durfte. Und wenn ich nicht gehorcht habe, dann hat er … Bilder und Schmerzen zucken durch mich hindurch, die ich sofort verdränge.

»Ich kann diese Passage nicht lesen. Als würde sie sich vor mir verschließen«, lüge ich und verziehe entschuldigend den Mund, während Rejan mich immer noch mit Argusaugen beobachtet. Ich spüre es. Er glaubt mir nicht. Aber ich habe längst keine Angst mehr vor seinen Bestrafungen.

»Wir machen morgen weiter«, sagt er dann mit einer Handbewegung, als würde er mich wie ein Insekt verscheuchen. Er ist enttäuscht. Ich habe versagt, und schon habe ich meinen Wert für ihn verloren.

Mein Herz pocht laut und schwer, als ich aufstehe, mich verbeuge und das Studienzimmer verlasse. Selbst als ich die langen steinernen Gänge des Ordens entlanggehe, kann ich kaum atmen. Um mich zu beruhigen, zähle ich die kunstvoll verzierten Säulen, die den Weg zum Schloss säumen, und erst als ich auf dem riesigen grasbewachsenen Platz vor dem Palast ankomme, hole ich tief Luft. Obwohl das Kloster direkt an das Schloss angrenzt, stütze ich meine Hände auf die Oberschenkel und keuche. Was war das? Und warum wollten die Worte nicht vom Abt gehört werden? Schon vorher gab es Apokryphen, die mit mir gesprochen haben oder mir beim Lesen Schmerzen verursacht haben, als wollten sie nicht, dass ich sie ausspreche. Aber das hier war besonders. Als hätten sie mich lieber an ihnen ersticken lassen, als dass ich sie offenbare. Davon habe ich noch nie gehört.

Aber ich weiß schon sehr lange, dass ich im Gegensatz zu vielen anderen Heroen eine begabte Leserin bin. Spätestens, als ich Kampfeinheiten ausfallen lassen sollte, um zu lesen, war es mir klar. Keine anderen Heroen hier im Fürstentum der Wahrheit werden so oft zum Lesen zitiert wie ich.

»Navien!«, ertönt eine vertraute Stimme.

Ich blinzle, um meine Sicht zu schärfen. »Marec«, gebe ich dann hauchend von mir und sehe hinauf zu dem Heroen des Dukes, dem Bruder des Fürsten. Marec ist nicht viel älter als ich, obwohl er genau genommen mein Onkel ist. Ich denke, dass die Fürstenmutter nicht geplant hatte, noch einmal zwei Kinder zu bekommen, nachdem sie bereits Nath als Erstgeborenen zur Welt gebracht hatte und nach ihm den heutigen Fürsten. Aber es ist ein Gesetz der Natur, dass immer zwei Kinder geboren werden.

»Ist alles in Ordnung? Hat Rejan es wieder übertrieben?« Er legt mir eine Hand auf die Schulter und mustert mich. Seine blauen Augen lösen Vertrauen und Vorsicht aus, was einen Krieg in mir bewirkt. Sollte ich ihm von den Worten erzählen? Nein. Denn ich, als Erstgeborene, als Dämon, als Heroe, weiß besser als jeder Adelige, dass wir den Zweitgeborenen verpflichtet sind. Nicht einfach nur so – nein, es ist viel mehr. Wir sind mental und emotional mit ihnen verbunden. Und ich würde niemals ein Geheimnis vor meiner kleinen Schwester haben. Aviell. Sie ist mehr für mich als lediglich ein Geschwisterteil. Mehr als nur die Zweitgeborene, die als erste Frau den Thron erbt und in ferner Zukunft Fürstin des Reichs der Wahrheit sein wird. Sie ist der andere Teil meiner Seele.

Die Fürsten und Äbte nennen es die Erbsünde. Für mich ist es einfach der Lauf der Dinge. Mein Schicksal als Erstgeborene.

Seit ich klein war, wurde ich dazu erzogen, die wenigen dämonischen Fähigkeiten, die ich nutzen darf, gegen Aviells Feinde zu richten. Ich kann die anderen Heroen in meinem Kopf hören, andere Heroen erspüren und manchmal Absichten von Menschen erahnen. Mehr weiß ich nicht über meine Kräfte.

Aber ich wurde zusätzlich auf menschliche Art im Kampf ausgebildet, um Aviell mit meinem Leben zu schützen. Und genau das würde ich jederzeit tun. Dazu mussten sie mich nicht erziehen. Aviell ist die Liebe meines Lebens. Auch wenn andere meinen, das könnte nur jemand sein, den man fleischlich liebt. Ich sehe das anders. Sie ist alles für mich.

Ich räuspere mich, um mich erneut auf mein Gegenüber zu konzentrieren. »Nein«, sage ich schließlich, denn es war nicht Rejan, der mich in diesen Zustand versetzt hat, sondern die Stimmen der Apokryphe.

Marec nickt, wirkt allerdings nicht überzeugt. »Aviell ist mal wieder der Hysterie verfallen«, redet er dann weiter

Ich schließe kurz die Augen und suche in mir nach ihrem Gemütszustand, bekomme ihn jedoch nicht zu greifen.

»Bist du deshalb hier?«, erwidere ich und straffe die Schultern.

»Nein«, gibt er zu und kommt einen Schritt näher.

Sofort prickelt mein Körper. Wenn es nach Aviell ginge, würde ich Marec heiraten. Aber da ist nicht nur diese Anziehung, die mich unruhig werden lässt. Da ist vor allem Misstrauen. Und die unumstößliche Tatsache, dass er mein Onkel ist. Obgleich die Fürsten der Meinung sind, wir hätten keine Familie.

»Wir konnten dich hören«, raunt er verschwörerisch.

Verdammt. Ich beiße mir auf die Wange und suche nach einer Erklärung.

»Was konntet ihr hören?«, frage ich fast beiläufig, während mein Körper sich immer mehr anspannt, ich jedoch über die Wiesen und unzähligen bunten Blumen im Schlosspark sehe.

»Es war nicht sehr logisch und es waren auch keine Worte. Eher das Gefühl, etwas zurückhalten zu müssen.«

Ich nicke, weil ich nicht in der Lage bin zu sprechen. Da sich die Heroen gegenseitig in Gedanken hören können, sind wir in der Lage, uns zu warnen, sollte es zu Angriffen auf das Königshaus kommen. Aber ich übe mich schon seit Jahren heimlich darin, nicht alles von mir preiszugeben.

Im Studienzimmer des Abtes war ich nur anscheinend zu abgelenkt, zu bedroht, um mich darauf zu konzentrieren, meinen Geist vor den anderen Heroen zu verschließen. Und so, wie ich Nath kenne, den Heroer des Fürsten, hat er ihm längst mitgeteilt, dass von mir ein Gefühl des Zurückhaltens ausgegangen ist. Und das erklärt auch, warum Aviell wütend ist. Wahrscheinlich hat der Fürst nach mir schicken lassen. Und noch wahrscheinlicher ist, dass er mir morgen bei der Lesestunde Nath zur Seite stellen wird, damit er meine Gedanken mitliest. Verflucht sei er.

Mein Blick wandert über die riesige Grünanlage bis hin zum majestätischen Schloss. Die Gärten des Palastes wurden nach den Vorstellungen der Fürstengattin errichtet. Ihr Geschmack ist makellos. Alles hier sieht friedlich und sonnig aus. Die vielen bunten Blumen, die akkuraten Sträucher und Wege. Die Krönung des Ganzen ist allerdings ein riesiger Springbrunnen, der sich vor dem Eingang befindet und den ein Steinmetz zu Aviells Geburt angefertigt hat. Er stellt eine Frau dar, eine Hand auf der Brust, die andere, aus der das Wasser fließt, in die Höhe gereckt. Es soll Aviell abbilden, und ich bin immer aufs Neue verwundert, wie gut sie getroffen wurde, obwohl sie damals noch nicht einmal geboren war.

Als ich wieder einmal begreife, wie unterschiedlich meines und Aviells Leben sind, sehe ich zu Marec, der genau wie ich die schwarze Kampfkleidung der Heroen trägt. Hose, Oberteil, Stiefel. Es spiegelt uns wider. Unsere Identitätslosigkeit. Aber es ist nicht so, als würde ich es beklagen, eine Heroe zu sein. Mir ist sehr früh klar geworden, dass ich niemand bin. Dass ich keine Familie habe. Dass man mich schlagen und behandeln darf, als wäre ich Vieh. Das wusste ich schon mit sechs Jahren. Und sollte ich es einmal vergessen, haben die Menschen genug Narben auf meinem Körper hinterlassen, um mich immer wieder daran zu erinnern. Ich schüttle den Kopf und damit die Gedanken ab.

»Ich gehe zu Aviell«, brumme ich und will mich abwenden, doch Marec hält mich noch einmal zurück. Seine Berührung brennt sich regelrecht in meinen Arm.

»Sie ist beim Fürsten.«

»Ich weiß«, gebe ich zurück und reiße mich los. Heroen und ihre Schützlinge teilen ein untrennbares, starkes Band. Allerdings ist mir bisher niemand mit einer Verbindung begegnet, die auch nur im Ansatz der von Aviell und mir gleicht. Manchmal ist es so, als wären wir ein und dieselbe Person.

Schnellen Schrittes marschiere ich den Kiesweg entlang, auf den riesigen weißen Palast mit all seinen kleinen Erkern und Türmchen zu. In der Sonne schimmert er, als wäre das hier das Reich des Himmels. Aber genau deshalb wurde dieses Königreich auch erbaut. Als die Lichtwelt im Krieg mit der Unterwelt stand, weil die Fürsten der Unterwelt hinauf auf die Erde wollten, erschuf die Lichtwelt kurz vor ihrer Niederlage ein achtes Fürstentum, um die sieben Todsünden, die die anderen verkörpern, auszugleichen. Dafür wurde das alles erschaffen. Das achte Reich. Das Reich der Wahrheit. Doch bis heute hat es kein Fürst unseres Königreichs geschafft, es wirklich auszubauen. Es gibt bis auf den Palast und das angrenzende Kloster nur ein kleines Dorf. Was auch bedeutet, dass wir auf die anderen Fürstentümer und deren Landwirtschaft angewiesen sind. Vor allem das Fürstentum des Zorns, das im Südosten an unser Land grenzt, ist ein wichtiger Handelspartner. Mehr noch als das, denn der erste Fürst der Wahrheit hat damals die Tochter des Fürsten des Zorns geheiratet, weshalb auf der Fürstenfamilie der Wahrheit ebenfalls der Fluch der Heroen liegt.

Doch sobald Aviell Fürstin ist, weiß ich, dass sich alles ändern wird. Sie ist voller Tatendrang und träumt davon, unser Fürstentum wachsen zu lassen und zu einem wunderbaren Ort zu machen, nachdem sie, wie es ihre Pflicht ist, jedes Fürstentum der Todsünden besucht hat.

Als ich durch einen Seiteneingang ins Schloss schlüpfe und die riesigen Gänge entlanglaufe, spreche ich mir selbst Mut zu, bis ich vor der Flügeltür zum Thronsaal ankomme und sie aufstoße. Solange Aviell sich hier befindet, darf auch ich eintreten. Allein wäre mir das nicht gestattet, außer der Fürst würde ausdrücklich nach meiner Anwesenheit verlangen.

Aviells Blick ruht sofort auf mir, als hätte sie mich bereits kommen gehört. Gespürt. Sie steht vor ihrem Vater, der auf dem Thron sitzt und die Brauen hebt. Neben ihm hat die Fürstengattin Platz genommen, der Aviell wie aus dem Gesicht geschnitten ist. Rabenschwarzes Haar, dunkle Augen und diese Porzellanhaut, die so wunderschön schimmert.

Der Fürst schnalzt mit der Zunge. »Wird aber auch Zeit, Heroe«, knurrt er.

»Mein Fürst, ich bitte um Gnade, ich wurde aufgehalten«, sage ich kühl und fließe in eine ausladende Verbeugung. Als ich wieder aufschaue und mich kurz seine eisblauen Augen treffen, erschaudere ich. Es sind die gleichen Augen, in die ich jeden Tag blicke, wenn ich in den Spiegel sehe. Doch obwohl ich ihm äußerlich wirklich gleiche – viel mehr als Aviell oder Philipp vor seinem Tod –, fühlt es sich nicht an, als wäre er mein Vater. Auch die Fürstengattin neben ihm ist nicht mehr als Aviells Mutter für mich. Aber nicht meine. Vielleicht dachte ich mal eine Weile, als ich klein war, dass sie mich ebenfalls wie ihr Kind liebt. Doch das war nur Wunschdenken. Sie sind nicht meine Eltern. Das haben sie mir mein Leben lang deutlich zu verstehen gegeben.

»Vater!«, empört sich Aviell.

Er macht eine gnädige Geste. Ein kaum merkliches Nicken. Aviell ist sein Engel. Aber hier wird sie keine Milde bei ihm erreichen.

»Lass mich ausreden, mein Kind«, sagt der Fürst und winkt mich zu sich.

»Hast du dem Abt Worte vorenthalten, Heroe?«

»Sie hat einen Namen, Vater.«

Er schließt die Augen, offenbar um sich zusammenzureißen. »Nennt mich nicht so, Aviell.«

»Mein Fürst«, verbessert sie sich bissig und wirft mir einen verstohlenen Blick zu.

Ich wünschte, sie könnte auch nur ein einziges Mal still sein und sich nicht fortwährend in derartige Situationen begeben.

»Also, Dämon!«, spricht er wieder mich an. Seine Strafe für Aviell.

»Nein, Euer Gnaden«, lüge ich.

Warum ich ausgerechnet in das Fürstentum der Wahrheit hineingeboren wurde, ist mir schon immer ein Rätsel gewesen. Die einzige Person, die ich noch nie angelogen habe, ist Aviell. Ansonsten bin ich eine Meisterin darin. Und das in einem Königreich, in dem jeder direkt und ehrlich ist. Ich habe mich bereits oft gefragt, ob ich so oft angeprangert worden wäre, würde ich in einem anderen Fürstentum leben. Hier gehört es zur Ordnung, dass jedes kleinste Vergehen gemeldet wird.

»Nath!«, winkt der Fürst seinen älteren Bruder zu sich. Er ist der einzige Heroer, den er mit seinem Namen anspricht. »Sag uns, was du gefühlt hast.«

»Sie hat sich dagegen gewehrt, etwas von ihrem Wissen preiszugeben.«

Ist das sein Ernst? Das könnte alles bedeuten.

»Es ging nicht um die Apokryphen, Euer Gnaden. Ich war heute abgelenkt. Es hatte etwas mit Aviell zu tun. Und ihr gilt all meine Loyalität und Verpflichtung.«

Aviells Blick ruht auf mir, und ich weiß genau, was sie da tut. Sie sucht in meiner Seele nach der Wahrheit. Und wir beide wissen, dass sie da nicht lange suchen muss.

»Ist das wahr, Mistress?«, fragt er seine Tochter, die noch einmal mein Gesicht fixiert, um die Finte perfekt zu machen. Sie weiß längst, dass ich lüge.

»Ja, mein Fürst«, lügt nun auch sie. Ich spüre Wut zu mir hinüberschwappen. Sie ist verärgert, weil ich sie dazu bringe, unehrlich zu sein, denn anders als ich ist Aviell die geborene Fürstin der Wahrheit.

»Dann geht! Nath wird dich morgen begleiten und ich erwarte bessere Ergebnisse beim Lesen der Apokryphen!«

Ich nicke, verbeuge mich und warte, bis Aviell vorgeht, damit ich ihr folgen kann.

Sie ist schnell. Rennt fast, bleibt aber die elegante Thronfolgerin, die sie nun einmal ist, während mir immer mehr Wut entgegenströmt.

Als wir in ihren Gemächern ankommen, schließt sie die Tür und lehnt ihren Kopf daran. Atmet, bevor sie sich zu mir umdreht und mich böse anfunkelt.

»Was hast du getan, Navien?« Sie berührt ihre Brust, als würde sie das Korsett darunter erdrücken. Ihr die Luft nehmen, die sie benötigt, um ihrer Wut Ausdruck zu verleihen.

»Ich konnte nicht –«

»Was konntest du nicht?«

»Wenn du mich nicht unterbrechen würdest, Avi, dann würde ich es dir erklären«, gebe ich genervt zurück.

Beschwichtigend hebt sie die Hände, bevor sie sie wieder auf ihren ausladenden goldenen Rock legt. »Entschuldige.« Sie kommt auf mich zu, berührt meine Wange mit ihrer weichen Hand und schenkt mir ein verzweifeltes Lächeln. Ein Grübchen bildet sich auf ihrer rechten Wange. So wie bei mir, wenn ich grinse. Wahrscheinlich das Einzige, was wir äußerlich gemeinsam haben.

»Die Worte haben mich gezwungen, sie nicht auszusprechen. Es war … als würden sie mir die Kehle zuschnüren.«

»Was waren das für Worte?«, hakt sie nach und setzt sich auf die rote Chaiselongue, die vor den großen weißen Sprossenfenstern steht.

»Als Erste geboren, als Zweite gesühnt. Verbunden durch Seelen, den Schmerz nicht gespürt. Der Tod wird dich suchen, doch findet er dich nicht. Denn dein ist die Herrschaft, versunken in Licht«, wiederhole ich und nehme gegenüber von ihr Platz.

Aviell beißt sich auf die Unterlippe, während sie nachdenkt. »Geht es da um die Heroen?«

Ich zucke mit den Schultern und senke kurz meinen Kopf. »Du sollst mich nicht immer beschützen, Avi. Ich bin ein Dämon. Ich muss *dich* schützen.«

»Red nicht so ein dummes Zeug, Navi. Du weißt, dass ich das anders sehe.« Ihr Blick wirkt betrübt. Denn egal, wie sie das alles sieht – das ist die Wahrheit, und auch sie wird eines Tages eine Erstgeborene zur Welt bringen, die als Dämon verachtet und nur am Leben gelassen wird, um das der Zweitgeborenen zu schützen.

Wir beide waren dabei, als Philipp starb. Unser Bruder. Der

Jüngste von uns vieren. Sein Heroer Kaleb wurde noch in der gleichen Sekunde vom Fürsten geköpft. Vor unseren Augen. Denn ohne ihren Schützling verlieren alle Heroen sofort ihren Wert und müssen sterben. So will es das Gesetz.

Über Aviells Wange rinnt eine Träne. Sie spürt, was ich spüre. Erinnert sich, genauso wie ich. Obgleich wir erst zehn und elf waren. Die Tode unserer Brüder haben auf ewig ein Loch in unseren Seelen hinterlassen.

Und vor allem haben sie bewiesen, dass ich ohne Aviell augenblicklich sterben würde. Sie hasst den Gedanken. Ich allerdings weiß nicht, ob ich ein Leben führen wollen würde, in dem meine andere Hälfte nicht existiert.

»Behalte die Worte weiter für dich«, flüstert sie plötzlich, erhebt sich und geht zum Fenster. Ihr langer Rock streicht sanft über den Dielenboden. Das Rascheln des Stoffes durchdringt die Stille im Raum. »Wenn dir dein Gefühl sagt, sie sollen nicht an ihre Ohren gelangen, so vertraue ich darauf.«

Ich nicke stumm, obwohl sie es nicht sehen kann.

»Er will, dass ich heirate«, beginnt sie übergangslos mit belegter Stimme und mit schützender Mauer um ihre Gefühle. »Ich bin die erste Frau, die den Thron besteigen wird, weil Philipp und Kaleb tot sind und Mutter keine Kinder mehr bekommen kann, und Vater sagt, ein Duke oder ein einfacher Adeliger käme nicht infrage.«

Ich verenge meinen Blick. Es ist üblich, dass die Fürsten eine Nicht-Dämonin aus einer Königsfamilie zur Frau nehmen. Wenn Aviell aber einen der sieben Fürsten heiraten soll … »Dann würden sich zwei Fürstentümer vereinen«, spreche ich den Gedanken aus.

Aviell zuckt mit den Schultern. »Unser Vater scheint genau das zu wollen.«

Ich schnaube, halb vor Wut, halb lachend. Das ist absurd. Es gibt acht Fürstentümer. Acht Fürsten. Die Königreiche können sich nicht vereinen.

»Er sagt, genau dafür wurde das Königreich der Wahrheit von

Gott erschaffen. Um ihre Sünden auszugleichen, indem wir unsere Eigenschaften mit ihnen verbinden und unsere Kinder eine bessere Welt erschaffen.«

»Und deshalb heiraten die Fürsten die nicht-dämonischen Kinder der anderen Fürsten, die keinen Anspruch auf ihren Thron haben. Du wirst Fürstin sein, Aviell. Nicht die Frau eines dieser … Monster. Also solltest auch du keinen Fürsten heiraten, sondern einen ihrer Brüder.«

»Vielleicht sind sie nicht so schlimm, wie wir denken«, flüstert sie kraftlos.

»Jeder von ihnen steht für eine der sieben Todsünden. Sie sind die Nachfahren der Fürsten der Unterwelt, die leibhaftig aus der Hölle stammten, Avi. Sie sind schlimm«, fauche ich. In mir bricht Panik aus. Das darf ich nicht zulassen.

»Beruhig dich bitte«, haucht sie schwach und berührt angestrengt ihre Stirn.

»Es tut mir leid«, gebe ich kleinlaut zurück. Sie hat sicher genug mit ihren eigenen Gefühlen zu kämpfen, da braucht sie nicht noch meine zu spüren.

»Und welcher soll es sein?« Ich bemühe mich, meinen unbändigen Hass in meinem Geist zu behalten.

»Zorn.«

Ich sage nichts, weil jedes Wort nur mehr Wut auslösen würde. Aviell wartet einen Moment, dann dreht sie sich zu mir um und mustert mich, als würde sie etwas in mir suchen. Zustimmung?

»Es gibt Schlimmere«, presse ich eine Lüge hervor.

Ganz leicht hebt sie einen Mundwinkel. »Das ist wahr.«

»Sieht er wenigstens gut aus?«, versuche ich das Gespräch aufzulockern. Doch es hat keinen Sinn. Avi weiß, was ich davon halte.

»Wir werden es in wenigen Tagen herausfinden. Morgen beginnen wir die Reise in sein Fürstentum. Nach deiner Lesestunde.«

Ich nicke wenig überrascht, denn dass wir bald aufbrechen müssen, war uns beiden bewusst. Der Fürst der Wahrheit hat vor ein paar Monaten entschieden, dass Avi schon jetzt ihre Reise durch die Fürstentümer antreten soll, um ihren Soll zu erfüllen, damit sie eines Tages Fürstin der Wahrheit werden kann. Doch dass es um weitaus mehr gehen wird als reine Pflichterfüllung, scheint der Fürst Avi bis zuletzt verschwiegen zu haben. Warum, weiß ich nicht; eigentlich ist er jung und kraftvoll genug, um weiter zu herrschen.

Am liebsten würde ich schreien. Aber das hier ist nicht mein Schicksal. Ich habe kein Recht zu leiden. Es ist ihres. Und es liegt auch nur in ihrem Ermessen, sich zu wehren oder nicht. Offenbar hat sie sich entschieden, dem Willen ihres Vaters Folge zu leisten.

»Warum muss das alles so schnell gehen, Avi? Ist dein Vater krank?«

»Nein. Es gibt Unruhen.«

Ich runzle die Stirn, weil ich nichts davon wusste. Wie viel verbirgt sie noch vor mir? Ich scheine nicht die Einzige zu sein, die ihren Geist verschließen kann.

»Unruhen?«, hake ich also nach und trete einen Schritt näher.

»Ja, die Menschen sprechen von dem Fürsten der Unterwelt, der uns alle stürzen will und …«

»Und?«, hake ich kühl nach. Irgendein selbst ernannter Fürst macht mir keine Angst.

»Und von der Rückkehr der Erzengel.«

Ich würde laut loslachen, aber das ist eine Seite an mir, die ich nicht nach außen trage. Also bleibe ich weiter aufmerksam und kühl.

»Deshalb ist ihnen das Lesen der Apokryphen wichtiger geworden. Sie hoffen in den alten Schriften der Lichtwelt Hinweise auf den Verbleib der Erzengel zu finden und darauf, ob sie wieder auferstehen können.«

Ich erwidere nichts. Was sollte ich schon sagen? Aviell kennt die Apokryphen nicht. Es sind lediglich Geschichten, und ja, vielleicht sind sie genau so einmal passiert. Doch über die Erzengel habe ich nie auch nur ein Wort gelesen.

»Nichtsdestotrotz reisen wir morgen ab und bringen meine Pflicht hinter uns. Diese Vereinigung ist schlau. Wir brauchen ihre Landwirtschaft und könnten unsere Fürstentümer vereinen, was uns ebenfalls zugutekäme.«

Ich beiße zornig die Zähne aufeinander.

Aviell bedenkt mich mit einem Blick, den ich nur zu gut kenne. Sie ermahnt mich zwar fortwährend, meine Gefühle für mich zu behalten, sollten sie zu stark werden, aber gleichzeitig verlangt sie, dass ich ich selbst bin. Das ist womöglich der einzige Punkt, in dem wir uns so uneins sind.

»Dafür lebe ich«, antworte ich auf ihre unausgesprochenen Gedanken.

»Wer bist du, Navi?«

Meine Lippen beben. Ich hasse es, wenn sie das fragt. Niemand auf dieser Welt kennt mich so gut wie sie. Und doch betont sie immer wieder, dass ich keine eigene Identität besitze. Und das schmerzt.

»Deine Heroe«, sage ich kühl, weil es die Wahrheit ist. Avi mag sich dagegen wehren. Es nicht einsehen. Aber sie kann die vorbestimmten Dinge nicht ändern. Und vor allem wird sie nicht ändern können, dass ich für sie lebe. Nur für sie und nicht für mich.

Stille breitet sich zwischen uns aus, die mir die Luft abschnürt. Also verbeuge ich mich leicht und verlasse ohne ein weiteres Wort den Raum.

Manchmal würde ich in solchen Situationen gerne weinen. Einfach, weil es bei Avi und den anderen so wirkt, als könnten diese Tränen einen Teil der Schmerzen mit sich nehmen. Ihn aus der Seele in die Welt tragen, wo er trocknet und verschwindet. Ich habe noch nie auch nur eine Träne vergossen. Nicht einmal, als Philipp und Kaleb starben. Heroen sind nicht in der Lage dazu. Dämonen weinen nicht.

Ich schreite die imposanten Gänge entlang und versuche den ganzen Prunk zu ignorieren. Die samtenen Vorhänge, die goldenen

Kerzenhalter und vor allem die Gemälde der Fürstenfamilie. Ich kämpfe nicht mit mir selbst, weil ich, obwohl ich ebenfalls ihr Kind bin, nicht dazugehöre. Einzig, wenn Aviell mir diese eine Frage stellt, schmerzt es. Als würde ich die Antwort zu meiner Identität hier direkt vor meinen Augen haben, sie aber nicht greifen dürfen. Sie kennt meine Rolle. Mein Schicksal. Warum also will sie mehr? Warum, da sie doch genau weiß, dass ich keine Identität habe, außer der, ihre Heroe zu sein?

Wahrscheinlich hat sie keine Ahnung, dass sie mir genau damit alles nimmt, was ich habe.

Als ich endlich die Treppe zum Keller erreiche, in dem sich die Zimmer der Heroen befinden, stocke ich. Eine leise männliche, flüsternde Stimme zieht meine Aufmerksamkeit auf sich.

»Bist du dir sicher?«

Eine weitere Stimme ertönt. Eine, die mir bekannt vorkommt. »Es ist alles arrangiert.«

Ich verziehe den Mund und denke nach. Suche in mir nach der Stimme, bis das Gesicht der neuen Dienstmagd vor meinem inneren Auge erscheint.

»Mit dir steht und fällt alles«, erklingt die männliche Stimme vom Anfang, die ich nicht kenne.

»Ich weiß. Niemand wird sich wehren.«

Wehren? Wogegen? Mein Instinkt meldet sich. Es droht Gefahr.

Ich gehe einen Schritt vor, als die beiden ein wenig gedämpfter weiterreden.

»Hier ist das Mittel«, sagt der Mann.

Die Dienstmagd erwidert nichts, weshalb ich noch eine Treppenstufe nehme und einen Blick in den Gang werfe.

Stahlblaue Augen treffen mich. Mein Herz pumpt alles Blut in meinen Kopf und meine Muskeln. Meine Hand greift mein Schwert. Doch der vermummte Mann mit den eiskalten Augen hebt seine Handfläche an seinen Mund und pustet mir dämonische

Macht entgegen, bevor ich den anderen Heroen eine Warnung zukommen lassen kann.

Meine Sicht verschwimmt. Ich verliere meine Sinne – und dann geben meine Beine nach. Das Letzte, was ich sehe, sind die panischen Augen der Dienstmagd und der kleine Flakon mit grüner Flüssigkeit in ihrer Hand. Gift. Dämonisches Gift.

KAPITEL 2

Bringt die Fürstenfamilie hier weg!, hallt es in meinem Geist wider.

Langsam blinzle ich, kämpfe gegen den Nebel in meinem Kopf an. Doch das bereue ich fast sofort, denn mit einem Mal schreien Dutzende Heroen Kommandos in meine Gedanken hinein.

Avi. Mein Verstand kehrt so schnell zurück, dass ich beinahe wieder in die Bewusstlosigkeit stürze. Wo bin ich? Dunkelheit umhüllt mich. Es muss bereits Nacht sein. Zumindest bin ich nicht gefesselt und scheine nur auf einer Art Pritsche zu liegen. Vorsichtig rapple ich mich auf und suche nach einem Ausgang aus der Schwärze. Ein sanfter Lichtstrahl zeigt mir den Weg zu einer Tür.

Der Duke!, brüllt Marec in meinem Kopf. *Sie töten den Duke!*

Panik ergreift mich. Ich muss zu Avi.

Meine Hände umklammern die Klinke, reißen an ihr, aber nichts bewegt sich. Also hole ich aus und versuche die Tür einzutreten, bis ich schließlich dagegenrenne und sie mit meiner Schulter aufstoße. Rauch und Geschrei schwirren mir entgegen.

»Aviell!«, rufe ich durch die nebeligen Gänge und beginne zu rennen. Ich schreie es immer wieder. Auch in meinem Geist.

Aviell ist im Thronsaal! Marecs Stimme klingt geschwächt. Kaputt. Auf ewig gespalten. Der Duke ist tot. Sein Seelenverwandter ist … tot.

Ich haste weiter, bis ich begreife, dass ich mich im Trakt der Dienstmägde befinde. Vor mir blitzen die Bilder der Magd auf, die ich gesehen habe, bevor ich mein Bewusstsein verlor. Sie hatte Gift bei sich. So schnell ich kann, stürme ich die Treppe hinauf. Schreiende, blutende Menschen kommen mir entgegen. Die Adeligen, die hier im Schloss oder auf kleineren Anwesen in der Gegend leben, während hinter ihnen ihre Heroen die Feinde abwehren. Vermummte Gestalten mit Schwertern.

Ich biege ab und sprinte den Dienstbotengang zum Thronsaal entlang. Ich bin nicht hier, um für diese Adeligen zu kämpfen. Mein einziges Ziel ist Aviell.

Navien!, schreit Nath, der Heroer des Fürsten, in meinem Kopf. *Ist Aviell in Sicherheit?*

Ich antworte nicht. Renne einfach weiter durch den Rauch, bis ich endlich den Thronsaal erreiche. Mein Herz pocht laut, aber meine Sinne sind geschärft. Wie einen Blitz spüre ich ihre Angst durch mich hindurchzucken.

Erleichtert darüber, dass sie noch am Leben ist, brauche ich nur eine Sekunde, um sie hinter dem Thron zu entdecken. Dort hat sie sich zusammengekauert, verborgen vor den Angreifern, die sich in der ganzen Halle unerbittliche Kämpfe mit den Heroen liefern. Und dann begreife ich den tiefen Schmerz, den ich in Aviells Seele spüre. Alles in mir erstarrt, während ich das leblose Gesicht des Fürsten erblicke. Seinen Körper, der aufgespießt an der Wand hängt. Unter ihm kämpft Nath mit seelenlosen Augen.

Ich habe sie, flüstere ich ihm in Gedanken zu. Ich würde gerne mehr sagen. Zeigen, dass es mir leidtut. Aber das tue ich nicht.

Nath spürt meine Anwesenheit und schaut zu mir. Schmerz flammt in seinen Iriden. Das erste Mal, dass ich eine menschliche Reaktion in den Augen meines Onkels sehe. *Bring sie zum Fürsten des Zorns!*, ist die letzte Anweisung, die ich von ihm erhalte. Dann stürzt er sich weiter in den Kampf. Brüllend köpft er zwei vermummte Angreifer und zieht so all die Aufmerksamkeit auf sich.

Schnell nutze ich die Chance und gelange unbeachtet zu Aviell. Ich knie mich neben sie und reiße ihre Schultern zu mir hoch. Tränen rinnen aus ihren Augen.

»Wir müssen hier weg«, flüstere ich und bemühe mich, liebevoll zu klingen. Aber das hat keinen Sinn.

»Sie haben sie getötet«, schluchzt sie und krallt ihre zittrigen Finger in meinen Arm. »Sie haben Mutter und Vater getötet, Navi.« Ihre Stimme bricht.

Ich zerre an ihr. Hebe sie mit all meiner Kraft hoch, weil sie selbst nicht in der Lage ist aufzustehen. »Avi!«, flehe ich sie knurrend an. Ihr Schmerz erdrückt mich beinahe. Diese Menschen haben mir nichts bedeutet. Und doch trauere ich gerade um sie, als wären sie mir die Eltern gewesen, die sie für Avi waren.

Ich zwinge mich, ihre Gefühle auszublenden. Mich auf meinen Geist und ihre Rettung zu konzentrieren. Aviell ist die Thronfolgerin. Sie ist jetzt die Fürstin dieses Königreichs. Und noch viel mehr: Sie ist alles für mich.

Ich stütze sie und ziehe ihren Körper mit all meiner Kraft zu dem kleinen Geheimgang des Fürsten. Er ist einfach zu erreichen, da er sich hinter dem Banner unseres Fürstentums befindet. Avis Vater hat nie die normalen Wege genommen, aber da diesen Gang niemand außer ihm benutzen durfte, habe ich keine Ahnung, wohin er führt. *Wohin?*, schreie ich Nath an. Aber mir schlägt nur eiskalte Leere entgegen. Nath ist nicht mehr. Marec ist nicht mehr. Ich spüre keinen einzigen Heroer dieses Schlosses in meinem Geist.

Ich schüttle den Gedanken ab und gehe weiter. Schleppe Aviells bebenden, weinenden Körper mit mir.

»Reiß dich zusammen!«, schreie ich sie immer wieder an. Aber es hat keinen Sinn.

Der Gang ist dunkel. Und dann, endlich, sehe ich Licht. Ich setze Aviell ab, schiebe den Vorhang zur Seite und schaue mich in dem Raum um. Es ist eine Art Bibliothek, die ich nie zuvor gesehen habe. Trotzdem erkenne ich sofort, dass die Regale mit Apokryphen gefüllt sind. An der Wand hinten entdecke ich zwei Kurzschwerter, die in einem Rahmen hängen, steuere darauf zu und reiße sie von der Wand. Meine Waffen müssen mir die Dienstmagd und der vermummte Mann abgenommen haben und so habe ich zumindest etwas Brauchbares in der Hand. Keuchend lasse ich meinen Blick über den Boden zu meiner Linken wandern. Schlieren. Mein Herz stolpert. Da muss ein Gang sein. Das Regal wurde ganz offensichtlich bereits Tausende Male über die Dielen geschoben.

Ich stecke die Schwerter in meinen Brustgurt, stürme zurück, hieve Aviell hoch und zerre sie mit. Das Regal lässt sich wie erwartet bewegen und hinter ihm öffnet sich ein steinerner Durchgang. Ein Weg hinaus. Das muss es sein.

Schreie ertönen von draußen. Ich lasse Aviell los, die sich gerade so halten kann, kralle meine Nägel in das Holz der Bücherwand und ziehe sie wieder zu mir. In der Sekunde, als ich Schritte und Stimmen höre.

»Ich bin mir sicher, dass der Weg hierherführt«, sagt das neue Dienstmädchen.

Ich schließe die Augen und hole tief Luft. Ich werde sie töten. Eines Tages werde ich dieses Monster für das töten, was sie getan hat.

»Ich dachte, du hast sie eingesperrt!«, knurrt ein Mann. Ich bin mir unsicher, ob es der von vorhin ist. Was auch immer mir da ins Gesicht gepustet wurde, hat meine Sinne benebelt. »Sie ist die Heroe der zukünftigen Fürstin. Man kann sie nicht einfach so einsperren.«

»Dann hättest du ihr das Gift geben müssen.«

»Du weißt genau, dass ihr Überleben zum Handel gehört.«

Ich verenge meinen Blick, doch in dem Moment wimmert Aviell. Sofort stürze ich mich auf sie und drücke ihr die Hand auf den Mund. Mit meinem anderen Arm hieve ich sie wieder hoch und versuche weiterzugehen. Weg von den Angreifern. Ich bin eine ausgebildete Kämpferin, ja. Eine sehr gute Kämpferin. Aber allein gegen sie alle würde ich nicht bestehen.

»Da ist was!«, schreit jemand hinter mir.

Ich packe Aviell fester. »Wenn du jetzt nicht zu dir kommst und rennst, stirbst du!«, knurre ich, so leise ich kann. Sie schüttelt weinend den Kopf. In ihr spüre ich eine so tiefe Trauer, dass es mir den Atem nimmt. Sie hat alles verloren. Nur eines nicht. »Dann sterbe ich!«

Ihr Blick erstarrt. Und schließlich nickt sie. Ich nehme ihre Hand und nur eine winzige Sekunde später rennen wir los. Hinter uns ertönt ein lauter Knall, und ich weiß genau, dass es das Regal war, das uns von ihnen abschirmte.

Mein Atem rast. Das hier ist meine Aufgabe. Der einzige Grund, warum ich lebe. Ich muss Aviell beschützen. Ich muss sie in das Fürstentum des Zorns bringen. Und so Gott will, wird der Fürst seinen ganzen Zorn auf diese Barbaren niederregnen lassen.

Wir rennen weiter. Unsere Verfolger kommen immer näher. Ich spüre sie und ihre bestialischen Absichten.

Und dann öffnet sich der Gang vor uns und offenbart einen Blick auf den düsteren Wald hinter dem Palast.

Zumindest wirkt er jetzt finster und kühl. Eigentlich mag ich diesen Ort. Es hat sich immer nach Freiheit angefühlt, wenn Avi und ich als Kinder zwischen den knorrigen Stämmen und verwachsenem Geäst spielten. Überall führen kleine Bäche hinab zu einem See, und durch die hohe Feuchtigkeit hier im Westen sind die Bäume und der Boden moosbedeckt. Früher einfach magisch wirkend, kommt mir das Moos heute zugute, weil es unsere Schritte ein wenig dämpfen wird. Doch das alles bringt nichts, wenn Avi nicht mithilft.

»Los!«, schreie ich Avi an und laufe. Ziehe ihren schwachen Körper mit mir hinaus in die kalte Nachtluft. Sie stolpert immer wieder, aber ich halte sie fest.

Wir rennen und rennen, bis mir klar wird, dass wir sie nicht abschütteln werden. Es nicht können. Ich habe nur eine Chance, also packe ich Avi und schubse sie unsanft hinter einen umgefallenen Baum.

»Das ist nicht dein Kampf!«, bläue ich ihr ein. »Akzeptier einmal in deinem Leben, wozu ich geboren wurde und wer du bist.« Mit diesen Worten ziehe ich die Schwerter und stelle mich den dunklen Gestalten. Es sind vier. Große, starke Männer. Alle verhüllt. Aber keiner von ihnen ist ein Heroer. Das kann ich fühlen. Und wofür auch immer sie kämpfen, mein Grund, zu kämpfen und zu siegen, ist stärker.

Als ich das begreife und in mir all meine dämonische Kraft sammle, schlage ich zu. Ich bin nicht mehr Navien. Ich bin eine Mörderin. Eine der gefährlichsten Kämpferinnen, obwohl wir Heroen im Königreich der Wahrheit nicht lernen dürfen, dämonische Zauber einzusetzen. Ich brauche sie nicht. Meine Klingen durchbohren ihre Körper. Ich spüre das Blut an meinen Händen. Und als ich dem Letzten von ihnen mein Schwert in die Brust ramme und im Mondschein dabei zusehe, wie alles Leben aus seinen Augen weicht, realisiere ich, dass ich es nie werde abwaschen können.

Ausgebildet werden, um zu töten, ist etwas vollkommen anderes als das hier. Es ist echt, brutal, unerbittlich und endgültig.

»Komm!«, sage ich zu Avi und strecke ihr meine blutverschmierten Hände entgegen, nachdem ich die Schwerter weggesteckt habe.

Sie zögert, kriecht dann aber aus ihrem Versteck und mustert mich. Nicht nur in mir hat sich etwas verändert. Auch in ihr. Die Art, wie sie mich anstarrt, schmerzt mehr als die Erkenntnis, was in mir schlummert. Denn zum ersten Mal in meinem Leben sieht Avi mich an und erkennt dabei den Dämonen, der ich bin.

Trotzdem ergreift sie meine Hand und lässt sich weiter von mir durch den Wald ziehen.

Die Käuzchen schreien. Die Wölfe heulen. Und es fühlt sich an, als würden sie das Lied meiner gebrochenen Seele singen. Aviell ist langsam. Viel zu langsam, weshalb ich an ihrem Arm zerre.

Wie konnte das alles passieren? Warum waren diese Angreifer mächtig genug, alle Heroen zu töten? Den Fürsten zu töten? Und warum sagte diese Dienstmagd, mein Überleben gehöre zum Handel? Ich versuche meine Gedanken zu ordnen und nicht mehr über all den Tod nachzudenken. Und dann knackt es weit hinter uns. Ich bleibe stehen und versuche das Geschöpf zu fühlen, das da auf uns zukommt. Es ist kein Tier.

»Gib mir deinen Umhang und deine Krone!«, befehle ich und sehe Avi auffordernd an.

»Navien«, flüstert sie, als würde sie an den Teil in mir appellieren, der ich noch vor ein paar Stunden gewesen bin. An die Person, von der sie verlangt hat, sich selbst zu finden. Ich habe mich gefunden. Das ist mein wahres Wesen.

»Ich kann nichts dafür, wenn es dir nicht gefällt, wer ich wirklich bin.« Ich spreche es aus und spüre in unser beider Geist, dass wir die Wahrheit dahinter erkennen. Dann nickt sie freudlos und legt ihren königlichen Umhang und ihre Krone ab, die sie als Thronerbin seit Philipps Tod trägt. Sie müssen gerade beim Abendessen gewesen sein, als diese Barbaren angegriffen haben. »Du versteckst dich hier, und sobald es hell wird, rennst du Richtung Osten. Verstanden?«

Sie schluckt, als müsste sie Säure trinken. Währenddessen greife ich in meine kleine Ledertasche und lege ihr einen kleinen Kompass in die Hand. Dieser gehört neben Heilkräutern, Brennpulver, um Wunden auszubrennen, einem Messer und einer kleinen Fackel zur Grundausrüstung eines Heroen, die wir immer bei uns tragen müssen. Endlich hat es mal einen Zweck. Ich zögere nur kurz, bevor ich die Tasche komplett abnehme und sie Avi überreiche. Ich bezweifle zwar, dass sie sich eine Wunde selbst ausbrennen würde, aber man weiß ja nie.

Ich atme noch einmal tief durch, ziehe mir dann den Umhang über und setze die schmale Krone auf meinen Kopf. Darauf bedacht, dass meine Strähnen meine Schläfe verdecken. Niemand soll das Mal sehen, das mich dort brandmarkt.

»Sie werden davon erfahren, was passiert ist. Und der Fürst wird dich suchen.«

»Und was machst du?«, fragt sie bitter und verzieht ihr Gesicht beinahe abschätzig. Sie weiß, was ich tun werde. Doch sie muss es hören.

»Ich locke sie von dir weg.«

Avis Kiefer mahlt. Sie nickt nicht. Sagt nichts. Aber ich brauche ihre Erlaubnis nicht. Sie mag meine Fürstin sein, in diesem Moment ist es jedoch meine Aufgabe, über sie zu bestimmen. Ihr das Leben zu retten.

Ich trete einen Schritt zu ihr, lege meine Hand in ihren Nacken und meine Stirn auf ihre.

»Ich liebe dich«, flüstere ich und warte nicht, bis sie es erwidert, sondern stoße sie gleich von mir weg.

»Und jetzt versteck dich!«

Sie folgt meinem Befehl, und ich drehe mich zu dem Geräusch um. Zu der bösen Seele, die ich hinter mir spüre.

Ich will wegrennen, ihn von Avi weglocken, aber ich erstarre, als ich ihn erkenne.

Wenn wir noch zu jung sind, um die Zweitgeborenen zu schützen, werden wir monatelang in Camps ausgebildet. Der junge Mann, der da vor mir steht, ist der Bruder des Fürsten des Hochmuts. Er ist der Drittgeborene. Der Heroer des Dukes des Fürstentums des Hochmuts.

»Ka?« Meine ungläubige Stimme hallt durch den düsteren Wald. Ein silbriger Nebel bildet sich vor meinem Mund.

»Ich wusste, dass ich dich einst töten werde«, stößt er mit ekelerregender Befriedigung in seinem Tenor hervor.

»Was soll das?«, knurre ich und suche nach Avis Seele. Versuche zu erfahren, ob sie ein Versteck gefunden hat.

»Wo ist das kleine Dreckstück Navien?«

Ich stocke wieder. Er erkennt mich nicht. Wie kann das sein? Aviell ist meine Schwester. Doch wir sehen uns kaum ähnlich. »Navi ist tot«, gebe ich kühl zurück.

Er lacht. Und ich bin mir nicht sicher, ob das hier nur ein Spiel ist. Ja, wir waren zehn, als wir uns das letzte Mal begegneten. Aber allein mein blondes Haar steht im Kontrast zu Avis pechschwarzem. Er tritt näher. Meine Hände umklammern die Griffe der Schwerter.

Und dann erblicke ich seine Augen. Seine schwarzen dämonischen Augen. Kein Weiß. Keine Seele. Ich schlucke bittere Galle und verstehe endlich, warum er mich nicht erkennt. Er ist besessen.

Ich weiche einen Schritt zurück.

»Was hat er dir angetan?«

Er lacht wieder. Seelenlos. Ich habe davon gehört, dass Herrscher ihre Heroen einem Zauber unterziehen, um ihre dämonische Seite an die Oberfläche zu holen. Sie nehmen ihnen all ihre menschlichen Attribute, und was dabei rauskommt, steht jetzt vor mir.

»Navi ist nicht tot. Ich spüre sie in der Nähe.«

»Sie ist dabei zu sterben«, lüge ich. Was will er von mir? Reicht es ihm nicht, dass hier in seinen Augen die neue Fürstin der Wahrheit steht?

»Dann werde ich sie töten.«

»Dafür musst du an mir vorbei!«, knurre ich und ziehe meine Schwerter.

Ein unmenschlicher Laut verlässt seinen Mund. »Dein Tod gehört nicht zum Plan, Aviell, Fürstin der Wahrheit.«

Nein … Ich blinzle und will auf ihn losgehen. Ihn töten. Aber die Erkenntnis, was ich getan habe, lässt mich zu Eis erstarren. Ka scheint einen anderen Plan zu verfolgen als diese Männer, die uns verfolgt haben. Und nun hat er es auf Avi abgesehen, die er für mich hält.

»Töte sie, Larakai!«, ruft Ka plötzlich durch den Wald, und als ich gerade losrennen will, zu ihr – reißt meine Seele.

Nein! Schmerz durchflutet mich. Ein so abgrundtiefer, endgültiger Schmerz, dass ich auf die Knie sinke. Die Schwerter fallen neben mir zu Boden. Nein. Avi …

Ihr Schrei hallt durch den Wald. Meine Seele reißt weiter. Trennt sich von ihrer, weil sie stirbt. Ein Licht erhellt kurz den Wald um mich herum. Ein Licht, das von mir auszugehen scheint. Doch diesen Gedanken verdränge ich mit Macht, es ist reiner Unsinn.

Avi!, schreie ich innerlich. Kein Wort verlässt mehr meinen

Mund. Ich will aufstehen. Zu ihr rennen. Sie retten. Aber der Schmerz meiner Seele lähmt mich. Er ist schlimmer als jede Wunde. Er ist so allumfassend, dass eine Träne mein Auge verlässt. Das erste Mal in meinem Leben.

Avi … Ihr Name ist das Letzte, was ich denke. Der winzige Rest ihrer Seele, das Letzte, was ich fühle, bevor mein Geist den Schmerz nicht mehr aushält und alles in bodenlose, grausame Dunkelheit getaucht wird.

Als ich die Augen irgendwann erneut öffne, ist der Schmerz verschwunden. Doch noch etwas fehlt. Eine Verbindung, die ich schon mein Leben lang in meinem Herzen trage.

Über mir erscheint ein Gesicht, das nicht Ka gehört. Dunkle Augen richten sich auf mich. Ich schlucke und will etwas sagen, aber der junge Mann über mir legt einen Finger auf seine Lippen.

Sein Blick wandert an mir hinab. Ich spüre, dass er mir meinen Waffengurt abnimmt.

»Nein!«, krächze ich und will mich wehren, auch wenn Avis und meine Seele getrennt wurden. Sie ist nicht ganz verschwunden. Sie ist nicht tot. Und ich muss sie retten.

Wieder legt er seinen Finger auf seine Lippen und für einen kurzen Moment verliere ich mich in seinem Antlitz. Was ist er? Ein Dämon? Er gleicht eher einem Gott.

»Überlebe, Aviell«, raunt er heiser, steht auf und verschwindet aus meinem Sichtfeld.

Es dauert eine halbe Ewigkeit, bis mein Bewusstsein vollends zurückkehrt. Er hat meine Waffen wirklich mitgenommen. Doch es ist mir egal. Ich werde Avi retten, und wenn ich dafür jemanden mit meinen bloßen Händen umbringen muss.

Ich rapple mich hoch und gehe mit zittrigen Beinen zu der Stelle, an der ich Avi das letzte Mal gespürt habe. Als ich dort ankomme, blicke ich hinab auf Blut. Viel zu viel Blut. Aber Avi ist nicht mehr da.

»Aviell!«, schreie ich aus vollem Halse. Mein Verstand setzt aus.

Ich renne los. Suche nach ihr. Nach ihrer Seele. Schreie immer und immer wieder, während eine rote Sonne hinter den Baumkronen aufgeht. Wie lange war ich bewusstlos?

Ich falle auf meine Knie. Avi ist nicht mehr hier. Doch sie ist am Leben. Ich spüre es.

Hufe. Pferde. Männer. Ich höre sie, bevor ich sie sehe. Sie halten vor mir inne. Menschen rennen auf mich zu. Als Erstes kommt ein Mann bei mir an. Er trägt einen Fürstenumhang. Auf seiner Brust prangt das Symbol des Zorns – ein Z, umschlungen von einem Ziegenwesen –, und ich weiß, dass er mich jetzt töten wird. Avi ist weg. Und ich bin nur ein Dämon, der keine Berechtigung mehr hat zu leben. Der all seinen Wert auf dieser Welt verloren hat

»Mistress Aviell«, vernehme ich seine Stimme.

Ich öffne meinen Mund, um ihm zu erklären, dass sie nicht tot sein kann. Dass er mich leben lassen muss, weil ich ihre einzige Chance bin.

»Ich bin so froh, Euch gefunden zu haben.«

Ich erstarre. Und dann begreife ich. Ich trage immer noch Avis Krone und ihren Umhang. Und meinen Waffengurt hat dieser Dieb mitgenommen. Zudem hat kein Wesen der anderen Königreiche die Thronerbin des Fürstentums der Wahrheit je gesehen. Seit unsere Brüder gestorben sind und Avi an erste Stelle der Thronfolge gerückt ist, wird sie vor allem vor den Fürsten versteckt gehalten, weil klar war, dass sie einst einen von ihnen heiraten soll. Da ihr Vater jedoch wollte, dass diese Vereinigung auf politischen Vorteilen basiert, hatte er wohl Angst, sie könnte sich selbstständig verlieben und entscheiden. Und nun halten sie mich für sie. Und ich muss mitspielen, wenn ich überleben will, um dann Avi zu retten. Krampfhaft richte ich meine Gedanken wieder auf den Mann vor mir.

Ich habe mir den Fürsten des Zorns anders vorgestellt. Nicht so jung. Und ich hätte ihm niemals dieses wunderschöne kantige Gesicht und die gütigen Augen zugetraut.

Sein Aussehen zu beobachten, jede Regung in seinem Gesicht, lenkt mich von dem Schmerz ab, den Avis Verlust in mir verursacht. Aber ich darf mich dem nicht hingeben. Ich muss Stärke aus alldem ziehen. Denn Avi ist nicht tot. Meine Seelengefährtin ist nicht verloren.

Ich lasse mich von dem Fürsten auf eines der Pferde heben, so wie es eine Mistress tun würde. Er setzt sich hinter mich und legt mich im Damensitz in seine Arme.

»Wie habt Ihr mich gefunden?«, finde ich endlich meine Stimme wieder, verleihe ihr jedoch mehr Güte, als sie normalerweise hat.

»Mein Heroer hat eine Bedrohung von diesem Fürstentum vernommen.«

Ich verenge meinen Blick und bin froh, dass er mich nicht so genau sehen kann, während wir durch den Wald reiten. Wie soll es möglich sein, eine Bedrohung über so viele Meilen wahrzunehmen?

»So etwas können Heroen? Auf die Entfernung?«, frage ich scheinbar ahnungslos. Aber ich weiß, dass es nicht möglich ist. Oder sein Heroer ist sehr mächtig.

»Seit wir verlobt sind, konzentriert sich mein Heroer nur auf Euer Königreich, Mistress Aviell. Meine Zukünftige soll in Sicherheit sein. Wir waren zuerst beim Schloss; dort war keiner mehr am Leben und ich gab die Hoffnung beinahe auf, doch dann konnte mein Heroer euch im Wald erspüren.« Seine Finger, die die Zügel halten, streichen mir kurz über den Arm. Eine liebevolle, behutsame Geste, die ich noch nie von einem Menschen außer Aviell erfahren habe. Ohne es zu wollen, frage ich mich, wie es sich angefühlt hätte, wäre ich mein Leben lang so behandelt worden wie eine Zweitgeborene. Ich schließe die Augen und schweige den restlichen Weg, weil ich zu schwach bin. Die Trennung von Avi nimmt mir meine Lebensenergie.

Es dauert lange, bis wir langsamer werden. Ich drehe den Kopf ein wenig und blicke auf ein gigantisches Schloss. Es ist kaum vergleichbar mit dem Palast der Wahrheit, in dem ich aufgewachsen bin.

»Aviell«, sagt der Fürst behutsam und berührt meine Wange.

Ich lache innerlich. Wüsste er, wer ich wirklich bin, würde er mich köpfen, statt mir diese liebevolle Geste zu schenken.

»Wir sind da.«

Ich nicke und lasse mir von ihm vom Pferd helfen. Dienstmägde eilen herbei und stützen mich, während der Fürst ihnen Befehle entgegenruft und dann selbst zu seinen Begleitern verschwindet.

Die Frauen hieven mich in das Schloss. Die Gänge entlang, Treppen hinauf, hinein in ein Zimmer und weiter zu einer großen Wanne.

Während mir zwei von ihnen den Umhang ausziehen und eine andere die Wanne füllt, die einen lieblichen Lavendelgeruch ausströmt, kehrt endlich mein Verstand zurück und ich halte sie auf. Ich rede nicht und benehme mich wie ein verwundetes Tier. Und sie sehen es, das erkenne ich in ihren Augen, also fasse ich mich.

»Lasst mich allein«, stoße ich dann hervor. Meine Lippen beben bedrohlich. Vielleicht ist das der Grund, warum sie gehorchen. Oder weil sie mich für Avi halten.

Als sie gegangen sind, schleppe ich mich zu einem großen Spiegel und lasse mein Oberteil fallen. Das dämonische Mal sticht mir verräterisch ins Auge. Beinahe hätten sie es gesehen und begriffen, wer ich wirklich bin.

Ich schließe kurz die Augen, bevor ich wieder auf das schwarze Herz auf meiner Brust starre und dabei meine Hose ausziehe. Für einen winzigen Moment sehe ich hinab auf die Narben an meinen Schenkeln und dann hinauf in mein Gesicht. Ich streiche mir die blutigen Strähnen aus der Stirn. Es ist ein verdammtes Wunder, dass der Fürst nicht entdeckt hat, dass ich das Zeichen der Dämonen an meiner Schläfe trage.

Wir Heroen werden alle mit diesen zwei Malen geboren, dem schwarzen Herzen und der Lilie an der Schläfe, aber Letzteres ist bei jedem Dämon anders. Kein Heroer dieser Welt trägt meines. Es zeigt eine sehr seltene Lilie, die in den letzten tausend Jahren nur ein einziges Mal geblüht hat. Zu Aviells Geburt. Sie verbindet uns. Und dieses Zeichen auf meiner Haut ist alles, was je nur mir gehört hat. Trotzdem weiß ich, was ich tun muss, balle meine Hände zu Fäusten und hole tief Luft.

Mein Haar ist voller Blut, keiner wird also die Täuschung erfassen können. Sie werden denken, ich wäre vorher schon verwundet gewesen. Ich nicke mir selbst zu und suche das kleine Badezimmer ab. Die runden Decken sind wunderschön mit blauen und weißen Farben verziert. Und direkt neben dem goldgerahmten Spiegel steht mitten im Raum die weiße Badewanne mit goldenen Ornamenten. Weiter hinten erkenne ich einen alten hölzernen Rasiertisch und eine Klinge.

Ohne weiter darüber nachzudenken, schreite ich darauf zu, nehme Aviells Krone ab, lege sie auf den Tisch und greife stattdessen das Rasiermesser. Ein letztes Mal blicke ich im Spiegel auf meine dämonische Lilie und schneide in meine Haut. Schneide mir das letzte bisschen aus dem Gesicht, was von meiner Identität noch geblieben ist.

Ich vergieße keine Träne. Ich schreie nicht. Stöhne nicht einmal. Ich sehe nur Avi vor mir.

Das hier muss ich tun.

Für sie. Und vielleicht auch ein bisschen für mich. Damit ich lebe. Überlebe.

KAPITEL 3

Fast zwei Wochen vergehen, in denen ich mich einschließe und sie alle wegschicke. Ich habe keine Kraft, mich ihnen und dieser Lüge zu stellen, während ich gleichzeitig dagegen ankämpfe, dass mich einer der Heroen hier im Schloss hört. Ein unbedachter Moment und sie würden mich in ihrem Geist spüren. Und sofort wissen, wer ich bin.

Gleichzeitig ist da immer noch dieser erdrückende Schmerz in meiner Seele. Meine Schwester ist weg. Und auch wenn ich fühle, dass sie lebt, ist unsere Verbindung auf ewig verwundet. Ich weiß es. Fühle es. Die Wunde, die sich quer durch unseren Geist gezogen hat, kann nicht wieder heilen.

Und doch weiß ich, dass ich mich nicht ewig vor der Außenwelt verstecken kann. Es nicht darf. Zu viel steht auf dem Spiel. Und ich muss Aviell finden.

»Mistress!«, ertönt mit einem Mal die Stimme des Fürsten von draußen, als ob er meine Gedanken gehört hätte.

Ich ziehe meine Knie an und bleibe auf dem Bett sitzen. Mittlerweile kenne ich in diesem Raum alles in- und auswendig. Wie im Bad sind die rundlichen Decken hier ebenfalls bemalt, jedoch in satten Farben wie Rot und Braun. Die Vorhänge an meinem Himmelbett passen in dieses Farbschema, genauso wie die alten Holzmöbel und der goldene Spiegel über dem Schminktisch.

»Mein Fürst«, gebe ich matt zurück.

»Ihr …« Er stockt, als wüsste er nicht, wie er mir das Folgende beibringen soll. Auch ihn habe ich bisher immer abgewehrt. Aber nun ist zu viel Zeit vergangen, um ihn weiter hinzuhalten, und meine Wunde ist ein wenig verheilt.

»Ich weiß, dass Ihr trauert. Um Eure Familie und um Eure Heroe.«

Ich blinzle, als er so selbstverständlich akzeptiert, dass der Verlust einer Heroe Trauer auslösen kann. Doch ich höre ebenfalls den Zorn und die Ungeduld in seiner Stimme, als er mit seiner Ansprache fortfährt.

»Dennoch erwarten die Fürsten, Euch heute Abend zu sehen. Ich konnte das Treffen verschieben, aber nun …«

Ich ziehe scharf die Luft ein. Auch Aviells Vater, der Fürst der Wahrheit, war bei den immer wieder stattfindenden Treffen der Fürsten anwesend. Dieses hier scheint jedoch anberaumt worden zu sein, um mich vorzustellen. Also stehe ich auf und öffne die Tür. Seine liebevollen grünen Augen treffen mich. Und ohne es zu wollen, heilt durch ihn etwas in mir. Es ist aber nichts von dem, was in den letzten beiden Wochen passiert ist. Es ist die Art, wie er mich ansieht. Als wäre ich etwas Besonderes. Als wäre ich kein Dämon. Und da begreife ich, dass er eine Wunde heilt, von der ich nicht einmal wusste, dass sie existiert.

»Sind sie hier?«, frage ich vorsichtig. Achte genau darauf, mich wie eine Mistress und nicht wie eine Heroe zu benehmen. »Sie treffen heute Abend ein. Und sie wollen Euch kennenlernen. Sie müssen es. Sonst könnt Ihr nicht als Fürstin eingesetzt werden und …«

»Auch wenn ich trauere, mein Fürstentum braucht eine Herrscherin«, vervollständige ich. Bisher war es unüblich, dass eine Frau herrscht, also müssen mich erst alle Fürsten kennenlernen. Oder eher sollten sie eigentlich Aviell kennenlernen. Denn vorher wird unser Fürstentum gar keinen Herrscher haben. So lautet zumindest die Regel, die die Fürsten aufgestellt haben, als klar wurde, dass kein männlicher Thronfolger mehr geboren wird.

Doch mit dem Kennenlernen ist es längst nicht getan. Anschließend muss Aviell noch allen Fürstentümern einen Besuch abstatten. Auch wenn das schon mehr Sinn ergibt, da die anderen Fürsten in ihrer Kindheit ebenfalls jedes Fürstentum aufgesucht haben. Erst dann kann man rechtmäßig gekrönt werden.

Hastig schüttle ich die Gedanken ab und konzentriere mich wieder auf den Fürsten, der gerade nickt. Ich mustere seine dunkelblonden Haare. Seine große Statur und dieses gemalte Gesicht. Wir kennen uns nicht, obwohl ich bereits zwei Wochen hier bin. Wochen, in denen ich nicht nach Avi suchen konnte. Aber ich kann ihr nicht helfen, wenn ich voreilig handle und damit enttarnt werde.

»Weiß man denn inzwischen, wer für den Angriff verantwortlich ist?«

Der Fürst senkt den Blick. »Wir gehen davon aus, dass es Rebellen waren, die außerhalb der Fürstentümer im Westen leben. Wir werden sie finden und bestrafen.«

Ich nicke. »Und was ist von meinem Fürstentum übrig?«

Er seufzt. »Die Gebäude. Einige Äbte, und das Dorf wurde nicht angegriffen.«

Ich schließe kurz die Augen, dabei wusste ich bereits, dass die Menschen, mit denen ich aufgewachsen bin, alle tot sind.

»Und was passiert jetzt mit ihnen? Und den Toten?«

»Laut Protokoll wurden sie an einen sicheren Ort gebracht, von dem niemand etwas weiß. Die Toten wurden verbrannt. Natürlich außer der Fürstenfamilie und einigen hochrangigen Adeligen. Sie wurden in die Krypta gebracht und werden erst gebührend bestattet, wenn ihre Mörder hängen.«

»In Ordnung. Ich werde heute Abend anwesend sein«, flüstere ich. Das Protokoll ist mir bekannt. Damals mussten wir zwei Monate warten, bis der ehemalige Fürst bestattet wurde, da sein Tod ein Rätsel war. Aviell hat viel geweint, weil sie ihren Großvater mochte. Ich kannte ihn kaum.

»Ich lasse Euch etwas zum Anziehen bringen.« Er holt Luft, als wollte er noch etwas sagen. Stattdessen schweigt er und hebt seine Hand an meine Wange, bis seine Finger ganz vorsichtig über die Narbe an meiner Schläfe fahren. Zorn flammt in seinen Augen auf. Sein Kiefer bebt.

Die rötliche Linie reicht bis zu meinem Kinn hinunter, weil ich mich entschieden habe, dass es zu auffällig wäre, hätte ich eine Narbe nur dort, wo auch das Mal der Heroen aus der Haut sticht. Ich habe sogar darüber nachgedacht, mir das schwarze Herz von der Brust zu schneiden. Aber das hätte ich wohl kaum überlebt.

»Wir werden uns darum kümmern«, verspricht er knurrend.

Ich entgegne nichts. Stattdessen lasse ich zu, dass mich seine Berührung bewegt.

»Ich besitze eine Bibliothek. Euer Vater schrieb mir, dass Ihr gerne lest.«

Ich schlucke schwer, als mir wieder bewusst wird, warum die beiden in Kontakt standen. Avi ist seine Verlobte. Ich bin seine Verlobte.

»Ich werde sie in den nächsten Tagen aufsuchen«, sage ich und trete einen Schritt zurück. Seine Nähe und Fürsorglichkeit lösen etwas in mir aus. Etwas, was ich noch nie gefühlt habe. Aber jetzt erschlägt mich die Ungerechtigkeit beinahe, unter der ich aufgewachsen bin.

»Mein Fürst?«, fordere ich ihn auf, das hier endlich zu beenden und mich wieder allein zu lassen.

»Taron«, verbessert er mich und löst damit wieder Gefühle in mir aus, die ich verdammt noch mal nicht fühlen will. Aber sie kommen. Ich durfte einen Fürsten nie bei seinem Namen nennen.

»Avi«, sage ich. Nicht nur, weil es Aviells Spitzname ist, sondern weil er meinem mehr gleicht. Vielleicht fühlt es sich dann nicht mehr so sehr danach an, als würde ich ihr Leben stehlen.

»Ich lasse das Kleid schicken«, gibt er gepresst von sich, fügt ein »Avi« hinzu und geht, nachdem er eine leichte Verbeugung angedeutet hat.

Ich schließe die Tür und lasse mich auf mein Bett fallen. Nein. Auf Avis Bett. Denn mir gebührt ein Schwert an meinem Hals. Und kein Himmelbett in einem Schloss.

Wie versprochen wird mir wenig später ein Kleid gebracht. Die Kleidung, die ich die letzten Wochen getragen habe, wäre wohl nicht für einen solchen Anlass angebracht. Auch wenn es dennoch schöne Kleider waren.

Ich schicke die Dienstmagd aus dem Zimmer, um mich zu baden, ohne dass sie das schwarze Herz auf meiner Brust sieht, und hole sie erst wieder herein, als ich das Kleid übergezogen habe und sie es nur noch verschließen muss. Tarons Geschmack ist tadellos. Genau so ein Kleid hätte Avi getragen. Weiß, als Symbol für unser Fürstentum. Rein, ehrlich. Die Wahrheit. Der Stoff lässt einen kleinen Blick auf mein Dekolleté zu, ist aber nicht zu freizügig. An der Taille wird das Kleid von einem goldenen Stoffband gehalten und endet erst am Boden. Aviell hätte es geliebt und sich gedreht, bis ihr schwindelig gewesen wäre, um dabei zuzusehen, wie der Tüll um ihre Beine flattert. Ich hingegen wünsche mir meine schwarze Heroenkleidung zurück. Nachdem ich nach der Entfernung meines Heroenmals wieder zu Bewusstsein gekommen bin, habe ich sie verbrannt. Die Überreste habe ich aus dem Fenster geworfen.

Das Mädchen beginnt meine Haare um ein Diadem zu flechten. Stets darauf bedacht, meine Narbe mit Strähnen zu kaschieren. Am liebsten würde ich sie dafür schlagen. Diese Narbe gehört zu mir, so wie zuvor die schwarze Lilie.

Meine Haut und meine Haare riechen nach Lavendel, etwas, was ich sonst nur an Avi wahrgenommen habe. Wir Heroen haben normalerweise nur Kernseife und einen Eimer kaltes Wasser am Tag, um uns zu reinigen.

»Oh, soll ich Euch die Haare lieber über den Rücken fallen lassen?«, fragt das Mädchen mit einem mitleidigen Blick auf meine Schultern.

Ich bin kurz verwirrt, begreife dann aber, dass das ausgeschnittene Kleid Narben an meinem Rücken freilegt. »Vielleicht ein paar Strähnen? Sie sind von einem Ausritt«, lüge ich und ignoriere den seelischen Schmerz, der mit ihnen verbunden ist. So wie immer.

Als das Mädchen fertig ist, wirft sie mir einen liebevollen Blick durch den Spiegel zu. Und sosehr ich es auch will, ich begegne ihm nur mit Ausdruckslosigkeit. Ich kann dieses Mädchen nicht in mein Herz schließen, so wie es vielleicht Avi getan hätte. Es geht einfach nicht. Denn mein Herz ist verschlossen. Für jeden Menschen außer Avi. So bin ich geboren. So wurde ich ausgebildet. Und spätestens nach Philipps und Kalebs Tod habe ich den Rest der Welt aus meinem Herzen verbannt. Ein Teil von mir fragt sich, ob ich das schwarze Mal auf meiner Brust genau deshalb nicht herausgeschnitten habe. Weil es genau das zeigt, was darunterliegt.

Schließlich geleitet mich das Mädchen die langen Gänge entlang. Als ich hier ankam, habe ich kaum etwas wahrgenommen. Der Palast ist ein wenig düsterer als unserer. Aber die rötlichen Farben und Fackeln, die tanzende Lichter an die Wände bis hinauf zu den hohen, verzierten Decken werfen, wirken gemütlich und einladend. Die riesigen Fenster sind mit dicken Stoffen behängt. Auch etwas, was es bei uns nicht gibt. Alles ist hell und weiß und die Sonne strahlt frei durch das Glas der Fenster. Doch jetzt existiert das alles nicht mehr. Jetzt sind die weißen Wände und der goldene Thronsaal meiner Heimat blutbedeckt, und all das Leben, das unsere Hallen erhellt hat, wurde mit der Klinge des Verrats ausgelöscht. Der Fürst, die Fürstengattin. Nath, Marec, sie alle wurden abgeschlachtet. Und ich werde herausfinden, wer das war.

Stimmen tauchen in meinem Geist auf. Die Heroen hier im Schloss sind angespannt.

Der Fürst der Völlerei ist da, sagt jemand mit einer tiefen männlichen Stimme in meinem Kopf, und ich konzentriere mich mit all meiner Macht darauf, ihm nicht meine Ängste entgegenzuschreien und mich sofort wieder zu verschließen. Als ich eine Treppe betrete und die Dienstmagd sich mit einer Verbeugung entschuldigt, spüre ich, dass sich ihre Geister auf mich richten.

Das ist sie, ruft einer durch die Köpfe, während ihn ein anderer Heroer ermahnt, solche Informationen für sich zu behalten. Dass ich sie höre, bedeutet, dass ich meinen Geist nicht komplett blockiert habe. Ich muss mich zusammenreißen.

Ich hole Luft, klammere mich an das schwarze Geländer und schreite über den roten Teppich, der die marmornen Stufen bedeckt, hinab. Wenn ich Avi retten will, darf ich nicht mehr Navien sein. Und ich muss aufhören Angst zu haben und mich benehmen, wie es sich für eine Fürstin geziemt. Für einen winzigen Augenblick sehe ich hinauf zur Decke. Wunderschöne Malereien erstrecken sich weiter, als meine Augen erfassen können. Sie zeigen den Aufstieg der Fürsten von der Unterwelt auf die Erde.

Unten angekommen, nimmt Taron mich in Empfang. Er trägt einen roten ausladenden Umhang und hält mir seine Hand entgegen. Ich lege meine in seine und folge ihm einen imposanten Gang entlang. Lasse mich von ihm leiten und nehme nichts mehr um mich herum wahr, bis wir vor zwei großen Flügeltüren ankommen. Ich straffe die Schultern und dann tritt die zukünftige Fürstin der Wahrheit ein. Und alles, was sie ist – was ich bin –, ist eine Lüge.

Der Festsaal ist riesig. Die Decke gleicht der einer Kapelle. Ein wenig erhöht steht ein langer Tisch, an dem sechs Männer sitzen. Ihre Köpfe schmücken Kronen, ihre Schultern die purpurnen Umhänge der Fürstentümer. Nur einer von ihnen trägt weder Krone noch Umhang. Seine schwarzen Augen richten sich auf mich. Seine Dunkelheit umhüllt mich, droht mich zu zerquetschen. So, als wäre er hier der Dämon und nicht ich. Ein grausames Lächeln umspielt seinen Mund, während er sich mit seinen Fingern über das Kinn und die Lippen streicht. Dann wandert sein düsterer Blick einmal über meinen gesamten Körper und bleibt an der vernarbten Haut in meinem Gesicht hängen. Für den Bruchteil einer Sekunde zuckt sein Mundwinkel und ich meine Anerkennung in seinen Augen zu erkennen. Dann leckt er sich über die Lippen und wendet sich ab, als wäre ich es nicht wert. Als hätte er sich an meiner nichts aussagenden Person sattgesehen.

Ich schlucke schwer und mustere die anderen Tische, an denen Adelige sitzen. Sie alle starren nur mich an. Panik breitet sich in meinem Körper aus. Wie soll ich es schaffen, so viele Menschen glauben zu machen, ich wäre auch nur im Ansatz wie sie? Privilegiert. Geliebt. Ausgestattet mit einer unabhängigen Seele.

»Darf ich vorstellen … Mistress Aviell. Thronfolgerin des Fürstentums der Wahrheit.«

Bei Tarons Worten geht ein Raunen durch die Menge. Die Adeligen senken ehrerbietig die Köpfe. Nur die Fürsten bleiben gerade sitzen.

Der Fürst ohne Krone, er ist komplett in Schwarz gehüllt, ergreift seinen Kelch, trinkt einen Schluck und sieht mich noch ein letztes Mal durchdringend an, bevor er sich endgültig seinem Nachbarn widmet und offenbar das Gespräch, das ich unterbrochen habe, weiterführt. Als wäre nichts passiert. Der Mann, mit dem er sich unterhält, wirft mir dabei immer wieder laszive Blicke zu. Seine Gesichtsmuskeln zucken unruhig und lassen seine grüne Augen Blitze in meine Richtung schicken. Ich spähe zu dem Symbol auf seiner Brust. Ein Hirsch, in dessen Geweih sich ein W rankt. Der Fürst der Wollust.

»Komm«, raunt Taron mir zu und führt mich an meinen Platz bei den anderen am Tisch, bevor er sich selbst setzt. Keiner der Fürsten beachtet mich weiter. Stattdessen reden sie miteinander, scherzen, lachen, wie Privilegierte es tun, und essen und trinken. Der Fürst neben mir zieht seinen Teller und Krug zu sich, als würde ich ihm sein Hab und Gut wegnehmen. Der Fürst des Geizes.

»Wie wär's, Taron«, ertönt plötzlich eine so düstere und machtvolle Stimme, dass ich den schwarz gekleideten Fürsten nicht einmal ansehen muss, um zu wissen, wer da spricht. »Erzähl uns mehr über deine Verlobte.« Seine Lider zucken kurz, als würde er sich auf den nächsten Schlag freuen. »Aviell«, fügt er dann leise und rau hinzu. Aber jeder hier hört es. Nur bin ich mir sicher, dass ich die Einzige bin, die die Verachtung darin erkennt. Mein Kiefer verkrampft sich.

»Aviell hat ihre gesamte Familie verloren, Liran. Ein wenig mehr Respekt vor ihrem Namen.«

»Ihrem Namen«, wiederholt der Fürst mit einer Mischung aus Belustigung und … ja, was ist das? Eine Drohung?

Sein herablassender Blick landet auf mir. Und da weiß ich, welcher Fürst er ist. Der Fürst des Hochmuts. Ich versuche mich zu beruhigen. Er weiß nichts. Diese Überlegenheit liegt an seiner Sünde. Die des Hochmuts, des Stolzes. Er spielt mit mir und meine angespannte Reaktion sorgt bei ihm für ein kaum merkliches Lächeln.

»Mich würde brennend interessieren, was mit Eurer Heroe geschehen ist. Warum hat sie Euch nicht beschützt, Mistress? Wie war ihr Name noch gleich?« Er redet ganz langsam. Ganz bedacht. Und sieht mich erst wieder an, als er geendet hat. Nur für den Bruchteil einer Sekunde wandert sein Blick erneut zu der Narbe an meiner Schläfe und sein Mundwinkel zuckt siegessicher in die Höhe.

»Navien«, gebe ich stark zurück. Alles wird still. Vermutlich, weil ich das erste Mal rede.

Der Fürst des Hochmuts lehnt sich in seinem Stuhl zurück, als würde das Spiel jetzt beginnen. Der Einzige, der noch isst, ist ein ziemlich dicker Mann, der, ohne auf Manieren zu achten, die Haxe mit seinen Zähnen zerfleischt. Der Fürst der Völlerei.

»Navien«, wiederholt der Fürst des Hochmuts fast schon anzüglich und blickt mir dabei so tief in die Seele, dass ich mir sicher bin, dass er mich damit meint. Er spricht mich an. Er weiß es.

»Hat sie Euch nicht beschützen können? Hat sie die Thronerbin des Fürstentums der Wahrheit etwa im Stich gelassen?« Erneut meint er mich. Er spricht mich direkt an und ich höre den Vorwurf dahinter. Sie alle hören ihn. Nur dass keiner außer uns beiden weiß, dass der Vorwurf nicht einer toten Heroe gilt, sondern mir.

Ich kralle die Finger in meine Oberschenkel, um vernünftig zu bleiben. Stark. Meine vernarbte Haut schmerzt.

»Sie hat es versucht«, sage ich und füge meiner Aussage einen traurigen Unterton hinzu, den ich nicht einmal spielen muss.

»Hat sie das?« Er raunt. Und obwohl er drei Plätze von mir entfernt sitzt, höre ich ihn nur allzu deutlich. Spüre jedes seiner Worte über meine Haut gleiten. Ich erschaudere, fast so, als würde ich seinen Atem dicht an meinem Ohr wahrnehmen.

»Li-ran!«, zischt Taron und legt eine Hand auf meine Schulter. »Ihre Heroe war immerhin ihre Schwester. Lass ihr das Bild, das sie von ihr hat.«

Wieder ein Raunen im Saal.

»Das, was du da sagst, Taron, ist Hochverrat. Und das weißt du.« Der Fürst des Hochmuts redet mit so viel Abscheu, dass ich ihn am liebsten anspucken würde. Avi und ich sind Schwestern. Ob das nun Hochverrat ist oder nicht.

Taron winkt nur ab. Offenbar weiß er, wie eine Diskussion mit einem Herrscher ausgeht, der Hochmut und Stolz in sich trägt. Man kann nicht gewinnen. Und als mich sein teuflischer Blick ein weiteres Mal trifft, weiß ich, dass auch ich nicht gegen ihn gewinnen werde.

Ich muss hier weg, solange ich noch kann. Solange er sein Spiel spielt, bis er es müde ist und mich verrät. Das darf ich nicht zulassen.

Ich setze eine gekränkte Miene auf und erhebe mich. »Ich …«, stammle ich und verleihe meiner Stimme den mädchenhaften Unterton, den Aviell immer nutzte, um mit ihrem Vater zu sprechen, »ich würde mich gerne etwas frisch machen.« Ich schenke Taron einen unterwürfigen Augenaufschlag, um ihm das Gefühl zu geben, ihn um seine Erlaubnis zu bitten. Ich sehe dabei zu, wie er seinen Zorn unterdrücken muss, dann lächelt er warm und nickt mir zu.

So schnell ich kann, aber ohne dass ich gehetzt wirke, verlasse ich den Saal und stolpere förmlich über den roten Teppich im imposanten Gang. Ich muss weg. Und ich werde nicht zurücksehen. Entschlossen stürme ich auf die Eingangstür zu, doch in dem Moment packt mich jemand an der Schulter und zieht mich in einen düsteren Raum, der nur von einem Kaminfeuer beleuchtet wird. Es wirkt wie ein kleines Arbeitszimmer. Vor dem Kamin steht ein alter Schreibtisch und an den Wänden Regale mit Büchern. Darunter ein paar Apokryphen. Ich will schreien, doch der Mann hält mir seine Hand auf den Mund. Mein wahres Wesen spürt es sofort. Er ist ein Heroer. Ein mächtiger noch dazu.

»Was willst du?«, zische ich durch seine schwieligen Finger und löse mich von ihm. Als ich mich umdrehe und ihn ansehe, erkenne ich sofort, wer er ist. Der Heroer des Fürsten des Hochmuts. Die Ähnlichkeit ist nicht zu verkennen. Und auch die Ähnlichkeit zu Ka, dem ich im Wald begegnet bin, ist es nicht. Ich gehe auf ihn los und will ihn für das schlagen, was sein besessener Bruder mir angetan hat, aber eine Stimme lässt mich erstarren.

»Fasst Ark an, Heroe, und ich werde jedem einzelnen Wesen in diesem Schloss berichten, wer Ihr seid und was Ihr getan habt. Und Euch anschließend den Kopf abschlagen.« Der Fürst des Hochmuts wird mit seinen Worten alldem gerecht, was man von ihm erwartet.

Mein Kiefer bebt, als ich mich zügle und zu ihm umdrehe. Und obwohl ich weiß, dass ich aus dieser Situation nicht herauskomme, festigt sich die unwichtige Frage in mir, warum er seinen Heroer bei seinem Vornamen genannt hat.

»Lass uns allein«, wendet der Fürst sich mit warmer Stimme an Ark, wartet, bis der gegangen ist, und schließt die Tür hinter ihm. Alles in mir ist angespannt. Das Knacken der Holzscheite hinter mir im Kamin lässt meinen Körper erbeben.

Ich mustere seine große Statur, jetzt, da er nicht mehr am Tisch sitzt. Seine Schultern und Brust gleichen eher denen eines ausgebildeten Heroers. Stark und stramm. Sein schwarzer Mantel reicht ihm bis zu den Oberschenkeln, worunter seine Hose in schwarzen

Stiefeln endet. Ebenfalls eher das, was ein Heroer tragen würde und kein Fürst.

Das Einzige, was wirklich auf seine Stellung hindeutet, ist eine Kette mit dem Symbol des Hochmuts, ein Adler unter einem H, die auf seiner Brust ruht, und der große schwarze Ring seiner Herrschaft. Seine dunklen Haare fallen ihm in die Stirn und verdecken zum Teil seine Augen, als er mich ansieht. Als wären sie der Schleier, der die Sicht auf seine dunkle Seele hinter seinen Iriden verbirgt.

Ich nehme all meinen Mut zusammen und straffe die Schultern. »Was wollt Ihr?«

»Seid Ihr wirklich in der Position, eine solche Frage zu stellen?«, lacht er und kommt ein paar Schritte auf mich zu. Sein Körper ist drahtig. Groß. Mächtig. Und der schwarze Mantel, den er trägt, unterstreicht das alles nur noch mehr. Seine düstere Aura, seine dunklen Augen, seine rabenschwarzen Haare.

»Ihr belächelt mich, Liran. Ihr fordert mich vor allen heraus. Ihr nennt mich Heroe, und dann lasst Ihr mich von Eurem Bruder hier hereinziehen, um allein mit mir zu sein. Ihr wollt mich offenbar nicht verraten. Also wiederhole ich meine Frage: Was wollt Ihr?«

Er schaut mich herablassend an und kommt einen weiteren Schritt näher. Seine Lippen beben vor Zorn. »Für Euch – Euer Gnaden«, verbessert er mich. Als wäre nichts von dem, was ich gesagt habe, wichtig, außer der Anrede mit seinem Vornamen.

»Was wollt Ihr von mir, Euer Gnaden?« Ich schenke ihm ein zuckersüßes Lächeln.

Sein Mundwinkel zuckt, und ich spüre, dass ihm mein Übermut gefällt. Gleichzeitig verachtet er mich wahrscheinlich dafür, da ich es mir nicht leisten kann.

»Lebt Aviell noch?«, fragt er, und ich stutze, als er ihren Namen sagt, denn er nennt ihn mit Zuneigung in der Stimme.

»Ja. Sonst wäre ich nicht hier.«

»Ach«, gibt er heiser lachend von sich, »also spielt Ihr nur für sie die zukünftige Fürstin? Nicht etwa, weil Ihr schon immer gerne ihren Platz einnehmen wolltet?«

Ich hole aus und schlage ihm ins Gesicht. Ohne nachzudenken. Ohne zu zögern. »Verratet mich! Benutzt mich! Belächelt mich! Aber stellt nie wieder meine Ergebenheit Aviell gegenüber infrage – Euer Gnaden!« Ich benutze die Anrede wie eine Beleidigung und warte auf seinen Gegenschlag.

Doch der folgt nicht. Stattdessen schaut er mich einfach nur an. »Ich werde Euch nicht verraten, Heroe.«

»Und warum nicht?«

»Ich habe meine Gründe. Und ich biete Euch einen Handel an.«

Ich hebe die Brauen und lache. »Und wie soll der aussehen? Gerade erst hat mich Euer Bruder Ka angegriffen und wollte mich töten!«

»Ka und Larakai sind abtrünnig und verloren. Also kommen wir zu meinem Angebot: Ich behalte Euer dämonisches Geheimnis für mich. Und ich helfe Euch, Aviell zu finden.«

»Und was soll ich dafür tun?«, knurre ich, weil ich nichts Gutes erwarte. Er ist mir viel zu nah und sein Geruch benebelt meine Sinne. Die Wärme, die von seinem Körper ausgeht und so im Kontrast zu seinen eiskalten Augen steht. Und zu dem, was er da sagt. Vor allem über seine beiden Brüder. Aber ich habe auch gesehen, dass Ka besessen war. Der echte Ka ist tot.

»Das verrate ich Euch zu gegebener Zeit.«

Ich blinzle und weiche zurück, weil er immer näher kommt und mich sein Geruch weiter betäubt.

»Nein.«

»Habt Ihr wirklich eine Wahl, Heroe?«

Ich beiße die Zähne zusammen und schlucke schwer. Nein. Ich habe keine Wahl.

»Was wollt Ihr von Aviell?«

Seine Lider zucken erneut. »Ihr seid klug«, stellt er fest und holt den Abstand zwischen uns wieder auf. Ich lege meinen Kopf in den Nacken, um ihm weiter in die Augen zu sehen. Ich werde ihm keine

Schwäche zeigen. Obwohl es nicht leicht ist. Er ist so verdammt arrogant und mächtig. Aber ich bin kein kleines Mädchen.

»Ich will sie ehelichen«, sagt er so knapp und ehrlich, dass ich einfach loslache.

»Sie ist dem Fürsten des Zorns versprochen.«

»Ich weiß. Und ich weiß, dass Aviell Euch liebt. Euch vertraut. Also vertraut jetzt mir und sorgt dafür, dass es nicht zur Hochzeit kommt.«

»Ich soll also den Fürsten des Zorns hinhalten?« Welch Ironie. Er wird sicher kein geduldiger Mensch sein. »Und dann Aviell in eine Ehe mit Euch zwingen?« Ich schnaufe. »Das kann ich nicht. Ich will es nicht.«

»Also ist es Euch lieber, wenn sie nie gefunden wird? Wenn Ihr geköpft werdet und Aviell mit dem Wissen sterben muss, dass ihre Heroe nicht bereit war, alles für sie zu tun?«

Meine Fingernägel rammen sich in meine Handflächen. Ich will ihn wieder schlagen. Aber damit würde ich nur herunterspielen, dass seine Worte mich treffen, weil er recht hat.

»Werdet Ihr gut zu ihr sein?«

»Mit Sicherheit bin ich ein angenehmerer Zeitgenosse als Taron, der Choleriker.«

Das bezweifle ich. Dieser Fürst hier vor mir ist wie der Herrscher der Unterwelt höchstpersönlich. Selbst sein Heroer Ark wirkt neben ihm, als hätte jemand die beiden vertauscht und nicht er, sondern Liran wäre der Dämon von ihnen.

»Haben wir einen Handel, Heroe?«, fragt er und hält mir seine Hand entgegen.

Ich schaue ihn fest an. Beobachte die kleinen tanzenden Funken in seinen Augen. Seine Gier nach diesem Versprechen. Nach der Herrschaft über das Fürstentum der Wahrheit durch Aviells Hand. Aber ich habe keine andere Wahl. Und sobald ich Aviell gefunden habe, kann ich immer noch nach einem Ausweg suchen. Auch wenn ich ihn töten muss, um sie vor seiner Grausamkeit zu schützen.

»Navien«, verbessere ich ihn und ergreife seine Hand. Macht erfüllt mich, und ich weiß, dass ich diesen Handel niemals brechen kann.

»Es war mir ein Vergnügen, Geschäfte mit Euch zu machen, Navien.«

Mein Name aus seinem Mund lässt mich schaudern. »Mir ebenfalls, Euer Gnaden«, gebe ich zurück und versuche nicht einmal, ehrlich zu klingen.

Als er meine Hand loslässt und ich gehen will, hält er mich noch einmal auf und streicht mir die Strähne von meiner Narbe. Ganz sanft steckt er sie hinter mein Ohr. Niemals hätte ich eine solch zarte Geste von diesen mörderischen Händen erwartet. Ich kenne Geschichten über den Fürsten des Hochmuts. Er zieht eine Spur von Verwüstung, Blut und Tod hinter sich her.

»Versteckt es nicht, Navien«, raunt er. »Es zeigt Eure Stärke und den Willen, Eure Schwester mit allen Mittel zu befreien.«

Ich mustere ihn. Seine dunklen Augen scheinen mir bis tief in die Seele zu sehen. Etwas in mir zu suchen. Und dann ist dieser zeitlose Moment plötzlich vorbei, er räuspert sich und verschwindet. Und ich begreife, dass er der Mann im Wald war. Der Mann, der mir den Waffengurt abnahm. Er wollte, dass ich für Aviell gehalten werde. Und ich habe genau das getan, was er längst geplant hatte.

KAPITEL 4

Schweißüberströmt werde ich wach. Mein Atem geht schnell. Mein Herz rast. Ich muss mich zwingen, nicht zu schreien. Sie würden es hören. Sie hören alles.

Vielleicht gab es eine Zeit in meinem Leben, in der ich dachte, Aviells Leben und das all der Adeligen wäre perfekt. Doch das ist es nicht. Ich fühle mich rund um die Uhr beobachtet. Die Dienstmädchen, aber auch die Heroen sind ununterbrochen da. Und selbst wenn sie nicht direkt hier in meinem Zimmer stehen, so warten sie vor der Tür, bis ich nur den kleinsten Laut von mir gebe.

Als ich noch eine Heroe war, hat es niemanden interessiert, wenn ich nachts geschrien habe. Wenn ich nichts essen wollte, weil mich mein eigenes Wesen so sehr erdrückt hat.

»Mistress«, ertönt die Stimme von Miral, meiner persönlichen Dienstmagd. Sie streckt ihren Kopf durch die Tür und tritt ein, als sie sieht, dass ich wach bin. Mit schnellen Schritten geht sie auf die Vorhänge zu und zieht sie auf. Ich kneife die Augen zusammen, als die Sonne durch die Fenster strahlt. Erst als ich sie wieder öffnen kann, erkenne ich Mirals süße goldene Locken, die in der Sonne tanzen. Ihre Sommersprossen stechen ein wenig mehr hervor als sonst. Wahrscheinlich hat sie in der Sonne gearbeitet.

»Esst Ihr mit den Majestäten oder wollt Ihr Euer Frühstück erneut im Bett zu Euch nehmen?«

Ich atme tief ein und aus. Zwei Wochen habe ich mich hier verschanzt und dann bin ich gestern einfach von dem Fest verschwunden. Mit einem kleinen unerwünschten Umweg direkt in mein Gemach. Viel mehr von diesem Verhalten werde ich mir nicht leisten können, bis ich Tarons Zorn wirklich wecke.

»Ich esse mit den Fürsten«, sage ich also und lecke mir über die spröden Lippen.

»Einige von ihnen sind schon abgereist, aber Ihr werdet mit unserem Fürsten, dem der Wollust und des Hochmuts speisen.«

Ich beiße die Zähne zusammen, um meine Entscheidung nicht rückgängig zu machen. Das Letzte, was ich jetzt will, ist, diesem Liran zu begegnen.

Wenn wir Aviell finden, wird er sie heiraten, und das ist allein meine Schuld.

»Darf ich Euch heute baden und ankleiden?«, fragt Miral unschuldig und schaut zu Boden.

»Nein, das mache ich selbst«, bringe ich hervor und stehe auf, um zum Bad zu gehen.

Miral räuspert sich und gibt anschließend ein »Mistress« von sich, bevor sie meine Bettwäsche nimmt, um sie auszuschlagen.

Ich schließe die Tür des Bades und lehne mich dagegen. Alles, was ich tue, gehört sich nicht. Aber was soll ich machen? Sie darf mich nicht nackt sehen. Sie würde das schwarze Herz auf meiner Haut erkennen und sofort wissen, dass ich nicht Aviell, sondern eine Heroe bin, deren Kopf dann gefordert wird.

Als mein Blick auf die Wanne fällt und ich den vertrauten Lavendel- und Weihrauchduft wahrnehme, begreife ich, dass Miral schon vor meinem Wachwerden hier war. Also wird sie mitbekommen haben, dass mich unruhige Träume geplagt haben. Ich beiße mir auf die Unterlippe und versuche die Gedanken zu verscheuchen. Sicher träumt auch eine echte Fürstin schlecht. Das hat nichts zu bedeuten.

Ich lasse mein Schlafkleid fallen und steige in das warme Bad, bevor ich untertauche und dieses Schauspiel für ein paar Sekunden vergesse. Mich dem Gefühl der Taubheit hingebe. Aber dieser

Moment für mich allein währt nicht lange, also wasche ich meinen Körper und ziehe dann ein weißes Kleid über, das auf dem hölzernen Handtuchhalter liegt. Anschließend bitte ich Miral herein, um mir die Haare zu machen.

Als sie fertig ist, begleitet sie mich hinab in den Speisesaal.

»Ihr habt heute einen straffen Zeitplan, Mistress«, sagt sie auf dem Weg die Treppe hinunter und hebt dabei ein Pergament vor ihre Nase.

»Zuerst werdet Ihr im Dorf den Fleischer für Eure Verlobungsfeier aussuchen«, beginnt sie aufzuzählen.

Ich nicke nur, damit ich meine Gedanken währenddessen nicht an die anderen Heroen im Schloss übertrage. Am liebsten würde ich wegrennen. Das hier ist nicht mein Leben. Und es sollte auch nicht Aviells sein. Mir ist bewusst, dass sie erst alle Fürstentümer besuchen muss, bevor sie wirklich als Fürstin heiraten darf. Mehr weiß ich allerdings nicht, und Taron scheint es nicht für nötig zu halten, mich einzuweihen. Ich kann nicht nachfragen, was gerade geschieht. Wenn Aviell über alles unterrichtet war – und ich gehe davon aus, da sie ihr Leben lang darauf vorbereitet worden ist zu heiraten –, wäre das viel zu auffällig. Ich hingegen kenne nicht einmal einen einzigen Brauch zur Heirat oder Verlobung. Also muss ich mitspielen.

»Kann ich das Fleisch nicht im Schloss verkosten?«, presse ich dann endlich hervor.

»Mistress«, ermahnt mich Miral beinahe. »Das ist ein Brauch unseres Fürstentums. Ihr müsst entscheiden, welcher Betrieb Euch zusagt. Damit wird er zum offiziellen Fleischer des Fürstenhauses.«

Ich nicke und konzentriere mich auf meine Atmung. Ich fühle mich eingesperrt. In Ketten gelegt. Vielleicht war es nie Aviells Korsett, das sie erdrückt hat, sondern die unsichtbaren Fesseln, die ich nie sehen konnte.

»Danach werdet Ihr die Blumenarrangements bestimmen, und

sobald wir zurück im Palast sind, wird der Schneider kommen, um Maß zu nehmen.«

»In Ordnung«, gebe ich zurück. Wenn ich all die Pflichten erfüllt habe, gestatten sie mir sicher auch ein wenig Zeit für mich, und nur so kann ich nach Avi suchen.

Als ich denselben Saal wie gestern betrete und die Blicke des Fürsten der Wollust auf mir landen, wünschte ich, ich hätte meine Heroenkleidung an statt dieses anzügliche weiße Kleid. Er ist attraktiv, drahtig, groß, dunkelhaarig und hat dieses gewisse Etwas. Aber gleichzeitig ist er schmierig und lüstern.

Taron erhebt sich und bittet mich mit einem Lächeln an den Tisch, während Liran nicht einmal von dem Buch aufschaut, das er gerade liest.

Ich nehme gegenüber von ihnen Platz und versuche einen Blick auf den Einband zu erhaschen. Doch da steht nichts auf dem abgewetzten Leder. Liran schlägt eine Seite um und sieht auf. Seine dunklen Augen treffen meine unvorbereitet und eine Mischung aus Angst und Neugier legt sich auf meine Brust.

»Guten Morgen, Prinzessin«, raunt er und hebt einen Mundwinkel. »Bereit für Eure Pflichten?«

Ich straffe meine Schultern, nicke, nehme die Gabel und steche die zwei Zacken in eine Frucht. Viel lieber aber würde ich sie ihm in seine Brust rammen. Oder in seine arroganten Augen

»Liran«, ermahnt Taron ihn genau wie gestern.

Ich sehe ihn an. Seine rötlich dunkelblonden Haare und das markante Gesicht. Auch wenn er mir gegenüber meist freundlich ist, kann ich mir sehr gut vorstellen, wie sein Gesicht rot anläuft und seine Lippen vor Zorn beben, sobald sein wahres Wesen hervortritt.

»Ich bin dein Gast, Taron, also sprich meinen Namen nicht fortwährend aus, als wäre ich ein kleiner Bengel.«

»Du benimmst dich aber so. Und sie ist meine Verlobte.«

Lirans Blick gleitet wieder zu mir und ich erkenne ein wissendes

Lächeln. Wahrscheinlich würde er nur zu gerne das, was er weiß, wie eine Waffe nutzen und Taron hier und jetzt den Dolch der Wahrheit in sein Herz rammen.

»Wann beginnt meine Reise durch die Fürstentümer?«, frage ich und schaue kurz zum Fürsten der Wollust, der beim Essen ein paar Dienstmägde lasziv mustert. Meine Lust, in sein Fürstentum zu reisen, hält sich in Grenzen.

»Am liebsten würde ich Euch gleich heute mit in einen wahren Palast nehmen, Prinzessin. Doch Taron will, dass Ihr Dinge macht, die normalerweise ein zweitgeborenes Weibchen erledigt«, ergreift Liran das Wort, bevor Taron antworten kann.

»Ich mache das gerne«, sage ich, und Lirans Grinsen verrät mir, dass er meine Lüge durchschaut. Er weiß, wer ich bin. Und sicher weiß er auch, wie mein Leben bisher aussah.

Betont unschuldig entziehe ich mich seinem selbstgefälligen Ausdruck, indem ich mich im fast leeren Saal umschaue. Doch nur Sekunden später bleibe ich an Ark hängen, der vor den riesigen Sprossenfenstern steht, die einen Blick auf den Garten zulassen. Lirans Heroer beobachtet mich mit Argusaugen, und ich muss mich stark zusammenreißen, um ihm nicht meine Gedanken im Geiste zuzuschreien.

»Ich werde so lange wie möglich verhindern, dass sie dein Fürstentum voller Huren, Bastarde und Schwerenöter betritt.«

Liran lacht heiser auf. »Schwerenöter? Wirklich, Taron? Du wagst es, das Wort ›Huren‹ auszusprechen, aber Männer, die sich nicht an die Regeln halten, sind einfach nur Schwerenöter?« Liran schüttelt den Kopf und ich verenge meinen Blick. Dass Männer und vor allem Fürsten keinen Respekt vor Frauen haben, ist nicht selten. Es ist normal, dass Frauen für einen Ehebruch hart bestraft werden und Männer nicht. Warum erwähnt Liran es dann so ausdrücklich? Sieht er das etwa anders?

»Ich begleite Euch in die Stadt«, erhebt Liran jäh das Wort und steht auf.

»*Ich* begleite sie, Liran«, wendet Taron ein und erhebt sich ebenfalls. Mein Hals wird trocken.

»Gut, also sind wir zu dritt. Ich will mir dein Dorf schon lange ansehen.« Er zwinkert mir zu und geht anschließend auf Ark zu, während ich wie angewurzelt sitzen bleibe, da ich noch rein gar nichts gegessen habe. Doch Taron scheint das recht wenig zu interessieren, denn er kommt um den Tisch herum und hält mir seine Hand entgegen.

Als ich sie ergreife, bemerke ich ein Zögern in seiner Haltung und ein Zucken in seinem Gesicht, während er langsam über meine schwieligen Finger streift. Sofort entziehe ich sie ihm und presse die Lippen aufeinander. »Ich bin in meiner Heimat etwas zu viel geritten«, versuche ich meine kampferprobten Hände zu erklären.

Taron nickt liebevoll und führt mich hinaus in die Schlossanlage zu einer Kutsche, in der auch Liran, Ark und Miral Platz nehmen.

Die gesamte Fahrt fühlt es sich so an, als könnte ich nicht atmen. Die Tatsache, dass Liran weiß, wer ich bin, mein größtes Geheimnis kennt und ich ihm Aviells Hand versprochen habe, erdrückt mich.

Umso erleichterter bin ich, als das kleine Dorf, das zum Schloss gehört und hinter einem Wald liegt, in Sichtweite kommt. Wir lassen die letzten Bäume, die den gesamten Palast einrahmen, hinter uns und befahren einen steinernen Pfad. Er wird von hölzernen Hütten und liebevoll gestalteten Vorgärten gesäumt, bis wir am Marktplatz ankommen, dessen Mittelpunkt ein prunkvoller Brunnen bildet. Dahinter erhebt sich die Kathedrale der Todsünden. Sie sieht fast aus wie die kleine Version eines Palastes. Eckige Türmchen am Dach und abgerundete, verzierte Fenster sind zu erkennen. Genauso wie die etlichen Symbole, die in sie hineingemeißelt worden sind. Vor allem eines sticht dabei hervor. Die Ziege. Ein Symbol Satans, der der erste Fürst des Zorns war. Und seine Gebeine liegen hier in dieser heiligen Stätte. Auch bei uns gibt es eine Kathedrale, sie ist aber kleiner und aus Holz statt aus Stein erbaut. In ihr sollen laut den Äbten die Gebeine des letzten Erzengels liegen. Doch wir besuchen sie nicht, da wir uns längst von der Lichtwelt und den Erzengeln abgewendet haben. Um unseren Glauben auszuleben, besuchen wir das Kloster.

Endlich kommt die Kutsche zum Stehen, und ich muss mich zwingen, möglichst gelassen auszusteigen, anstatt einfach sofort rauszuspringen. Taron entschuldigt sich, um seinem Vorfahren die Ehre zu erweisen und ein Gebet an seinem Grab zu sprechen, während ich mit Liran, Miral und Ark zurückbleibe. Seltsamerweise ist Tarons Heroer wieder einmal nicht anwesend. Ich kenne ihn nicht einmal.

Miral zupft mein Kleid so zurecht, dass es nicht über den staubigen Boden streift, während Liran mit Ark flüstert und sich zwei von Tarons Wachen bei uns postieren. Weiter hinten, am Rande des Marktplatzes, erkenne ich zwei Heroen. Eine Frau und einen Mann, die uns beobachten. Das Verlangen, in ihren Geistern zu lesen, was sie hier tun, ist fast übermächtig. Aber damit würde ich meine eigene Barriere aufgeben, also trete ich zu Liran, der mich irritiert mustert.

»Da sind zwei Heroen«, sage ich mit erhobenem Haupt, um ihm keine Schwäche zu zeigen. Und um ihn überhaupt ansehen zu können, denn er ist riesig.

Sein Blick wandert langsam zu ihnen. »Sie gehören zu mir«, erklärt er dann knapp und schaut wieder mich an.

»Zu Euch?« Ich ziehe die Brauen zusammen und mustere kurz Ark. Er ist sein Heroer.

Liran schließt anscheinend genervt die Augen und schnalzt mit der Zunge, bevor er seine Lider wieder hebt. »Ihre Schützlinge sind gestorben, und bevor sie geköpft werden konnten, habe ich ein Veto eingelegt und sie aufgenommen, Prinzessin.«

»Warum?«, frage ich ernst und mustere jede Regung in seinem Gesicht.

Er streicht sich nachdenklich über sein kantiges Kinn und beugt sich dann ein wenig zu mir. »Weil ich es kann«, raunt er so düster und rau, dass ich nicht weiter nachbohre.

Wahrscheinlich kommt es ihm gelegen, mehrere Heroen zu seinem Schutz zu haben. Eigentlich ist es sogar ziemlich schlau, Heroen nicht zu töten, sondern sie in den Dienst eines Fürsten zu stellen, damit er irgendwann eine kleine Armee aus Heroen vorweisen kann. Doch Heroen, deren Schützling stirbt, gelten als Verräter. Als unehrenhaft, und so jemanden will niemand zu seinem Schutz.

Als Taron wiederkehrt, laufen wir über den Marktplatz zur ersten Fleischerei. Ich hasse den Gestank und die Geräusche von splitternden Knochen und versuche nur durchzuhalten, bis wir endlich zurück in der Kutsche sind, um zu dem Hof zu fahren, der ebenfalls als Fleischer infrage kommt.

Dort angekommen, sehe ich über die Weiden und mustere die Tiere, während Taron sich mit dem Hofherrn unterhält. Sie stehen vor einer großen Scheune, aus der ein unangenehmer Geruch strömt. Daneben befindet sich das Haus der Familie, oder wohl eher eine Holzhütte. Vor allem im Gegensatz zur Scheune wirkt es sporadisch und ärmlich.

Wärme durchströmt meinen Körper, als sich Liran von hinten nähert. Ich spüre ihn. Rieche ihn.

»Und? Schon entschieden, von wem Ihr beliefert werden wollt, Prinzessin?«

»Hört auf, mich so zu nennen, Euer Gnaden«, sage ich resigniert. Ich habe keine Kraft mehr, weil ich nicht weiß, woher ich sie ziehen soll, wenn nicht aus Aviells Seele. Mir wird mehr und mehr bewusst, dass sie recht hatte. Ich habe keine eigene Identität.

»Ihr wisst genauso gut wie ich, dass ich keine Prinzessin bin.«

Er bleibt still, bis hinter ihm ein »Liran« ertönt.

Ich drehe mich um und erkenne die Heroe vom Marktplatz. Sie hat pechschwarzes Haar, genau wie Aviell, und mit ihren grünen Augen blickt sie kurz zu mir, bevor sie sich Liran zuwendet.

»Wir haben seltsame Nachrichten erhalten«, sagt sie und sieht sich wachsam um. Wieder ist da dieses Verlangen in mir, mitzuhören.

»Also sind Heroen in der Nähe?«, fragt Liran und hebt eine Hand an seinen Kopf. Fährt sich nachdenklich durch das Haar.

»Liran, ich glaube es wird Zeit, nach Hause zu fahren«, flüstert sie.

Ich blinzle irritiert. Sie nennt ihn Liran, duzt ihn. Nennt seinen Palast Zuhause. Wie kann das möglich sein, wenn sie nur eine Heroe ist? Und nicht einmal seine.

»In Ordnung, fahr zusammen mit Laro zurück. Ich werde mit Ark nachkommen.«

Die Heroe zögert und verzieht den Mund. »Warte nicht zu lange.« Erneut mustert sie unruhig die Gegend.

»Was hörst du?«, frage nun ich.

Sie schaut mich verdutzt an und dann Liran, als würde sie ihn um Erlaubnis bitten, mit mir zu reden. Er nickt.

»Ich höre Heroen, die leiden, Navien.«

Mir stockt der Atem. Sie weiß, wer ich bin? Liran hat es ihr einfach gesagt? Hat er eine Ahnung, wie gefährlich das ist? Vor allem für Avi. Ich werfe einen raschen Blick auf Taron, aber der ist zu weit weg, um das gehört zu haben.

»Wo sind sie?«, presse ich hervor, um nicht die Fassung zu verlieren.

Sie schließt ihre Augen und zieht die Luft um sich herum ein, als könnte sie die Heroen riechen. »Überall und doch nirgendwo. Sie sind gut versteckt.«

»Soll das heißen, dass die Bewohner Heroen versteckt halten und … quälen?«

Sie sagt nichts – was Antwort genug ist. Nur eines bezweifelt sie an meiner Aussage. Das begreife ich, als sie zu Taron sieht. Sie ist also der Meinung, dass der Fürst des Zorns diese Heroen gefangen hält und quält? Niemals.

»Ihr müsst etwas tun!«, wende ich mich an Liran.

»Ich bin der Fürst des Hochmuts, Navien. Dies ist das Fürstentum des Zorns. Es ist nicht mein Hoheitsgebiet«, erklärt er mit genervtem Unterton. Als wäre er es längst leid, einen Pakt mit mir geschlossen zu haben.

»Und das war's?« Ich balle meine Hände zu Fäusten und wieder lehnt er sich zu mir.

»Wenn du etwas tun willst, kleine Heroe, dann geh zu deinem Fürsten und bitte ihn darum. Vielleicht fragt er ja nicht nach, woher du diese Informationen hast. Ja, vielleicht hast du eine Chance, dass er nicht begreift, warum du dich für Heroen einsetzt. Ich bezweifle es aber.« Mit diesen Worten entfernt er sich und läuft zusammen mit der Heroe zu Ark.

Mein Herz pocht laut und unerbittlich gegen meine Brust. Was, wenn dieses Mädchen recht hat und Taron es ist, der Heroen gefangen hält? Ich habe jedoch kaum Zeit, darüber nachzudenken, weil mich ebendieser zu sich ruft, damit wir uns die Schlachtscheune ansehen können.

Mir ist übel, und ich bemühe mich, die hängenden Leiber und das tropfende Blut zu ignorieren, bis wir endlich die Urkunde unterschreiben, um ihn als Schlächter auszuwählen. Als mir Taron die Feder in die Hand drückt, hier mitten zwischen den toten Tieren, denke ich kaum darüber nach, dass ich mit einem falschen Namen unterzeichne. Ich tue es einfach und erschrecke, als ich mich umdrehe und Liran hinter mir erkenne. Sein Blick ist verengt auf meine Unterschrift gerichtet. Was soll das? Er weiß doch genau, dass ich nicht Aviell bin. Und dennoch scheint ihn dieses falsche Aviell-Theater nicht in Ruhe zu lassen.

Als wir zurück am Marktplatz sind, auf dem nun kleine Stände aufgebaut sind, in denen Waren angepriesen werden, entferne ich mich von Taron, während er die Menschen begrüßt. Sie sehen nicht ganz so abgemagert und ärmlich aus, wie es bei uns im Reich der Wahrheit der Fall ist. Dennoch wirken sie etwas betrübt oder unglücklich. Und in diesem Moment fühle ich mich nicht viel besser, da es Taron eindeutig missfällt, dass ich nicht an seiner Seite bleibe, wie es sich für eine Verlobte gehört. Aber ich habe einfach nicht mehr genug Kraft, meine Mauer noch länger aufrechtzuerhalten, während ich gleichzeitig so tun muss, als wäre ich die geborene Fürstin. Das bin ich nicht und werde es nie sein. Und ich werde nie Freude dabei empfinden, wildfremde Menschen zu umarmen oder ihnen die Hände zu schütteln. Das ist nicht mein Wesen.

Also setze ich mich auf die Mauer des Brunnens und beobachte die Händler an den Ständen. Sie wirken ebenfalls nicht wirklich fröhlich. Vielleicht sind sie ja zornig, so wie ihr Fürst. Ich bin mir unsicher, ob bei uns im Fürstentum auch immer jeder die Wahrheit gesagt hat. Aber es könnte sein. Einen Moment lang verliere ich mich in dem Fischstand und frage mich, wo sie hier Fisch fangen, bis Taron und Liran wieder zu mir treten und ich entschuldigend den Mund verziehe. Doch ich sehe, dass Taron zornig ist.

Liran bemerkt es ebenfalls und scheint zu zögern, dann räuspert er sich aber. »Ich werde jetzt abreisen, meine Anwesenheit wird im Fürstentum des Hochmuts verlangt.« Er verbeugt sich leicht und schreitet davon.

Ich wünschte, er würde bleiben. Und wie sehr, spüre ich, als Taron meinen Arm packt und mich mit sich zur Kutsche zieht. Erst als er mich grob auf meinen Sitz schleudert, lässt er los.

»Hör mir genau zu, Aviell!«, knurrt er. Meine Kehle schnürt sich zu. »Wenn du mich noch ein einziges Mal in eine solche Verlegenheit bringst, dann werde ich mehr tun, als nur deinen Arm zu packen, haben wir uns verstanden?«

Ich will nicken, ja, ich will wirklich das unterwürfige Prinzesschen sein, das ich so oft in Avi erkannt habe, sobald ihr Vater sie zurechtgewiesen hat. Aber ich kann nicht.

»Werdet Ihr mich schlagen? Mich verprügeln?« Ein Lachen entfährt mir, weil er keine Ahnung hat, dass ich das zur Genüge erfahren habe. Ich wurde nicht nur ein Mal in meinem Leben verprügelt, nein. Meine gesamte Kindheit bestand aus gebrochenen Nasen, Rippen. Aus blauen Flecken und Blut. Aus Schmerz.

Ich straffe meine Haltung und in diesem Moment holt Taron

aus und schlägt mir mit der flachen Hand ins Gesicht. Ich versuche stark zu bleiben. Obwohl mich der Schlag kalt erwischt hat und mein Gesicht heiß brennt. Es glüht und meine Hand will am liebsten selbst ausholen.

»Das nächste Mal ist es die Faust, Aviell. Also bring mich nicht in eine solche Situation.«

Dieses Mal nicke ich. Er wird mir immer die Schuld geben. Ich bin verantwortlich für seinen Zorn und den darauf folgenden Ausbruch. Wer auch sonst? Das ist es, was all diese Männer denken.

Und sosehr ich mich zusammenreiße, meine Fassade nicht aufzugeben, spüre ich plötzlich Ark. Ich will dagegen ankämpfen. Was, wenn auch andere Heroen bemerken, dass ich meinen Geist gerade nicht verschlossen halten kann?

Aber dann beruhigt mich seine Stimme. *Liran wird etwas dagegen unternehmen.* Und obwohl ich Angst vor dem Fürsten des Hochmuts habe, gibt mir dieser Satz genug Kraft, um meine Mauer wieder hochzuziehen und meine Schultern zu straffen.

Auf dem Weg zum Palast halten wir noch am Blumenladen, in dem ich abwesend ein paar Lilien auswähle. Taron scheint zufrieden zu sein, weshalb wir endlich zum Schloss fahren und ich mich in mein Zimmer zurückziehen kann, bis der Schneider eintrifft.

Als es klopft, halte ich den Atem an, doch es ist nur Miral, die mir dabei helfen will, Unterkleidung anzuziehen, damit der Schneider Maß nehmen kann.

Ihr Blick fällt durch den Spiegel des Schminktisches, an dem ich sitze, auf mein gerötetes Gesicht. Dann sieht sie hinab auf das Puder, mit dem ich vergeblich versucht habe, es zu kaschieren. Sie schenkt mir ein karges Lächeln, legt die Unterkleidung ab und greift um mich herum in eine Schublade, um ein anderes Puder herauszuholen.

»Dieses dort ist durchsichtig, Mistress. Es dient nur dazu, dass Euer Gesicht nicht glänzt.« Mit diesen Worten öffnet sie die goldene Dose und tupft mit einem Pinsel etwas auf meine Wange.

Ich bemühe mich, einfach nur ruhig zu atmen. Da ist kaum ein Gefühl in mir. Und ein Teil von mir wünschte, ich könnte fühlen. Ich könnte weinen, so wie es Avi konnte. Oder mitfühlend und dankbar sein. Aber da ist nichts.

»Ich nehme an, Ihr wollt Euch allein umkleiden«, sagt sie eher, als dass sie es fragt, und reicht mir die Kleidung.

Ich nicke, ringe mir ein Lächeln ab und verschwinde im Bad. Wie eine Marionette lasse ich das weiße Kleid fallen und will gerade das Korsett anlegen, als ich hinter mir ein Geräusch höre und mich umdrehe. Ich erstarre. In der Tür steht Miral und sieht auf meinen nackten Körper. Auf meine Brust. Auf das schwarze Herz der Heroen. Ihre großen blauen Augen verweilen unendliche Sekunden darauf, bis sie mir ins Gesicht blickt. Das ist mein Ende. Und Avis Ende.

»Hier ist noch ein Höschen, das ich vergessen habe«, sagt sie, kommt näher und bückt sich, um es mir anzuziehen.

Mit angehaltenem Atem hebe ich nacheinander meine Füße und lasse sie ihre Arbeit tun. Dann nimmt sie mir das Korsett ab, geht um mich herum und legt mir den harten Stoff von hinten über die Brüste.

»Das wird das Mal vollständig verbergen.«

»Miral, ich …«

»Ihr braucht mir nichts zu erklären, Mistress«, murmelt sie, während sie das Korsett festschnürt und dann wieder vor mich tritt, um mir den Rock anzuziehen.

»Es ist nicht so, wie es aussieht«, presse ich hervor.

Sie nickt und schaut mich ernst an. »Ist es das jemals?«

Ich hole tief Luft. In meinem Fall ist es so. Ich bin eine Heroe, die sich als Fürstentochter ausgibt.

»Ist die Mistress tot?«, erkundigt sie sich kühl und abgeklärt.

»Nein. Ich mache das hier, um sie zu retten.«

Miral nickt wieder. »Ich werde Euch helfen, das Mal zu verstecken.«

»Warum?«, entfährt es mir. Ich beiße mir auf die Zunge. Sollte man gute Taten wirklich hinterfragen?

»Weil Heroen nicht die Bösen sind. Auch wenn die Fürsten sie dazu machen. Schon meine Mutter lehrte mich, dass es gute Heroen gibt.« Sie holt Luft, als wollte sie mir noch etwas sagen, schüttelt dann aber den Kopf, knickst vor mir und verlässt den Raum.

Mein Herz hämmert laut und hart gegen meine Brust. Als wäre es ein Gefangener, der auszubrechen droht. Und in diesem Moment begreife ich, dass das meine Seele ist, die leben will.

Die Worte aus den Apokryphen brennen sich in meinen Geist.

Als Erste geboren, als Zweite gesühnt. Verbunden durch Seelen, den Schmerz nicht gespürt. Der Tod wird dich suchen, doch findet er dich nicht. Denn dein ist die Herrschaft, versunken in Licht.

Was, wenn damit ich gemeint bin? Die als Erste geboren wurde, doch als Zweite sühnte, weil es vor mir Kaleb gab, der ebenfalls dämonisches Blut besaß. Ist das hier dann meine Bestimmung? Ein falsches Leben führen zu müssen und zu herrschen? Neben Taron? Wie kann das meine Bestimmung sein? Mein Schicksal? Ich bin nichts anderes als ein Dämon.

❋ ❋ ❋

Nachdem wir zu Abend gegessen haben, ziehe ich mich schnell auf mein Zimmer zurück. Wenn ich Glück habe, kann ich mich herausstehlen und nach Avi suchen. Ich warte schon seit Tagen auf einen Abend, an dem mich keine Verpflichtungen erwarten oder meine Wunde wieder bluten könnte. Das hätte mich nur verraten. Obgleich das Ganze ein eher aussichtsloses Unterfangen werden dürfte. Wie soll ich sie ausgerechnet im Fürstentum des Zorns finden? Dennoch zieht es mich zurück zu dem Hof, in dessen Nähe Lirans Heroe die anderen Heroen hat schreien hören. Es gibt zwar keine offensichtliche Verbindung, doch das ist das Einzige, was hier seltsam ist. So wie Avis Verschwinden es ebenfalls ist. Also gehe ich in das Badezimmer und begutachte mich im Spiegel. Sollte ich das Kleid anbehalten? Die Gefahr ist groß, dass ich dann erkannt werde. Der Stoff ist zwar hellblau und schlicht, beinhaltet jedoch goldene Ornamente durch gewebten Faden. Aber was soll ich sonst tragen? Was für Menschen laufen nächtens im Dorf herum? Dienstmägde vielleicht?

Als ich ein Räuspern hinter mir höre, schrecke ich zusammen. Es ist Miral, die dasteht und mich nachdenklich mustert.

»Soll ich Euch beim Umkleiden helfen?«

»Ja, allerdings möchte ich nicht ins Bett gehen. Ich muss in das Dorf zurück.«

Sie hebt kaum merklich die Brauen, sagt aber nichts. Stattdessen entschuldigt sie sich kurz und kommt dann mit bräunlicher Kleidung zurück. Es ist ihre eigene.

Nachdem ich mich umgezogen habe, erklärt sie mir noch, wie ich in das Dorf komme, und führt mich zum Dienstbotenausgang. Vielleicht sollte ich hinterfragen, warum sie mir hilft. Und mich nicht verrät. Doch dafür habe ich keine Zeit. Ich muss darauf hoffen, dass es Menschen gibt, die einer Heroe wohlgesonnen sind.

Während ich über den Waldweg laufe, den wir am Mittag mit der Kutsche genommen haben, fühle ich mich seltsam. Ist das Einsamkeit? Dieses Ziehen in meiner Brust erinnert mich an das Gefühl, wenn ich in einem der Ausbildungslager war und meine Familie vermisst habe. Doch dies hier ist anders. Es ist drückender und schmerzhaft. Als würde sich das Gefühl von innen durch meine Brust bohren und mich kaum atmen lassen.

Als das Dorf in Sicht ist und ich das Schloss weit genug hinter mir gelassen habe, öffne ich kurz meinen Geist. Die Freiheit, für ein paar Sekunden nicht angestrengt zu sein, ist äußerst angenehm. Ich gehe weiter auf das im Tal liegende Dorf zu, bis ich etwas spüre. Oder höre … dort ist ein Weinen. Verbunden mit Schmerz.

Aus einem Impuls heraus springe ich hinter einen Baum und verstecke mich. Lausche dem Weinen und versuche eine Verbindung zu dem Heroer aufzubauen. Doch etwas trübt meine Verbindung zu ihm. Musik und lachende Menschen. Mein Blick verengt sich und wandert nach links, wo das Dorf am Wald endet. Dahinter, zwischen den Bäumen, erkenne ich Lichter. Ein Fest?

Ich beiße mir auf die Unterlippe und erschrecke mich vor mir selbst. Dieses nervöse Beißen ist auch etwas, das ich vor Avis Verschwinden das letzte Mal in meiner Kindheit getan habe. Was ist nur los mit mir? Ich bin dazu erzogen und ausgebildet, konzentriert und kühl zu sein. Ich bin eine Heroe.

Kurz schließe ich die Augen, nicke mir selbst zu und setze mich wieder in Bewegung. Wenn nicht ausgerechnet die Besitzer der Fleischereien oder des Blumenladens dort sind und mich wiedererkennen, kann ich unbemerkt nachsehen, was das ist. Und vielleicht sogar die Heroen finden.

Mit gestrafften Schultern stapfe ich durch den Wald und stoppe erst, als die Trommeln und Gesänge laut zu hören sind und ich ein paar Menschen durch die Bäume erkennen kann. Sie tanzen um ein Feuer herum, das auf einer Art Lichtung errichtet wurde, und tragen seltsame Masken, die die obere Hälfte ihres Gesichts verdecken. Ich lege den Kopf schief. Es sind schwarze, dämonische Fratzen mit Ziegenhörnern. Ich habe in Büchern davon gelesen, dass Satan so dargestellt wurde. Ist das hier also so etwas wie ein Ritual?

»Hast du deine Maske verloren?«

Ich erstarre. Die männliche Stimme kommt mir nicht bekannt vor. Also drehe ich mich um und presse meine Zähne aufeinander, als ich den großen Mann mit einer dieser Ziegenmasken hinter mir zwischen den Bäumen stehen sehe.

»Ich hatte nicht genug Geld für eine«, gebe ich eine riskante Lüge von mir. Was, wenn Taron seinen Untertanen die Masken frei zur Verfügung stellt, damit sie … was auch immer tun können?

»So?«, hakt der Mann nach. Seine Stimme klingt jung und alt zugleich. »Ich könnte dir meine geben.«

»Und warum?«

Er lächelt. »Weil du dahinten sonst erkannt wirst, und ich nehme an, dass du hingehen willst.«

Ich verenge meinen Blick. »Was sollen sie denn erkennen? Ich bin eine Dienstmagd.«

Er nickt bloß, als würde er das Lügenspiel akzeptieren, das ich hier spiele.

»He, was macht ihr da?«, höre ich plötzlich eine laute Stimme.

Ich sehe zur Seite und beobachte, wie vier Gestalten mit Masken zu uns treten. Weiß ich wirklich, dass unter ihnen niemand ist, der mich erkennen kann? Jemand, der auf dem Schloss war oder am Marktplatz?

»Verdammt«, zische ich und wende das Gesicht ab.

Der Mann lacht heiser, dann packt er meinen Arm und zieht mich zu sich. Ich will gerade die Welt verfluchen, weil er mich wahrscheinlich verraten und Taron mich dafür sicher verprügeln wird, doch im nächsten Moment stülpt er mir seine Maske über den Kopf und streicht mir ganz sanft über die Wange. Ich blicke in sein Gesicht. Es wirkt auf eine seltsame Art weder menschlich noch dämonisch. Aber recht hübsch.

»Wir wollen nur ein wenig Privatsphäre«, sagt er ganz leise, doch die vier Gestalten halten augenblicklich inne.

»Es geht jetzt los. Zieh deine Maske an und komm!«, weist ihn ein Mann an und schüttelt zornig den Kopf, bevor er zu mir sieht. »Wir sind nicht hier, damit du dich entehrst, Mädchen.«

Ich hebe meine Brauen, was er unter meiner Maske wohl nicht erkennen dürfte. Wenn er nur wüsste, dass ich schon bei meiner Geburt entehrt war und es wirklich niemanden auf dieser Welt interessiert, dass ich bereits vor ein paar Jahren meine Jungfräulichkeit verloren habe. Denn eigentlich habe ich sie laut der Fürsten als Heroe nie besessen.

»Nun müssen wir da durch«, raunt mir der Mann, der mir die Maske gegeben hat, ins Ohr und greift nach meiner Hand.

»Und was ist mit deiner Maske?«

»Sie werden da drüben verteilt. Sogar ohne Bezahlung.«

Ich verziehe den Mund. Aber er scheint mich, aus welchem Grund auch immer, nicht verraten zu wollen, also folge ich ihm zu dem riesigen Lagerfeuer. Er schnappt sich eine Maske von einem Haufen, zieht sie über sein hübsches Gesicht und führt mich zu einem Baumstamm, auf den ich mich setze.

Kurz mustere ich seinen muskulösen, drahtigen Körper. Er sieht ausgebildet aus. Wie ein Heroer. Doch er ist keiner. Das kann ich spüren. Und er trägt keine Lilie in seinem Gesicht.

Langsam schaue ich mich um. Die Lichtung lässt einen Blick auf den schwarzen Himmel zu, an dem man keine Sterne erkennen kann. Die Baumkronen bilden einen perfekten Kreis, vor allem weil sie durch das Feuer beleuchtet werden und wunderschön glänzen.

»Warum bist du hier?«, fragt er, nachdem er verschwunden und mit zwei blutroten Getränken wiedergekehrt ist. Er setzt sich und ich suche nach der Quelle des Tranks. Dann erkenne ich einen kleinen hölzernen Tisch, auf dem Krüge und Gefäße stehen.

»Das ist aber kein Blut, oder?«

»So verrückt sind die nicht«, gibt er lächelnd zurück.

»Wer bist du?«

»Du hast meine Frage noch nicht beantwortet.«

»Und wenn du eine ehrliche Antwort auf die Frage haben willst, muss ich erst ein paar Fakten über dich kennen.«

»So? Angenommen, du erfährst meinen Namen und meinen Beruf, meinen Familienstand, dann vertraust du mir plötzlich?«

»Mal sehen«, gebe ich zurück und zucke sogleich zusammen, weil das Weinen in meinem Kopf lauter wird.

»Du hörst sie.«

»Was?«, frage ich mit verzerrtem Gesicht. Mehr Stimmen erfüllen meinen Geist. Schreien. Zerreißen mich. Ich kippe ein wenig nach vorn, doch der Mann hält mich fest.

»Verschließ dich.«

»Nein, ich …«

»Verschließ deinen Geist!«, knurrt er. Es klingt wie eine Warnung und ich gehorche ihm. Sofort verschwinden die Schreie und der Schmerz. Mein Verstand kehrt langsam zurück, und nun endlich begreife ich, was hier gerade vor sich geht.

»Opfern sie sie?« Ich stehe auf und will etwas tun. Ein paar der düsteren Augen hinter den Masken richten sich auf mich.

»Bleib sitzen. Es ist zu spät.«

»Wer bist du?«, zische ich. Mein Körper bebt. Wenn gleich wirklich Heroen geopfert werden, kann ich nicht einfach dabei zusehen. Ich …

»Ich habe keinen Namen.«

Ich lache, mehr aus Verzweiflung, doch das ändert nichts daran, dass ich nichts tun kann.

»Schön, bleib nicht sitzen. Aber dann musst du kämpfen.«

»Was?« Ich habe das Wort kaum ausgesprochen, da steht er bereits und zieht zwei Schwerter. Ich weite meine Augen. Er schlägt zu. Ersticht die maskierten Gestalten, und sie fallen zu Boden, als wären sie bloß Puppen. Er bewegt sich so schnell. So … Lärm bricht aus. Die Maskierten beginnen zu begreifen, was gerade passiert, und wollen wegrennen, doch aus dem Wald um uns herum höre ich ihre Schreie. Höre Schwerter. Dieser Kerl vor mir scheint nicht allein gekommen zu sein. Aber warum bin ich hier? Warum hat er mich mitgenommen?

Er kommt auf mich zu, packt meine Schulter und sieht mich durchdringend an. »Such die Heroen und bring sie in den Wald. In diese Richtung.« Mit diesen Worten löst er sich von mir und schlägt weiter und unerbittlich zu.

Ich schlucke, fasse mich und öffne meinen Geist. Alles ist voller Geschrei. Und doch spüre ich, aus welcher Richtung es kommt. Ich denke nicht nach. Renne einfach los. Über den Platz am Feuer vorbei und weiter hinein in den Wald. Die Schreie werden lauter und mischen sich mit echten Rufen.

Ich springe über Äste und ignoriere die, die mir in die Haut schneiden, bis ich endlich an einer kleinen, alten Kapelle ankomme. Vorsichtig bleibe ich stehen und prüfe die Umgebung. Dann erkenne ich zwei der Maskierten, die an der Tür zur Kapelle stehen. Ich beruhige meinen Atem und trete zu ihnen.

»Was ist da los?«, fragt einer von ihnen. Seine Stimme klingt nervös und angespannt.

»Ich weiß es nicht«, sage ich, weil mir nichts Besseres einfällt.

»Lass sie uns jetzt hier töten!«, entscheidet der andere und nickt seinem Kumpan zu. »Bist du dabei?«

Ausdruckslos sehe ich ihn an und überlege, was ich tun soll. Ich bin nicht bewaffnet. Trotzdem muss ich die beiden daran hindern, diese Heroen abzuschlachten.

Als sie gerade hineingehen wollen und ihre Schwerter zücken, greife ich an. Dem ersten Mann ramme ich meine Faust in den Nacken. Mein Ausbilder hat mir beigebracht, wo ich jemanden erwischen muss, um ihn bewusstlos zu schlagen. Und so fällt der Mann einfach zu Boden. Der andere allerdings zückt sein Schwert, dreht sich mir zu und will angreifen. Ich trete gegen seine Hand. Das Schwert fällt zu Boden, also packe ich sein Handgelenk und drehe es, bis er aufschreit. Ohne nachzudenken, ramme ich ihm meinen Kopf in die Brust und schleudere ihn an seinem Handgelenk über meinen Rücken zu Boden. Er keucht. Und er liegt am Boden. Dennoch trete ich zu. Ein gezielter Tritt gegen seinen Kopf und er ist ebenfalls bewusstlos. Nicht der gerechteste Kampf. Diese Kerle waren eindeutig keine ausgebildeten Kämpfer, und ich schlage ungern zu, wenn jemand bereits am Boden ist. Aber so ist das Leben. Was ist in dieser Welt schon gerecht?

Ich steige über die beiden Maskierten hinweg und stoße die Tür auf.

Kurz schweigen sie in meinem Kopf. Dann begreifen sie, was ich bin. Ich ziehe meine Maske ab und blicke in vier Gesichter. Zwei von ihnen sind Kinder. Gerade einmal fünf und sieben, würde ich schätzen. Die anderen beiden sind eine Frau und ein Mann, die sich aneinanderklammern, während sie die Kinder hinter sich zu verstecken versuchen.

Ich starre sie an. Der Mann und die Frau, sie sind wohl Ende zwanzig, sie … sie sind die Eltern der Kinder. Ich weiß es sofort. Und sie sind Heroen. Heroen, die sich ineinander verliebt und eine Familie gegründet haben. Es gibt kein schlimmeres Vergehen. Verlieben und heiraten dürfen wir uns zwar, aber Kinder kriegen? Niemals.

Und der Teil in mir, der mir anerzogen wurde, will sie nicht retten. Er will sie ausliefern, weil sie etwas so Schreckliches getan haben. Hitze und Kälte übermannen meinen bebenden Körper. Ich balle meine Hände zu Fäusten.

»Bitte«, wispert der Mann gebrochen. »Nehmt mich, aber lasst meine Familie frei.«

Ich bin immer noch wie erstarrt. Ich muss etwas tun, doch … das hier ist verboten. Sie haben dämonische Kinder in die Welt gesetzt, die nicht ausgebildet werden. Sie sind gefährlich.

Und trotzdem fühle ich nicht, was ich da denke. Warum sollten sie nicht das Recht haben, sich zu lieben und eine Familie zu gründen?

»Kommt mit!«, presse ich hervor und drehe mich um. Sie zögern kurz. Ich kann es in meinem Geist spüren. *Ich werde euch helfen,* sage ich also in ihren Gedanken und gehe weiter vor in die Richtung, die mir der Namenlose genannt hat. Sie folgen mir.

Wir gehen schnell, aber nicht schnell genug, weil die Frau ein wenig humpelt.

Es ist dunkel und irgendwann drehe ich mich um und starre sie an. »Warum? Warum habt ihr so etwas getan?«

Ihre Lippen beben, als sie zu mir vortritt.

»Wir lieben uns.«

Alles in mir ist angespannt. »Wir können nicht lieben.«

»Natürlich können wir das.«

Das kleine Mädchen kommt zu uns und schmiegt sich an seine Mutter, woraufhin diese ihr liebevoll über den Kopf streicht. Und in diesem Moment spüre ich seltsamerweise, wie mein Inneres vor Schmerz schreit. Das Kind in mir, das sich wünscht, ich wäre sie. Nur für einen einzigen Tag. Ich fühle es und dann auch wieder nicht. Als wäre eine Mauer zwischen mir und dieser Navien in mir, die ausbrechen will.

»Was ist mit deiner Lilie passiert?«, fragt das Mädchen.

Ich schlucke und schaue mich um. Alles ist leise. Alles ist so friedlich. Mein Blick wandert wieder zu ihrem kleinen Gesicht und ihrem Mal. Mein Herz wird schwer. Und dann höre ich Schritte hinter mir. Ich drehe mich um und bin bereit, für sie zu kämpfen. Warum auch immer. Aber sie sind es wert, dass jemand für sie kämpft. Mehr wert, als es die Fürsten sind.

Aus der Dunkelheit hinter mir tritt der namenlose Mann. Ohne Maske. Er sieht mich fast belustigt an.

»Alles in Ordnung?«

»Was willst du von ihnen?«, frage ich und bleibe in Kampfhaltung.

»Ich will ihnen helfen.«

»Sicher?«

Er legt den Kopf schief und bleibt direkt vor mir stehen. Sein Geruch ist anders. Etwas, das ich nie zuvor gerochen habe. Wie der Himmel selbst riechen würde.

»Ja. Und du musst zurück.«

»Ich …«

»Du musst. Wir werden uns wiedersehen.« Mit diesen Worten nickt er der Heroenfamilie zu und geht. Sie folgen ihm. Und ich bleibe allein und zitternd zurück.

Es dauert eine halbe Ewigkeit, bis ich mich endlich fange und loslaufe. Ich will ignorieren, dass ich gerade etwas gefühlt habe. Obgleich es nur schwach war. Etwas ist in mir erwacht. Nicht heute. Es war, als sich Aviells Seele von meiner trennte. Da sind Gefühle, so winzig sie auch sein mögen. Ich fühle etwas. Obwohl ich ein Dämon bin.

KAPITEL 5

»Mistress, Ihr müsst Euch für die Verlobungsfeier ankleiden«, ertönt Mirals Stimme hinter der Badtür.

Ich seufze, denn am liebsten würde ich ewig in diesem warmen, gut riechenden Wasser bleiben. Schon allein, um den Fürsten nicht begegnen zu müssen. Keinem von ihnen, aber vor allem Taron nicht. Nachdem er mich geschlagen hat, hat er die letzte Woche so getan, als wäre nichts geschehen. Ich musste Kleider anprobieren, Dekorationen aussuchen und Tischpläne erstellen, obwohl ich niemanden außer Taron und Liran kenne. Und sie kenne ich ebenfalls nicht wirklich. Und das will ich auch nicht.

Doch Taron ist nicht der Einzige, der so getan hat, als wäre nichts geschehen. Ich selbst habe mich vor dem versteckt, was ich dort im Wald gesehen und vor allem gefühlt habe. Und wenn ich ehrlich bin, genauso vor der Tatsache, dass mir dieser namenlose Kerl wirklich Angst gemacht hat. Ich bin zwar eine ausgebildete Heroe, aber selbst mir ist es schwergefallen, jemanden zu töten. Er hat die Menschen dort abgeschlachtet, als wären sie keine Lebewesen.

Ich schüttle die beunruhigenden Gedanken ab und steige aus der Wanne, bevor ich Miral hereinbitte. Ab morgen beginnt meine Reise durch die Fürstentümer, und meine Freude, dass ich dann sicher mehr Freiheiten haben werde, wird dadurch getrübt, dass ich bis auf den Ausflug in den Wald keine Gelegenheit hatte, hier ausführlich nach Avi zu suchen. Hier in der Nähe von unserem Fürstentum, in dem sie entführt wurde. In der Nähe von Menschen, die

Heroen opfern wollen, denn eigentlich haben diese Angreifer im Schloss der Wahrheit und Ka ja nach mir gesucht. Was, wenn das irgendwie zusammenhängt?

Miral kleidet mich ein, bindet mir die Haare zusammen und schminkt mich ein wenig. Sie achtet aber immer genau darauf, dass ich noch aussehe wie ich. Nicht wie eine Puppe. Und ich bin ihr dankbar dafür. Ebenso dafür, dass sie über meine wahre Identität schweigt. Nicht nur vor den anderen. Auch vor mir.

Als ich in den geschmückten Thronsaal trete, wie gewohnt im weißen Kleid, rauschen die vielen Stimmen und die Musik in meinen Ohren. Es macht mich nervös. Als Heroe habe ich permanent durch einen solchen Lärm hindurchgehört, weil ich mich auf das konzentriert habe, was in meinem Geist passiert. Was die anderen Heroen zu melden haben. Doch jetzt muss ich die Mauer aufrechterhalten und gleichzeitig mit diesem Lärm umgehen.

Die Fürsten sitzen erneut an einer erhöhten Tafel. Dieses Mal stehen aber zwei Throne in der Mitte des Tisches. Einer für Taron und einer für mich. In mir verkrampft sich alles. Abgesehen davon, dass ich ihn nicht heiraten will, und schon gar nicht in Aviells Namen, will ich nicht, dass sein Zorn mich ereilt, wenn ich immer wieder Gründe finden muss, ihn nicht sofort zu heiraten. Er redet bereits über die Hochzeitsfeier, die, wenn es nach ihm ginge, direkt nach meiner Reise durch die Fürstentümer stattfinden soll.

Ich hole tief Luft, gehe zu dem Tisch und setze mich auf den kleineren Thron. Und dann spüre ich Lirans Blick auf mir und finde ihn auch sofort. Ein abwertendes Lächeln spielt um seine Lippen, während er sich langsam auf mich zubewegt.

»Hübscher Thron«, raunt er im Vorbeigehen und setzt sich direkt neben mir auf einen der normalen Stühle.

Mein gesamter Körper ist angespannt. In seiner Gegenwart fühle ich mich, als könnte ich nicht atmen. Als wäre ich gefangen.

Er lacht leise.

»Was ist so amüsant, Euer Gnaden?«, frage ich mit erhobenem Haupt. Er soll nicht merken, wie sehr er mich einschüchtert.

»Ich kann mich nicht entscheiden, ob es die Tatsache ist, dass Taron sich selbst einen höheren Thron hat hier aufstellen lassen, obwohl Ihr ja Aviell, die Fürstin der Wahrheit seid. Oder ob mich die Tatsache, mit welcher Selbstverständlichkeit ihr den kleineren Thron eingenommen habt, mehr belustigt.«

»Schön, dass Ihr Euren Spaß habt«, entgegne ich kühl und würdige ihn keines Blickes. Stattdessen sehe ich ins Nichts und gleichzeitig in ein Gewirr aus Adeligen. Einer gleicht dem anderen.

»Wir werden ab morgen noch viel mehr Spaß haben, Prinzessin«, raunt er verführerisch.

Aber bei mir nützt das nichts. Was erwartet er? Dass eine Heroe plötzlich fleischliche Gelüste entwickelt und er mich um den Finger wickeln kann? Sicher nicht.

»Wie interpretiert Ihr Spaß, Euer Gnaden?«

»Kommt darauf an, wer fragt.«

Ich sehe ihn an. »Ihr wisst doch, wer fragt. Ich sitze direkt neben Euch.« Ich bin stolz, da ich beinahe so hochmütig klinge wie er.

Er hebt einen Mundwinkel und schiebt sich dann näher zu mir. Ich atme seinen Geruch, der so besonders ist. Und gleichzeitig vertraut. Wie die Dunkelheit höchstpersönlich.

»Aber was für Spaß ich mit Aviell haben würde und mit dir, Heroe. Das ist ein großer Unterschied.«

»Ihr kennt sie nicht einmal!«, zische ich zornig. Nicht, weil er mir so eindeutig klarmacht, dass ich ihn körperlich nicht anspreche, nein. Weil er mir zeigt, was für Gelüste er einer Person gegenüber hat, die er nicht kennt.

»Oh, Navien. Ich befürchte, dass du es bist, die Aviell nicht wirklich kennt.« Das Lächeln verschwindet aus seinen Zügen. So, als würde er gerade vollkommen ehrlich sein. Aber das ist unmöglich.

»Was soll das heißen?«, frage ich mit zittriger Stimme.

»Das bedeutet, meine Liebe, dass ich Aviell sehr gut kenne. Und Ihr offenbar nichts davon wisst.«

Ich hasse es, wie er diesen Wechsel zwischen dem Du und der höflichen Anrede zur Perfektion bringt, um jedem seiner Sätze den passenden Ausdruck zu verleihen. Diese letzte höfliche Anrede statt des Du katapultiert mich noch weiter weg. Die Worte schließen mich aus. Machen mich zu einer Fremden meiner eigenen Schwester gegenüber.

»Ihr lügt«, sage ich, weil es das ist, was ich will. Ja, ich will, dass es eine Lüge ist.

»Tue ich das?«, hakt er nach.

Ich hasse ihn. Hasse seinen Hochmut und die Art, wie er meine wahren Gefühle aus mir herauskitzelt. Trotzdem bringe ich die nächsten Worte über meine Lippen, weil ich spüre, dass er die Wahrheit sagt. Weil ich irgendwie geahnt habe, dass Avi mir etwas verheimlicht.

»Woher kennt ihr euch?«

»Wir haben uns geschrieben.«

»Was? Einen Brief?«, frage ich und lache herablassend, bevor ich von meinem Wein trinke und meinen Blick über die anderen Fürsten schweifen lasse. Ich höre ihre Gespräche über Rebellenangriffe und ihre Verbindung zu dem Angriff auf mein Fürstentum, doch sobald sie bemerken, dass ich lausche, verstummen sie. So wie es auch der Fürst der Wahrheit getan hätte. Denn eigentlich dürfen Frauen ja so etwas nicht hören. Ich genieße das Schweigen, denn schon bald wird das Essen serviert, und ich werde neben Taron sitzen und lächeln müssen, während er unsere Gäste begrüßt und mich genauso aus allem ausschließt. Dabei würde ich gerade jetzt am liebsten wegrennen. So wie ich es immer tue.

»Wir schreiben bereits seit einem Jahr miteinander.«

Mir bleibt der Wein im Hals stecken. Hustend fahre ich herum und balle meine Hände zu Fäusten.

»Warum?«

Liran lacht heiser. »Ist diese Frage wirklich nötig?« Er hat sich nach hinten gelehnt und mustert mich wie ein Raubtier seine Beute. Sein Bein liegt lässig auf seinem Oberschenkel. Seine Finger bewegen sich ganz langsam hin und her.

»Liebt ihr euch?«, hake ich nach, ohne wirklich wahrzunehmen, was ich da sage. Es ist, als würde ich es nur hören.

Und dann nickt Liran. Er … nickt.

»Ich hätte nicht gedacht, dass Ihr jemanden lieben könnt«, fauche ich und weiß sofort, dass da der verletzte Teil aus mir spricht. Ich bin plötzlich das bockige Kind, das aus allem ausgeschlossen wird. Und ich setze noch einen obendrauf. »Oder habt Ihr sie nur glauben gemacht, sie zu lieben, um das Fürstentum der Wahrheit an Euch zu reißen?«

Liran beugt sich vor und packt meinen Oberarm. Er ist grob, doch bei Weitem nicht so harsch wie Taron. Es ist eher, als würde er all seine Wut und all seinen Zorn kontrollieren, um mir nicht wehzutun. Gleichzeitig erzielt die Geste ihre Wirkung. Ich fühle mich schlecht. Oberflächlich. Verurteilend und so, als hätte ich ihn ernsthaft verletzt.

»Zweifelt nie wieder an meiner Liebe für Eure Schwester«, knurrt er.

Ich blinzle. Zum ersten Mal betitelt er sie so offen als meine Schwester. Ein weiterer Schlag. Er ist der Meister der Rhetorik. Ich will mich losreißen. Will schreien. Weinen. Ich will mich in Selbstmitleid suhlen, weil Avi mir verschwiegen hat, dass sie jemanden liebt.

Liran sieht mir in die Augen, als würde er jeden meiner Gedanken genaustens verfolgen können. Sein Blick ist prüfend. Ermahnend. Hochmütig. Und da begreife ich, dass es nicht Aviells Lüge ist, die mich all das spüren lässt. Es ist Neid. Ich bin neidisch, weil sie geliebt wird. Nur für ihre Seele, denn mehr kannte Liran nicht von ihr. Er liebt sie durch ihre Worte. Und ich habe keine Worte übrig. Nicht für mich und mein Verhalten und auch nicht für die

Tatsache, dass ich plötzlich spüre, dass ich wie sie bin. Wie sie alle. Ich will ebenfalls geliebt werden. So wie sich die beiden Heroen im Wald geliebt haben. So sehr, dass sie sich in Lebensgefahr gebracht haben, nur um beieinander sein zu können.

Liran lässt mich los und in diesem Moment ertönt ein Räuspern hinter mir.

»Liebste, warum sitzt Ihr hier?« Taron.

Ich schlucke. Schlucke gegen meine verkrampfte Kehle an. Gegen den Schmerz. Gegen meine innere Stimme, die ihn anbrüllen will, nicht so mit mir zu reden.

»Ich bat sie um ein Gespräch wegen der Fahrt morgen«, mischt sich Liran ein, der wieder gelassen in seinem Stuhl sitzt und seine Worte dehnt. Ich wage einen Blick in sein Gesicht, das eine kühle Maske der Gleichgültigkeit ist.

»Für die Zukunft, Aviell. Der Mann setzt sich zuerst. Und auch du hast Gäste zu begrüßen«, knurrt Taron, der sich nun ebenfalls auf seinem Thron niederlässt.

Meine Finger verkrampfen sich unter dem Tisch. Und dann spüre ich plötzlich eine Berührung. Liran. Er legt seine Hand ganz sanft auf meine, und diese flüchtige Berührung reicht, um mich ein wenig zu entspannen.

»Ich bitte um Entschuldigung, Euer Gnaden. Ich hätte mir ein besseres Beispiel an meiner Mutter nehmen sollen.«

Die Worte schmerzen. Aber nicht, weil sie gegen alles verstoßen, was ich von mir und vor allem von Aviell halte. Nein. Es ist das Wort »Mutter«. Denn so durfte ich sie nie nennen.

»Ich verzeihe Euch. Und mir ist aufgefallen, dass Eure Mutter in der Hinsicht versagt hat.«

Wieder berührt Liran meine Hand. Trotzdem kann ich mich kaum noch beherrschen. Außerdem will ich nicht von ihm berührt werden, also schlage ich seine Finger weg. Was denken diese Männer? Dass ich ihr Spielzeug bin? Und Liran braucht nicht den großen Helden spielen. Er ist genauso.

»Deshalb habe ich Miral gebeten, Euch in die Fürstentümer zu begleiten und ein Auge darauf zu haben. Leider kann ich selbst nicht mitkommen. Es gehört sich nicht und ich habe eigene Pflichten.«

Ich atme. Und atme. Bloß nicht reagieren. Nur das eine, was jetzt angebracht ist. Ich nicke ganz leicht und unterwürfig.

»Gut. Dann wäre das geklärt. Ihr habt ja morgen auf der Kutschfahrt, die ich bereits organisiert habe«, er sieht zornig zu Liran, »genug Zeit, Euch kennenzulernen.«

»Ja, Euer Gnaden«, murmle ich und nehme eine Serviette vom Tisch, um sie mir auf den Schoß zu legen. Ich entfalte sie, streiche sie glatt und sorge dafür, dass alles korrekt liegt. Wie ein Kunstwerk, das meine Hände davon abhält, in sein widerliches Gesicht zu schlagen.

Und glücklicherweise ist meine Selbstbeherrschung größer, als ich dachte, denn wir speisen, ohne dass ich ihm an die Kehle springe. Dass ich nur das Nötigste sage, scheint Taron sogar zu gefallen. Vor allem, weil ich dabei immer schön lächle und das Prinzesschen gebe.

Liran beobachtet mich dabei. Ich spüre es. Seine Blicke bohren sich in meine Brust und lassen mein Gesicht heiß werden, bis ich ihn endlich anschaue.

»Was ist, Euer Gnaden?«, frage ich leise, als Taron gerade mit dem Fürsten der Wollust redet. Die beiden scheinen gut befreundet zu sein.

»Nichts, Prinzessin. Ich sehe Euch nur dabei zu, wie Ihr unterwürfig seid.«

»Und … gefällt Euch, was Ihr seht?«

Er lacht abschätzig.

Ich lege den Kopf schief. »Selbstgerechtigkeit steht Euch nicht, Euer Gnaden. Denn wart es nicht Ihr, der mich zwang, Euch genau so anzureden?«

»Ich weiß aber auch, welchem Stand Ihr wirklich angehört, Mylady. Und was sich für eine wie Euch gehört. Vor ihm seid Ihr Aviell. Eine baldige Fürstin. Und ich mag es nicht, wie Ihr sie darstellt.«

Ich runzle die Stirn. Beobachte ihn. Seine zuckenden Lider.

»Mir scheint, als würdet Ihr Aviell ebenfalls nicht gänzlich kennen. Sie ist unterwürfiger, als ich es gerade war.«

Etwas flackert in seinen Augen. Aber er sagt nichts. Auch er weiß, wie sich eine Frau benehmen muss. Selbst wenn sie durch schreckliche Umstände eine Fürstin wird.

»Außerdem seid Ihr nicht ehrlich. Denn ich durfte Zeuge werden, wie eine Heroe, die nicht Eure ist, Euch beim Namen ansprach, Euer Gnaden.«

Ein Lächeln legt sich auf seine Lippen. »Ich mag es, dass Ihr aufmerksam seid, Navien.«

Das Blut in meinen Adern gefriert und sofort steigt Panik in mir auf, die mich dazu bringt, mich ängstlich umzusehen.

»Doch provoziert mich nicht allzu sehr«, fügt er amüsiert hinzu.

Wieder haben seine Worte genau die Wirkung erzielt, die er sich erhofft hat. Auch wenn es dieses Mal mein wahrer Name war. Es ist und bleibt eine Drohung. Kein Wunder, dass Aviell sich über Briefe in ihn verliebt hat. Dieser Mann hier neben mir beherrscht die Kunst der Worte wie sonst keiner.

»Und nun lasst uns die Gläser erheben«, sagt er plötzlich laut.

Ich schrecke kurz zusammen, während er mir mein Glas reicht und sich sein eigenes nimmt. Taron brummt irgendetwas neben mir.

»Auf das verlobte Paar. Und vor allem auf die Fürstin der Wahrheit.« Er zwinkert mir zu. Dann trinkt er und erhebt sich, um auf die Tanzfläche zu gehen.

Ich bleibe wie erstarrt sitzen. Starre ihm nach und erlebe mit, wie er sich zu einer Gruppe hübscher Frauen gesellt und einer eine Strähne aus dem Gesicht streicht, genauso wie er es bei mir getan hat.

»Ihr solltet nicht zu viel mit Liran reden«, sagt Taron neben mir.

»Er ist ein Fürst, ich will ihn nicht vor den Kopf stoßen«, erwidere ich und schenke ihm ein Lächeln.

»Der Einzige, den ihr nicht vor den Kopf stoßen solltet, bin ich.«

Ich nicke. Liran und die Tatsache, dass ich vor ihm hier saß, haben ihn bereits so zornig gemacht, dass ich seine nette Seite heute nicht mehr zu Gesicht bekommen werde. Also sollte ich es nicht noch schlimmer machen.

Irritiert über mich selbst schüttle ich den Kopf. Nein. Ich bin nicht sein Untertan. Ich werde nicht schweigen. Was will er tun? Mich verbannen? Das kann er nicht. Höchstens aus seinem Königreich. Aber ich selbst bin eine Fürstin. Zumindest im Moment. Und so werde ich nicht mit mir reden lassen.

Ohne ein Wort stehe ich auf, gehe hinab auf die Tanzfläche und steuere Liran an. Als er mein Kommen bemerkt, sieht er mich mit einer Mischung aus Irritation und Gefallen an.

Vor ihm halte ich inne. Alle Augen sind auf mich gerichtet. Die Damen im Raum tragen ausladende Kleider in allen Farben, und doch dominiert das Rot, das so ausgesprochen gut zum Zorn passt. Sie wissen, wer ich bin, aber sie starren mich an, als wäre ich ein unangenehmer Störenfried. Als dürfte ich nicht hier sein. Und genau so ist es auch, nur dass diese Blicke Aviell und nicht mir gelten. So gut es mir möglich ist, richte ich meine Aufmerksamkeit wieder auf Liran.

»Fürst des Hochmuts«, sage ich, als hätten wir heute noch kein Wort gewechselt. »Wollt Ihr mich nicht um einen Tanz bitten?«

Liran presst kurz amüsiert die Lippen aufeinander. Dann fließt er in eine winzige Verbeugung und hält mir die Hand hin.

»Fürstin der Wahrheit. Darf ich um diesen Tanz bitten?«

Ich nicke und lege meine Finger in seine. Er zieht mich ruckartig an sich. Seine Lippen streifen meinen Hals und anschließend mein Ohr.

»Ihr spielt ein gefährliches Spiel. Zumal ich davon ausgehe, dass Ihr nicht tanzen könnt.«

»Ihr könntet es mir zeigen.«

»Das werde ich. Aber für jetzt gilt es, Eure Maskerade aufrechtzuerhalten.« Sein Blick gleitet zu einer düsteren Gestalt an der Wand. Ark. Er nickt ihm zu, und der Heroer nimmt eine Hand vom Rücken, um in ihr einen schwarzen Nebel zu formen. Würde ich nicht genau hinsehen, hätte ich es nicht einmal bemerkt. So wie niemand hier bemerkt, dass er dämonische Kräfte benutzt.

Liran zieht mich auf die Tanzfläche und verbeugt sich erneut. Ich tue es ihm nach. Nein. Nicht ich. Mein Körper. Meine Hände legen sich in seine. Meine Füße schreiten voran. Tanzen. Das ist es, was Ark macht. Er lässt mich tanzen, als hätte ich nie etwas anderes getan.

»Ihr benutzt keine dämonischen Kräfte, nicht wahr?«, fragt Liran schließlich, als wir eine Weile über die Tanzfläche geschwebt sind.

Ich nicke und versuche die Wärme seiner Nähe auszublenden. Die Tatsache auszublenden, dass ich diese Nähe mag.

»Ich werde es dir beibringen«, raunt er dicht neben meinem Ohr.

Ich schaue kurz zu Taron. Zorn flammt in dessen Augen. Seine Haut ist gerötet. Seine Haltung und Hände angespannt. Fast schon verkrampft.

»Warum?«, wende ich mich wieder Liran zu.

»Weil wir nur so Avi zurückbekommen. Wir haben dasselbe Ziel.«

»Warum brauche ich dafür dämonische Kräfte?«

Er sieht sich kurz um. Aber es wirkt beiläufig. So als wüsste er bereits, dass es niemand wagen würde, ihn zu belauschen. Den großen Fürsten des Hochmuts.

»Weil ich weiß, wer sie hat.«

»Was?«, frage ich und wäre normalerweise zurückgewichen. Doch mein Körper gehorcht mir nicht mehr. Er wird von Ark gelenkt. Und so bleibt mir nur, die Augen aufzureißen.

»Wir reden morgen darüber. Tarons Wände haben Augen und

Ohren.« Er legt seinen Finger kurz an sein Ohr und dann neben sein Auge.

Wir tanzen weiter, nur plötzlich fühlt sich seine Nähe falsch an. Wusste er die ganze Zeit, wo sie ist? Während ich von einer Verpflichtung zur anderen gehetzt bin und mich innerlich verflucht habe, weil ich nicht entkommen bin, um nach ihr zu suchen? Warum hat er es mir nicht vorher gesagt? Und warum sind wir noch hier? Er hat genug Heroen, da müssen wir sicher nicht warten und Übungsstunden für mich absolvieren.

Was hat er vor?

»Ihr werdet morgen Rast machen. Ich kenne den Wirt sehr gut, und er wird Eurer Anstandsdame etwas in das Getränk geben, das sie schlafen lässt. Dort in der Schenke, die schon zu meinem Fürstentum gehört, werden wir uns treffen.«

»Aber …« Ich will ihn fragen, warum all der Umstand, wenn wir doch einen Tag darauf in seinem Fürstentum sind. Doch er verbeugt sich und beendet den Tanz. Als er wieder aufsieht, kommt er noch einmal näher.

»Verschließt heute Nacht Eure Tür, Prinzessin.« Mit diesen Worten geht er und hinterlässt Angst in mir. Heißt das, dass es sein könnte, dass Taron mich aufsucht? Vielleicht sogar, um sein Versprechen zu halten und mich diesmal mit der Faust zu schlagen? Ich straffe meine Haltung. Soll er ruhig. Ich werde nicht vor ihm erbeben. Ich werde keine Furcht haben.

Als ich die volle Kontrolle über meinen Körper zurückhabe, schaue ich zu Ark. Seine Augen ruhen auf mir, und ich erinnere mich an die Worte, die er mir durch seinen Geist sagte, als Taron mich schlug.

Liran wird sich darum kümmern.

War das auf Taron bezogen oder auf die eingesperrten Heroen? Und was sollte Liran gegen ihn ausrichten? Er hat doch selbst gemeint, dass das hier nicht sein Hoheitsgebiet sei.

KAPITEL 6

Mitten in der Nacht werde ich von einem lauten Poltern geweckt. Ich sehe mich um, bis ich begreife, dass jemand gegen die Tür hämmert.

»Mach auf!«, schreit Taron von draußen.

Wie Liran gesagt hat, habe ich vorgesorgt und abgeschlossen. Doch das hält mich nicht davon ab, die Beine anzuziehen und sie zu umschlingen. Etwas, das ich als kleines Kind immer getan habe, wenn der Fürst so geschrien hat.

»Mach die Tür auf!«

»Euer Gnaden, die Mistress schläft«, ertönt Mirals Stimme von draußen. Dann ein Klatschen. Ein weiblicher Schrei. Ein Wimmern.

Sofort renne ich los und drehe den Schlüssel im Schloss, bevor ich gegen das Holz drücke. Miral hält sich die Wange und sieht mich mit tränenden Augen an. Taron stürmt hinein, reißt mich mit sich und knallt die Tür zu, bevor er mich grob aufs Bett schmeißt. Nach dem Tanz bin ich zwar an den Tisch zurückgekehrt und habe mich gefügt, doch das scheint ihm nicht gereicht zu haben.

»Du wagst es, mich dermaßen zu blamieren?!«, schreit er und holt aus.

Ich drehe mich weg und krabble auf die andere Seite des Bettes. Ein Teil in mir spürt Furcht. Nicht, weil ich mich nicht wehren kann. Ich darf es nicht. Wenn er mich wirklich erwischt, werde ich nicht nur eine rote Wange überdecken müssen.

Er kommt um das Bett herum. Ich bewege mich wieder weg, aber er bekommt meinen Fuß zu packen und reißt mich von der Matratze. Mein Kopf knallt unsanft gegen den Bettpfosten. Ich stöhne. Und dann tritt er zu. Direkt in meine Rippen. Ich kann nicht mehr atmen. Viel schlimmer jedoch ist der Hass auf mich selbst. Wie gerne würde ich jetzt aufstehen und zurückschlagen. Ihn ebenfalls treten. Aber die Gefahr, dass er dann herausfindet, was ich wirklich bin, ist zu groß.

Er beugt sich über mich, packt mich am Hals und zieht mich zu sich hoch.

»Wag es, Aviell! Dein Vater versprach mir bereits deine Hand. Also kannst du nichts tun!«

Ich hasse ihn. Hasse unseren Vater und Taron. Und aus diesem Grund spucke ich ihm ins Gesicht. Er ballt seine Hand zur Faust, holt aus. Und schlägt zu. Meine Nase knackt. Feuchtigkeit steigt mir in die Augen. Blut fließt in meinen Mund. Schmerz durchflutet mich. Mein Kopf pocht und brennt.

»Du Bastard!«, knurre ich. Es ist dumm. Aber ich kann nicht anders. Er holt wieder aus, wird dieses Mal jedoch von einem Räuspern unterbrochen. Er lässt mich los. Ich ringe nach Luft, gebe allerdings nicht nach und bleibe auf den Beinen stehen. Überlege, ihn anzugreifen und zu vergessen, dass ich eine Fassade aufrechterhalten muss.

»Was wird das hier?«, erklingt eine düstere Stimme. Sie kommt vom Fenster, wo ich eine dunkle Gestalt erkenne.

»Wer zum Teufel bist du?«, schreit Taron und stürmt auf ihn zu.

Der Kerl hebt seine Hand und Taron erstarrt augenblicklich. Wenn ich kurz gehofft habe, dass dies Liran ist, dann werde ich nun eines Besseren belehrt. Das müssen dämonische Kräfte sein. Sonst würde der Fürst des Zorns nicht innehalten.

»Wer ich bin?«, fragt der Mann und nähert sich Taron. »Ich bin dein verdammter Albtraum, du Monster!« Er holt aus und rammt ihm seine Faust ins Gesicht.

Ich sehe fassungslos dabei zu, bis er sich an mich wendet. Sein

Gesicht kann ich nicht erkennen, da das einzige Licht hier durch das Fenster hinter ihm scheint. Und er trägt eine große Kapuze.

»Wo hat er Euch noch geschlagen?«, fragt er und legt den Kopf schief.

Ich schlucke. Dann gehe ich vor. Langsam und bedacht. Als ich direkt vor ihm stehen bleibe, kann ich seine Gesichtszüge erkennen. Hart, unnachgiebig. Seine eisblauen Augen wirken fremd und vertraut zugleich. Ich schaue ihn an. Lange. Und er mich. Irgendwann sorge ich für einen festen Stand, hebe mein Bein und trete Taron gegen seine Rippen. Er stöhnt, bleibt aber immer noch stehen.

Der Mann mit den eisblauen Augen grinst. Begierde blitzt in seinen Augen auf. So als würde es ihm imponieren, dass ich selbst zugetreten habe. Er sieht mich an, wie man sonst nur Aviell angesehen hat.

Meine Brust brennt. »Wer seid Ihr?«

»Nur ein Helfer in der Not«, schnurrt er. Dann hebt er seine Hand und legt sie auf meine Brust. »Eure dämonische Seite ist stark. Merkt Euch das.«

Er dreht sich um und geht zum Fenster. Ich will ihn aufhalten. Erfahren, wer er ist, und nicht allein mit Taron bleiben.

Als ich das denke, dreht er sich noch einmal zu mir, als hätte er meinen Gedanken gelauscht. Er hebt seine Hand und sammelt schwarzen Nebel darin, bevor er ihn in Tarons Gesicht bläst und der wie ein Sack umfällt.

»Er wird nicht erwachen, bevor Ihr Euch auf Reisen begebt.«

»Sehe ich Euch wieder?« Diese Frage ist seltsam und kommt viel schneller als beabsichtigt aus meinem Mund. Aber ich habe sie gestellt. Also ist es wohl etwas, das ich will. Etwas, das ich noch nie wollte. Und warum sollte ich auch? Ich kenne ihn nicht. Aber er hat mir geholfen und diese blauen Augen lösen etwas in mir aus.

»Ich werde da sein, wenn Ihr mich braucht.«

✽ ✽ ✽

Als ich aufstehe, habe ich kaum geschlafen. Taron liegt unverändert auf dem Boden, und irgendwann kommen Wachen herein, um ihn wegzubringen. Sie stellen keine Fragen und ich bin dankbar dafür. Die werden noch früh genug auf mich zukommen.

Ich habe die ganze Nacht darüber nachgedacht, wer dieser Kerl war, und mittlerweile bin ich mir fast sicher, dass es einer der Heroen von Liran gewesen ist. Das ist die einzig plausible Erklärung. Denn nur er hat Heroen, die ihm außer seinem eigenen gehorchen, und nur er wusste bereits bei der Feier, was geschehen wird.

Dass er in Tarons Hoheitsgebiet nichts unternehmen darf, bedeutet ja nicht gleichzeitig, dass er es nicht einem seiner Heroen ohne Schützling befehlen kann.

Miral kleidet mich an. Ihre Wange ist immer noch gerötet. Dort muss Taron sie geschlagen haben. Ein leises »Es tut mir leid« gleitet mir über die Lippen. Sie nickt, und dann sprechen wir nicht weiter miteinander, aber sie drückt mich kurz, bevor sie mich zusammen mit zwei Taschen, die sie für uns gepackt hat, zur Kutsche führt.

Vor dieser wartet bereits ein junger Kutscher, der alles an mir genaustens in Augenschein nimmt. Wie ich gehe, wie meine Haltung ist. Aber am längsten bleibt sein Blick an meinem geschundenen Gesicht hängen. In seinen Augen ist jedoch kein Mitleid zu erkennen. Gut so. Ich weiß selbst, wie ich aussehe, und kann Mitleid nicht gebrauchen. Meine Nase ist gebrochen und von ihr aus laufen dunkle Blutergüsse um meine Augen. Auf meinem Nasenrücken befindet sich eine Erhebung, die vorher nicht da war.

Wir steigen ein und fahren los. Während der Kutschfahrt klärt Miral mich darüber auf, was im Fürstentum des Hochmuts auf mich zukommen wird. Ich höre ihr jedoch kaum zu. Und irgendwann fallen mir die Augen zu. Erst als wir anhalten, weckt sie mich. Zusammen treten wir aus der Kutsche über einen Steinweg hinein in das kleine, ländliche Gasthaus, das mitten im Wald liegt. Die Sonne ist gerade dabei unterzugehen und ihr Feuer hinterlässt einen roten Schimmer am westlichen Himmel. Dort, wo meine Heimat liegt.

Schnell schüttle ich den Gedanken ab und widme mich meiner Umgebung. Das Innere des Wirtshauses wirkt rustikal. Anders als bei uns. Obwohl unser Fürstentum arm ist, ist jedes Haus, das es gibt, hell und voller Licht. Hier empfängt mich nebelige Dunkelheit. Etwas, das sich auf eine seltsame Art gemütlich anfühlt.

Der Kutscher bringt unsere Taschen, und ich schwanke durch die lange Kutschfahrt ein wenig, als ich mich an einen Tisch setze. Miral nimmt mir gegenüber Platz. Sofort mache ich einen geraden Rücken und beginne meine Serviette aufzufalten. Das Einzige, was ich kann, denn ich durfte nie mit Aviell und ihrer Familie … meiner Familie … zu Tisch sitzen. Dennoch möchte ich versuchen, es Miral nicht allzu schwer zu machen. Sie hat schließlich einen Auftrag von Taron bekommen, und wir beide wissen, wie er Niederlagen bestraft.

Der Gastwirt bringt zwei Getränke und wirft mir einen vielsagenden Blick zu. Er ist groß und bärtig. Und passt perfekt zu der urigen Einrichtung. Dunkle Holzbalken säumen die Decke und trennen einige der runden Tische voneinander. Ein paar Nischen mit Fenstern, die zugehängt sind, wirken, als würde man sich dort gut zurückziehen können. Der Ausschank ist hoch und lässt nur die Sicht auf den Oberkörper des Mannes zu, als er sich wieder hinter ihn stellt und Gläser poliert.

Mein Blick gleitet zurück zu Miral. Gott sei Dank ist sie durstig, weshalb sie einige Züge nimmt und sich schon kurz darauf entschuldigt, weil sie »die Müdigkeit übermannt«. Wahrscheinlich hätte ich Miral auch einfach bitten können, mich allein zu lassen. Doch auch wenn sie mein Geheimnis für sich behält, kann ich niemandem voll und ganz vertrauen.

Ich bleibe sitzen und warte. Warte, bis die Tür aufgeht und Liran erscheint. Als er mein Gesicht sieht, flackert Zorn in seinen Augen auf. Er stürmt auf mich zu, geht vor meinem Stuhl in die Hocke und berührt mein Kinn, um alles genau zu betrachten.

»Es geht mir gut«, wehre ich ab und drehe mein Gesicht zur Seite, um mich ihm zu entziehen.

»Ich werde Taron umbringen«, knurrt er.

»Das hat Euer Heroer doch schon fast.«

Er sieht mich irritiert an, steht auf und setzt sich. »Mein Heroer? Redest du von Ark?«

»Nein. Ein anderer.«

Er fährt sich über sein Kinn. »Ich habe niemanden zu dir geschickt, Navien. Ich habe dir gesagt, dass du deine Tür verschließen sollst.« Er ist sauer. Jeder Ton in seiner sonst so ausgewählt betonten Stimme schreit es mir förmlich entgegen.

»Er hat meine Zofe geschlagen. Hätte ich zulassen sollen, dass er sie statt mich so zurichtet, Euer Gnaden?«

Liran schweigt dazu und wendet sich einem anderen Thema zu.

»Und was war das für ein Heroer? Hat er einen Namen?«

»Natürlich. Wir haben erst einmal ein kleines Pläuschchen über Namen, Wohnort, Herkunft und Beruf gehalten, nachdem er Taron aufgehalten hat«, zische ich.

Liran blinzelt. »Seit wann bist du so aufmüpfig?«

»Ich war schon immer so«, flüstere ich. Auch wenn ich weiß, dass das nicht stimmt. Nur zu Teilen stimmt.

»Wie sah er aus?«

»Schwarze Kapuze, dämonischer Nebel in der Hand. Blaue Augen.«

»Blaue Augen?«, hakt er nach und blickt mich wissend an. »Das ist dir aufgefallen, obwohl ihr … kein Pläuschchen gehalten habt?«

Als Antwort verdrehe ich die Augen, was ihn grinsen lässt. Ich kann ihm schlecht sagen, dass ich einen Moment lang dachte, er wäre es. Liran wäre gekommen. Nein, nicht gedacht. Ein Teil in mir hat es gehofft. Warum auch immer. Vielleicht weil er der Einzige ist, dem ich mich im Moment anvertrauen kann. Der Aviell genauso liebt wie ich.

»Sie waren sehr einprägsam. Außerdem war er mein Retter.«

Liran leckt sich über die Lippen. »Und dabei dachte ich, Ihr bräuchtet keinen Retter. Ja, ich dachte, Ihr wäret selbst Taron überlegen. Womöglich habe ich Euch überschätzt.«

»Ihr wisst genau, welche Rolle ich spielen muss.«

»Ich werde nicht mehr zulassen, dass …«

»Ich brauche Euch nicht. Ich kann allein auf mich aufpassen. Auch wenn das bedeutet, mich schlagen zu lassen und unterlegen zu tun.«

Lirans Blick verengt sich. Dann beugt er sich vor und stützt seine Ellbogen auf dem Tisch ab.

»Etwas anderes habe ich nicht erwartet, Heroe.«

»Wo ist Aviell?«, frage ich nun schnell, bevor er wieder von ihr ablenken kann.

Eindringlich mustert er mich. »Wie viel weißt du über Jaraskai? Unser Königreich?«

Ich schlucke. Mehr, als dass Jaraskai in acht Fürstentümer unterteilt ist und es anscheinend Rebellen gibt, ist mir nicht bekannt.

»Nicht viel«, gebe ich also zu. Es hat keinen Sinn, ihm vorzuspielen, jemand zu sein, der ich nicht bin. Und eigentlich ist ihm genau bewusst, dass Heroen keinen Heimatkundeunterricht erhalten. Vielleicht hat er jedoch vermutet, ich wäre neugieriger und hätte eigene Erkundigungen eingeholt. Habe ich aber nicht. Als wäre ich gerne mein Leben lang blind gewesen.

»Musst du auch nicht«, raunt er beinahe einfühlsam und räuspert sich dann, bevor er wieder eine ernste Miene aufsetzt. »Jaraskai besteht aus den acht Fürstentümern, das weißt du sicher. Es gibt jedoch zusätzlich Abtrünnige. Wir nennen sie die Schattenläufer, weil sie sich meist genau dort aufhalten. Im Verborgenen.« Sein Blick wird leer. Oder eher so, als würde er nicht mehr mich ansehen, sondern die Dinge erspähen, an die er denkt.

»Haben sie Aviell? Diese Schattenläufer?«

Liran schüttelt den Kopf und winkt schließlich dem Gastwirt zu, der einige schweigsame Sekunden später mit einem Wein und einem Brandy zu uns tritt. Wir nehmen die Getränke entgegen, und Liran trinkt seines sofort aus. Er bedeutet dem Gastwirt, die Flasche zu bringen.

»Nein. Sie sind unser … geringstes Problem.«

»Wer hat sie dann, Euer Gnaden? Redet nicht weiter um den heißen Brei herum«, fordere ich. Warum sind wir nicht längst auf dem Weg zu Avi? Warum sitzen wir hier und trinken, wenn er doch weiß, wer sie hat?

»Mein jüngerer Bruder, er …«

»Ka?«, hake ich nach.

»Ja, Ka. Er ist besessen. Darüber sprachen wir ja bereits. Aber er ist es nicht, weil er sich den dämonischen Kräften zugewandt hat. Er gehört einer Gruppe von Adeligen an, die die Fürstentümer stürzen wollen. Sie haben sich mit Heroen verbündet und ihr erstes Ziel war …«

Er spricht nicht weiter. Und während er in meinen blauen Augen nach der Wahrheit sucht, suche ich in seinen dunklen. Ich atme tief ein. »Sie wollten mich. Doch sie wollten mich lebend. Ka hingegen wollte mich töten.«

Liran nickt kaum merklich, nimmt die Flasche, die der Wirt hingestellt hat, und gießt sich das Glas voll. Ich ergreife es und leere den brennenden Brandy. Wenn er denkt, dass ich lieber Wein trinke, nur weil ich eine Frau bin, liegt er falsch. Er schenkt mir ein anerkennendes Grinsen, bevor er sich selbst wieder einschenkt. Meine Gedanken wandern wieder zu meiner Schwester.

»Heißt das, dass Aviell jetzt so tut, als wäre sie ich? Aber was ist dann aus Ka und Larakai geworden? Haben die anderen Angreifer sie aufgehalten, bevor sie Aviell töten konnten?«

»Ich weiß nicht haargenau, was Aviell tut, um zu überleben. Doch ich weiß, dass es nie um sie ging. Und ich weiß, dass Ka und Larakai entkommen sind.« Er trinkt einen Schluck und lehnt sich im Stuhl zurück. »Sie wollten Aviell nicht. Und sie wollten auch nicht, dass sie lebt. Weder Ka noch diejenigen im Schloss. Und dabei ging es nicht um ihre Ziele. Diese Vereinigung, sie nennt sich die goldene Feder – sie hat diesen Handel mit einem Fürsten geschlossen. Ka wollte offenbar dazwischengehen, aber die goldene Feder hat das verhindert, denn Aviell lebt noch.«

»Und mit welchem Fürsten?«, frage ich, während ich versuche, das alles zusammenzusetzen. Diese goldene Feder, die also eigentlich gegen die Fürstentümer aufbegehren wollte, hat eine Vereinbarung mit ihnen getroffen und Aviell entführt, wobei das eigentlich ich sein sollte? Und Ka hat aus irgendeinem Grund allein entschieden, dass mein Tod besser wäre?

»Und was könnten sie von jemandem wie mir wollen? Und warum wollte Ka mich dann töten?«, schiebe ich direkt die nächsten Fragen hinterher.

Für den Bruchteil einer Sekunde heben sich Lirans Brauen. »Sprecht nicht so über Euch. Und was Ka betrifft – ich kenne seine Absichten nicht. Doch er ist besessen. Vielleicht ist das der Grund. Und welcher Fürst mit der goldenen Feder zusammenarbeitet, ist mir noch nicht bekannt.«

»Entscheidet Euch endlich, wie Ihr mich ansprecht, Euer Gnaden. Und tut nicht so, als wäre meine Existenz für Euch von Bedeutung.«

Liran mustert mich wieder. Das macht er ständig. Aber wonach sucht er?

»Aviell erzählte mir, dass Ihr besondere Passagen aus den Apokryphen lesen könnt.«

»Ihr? Also habt Ihr Euch dafür entschieden, eine Heroe mit der Höflichkeitsform anzureden?«, frage ich und gehe nicht auf die Apokryphen ein. Wie konnte Avi ihm nur mein größtes Geheimnis anvertrauen?

»So lange, bis Ihr mir gestattet, Euch persönlich anzusprechen, Mylady.«

Ich schnaufe. Ich werde ihn nie darum bitten.

»Also?«, hakt er nach und nimmt einen weiteren Schluck.

Ich verliere mich kurz in seinen Lippen und der Art, wie zerzaust seine Haare aussehen. Als hätte er sich nächtelang die Haare gerauft und nicht geschlafen.

»Es sind keine besonderen Passagen«, rücke ich mit der Sprache raus und hebe den Kopf. Ein wenig stolz, dass Avi es ihm falsch erzählt hat und ich es richtigstellen kann. Woher auch immer diese Gefühle kommen. »Die Worte sprechen mit mir und sagen, welche ich nicht aussprechen soll.«

Liran bleibt ganz ruhig. Dann schaut er von seinem Glas zu mir. »Ich gehe mal davon aus, dass Ihr sie mir nicht verratet?«

»Ihr liegt richtig«, bestätige ich ernst. »Sagt mir lieber, wo wir Aviell finden. Und wann wir endlich aufbrechen.«

»Ich habe meine Männer dort. Ihr wird nichts geschehen. Aber wir können nicht einfach Hals über Kopf in ihr Lager eindringen. Sie sind im Vorteil und könnten sie verletzen.« Er sieht mich durch schmale Augen an. »Und bei all der Anerkennung, die ich für Eure Schwester übrighabe, glaube ich nicht, dass sie sich verteidigen kann, wie Ihr es könnt.«

Ich weiß nicht, ob ich das als Kompliment verstehen soll. Wahrscheinlich nicht. Es hat nichts mit unserem Wesen zu tun, dass ich im Kampf ausgebildet wurde und sie nicht.

»Lasst mich das noch einmal zusammenfassen, nur um es richtig zu verstehen«, sage ich zornig. »Ihr wisst, wo sie ist, habt Spitzel dort. Und doch lassen wir sie bei diesen Bastarden und ich soll weiter die Fürstentochter spielen?«

Liran streicht sich über die Lippen und sein Kinn.

»Dort ist sie gerade am sichersten.«

»Warum?«

»Weil die Fürsten ihren Tod wollen, Navien«, knurrt er wütend und ballt seine Hand zur Faust.

Ich starre ihn an. Öffne und schließe meinen Mund, bis ich in der Lage bin zu reden.

»Deshalb …« Ich blinzle. »Deshalb verratet Ihr mich nicht und holt sie nicht zurück. Ich bin hier, um all die Anschläge abzuwehren. Oder wohl eher … damit es mich trifft und nicht sie.«

Lirans Blick verengt sich erneut. Dann beugt er sich ganz langsam vor und legt den Kopf ein wenig schief. »Ist es nicht genau das, wofür Ihr geboren wurdet? Und jetzt werft Ihr es mir vor?«

Ich halte seinem Blick stand. »Ihr hättet mich einweihen können. Glaubt mir. Ich wäre nicht geflohen.«

»Ich weiß.«

»Warum also?«

»Ich sagte es Euch bereits. Tarons Wände haben Augen und Ohren.«

Ich lache. »Ihr hättet es mir im Wald erzählen können. Als Ihr dafür sorgtet, dass ich für Aviell gehalten werde, indem Ihr mir die Waffen stahlt.«

Er schnauft. »Ich bin müde.«

»Oh, nicht genug geschlafen?«

»Der Diskussionen müde, Navien. Ihr seid immer noch nur eine Heroe. Die einzig und allein lebt, weil ich es so will und zulasse.«

»Ihr habt Euren Standpunkt klargemacht«, sage ich trocken, nehme sein Glas und lehne mich damit in meinem Stuhl zurück. »Bleibt die Frage, warum wir hier sind und Ihr Euch diesem ermüdenden Gespräch stellt. Was wollt Ihr von mir? Und warum wart Ihr überhaupt in diesem Wald?«

Wieder dieser anerkennende Blick. Und mittlerweile komme ich nicht umhin, mir Gedanken darüber zu machen, welches Bild Aviell vor ihm von mir gezeichnet hat. Denn nichts von meiner Stärke hat er offenbar erwartet.

»Ich war wegen Ka dort.«

»Das ist eine Lüge, Euer Gnaden.«

»Oh, ihr wisst jetzt also auch, wann ich lüge?« Er lacht verachtend. »Eine andere Antwort werdet Ihr aber nicht bekommen.«

»Und was ist mit meiner anderen Frage? Was wollt Ihr von mir?«

»Ich werde Anspruch auf Aviell erheben müssen, wenn ich sie

heiraten will. Und das ist nicht so einfach, weil ihr Vater sie Taron versprach.«

Ich schlucke den Brandy und sehe ihn auffordernd an. »Was müsst Ihr dafür tun?«

»Ich muss nichts tun. Das muss sie.«

»Noch ein Grund, sie jetzt dort rauszuholen, statt mich in der Rolle zu lassen.«

Seine Lider zucken. »Ich sagte bereits, dass der Zeitpunkt nicht günstig ist. Glaubt mir. Ich hätte auch lieber sie an meiner Seite.«

Bittere Galle steigt meine Kehle hinauf. Und das ist nicht der Alkohol. Ich hasse mich für diese neuen Gefühle des Neids. Vor allem, weil sie meine andere Hälfte betreffen. Den Menschen, den ich mehr liebe als mein eigenes Leben. Zumindest dachte ich immer, dass es so ist.

»Was verlangt Ihr von mir?«

»Ich muss zehn Zeugen aufrufen, wenn ich Einspruch gegen die Verlobung eines Fürsten einreichen will. Fünf Fürsten. Drei Wachen. Zwei Dienstmägde. Und sie alle müssen beteuern, dass mein Wunsch auf Liebe basiert.«

Ich hebe meine Brauen und lache. »Erneut etwas, das euch mit Aviell besser gelingen würde.«

Liran greift über den Tisch nach meinem Handgelenk. Wieder mit dieser brutalen Zärtlichkeit. »Ich sage es noch ein letztes Mal, Navien. Wir können sie jetzt noch nicht holen.«

»Und ich sage das nur einmal. Ich bin kein dummes kleines Mädchen, das sich mit Halbaussagen zufriedengibt. Also nennt mir einen genauen Grund, warum wir es nicht können. Oder ich spiele nicht länger mit. Da sterbe ich lieber.«

Er umgreift mein Handgelenk fester. Dennoch tut er mir nicht weh.

»Dass sie dort sicherer ist, reicht Euch nicht als Grund?«, fragt er ruhig.

Ich schüttle den Kopf. »Entschuldigt, Euer Gnaden, aber Ihr

seid ein Fürst. Der Fürst des Hochmuts und damit, wenn meine Informationen richtig sind, der Mächtigste von ihnen, weil Ihr der Nachfahre von Lucifer seid. Also nein. Ich glaube nicht, dass Ihr die Frau, die Ihr liebt, bei irgendwelchen Rebellen sicherer empfindet als bei Euch, der sein Leben für sie geben würde.«

Unendliche Sekunden lang sieht er mich nur an. Bewunderung blitzt in seinen Augen.

»Aviell will es so«, sagt er dann und raubt mir damit den Atem.

»Was?«

»Sie will es so. Sie hat entschieden dazubleiben.« Seine Stimme bricht kaum merklich.

»Ihr habt sie gesehen?«, frage ich und rücke näher heran.

Er nickt. »Nachdem ich Euch den Gurt abnahm, folgte ich ihnen.«

»Und warum? Warum will sie dortbleiben?«

»Das sind ihre Beweggründe, Navien. Darüber kann ich nichts sagen.«

»Können oder wollen?«

»Von beidem etwas.«

Ich atme, weil ich nicht weiß, was ich sonst machen soll. Warum will Avi dortbleiben? Warum, wenn sie weiß, was hier geschieht, und sie dort eine Gefangene ist? Hat sie womöglich Angst, dass ich für meine Täuschung geköpft werde? Nein. Sie könnte mich beschützen. Aber was ist es dann?

»Aviell ist nicht dumm, sie wird Gründe haben.«

»Ich weiß, dass sie nicht dumm ist!«, fauche ich voller Zorn und entziehe ihm mein Handgelenk, das ich ihm viel zu lange überlassen habe. »Gut, also. Was muss ich tun, um diese Zeugen zu überzeugen?«

Liran zieht seine Hand zurück und bewegt seine Finger. Es muss schmerzhaft gewesen sein, mein Handgelenk so lange zu umklammern, ohne mir wehzutun.

»Es muss nach echter Liebe aussehen.« Er trinkt etwas. »Es muss so aussehen, als würdet Ihr Euch in der Zeit bei mir in mich verlieben. Nicht nur dann, wenn die Fürsten vor Ort sind, sondern auch dann, wenn die Wachen zuhören und die Dienstmägde lauschen.«

»Ich werde wie in jedem Fürstentum nur zwei Wochen in Eurem verweilen«, wende ich ein.

»Zwei Wochen, in denen sich die Fürstin der Wahrheit in den Fürsten des Hochmuts verliebt.«

»Und wenn Aviell zurückkehrt? Dann wäre unsere Verliebtheit kein Anlass, sie nicht wieder mit Taron zu verloben.«

»In unseren Fürstentümern ist eine beschlossene Verlobung Gesetz. Euer Betrug schmälert anschließend nicht meinen Anspruch auf Aviell, wenn sie einwilligt, Euer Versprechen einzuhalten.« Er nickt mir entschlossen zu.

Ich erwidere die Geste, obwohl ich nicht weiß, wie ich es schaffen soll, allen eine beginnende Verliebtheit vorzuspielen. Ich hasse Liran nicht. Er ist mein einziger Verbündeter. Aber ich verabscheue ihn.

KAPITEL 7

Liran hat sich nicht verabschiedet. Stattdessen hat er seinen Becher geleert, ist aufgestanden und verschwunden. Ich habe eine halbe Ewigkeit einfach nur dagesessen und die Brandyflasche angestarrt, bis ich endlich auf mein Zimmer gegangen bin.

Gott sei Dank hat sich der Schlaf trotz der ganzen Offenbarungen schnell eingestellt und Miral musste mich morgens wecken. Die gedrückte Stimmung, die seit unserem Frühstück über uns liegt, hat jedoch für eine schweigsame Kutschfahrt gesorgt. Als sich nach geschlagenen vier Stunden endlich Häuser neben uns auftun statt ständig nur dieser düstere Wald, der Tarons Fürstentum im Norden von Lirans trennt, seufze ich beinahe erleichtert auf. Denn mit seinen dicht stehenden Laubbäumen, die sich doch sehr von unseren Nadelbäumen unterscheiden, wirkt der Wald auf mich etwas unheimlich.

Die Häuser hingegen erscheinen freundlich, doch genauso protzig, wie es Liran ist. Keines der Dächer ist baufällig, wie es teilweise bei Tarons Fürstentum der Fall war. Sogar die Fassaden sind makellos. Und je weiter wir mit der Kutsche fahren, desto mehr Häuser tauchen am Wegesrand auf und formen sich schließlich zu einem großen Dorf, dessen Schönheit mich beeindruckt. Selbst die Bewohner, von denen ich ein paar auf den Gassen und Plätzen erkennen kann, wirken gut gekleidet und gelassener als in Tarons Fürstentum. Es ist schön hier, aber ich zügle meine Emotionen und lehne mich in der Bank zurück. Das ist der Hochmut. Selbst mit seinen Dörfern will Liran seine Überheblichkeit und seinen Stolz demonstrieren. Ich werde nicht darauf reinfallen. Denn lieber ein Dorf, das baufällig und hässlich ist, als eines voller hochmütiger Bewohner. Und wenn sie auch nur ein bisschen was von ihrem Herrscher haben, dann besitzen sie wohl ebenfalls kein Herz.

Inzwischen rattert die Kutsche über gepflasterte Wege und erreicht nach einer Weile ein Tor, das wir passieren, nur damit sich dahinter noch schönere und prunkvollere Häuser erstrecken. Bis wir neben einem gigantischen Schloss ankommen. Es ist fast schwarz, aber es scheint, als würde es im Mondschein, der gerade eingesetzt hat, glitzern. Wie Tausende Sterne.

Ich beuge mich etwas vor und beobachte, wie wir auf einen runden Platz zusteuern, von dem aus eine pompöse Treppe hinauf zum großen Eingangsbereich verläuft. In der Mitte des steinernen Bodens wachsen wunderschöne Pflanzen in sämtlichen Farben, die ich nie zuvor gesehen habe.

Schließlich kommen die Pferde zum Stehen, und kurz darauf öffnet der Kutscher die Tür, damit wir aussteigen können. Eine Armada Wachen und Dienstmädchen steht auf dem breiten Anstieg Spalier und wartet auf meine Ankunft. Sie sehen nicht auf. Ihre Augen sind strikt auf den Boden gerichtet, während ich vor die Stufen trete und sie unbeholfen begrüße. Sie verbeugen sich. Aber diese Verbeugung ist nichts gegen die ausufernden Gesten, die sie machen, als Liran durch die Eingangstür über mir schreitet. Sie küssen beinahe den Boden, als er ein paar Stufen hinabflaniert. Widerlich, dass er eine solche Unterwürfigkeit erwartet.

»Mistress Aviell, ich freue mich, Euch wiederzusehen«, sagt er geschwollen, kommt zu mir, nimmt meine Hand und küsst sie, bevor er sich leicht verbeugt. Seine Kleidung ist weniger förmlich als im Reich des Zorns. Dennoch ist auch jetzt sein weites, langes Oberteil, das bis zu seinen Händen reicht, komplett in Schwarz gehalten, ebenso wie die tief sitzende Hose und die alten Lederstiefel.

Ich starre ihn an und brauche ein paar Sekunden, um mich zu erinnern, was meine Aufgabe ist. Ich lächle und berühre meine Wangen, als wären sie errötet. Aber dieser Fürst wird mich nie dazu bringen, das heiße Blut in meinem Gesicht zu spüren.

»Wir haben ein Abendessen vorbereitet«, sagt er dann und streckt die Hand aus.

»Wir?«, hake ich nach und mustere ihn.

In seinen Augen blitzt etwas auf. Eine Warnung?

»Ja, wir. Was daran ist seltsam?«

»Ihr selbst habt gekocht?«

»Zusammen mit Kassandra, ja.«

Ich schlucke schwer, als er einer Frau zuwinkt und die sofort neben ihm erscheint. Sie ist schon ein wenig älter und kräftig. Ihre Augen sind grün und so warm und liebevoll, dass ich ihr am liebsten all meine Sorgen erzählen würde.

»Liran wollte selbst mit anfassen, wenn so ein wichtiger Gast kommt«, sagt sie mit warmer, fast mütterlicher Stimme und wirft ihm ein verstohlenes Lächeln zu. Anschließend beugt sie sich vor. »Ich weiß von Eurer Brieffreundschaft, Mistress.«

Ich erstarre. Sie nennt ihn Liran? Er erzählt ihr solche privaten Dinge? Und gleichzeitig hat er ihr nicht verraten, dass ich nicht wirklich Aviell bin.

»Kassandra«, ermahnt Liran sie, woraufhin sie knickst und wieder in die Reihe der Dienstmägde tritt.

»Kommt, Mistress«, sagt er dann und hält mir seinen Arm hin.

Ich hake mich ein und lasse mich in das prunkvolle, aber auch düstere Schloss führen, während Miral mit unseren Taschen hinaufgebracht wird. An den hohen Wänden hängen kaum Bilder, dafür umso mehr Fackeln. Und die uralten Holzmöbel strotzen nicht vor Dekoration, wie es sonst der Fall ist. Kein Silber. Kein Gold. Keine glänzenden Juwelen. Alles hier ist karg und wirkt doch auf eine befremdliche Art gemütlich. Vielleicht liegt es an den dicken schwarzen Vorhängen und den dunklen Wänden, auf denen das warme flackernde Licht der Fackeln tanzt. Überall brennen Feuer in Kaminen. Auch in dem Raum, in den Liran mich führt. Aber das hier wirkt nicht wie ein offizieller Speisesaal. Eher wie ein Arbeitszimmer. Eine kleine Bibliothek mit einem runden Tisch für Verhandlungen oder Besprechungen.

»Setzt Euch«, bietet er mir einen Platz an und geht dann zum Kamin, um die Scheite zu bewegen. In der Tür erscheint Ark.

»Guten Abend«, sagt er ohne jegliche Anrede, sieht mich nur ganz kurz an und wendet seinen Blick anschließend Liran zu.

»Benötigst du meine Gesellschaft?«, fragt er. Seine Haltung ist makellos. Seine Hände auf dem Rücken verschränkt.

»Später«, winkt Liran ab.

Ark nickt, tritt zurück und schließt die Tür hinter sich. Was ein mulmiges Gefühl in mir auslöst. Ich fühle mich ausgeliefert, so komplett allein mit Liran.

Er erhebt sich und bleibt einen kurzen Moment stehen, als würde er den Flammen beim Tanzen zusehen, bevor es klopft und er sich räuspert.

»Herein!«

Ein junges Dienstmädchen erscheint mit einem Tablett. Sie knickst nicht, als sie ihn erblickt. Stattdessen schenkt sie ihm ein liebliches Lächeln und stellt die Teller auf dem runden Tisch ab.

»Gebt einfach Bescheid, wenn Ihr noch etwas benötigt«, sagt sie und verschwindet wieder. Die Tür fällt erneut ins Schloss.

»Essen wir hier ganz allein?«, frage ich verwundert. Das ist nicht üblich.

»Ja, das tun wir. Was möchtet Ihr trinken?«, wendet er sich an mich und nimmt zwei schwarze Kelche von einem kleinen Beistelltisch mit Dutzenden Flaschen.

»Wasser«, entgegne ich.

Er zögert kurz, bevor er mir von dem Wasser eingießt, sich selbst dann einen Weinbrand einschenkt und sich setzt. Erst danach nehme auch ich Platz.

Stumm wartet er einen Augenblick, nimmt sein Besteck und sieht schließlich zu mir. »Ist etwas nicht zu Eurer Zufriedenheit?«, fragt er und schaut auf mein unangerührtes Besteck.

»Habt das wirklich Ihr gekocht?«, gebe ich mit einem Blick auf den Rehrücken und das rote Kraut zurück. Ein paar Erdäpfel liegen daneben. Sie wirken nicht sonderlich gut geschält.

»Wie man unschwer erkennen kann, habe ich die Kartoffeln geschält«, sagt er mit einem Grinsen und deutet mit seiner Gabel darauf. »Kassandra hat mir dafür schon als Kind gegen die Ohren geschnickt. Aber ich lerne es einfach nicht.«

»Oder Ihr wollt es nicht lernen.« Meine Stimme klingt kühl und steht damit im kompletten Gegensatz zu dem lodernden Feuer in mir.

»Weil ich gerne ein paar hinter die Ohren bekomme?«

Ich zucke mit den Schultern. »Das habt Ihr gesagt.«

Er lächelt und nickt mir dann zu. Ich nehme Gabel und Messer und spieße ein paar Kartoffeln auf. Sein Blick gleitet von meinem Gesicht hinab zu meinen Händen. Vor allem zu meiner linken Hand, die unbeholfen das Messer hält. Ich schlucke gegen die aufkeimende Scham an.

»Habt Ihr nicht gelernt, mit Messer und Gabel zu essen?«, erkundigt er sich fast beiläufig. Als wollte er mich nicht zu sehr in Verlegenheit bringen.

»Haben Eure Heroen das gelernt?«

Seine Lider zucken. »Ark hat dieselbe Ausbildung genossen wie ich.«

Ich hebe meine Brauen. »Das haben Eure Eltern zugelassen?«

Er kaut das Stück Fleisch ganz langsam, schluckt und legt dann sein Besteck zur Seite, bevor er antwortet. »Mein Vater, der ehemalige Fürst des Hochmuts, starb sehr früh. Ka und Larakai sind gerade zwei und drei gewesen. Ark und ich sechs und fünf.« Er nimmt seine Serviette und tupft sich den Mund ab. »Meine Mutter war eine Frau, die nicht der Meinung war, dass ihre Erstgeborenen weniger wert waren, und schon gar nicht hätte sie es akzeptiert, wenn sie keine Benimmregeln lernen. Sie war gütig, aber streng.«

»War?«, hake ich nach und schelte mich innerlich für diese plumpe Nachfrage.

Lirans Augen verschleiern sich. Und kurz ist es, als würde er dahinter das winzige bisschen Vertrauen begraben, das wir aufgebaut haben. Dennoch antwortet er mir.

»Sie ist vor zwei Jahren gestorben. Schwindsucht.«

»Das tut mir leid«, hauche ich und versuche unbeholfen, ein Stück Fleisch zu schneiden.

Liran sieht mir einen Moment lang dabei zu, dann steht er auf, kommt um den Tisch herum und stellt sich hinter mich. Ich spüre, wie er sich zu mir beugt. Rieche die Nacht und die Dunkelheit. Und plötzlich spüre ich seine Brust an meinen Schultern. Seine Hände fahren meine Unterarme entlang, bis seine eleganten Finger mir Gabel und Messer aus der Hand nehmen.

»Ihr seid Rechtshänderin, Navien«, sagt er rau. »Auch wenn Ihr mit beiden Händen kämpfen könnt, so ist es doch Eure starke Hand. Und mit der schneidet Ihr.« Er legt mir das vertauschte Besteck wieder in die Hände.

Ich mustere den Ring an seinem Finger, um nicht darüber nachdenken zu müssen, was seine Nähe mit mir macht. Wie dieses Feuer in mir höher flammt als je zuvor. Ich fühle mich bedroht und gleichzeitig geborgen. Und da ist noch etwas. Ein Gefühl. Ein Ziehen in meinem Magen, das ich nicht kenne und zuordnen kann.

»Bevor Miss Miral Euch einer Prüfung unterzieht, sollten wir ein paar Tischmanieren lernen.«

»Soll das heißen, dass ich ungehobelt bin?«, hake ich nach. Ich spüre, wie sich seine Brust an meinem Rücken hebt und senkt. Seine Haare kitzeln meine Schläfen. Warum steht er weiterhin hier bei mir? Warum entfernt er sich nicht? Stattdessen lacht er leise und rau. Ich erschaudere, weil mich sein Atem trifft. Mich berührt, sich sanft an meine Haut schmiegt, und überall dort, wo er ist, zieht sie sich zusammen und hinterlässt eine Gänsehaut.

»Ihr habt Manieren. Aber dies sind nur eine Gabel und ein Messer. Es gibt mehr. Unnötige Bestecke, die keiner braucht. Doch es gehört nun einmal dazu, wenn Ihr zu einem Dinner eingeladen seid. Mich wundert es, dass Taron noch nichts bemerkt hat.«

Ich räuspere mich, und dann entzieht er sich mir und geht wieder zu seinem Platz.

»Ich denke, dass er bei den Festen zu abgelenkt davon war, was ich alles falsch gemacht habe.«

»In seinen Augen«, fügt Liran hinzu.

Ich presse die Lippen aufeinander, und dann versuche ich erneut ein Stück Fleisch zu schneiden. Dieses Mal gelingt es.

Nach einer Weile, in der nur das Klirren des Bestecks die Stille durchdringt, räuspert sich Liran. »Ich muss heute noch weg. Dinge erledigen. Die Nacht ist jung. Ihr könnt Euch gerne frei bewegen.«

»Wie gnädig«, entgegne ich und esse weiter. Mein Blick allerdings ist starr auf ihn gerichtet. Er hat offenbar sein Mahl beendet, denn er sitzt zurückgelehnt mit seinem Glas Weinbrand im Stuhl.

»Ich meine das ernst, Navien. Wenn Ihr in das Dorf wollt, in den Wald. Egal wohin. Niemand wird Euch aufhalten.«

»Und werden mich Wachen verfolgen?«

Er hebt einen Mundwinkel. »Ihr braucht keine Wachen. Ihr könnt auf Euch selbst aufpassen, da bin ich mir sehr sicher.«

»Ich dachte, die Fürsten wollen mich töten.«

»Sollen sie es versuchen«, raunt er siegessicher.

Warum traut er mir so viel zu? Oder ist es ihm gleich, weil er weiß, dass Aviell bald zurückkommt und ich dann keine Rolle mehr spielen werde?

»Was gibt es denn Schönes zu sehen?«, hake ich nach und esse ein paar der Kartoffeln. Ich frage mich, warum die Hoheiten sie überhaupt geschält essen. Wir haben die Schale drangelassen, und ich muss zugeben, dass sie so deutlich besser geschmeckt haben.

Als ich fertig bin, lege ich mein Besteck ab und reibe meine Zeigefinger an meinen Daumen, um meine Unsicherheit zu überspielen. Liran mustert meinen Teller und nickt anerkennend. Dabei habe ich mein Besteck einfach nur genauso auf den Teller gelegt wie er.

»Es gibt viele sehenswürdige Dinge bei mir. Aber um diese Uhrzeit würde ich Euch wohl eines der Schankhäuser empfehlen.«

»Eine Dame allein in einem Schankhaus? Die Fürstin der Wahrheit. Euer Gast? Was sollen Eure Untertanen nur sagen, Euer Gnaden?«

»Hier bin ich Liran«, erklärt er und steht auf. Dann kommt er um den Tisch herum und berührt meine Stuhllehne, um mir den Stuhl zurückzuziehen, während ich aufstehe. »Und meine Untertanen wissen, dass eine Frau und ein Mann dieselben Rechte haben. ›Es schickt sich nicht‹, gibt es bei uns nicht.«

Ich nicke, weil mir keine Worte dazu einfallen. Obwohl Liran so düster und gefährlich wirkt, hat er etwas Gütiges an sich. Aber warum? Er ist mächtig und mich benutzt er nur. Also was soll dieses Spiel?

Trotz der offenen Fragen treffe ich eine Entscheidung. »Dann gehe ich in eines der Schankhäuser.«

»Gut. Wenn Ihr wollt, kann ich jemanden bitten, mit Euch zu kommen. Keine Wache. Eher eine neue Freundin? Elouise besucht nach ihrer Schicht gerne die Schenken und verprasst ihr Gehalt.«

»Ihr Gehalt? Ihr bezahlt sie?«

Er wirkt unsicher. Verdutzt. »Natürlich. Wovon sollen sie sonst leben?«

»Essen und schlafen sie nicht hier?«

»Manche ja, manche nein. Wie es ihnen beliebt. Aber warum sollten sie deshalb kein eigenes Geld besitzen, um sich etwas kaufen zu können?«

Ich schweige und sehe kurz hinab. In unserem Fürstentum hat keine Dienstmagd Geld bekommen.

»Wurdet Ihr ebenfalls nicht bezahlt?«

Ich beiße die Zähne zusammen. »Ich hatte alles, was ich brauchte.«

»Soso«, raunt er und geht zur Tür. »Leider habe ich es ein wenig eilig. Wir müssen dieses Gespräch vertagen. Soll ich Elouise fragen, ob Ihr sie begleiten könnt?«

»Gerne«, sage ich, weil mir die Vorstellung, allein in einem Schankhaus zu sitzen, Bauchschmerzen bereitet. Aber auch hier allein im großen Palast zu verweilen, ist keine schöne Vorstellung.

»Lou«, ruft Liran, als er die Tür geöffnet hat, und die junge Frau, die uns das Essen gebracht hat, erscheint sofort. »Könntest du Aviell deine Lieblingsschenke zeigen?«

»Oh, gerne«, gibt sie erfreut zurück und grinst mich breit an.

»Wunderbar. Lasst alles, was Ihr trinkt, auf meinen Deckel schreiben. Wir sehen uns, Aviell.« Mit diesen Worten verschwindet er und hinterlässt in mir ein seltsam leeres Gefühl.

»Wollt Ihr Euch noch umziehen?«, fragt Elouise und deutet auf das ausladende, mal wieder weiße Kleid, das ich trage.

»Bitte duz mich und … ja. Ich weiß nur überhaupt nicht, wo mein Zimmer ist.«

»Ich bringe dich hoch«, sagt sie fröhlich und geht voran durch die dunkel gestrichenen Gänge, eine ebenso dunkle Marmortreppe hinauf, über der ein schwarzer, gigantischer Kronleuchter hängt. Also gibt es hier doch ein paar wenige prunkvolle Dinge.

Im ersten Stock angekommen, geleitet sie mich über einen roten Teppich, der von Fackeln und dem hereinscheinenden Mond beleuchtet wird, in ein ausladendes Gemach. Eines, wie Aviell es hatte. Ich sehe ein großes hölzernes Bett, riesige Flügeltüren, die zum Balkon führen, einen Schrank und einen Schminktisch. Links von mir führt eine Tür in ein Bad, komplett aus schwarzem Granit gefertigt.

»Darf ich?«, fragt Elouise und deutet auf meine Tasche, die Miral für mich gepackt hat. Sie selbst ist laut Elouise in einem anderen Zimmer untergebracht.

Ich nicke ihr zu und sie beginnt darin nach etwas Passendem zu suchen. Nach einer Weile atmet sie schwer.

»Du hast keine Kleider mehr von zu Hause, oder?«

»Als sie uns überfallen haben, blieb keine Zeit zu packen«, gebe ich trocken zurück.

Sie verzieht den Mund und ich würde es am liebsten zurücknehmen. Doch dann beginnt sie zu lachen. »Das alles trägt Tarons Handschrift. Und so nehme ich dich nicht mit. Weiß, weiß, weiß und verziert mit …« Sie rümpft die Nase. »Rüschen.« Sie steht auf und geht zum Schrank, aus dem sie ein schlichtes weißes Kleid herauszieht. Trotzdem ist es wunderschön und mit einer Korsage versehen.

»Liran hat Kassandra gebeten, dir ein paar Kleider zu kaufen. Das hier ist in Ordnung, aber ich weiß nicht, warum er nicht mich gefragt hat.«

Ich sehe von ihren dunkelroten Haaren und dem wunderschönen Gesicht mit großen grünen Augen und vollen Lippen hinab. Begutachte ihren großen Ausschnitt, der ziemlich viel Busen offenlegt.

»Wirklich fragwürdig«, gebe ich zwinkernd zurück und sie kichert.

Ich gehe schnell ins Bad, kleide mich um und öffne meine hochgesteckten Haare, sodass sie in einem langen geflochtenen Zopf auf meinen Rücken fallen, und trete zu Elouise.

»Perfekt, lass uns aufbrechen.«

Ich nicke und folge ihr schließlich den steinernen Pfad entlang, über den wir vorhin mit der Kutsche gekommen sind. Als wir das Tor erreichen, stößt Elouise einen Pfiff aus.

»Lou, schon wieder feiern?«, ertönt eine männliche Stimme aus dem kleinen Turm neben dem Tor.

»Ich hab ja sonst nichts zu tun. Und du mach lieber deine Arbeit, als ständig Nickerchen zu halten, Porter.«

»Jaja«, brummt er zurück und das Tor öffnet sich mit einem quietschenden Geräusch.

Wir gehen hindurch und recht bald wird es auf den gepflasterten

Straßen immer voller. Trotz der späten Stunde sind überall noch Menschen unterwegs, lachen, reden und vergnügen sich in kleineren Kaschemmen, die einen Tisch vor ihrer Tür aufgebaut haben. Unter ihnen erkenne ich seltsamerweise auch einige meiner Art.

»Wie viele Heroen hat Liran?«, erkundige ich mich und versuche, beiläufig zu klingen.

»Ihr habt bemerkt, dass Porter ein Heroer ist?«, fragt sie anerkennend und zuckt dann mit den Schultern. »Einige. Aber nur drei von ihnen hat er ständig um sich herum. Vor allem natürlich Ark.«

Ich lächle und bin heilfroh, dass sie nicht weiter darauf eingeht, wie ich bemerkt habe, dass der Wachmann ein Heroer ist. Ich kann es spüren, weil ich eine bin. Aber auch normale Menschen können Heroen erkennen. Nur dass wir Porter kaum gesehen haben. Eher einen Schemen.

»Und welche Rolle spielst du in diesem Schloss?« Die Geräusche um uns herum werden lauter. Fröhliche Stimmen, Gesänge, Musik. Lichter tanzen über den Straßen wie Glühwürmchen.

»Gute Frage. Ich arbeite seit meiner Kindheit dort. Also, eher meine Mutter. Und ich war immer dabei. Ich bin mit Liran aufgewachsen.«

»Wie alt seid ihr?«, hake ich nachdenklich nach. Ich weiß, dass Fürsten sehr alt werden können und dementsprechend auch sehr lange sehr jung aussehen. Wir Heroen haben eine noch höhere Lebenserwartung und kaum einer von uns sieht wirklich alt aus. Aber Elouise ist ein normaler Mensch. Sie hat kein Fürstenblut in ihrem Körper. Wie sollte sie also jung bleiben? Oder ist Liran wirklich noch so jung?

»Das solltest du Liran fragen. Er ist empfindlich, was sein Alter betrifft. Doch jung ist er nicht.« Sie zwinkert.

»Seid ihr Freunde?«

»Das kann man so nennen, ja.«

Ich bohre nicht weiter nach. Vor allem, weil ich Angst habe, dass sie mehr als nur Freunde sind oder waren. Vielleicht liebt sie ihn und weiß genau, dass Liran Aviell heiraten will. Also dem Anschein nach – mich.

»Hier sind wir«, sagt sie und reißt mich aus meinen Gedanken. Vor uns liegt ein kleines Haus, über der Tür prangt ein Schild mit der Aufschrift *Zum hochmütigen Ross.*

»Kreativ«, kommentiere ich und Elouise kichert wieder. Ich kann mir kaum vorstellen, dass sie wirklich alt sein soll.

Sie öffnet die Tür, und lautes Stimmgewirr, gepaart mit Rauchschwaden stößt mir entgegen.

»Bereit?«, fragt sie, weil sie offenbar meinen angeekelten Gesichtsausdruck bemerkt hat.

Ich nicke und wir treten ein. Innen wirkt alles rustikal und freundlich. Aber dunkel, so wie schon in dem anderen Gasthaus. Hinter dem Schanktisch steht ein Mann, doch ich entdecke auch junge Frauen mit freizügigen Kleidern, die Met ausschenken. Über der Ausschenke hängen Krüge und Schopflöffel, die ein wenig wanken und ab und an mit einem klirrenden Geräusch aneinanderknallen. Die Menschen singen, trinken, spielen Karten und lachen. Sie stehen an der Theke oder sitzen an den alten hölzernen Tischen. Rund und eckig, als hätte es hier niemand für nötig gehalten, Einheit zu bewahren. Diese Schenke steht seltsamerweise im Kontrast zu dem ordentlichen, peniblen Äußeren des Dorfes.

Elouise zieht mich zum Ausschank und winkt dem Gastwirt zu. Ein bärtiger alter Mann. Er ist gealtert, wie es sich für Menschen ohne blaues Blut gehört.

»Wir hätten gern zwei Met«, sagt sie und lächelt ihn an.

»Gerne, Sonnenschein«, gibt er zurück und stellt uns im nächsten Moment zwei große Met in Tonbechern vor die Nase.

Elouise nimmt sie in eine Hand und schiebt mich mit der anderen zu einem Tisch in der Ecke, der noch frei ist. Sobald wir Platz genommen haben, widme ich mich stumm meinem Getränk, während sie immer wieder aufspringt und jemanden begrüßt.

Unwillkürlich wandern meine Gedanken zu Aviell und mein

Herz wird schwer. Was macht sie gerade? Warum wollte sie dortbleiben? Und warum hat sie Liran keine Nachricht für mich mitgegeben, damit ich es verstehen kann? Wer ist sie eigentlich? Unsere Seelen sind verbunden und doch hat sie ein so gigantisches Geheimnis vor mir bewahrt. Aber warum? Wollte sie etwas nur für sich allein? Oder wollte sie mir nicht wehtun? All diese Fragen, so oft ich sie mir auch stelle, verhindern nicht, dass ich einen Schmerz tief in mir spüre. Er fühlt sich fast endgültig an. Hoffnungslos. Es wird nie wieder, wie es war. Egal wie oft ich versuche Aviell zu verstehen. Doch dieses Gefühl in mir tut weh und ist so ungewohnt. Viel lieber wäre mir, sie würde mich schlagen. Mir körperliche Schmerzen zufügen. Damit kann ich umgehen. Hiermit hingegen … es ist, als würde meine Lunge sich zusammenziehen und mir die Luft nehmen. Mein Herz brennt. Und mein Gesicht will sich verziehen vor Schmerz. Doch das darf ich nicht zulassen. Ich muss stark sein. So wie immer. Auch wenn meine Brust sich so unheilbar verwundet anfühlt wie noch nie. Tief in mir spüre ich allerdings, dass das längst nicht alles ist. Nicht der Höhepunkt. Ich weiß, dass da mehr Schmerz sein könnte.

Die Tür geht auf und reißt mich aus meinen Gedanken. Kühler Wind bläst durch die stickige Luft und hinterlässt Stille. Ja, die Gespräche werden leiser. Die Musik verstummt. Ich runzle die Stirn und erhebe mich ein wenig, um sehen zu können, wer dort die Schenke betreten hat. Drei vermummte Gestalten. Elouise kommt zu mir und setzt sich.

»Auf die hab ich jetzt so gar keine Lust«, brummt sie und hebt ihren Becher, um dahinter zu versinken.

»Wer sind die?«

»Die Rächer der Armen«, sagt sie theatralisch und lacht dann leise. »Sie sind Heroen. Und sie haben keine Schützlinge mehr. Deshalb haben sie sich vorgenommen, andere Heroen zu beschützen. Ihr Anführer soll sich angeblich der Fürst der Unterwelt nennen.«

Irritiert schüttle ich den Kopf. Ich erinnere mich, dass Aviell von einem Mann sprach, der sich der Fürst der Unterwelt nennt. Ist er das etwa? Aufmerksam verfolge ich, wie die drei langsam auf einen Tisch zugehen. Eine Barfrau kommt bereits mit drei Krügen angeeilt.

»Warum leben sie noch?« Das ist eigentlich unmöglich. Es ist ja schon seltsam, dass Liran so viele Heroen bei sich aufgenommen hat, statt sie köpfen zu lassen. Aber diese hier gehören offenbar nicht zu ihm.

»Sie haben ein Abkommen mit Liran getroffen. Er lässt sie walten und dafür bringen sie ihm die Heroen, die unterdrückt wurden.«

»Auch wenn sie weiterhin einen Herrn haben?«, frage ich entsetzt, denn in diesem Fall würde Liran sich strafbar machen.

»Du weißt gar nicht, wie viele Adelige ihre Heroen gar nicht haben wollen. Es stört sie, dass sie in ihrer Seele lesen können wie in einem Buch. Also …«

Ich atme tief durch. Das hier ist eine vollkommen neue Welt. In unserem Fürstentum war alles genaustens geordnet. Doch schon bei Taron hat diese Heroe andere Heroen schreien gehört. Und dann dieses Ritual. Die Familie, die dieser namenlose Kerl gerettet hat. Könnte er dieser Fürst der Unterwelt sein?

Elouise scheint die Gedanken in meinen Augen zu lesen. »Du wirst dich dran gewöhnen, Aviell. Du bist nicht mehr im Fürstentum der Wahrheit. Die Todsünden sind etwas ganz anderes.«

»Trotzdem mag ich es hier auf eine seltsame Art. Ich habe immer nur Horrorgeschichten über den Fürsten des Hochmuts gehört.«

»Ja, das sind hartnäckige Gerüchte. Der grausame Liran, der alle zur Schlachtbank führt. Wahrscheinlich hat er sie sogar selbst in die Welt gesetzt, um gefährlich zu wirken. Aber er ist eigentlich ein wirklich anständiger Kerl.« Sie lacht.

Das passt tatsächlich zu Liran. Ich trinke weiter meinen Met, lasse die drei Gestalten aber nicht aus den Augen. Und dann nehmen sie ihre Kapuzen ab. Blaue Augen sehen mich amüsiert an, während ich mich verschlucke und einen ausgewachsenen Hustenanfall erleide. Elouise klopft auf meinen Rücken, bis ich mich endlich wieder beruhigt habe und hochschaue. Immer noch blickt er mich an. Ein Grinsen auf seinen Lippen.

»Ich kenne diesen Kerl«, sage ich atemlos und mustere kurz die anderen beiden. Eine blonde Frau und ein rothaariger junger Mann, dessen Gesicht ich nicht sehen kann.

»Wen?«

»Den mit den blauen Augen.«

»Du kennst Miél?«, fragt sie mit gehobenen Brauen und schaut zwischen ihm und mir hin und her.

»Nur flüchtig«, presse ich hervor, weil mich seine Augen zu erdrücken drohen. Aber wenn ich dachte, dass dieser Blick schlimm ist, so werde ich eines Besseren belehrt, als er sich erhebt, seinen Gefährten etwas zuflüstert und auf uns zukommt.

»Oh, verdammt«, gibt Elouise von sich und duckt sich hinter ihren Krug, als würde er sie so nicht entdecken.

»Lou, wie immer eine Freude, dein kindliches Versteckspiel mit anzusehen«, sagt er mit tiefer Stimme, als er an unserem Tisch stehen bleibt. Dann schaut er mich an. Mustert meine blaue Nase und Augen. Erst jetzt fällt mir wieder ein, wie zugerichtet ich bin. Aber niemand hat mich darauf angesprochen. Nicht im Palast und auch hier habe ich keine seltsamen Blicke gespürt.

»Wir wurden uns noch nicht vorgestellt«, raunt er dann und hält mir die Hand entgegen.

Alles in mir ist zu Eis gefroren, und doch schaffe ich es, meine Hand zu heben und seine zu ergreifen. Er weiß längst, was ich bin. Also ändert diese Berührung nichts. Seine Finger sind kalt, so wie die der meisten Heroen. Dämonenblut.

»Miél.«

»Aviell«, presse ich hervor.

Er nickt gelassen. Aber das leichte Lächeln auf seinen Lippen verrät seine Überlegenheit.

»Darf ich mich setzen?«

»Muss das sein?«, motzt Elouise, zuckt jedoch zusammen, als sein Blick zu ihr gleitet.

»Muss es«, sagt er und setzt sich.

Ich fühle mich, als könnte ich nicht atmen. Als würde ein ganzes Haus oder gar Lirans gesamter Palast auf meinen Schultern lasten.

»Lass uns allein«, wendet er sich an Elouise, die mich fragend ansieht.

Ich nicke. Es ist besser so. Nachher gibt er mein größtes Geheimnis preis, und so nett Elouise zu sein scheint. Heroen werden nicht geachtet. Und davon muss ich ausgehen.

»Wie geht es Eurer Nase?«

»Sie war nie sonderlich schön«, antworte ich knapp.

Er lacht. »Sie ist selbst jetzt noch schön.«

Ich sage nichts, stattdessen hebe ich meinen Becher und nehme einen winzigen Schluck nach dem anderen.

»Lou hat erzählt, wer wir sind, nicht wahr?«

Ich nicke. »Aber was Ihr bei Taron im Palast getan habt, das weiß ich nicht. Vor allem wenn Ihr doch eigentlich hier Euer Unwesen treibt.«

»Unwesen?«, hakt er irritiert nach. Dann beugt er sich zu mir. »Wir retten Lebewesen wie dich. Ist das etwa etwas Schlechtes?«

»Beantwortet meine Frage. Warum wart Ihr dort? Seid Ihr mir gefolgt?«

Er zieht sich wieder zurück und fährt mit einem Finger den Rand seines Kruges entlang. »Mir kam das Gerücht zu Ohren, dass sich eine schlaue Heroe für die Fürstin der Wahrheit ausgibt. Also wollte ich es mit eigenen Augen sehen.«

Nervös schaue ich mich um.

Erneut lächelt er überlegen. »Keiner kann uns hören. Meine dämonischen Schatten verhindern es.«

Ich verenge meinen Blick und tatsächlich wirkt alles außerhalb dieses Tisches ein wenig dunkler als zuvor. Als würde ich durch eine hauchdünne Schattenwand spähen.

»Und dann habt Ihr mich gesehen und entschieden, Euch mit dem Fürsten des Zorns anzulegen?«

»Ich bin kein Lord oder Fürst, Navien. Also musst du keine Höflichkeitsform nutzen.«

»Gut. Beantworte meine Frage!«, fauche ich.

»Ja. Ich habe dich gesehen und gespürt, dass du dich nicht wehren willst. Also dachte ich, ich übernehme das für dich.«

»Das hat es sicher nicht besser gemacht«, murmle ich und trinke erneut einen Schluck Met. »Wenn ich wiederkomme, wird er mich bestrafen.«

»Und das willst du zulassen?«

Ich schaue auf und blicke direkt in das unendliche Meer seiner Augen. Ein Funke Vertrautheit schwappt zu mir herüber. Ja, er ist wie ich. Und das fühlt sich warm und nah an.

»Ich habe keine Wahl. Und ich weiß auch nicht wirklich, ob ich je zurückkehre. Also stellt sich diese Frage nicht.«

Seine Brauen heben und senken sich. »Wir könnten jemanden wie dich gut gebrauchen.« Er lehnt sich zurück und trinkt aus seinem Kelch.

»Jemanden wie mich?« Ich lache. »Was wird das hier? Willst du mich anwerben?«

»Ja.«

»Nein«, gebe ich knapp zurück. »Ich habe genug Sorgen und die Aufgabe, zehn Zeugen davon zu überzeugen, dass Liran und ich uns lieben. Da werde ich mich sicher nicht noch einer Gruppe Heroen anschließen, die andere Heroen retten. Zumal das nicht gerade zuträglich für meine Tarnung wäre.«

»Also ist dir unsereins egal? Die Menschen, die das gleiche Blut wie du in sich tragen?«

»Wir sind keine Menschen. Miél.«

Er lächelt, als ich seinen Namen benutze. »Nein?«, hakt er dann nach. »Bist du dir sicher?« Er greift nach meiner Hand, hält sie fest und fährt mit einem Finger über meine. Ganz sanft. »Spürst du das?«

»Natürlich«, zische ich und unterdrücke ein Schaudern. Anschließend entziehe ich ihm meine Hand.

»Genau wie ein Mensch.« Er deutet auf mein Gesicht. »Und auch das hast du gespürt.«

»In meinen Adern fließt dämonisches Blut. Die Erbsünde!«

Seine Miene wird ernst und … zornig. »Sag so etwas nicht. Nur weil sie dir das dein Leben lang eingetrichtert haben, heißt es noch lange nicht, dass sie recht haben.«

Ich verziehe den Mund. »Was soll das heißen?«

»Das heißt, dass in dir große Macht schlummert. In uns allen. Und sie sind nichts. Und doch lassen wir uns unterdrücken. Lassen sie uns beherrschen, obwohl wir sie mit einem Fingerschnippen töten könnten.«

Ich zucke zusammen, als er schnippt. Seine blauen Augen sind nun kühl und gleichen eher Eis als dem Meer.

»Sie unterdrücken uns, weil sie Angst vor uns haben. Und wir lassen es geschehen.«

Ich atme. So wie ich es immer tue. Bewusst tue, wenn ich mich sammeln muss.

»Ich habe keine Lust und keine Zeit für eine Rebellion. Vor allem, da sie sich gegen meine eigene Schwester richten würde.« Denn auch sie ist eine Fürstin. Auch sie gehört zum Adel. Und ich befürchte, dass dieser Kerl hier nicht nur Heroen retten will. Er will die Weltordnung zerstören.

»Sie haben dich zu einer Marionette gemacht. Du hast keinerlei Identität, nicht wahr?«

»Rede nicht so über mich!«, zische ich. »Du kennst mich nicht.«

Er rückt wieder näher. So verdammt nah, dass ich seinen Atem auf meiner Haut spüren kann. Seinen Geruch nach Schwefel wahrnehme. So, wie wir alle riechen, wenn wir unsere Mächte nicht unterdrückt halten.

»Ich will dich nicht beleidigen«, raunt er sanft in mein Ohr. »Ich will dir helfen.«

»Ich will nicht gegen sie kämpfen«, gebe ich mit gebrochener Stimme zurück. Weil ich erkenne, dass ich damit nicht nur Aviell, sondern auch Liran meine.

Neben uns ertönt ein Räuspern. Die blonde Frau steht dort und mustert mich. »Miél, wir müssen jetzt aufbrechen«, sagt sie lieblich, aber ihre Stimme könnte Leiber zerschneiden.

»Ja«, entgegnet er, als müsste er sich sammeln, und nimmt meine Hand. »Triff mich morgen Nacht, wenn die Uhr zwölf schlägt, an der alten Krypta nahe dem Bach.« Mit diesen Worten küsst er meinen Handrücken, erhebt sich und geht. Die junge Heroe verharrt noch einen Moment. Sieht mich einfach nur an. Und dann verschwindet sie in schwarzem Nebel.

KAPITEL 8

Ich öffne meine Augen. Schweißgebadet. Aber ich schreie nicht. Halte meine eigene Stimme und all den Schmerz gefangen, damit mich niemand hört.

Ich weine stumm und ohne Tränen. Aviell ist in meinen Armen gestorben. Doch da war noch mehr. Worte, die mich verfolgt haben. *Lügnerin.* Das war das meistbenutzte Wort. Von Äbten, die mich und sie in einem Kloster festhielten.

Die gestrigen Ereignisse müssen mich mehr mitgenommen haben, als ich dachte. Ich kann mich kaum erinnern, wann ich das letzte Mal einen Albtraum hatte, seit ich kein Kind mehr bin.

Ich setze mich auf und wische mir über die Stirn. Sehe zum Fenster, stehe auf und öffne es. Der kühle Wind streicht mir über die nasse Haut und beruhigt sie. Die Vorhänge wehen mir entgegen und dann trete ich hinaus auf den Balkon.

Die Nacht ist noch nicht vorbei und doch küsst die Sonne bereits den Horizont und hinterlässt ein warmes rötliches Licht. Mein Blick verweilt einen Moment auf diesem wunderschönen Farbspektakel, das die Natur ganz allein erschaffen hat, bis er zu dem riesigen Schlosspark zu meinen Füßen wandert. Überall stehen Marmorstatuen, wahrscheinlich von den vorherigen Fürsten des Hochmuts. Die Grünflächen, die jetzt eher dunkelrot wirken, sind akkurat angelegt und umrahmt von hellen Steinen, die den Weg säumen. Weiter hinten, hinter den Zypressen, erkenne ich einen kleinen See und am Horizont den Wald, durch den wir kamen.

Doch bevor ich mich weiter in den beruhigenden Eindrücken verlieren kann, durchbrechen Stimmen die friedliche Stille. Zwei Gestalten gehen einen der Pfade entlang. Es wirkt wie ein ganz normaler Spaziergang und doch ist ihr Gespräch gedämpft. Ich will es hören, auch wenn das aus dieser Entfernung nicht möglich ist. Aber etwas in mir fleht darum. Also konzentriere ich mich. Auf die Stimmen und den Wind, der sie zu mir trägt. Er wird stärker. Lauter. Mein Inneres glüht vor Macht, die sich prickelnd und befriedigend anfühlt. Neu. Nie zuvor habe ich diese Kraft in mir so deutlich gespürt. Und dann höre ich die Stimmen, als würden ihre Besitzer direkt neben mir stehen.

Ich erkenne Liran sofort.

»Es wird funktionieren, Ark.«

»Du hast dich da in eine Situation begeben, von der ich befürchte, dass du sie unterschätzt.«

»Die Situation oder sie?« Liran legt so viel Emotionen in dieses winzige Wörtchen *sie*, dass ich nicht einmal sagen könnte, welche dominiert. Angst, Abscheu? Liebe?

»Beides, Liran. Du musst zu dir zurückfinden.«

»Du tust so, als hätte ich mich verloren.«

Sie schweigen einen Moment. Dann seufzt Ark, und ich kann in der Ferne sehen, wie er ihm die Hände auf die Schultern legt und sie stehen bleiben.

»Was soll das, Liran? Welchem Zweck dient es?« Er deutet anscheinend auf etwas. Aber ich kann nichts erkennen.

»Das geht dich nichts an.«

»Du bist mein Bruder. Es geht mich sehr wohl etwas an.«

»Wir müssen Aviell befreien. Das ist alles, was zählt.«

»Und der Rest? Ist das ein Spiel für dich? Ist sie ein Spiel für dich, weil sie nur eine Heroe ist?«

Liran knurrt bei Arks Worten auf.

»Sag so etwas nie wieder, Ark. Du weißt, dass ich so nicht empfinde. Wenn es nach mir geht, bist du mehr wert als jeder Fürst.«

»Es geht aber nicht um meine dämonische Abstammung, sondern um ihre. Um Naviens.«

Ich schlucke schwer und weiche zurück. Ark ist so mächtig, dass er jeden Moment entdecken könnte, dass ich lausche.

»Ihre Abstammung ist mir gleich.«

»Warum zwingst du sie dann mitzuspielen und lässt Aviell ihren Kopf durchsetzen? Sie ist immer noch ein fühlendes Wesen. Ist es das alles wirklich wert? Und sie ist keine Fürstin. Jede Pore ihres Körpers strömt das aus.«

»Weil sie so erzogen wurde, Ark.«

»Das ändert nichts daran, dass du Schlamm und Dreck nicht in Juwelen verwandeln kannst.«

Wieder schweigt Liran. Und tief in mir fühle ich mich getroffen. Vor allem, da Ark recht hat. Ich werde nie wie sie sein. Ich werde nie ein Juwel sein. Sondern nur Dreck, den man sein Leben lang zur Seite gekehrt hat.

»Ich will sie nicht heiraten, ich will, dass sie eine Rolle spielt.«

»Und warum holst du Aviell nicht und lässt sie die Rolle spielen, die ihr angeboren ist?«

»Weil …«

»Weil was? Sprich doch einfach aus, was du wirklich damit bezweckst«, knurrt Ark. Es ist wie ein Befehl. Ein Befehl von einem Heroer an seinen Herrn.

Mir bleibt die Spucke weg. Ausgerechnet Liran, der so mächtig ist. So stolz. So hochmütig. Lässt sich Befehle von seinem Heroer geben? Und verteidigt mich?

»Weil es seltsam war, sie zu sehen.«

»Was soll das heißen, Liran? Dass sich all deine Liebestrunkenheit in Luft aufgelöst hat? Dass sich bei dir nichts geregt hat?«

»Natürlich hat sich etwas in mir geregt«, knurrt er und schüttelt Ark nun zornig ab.

Ein seltsames Gefühl breitet sich in meiner Brust aus, als er über seine Regungen Avi gegenüber spricht.

»Vielleicht habe ich einfach gedacht, sie wäre mir weniger fremd.«

»Und wie kamst du zu der Annahme, nachdem ihr euch nur geschrieben habt?« Ark wirkt, als würde er seinen Bruder verurteilen.

»Ich muss mich nicht rechtfertigen.«

»Wie war es bei ihr?«

»Bei wem?«, zischt Liran heiser.

»Bei Navien. Wie hast du dich da gefühlt?«

»Wie soll ich mich schon gefühlt haben? Ich kenne sie noch weniger.«

Wieder schweigen die beiden. Eine Stille, die mich fast umbringt. Aber warum? Will ich wirklich hören, er hätte sich mit mir besser gefühlt? Besser als mit meiner Schwester, die ihn liebt? Das sollte ich nicht fühlen. Doch ich tue es. Und ich begreife genau, dass ich es tue. Also muss ich zumindest vor mir selbst dazu stehen. Zugeben, dass ich will, dass er sich bei mir vertrauter gefühlt hat.

»Du weißt genau, woher die Vertrautheit ihr gegenüber stammt. Also, was soll das?«

»Ich will nur, dass du dir nichts vormachst, während du ihr etwas vormachst. Du kennst den Plan. Du wirst Aviell heiraten.«

»Ich weiß.« Er schnauft. »Es ist auch nicht so, als würde ich gerne Navien heiraten wollen. Also ist diese Diskussion überflüssig. Es gehört einfach nur zum Plan.«

»Ach«, sagt Ark und schaut wieder an ihm hinab. Zumindest glaube ich es zu sehen. »Mach dir selbst nichts vor, Liran. Du hattest schon immer eine Schwäche für das Dämonische. Aber wenn du sie jetzt in dein Bett einlädst, um deine fleischlichen Gelüste zu stillen, wie du es stets tust, dann verlierst du Aviell und dein Plan für Navien wird fehlschlagen.«

»Ich weiß«, gibt Liran erneut von sich und mir wird eiskalt. Eine Mischung aus Gefühlen überfällt mich. Etwas, das sich nach seiner Nähe sehnt, nun, da ich weiß, dass er mich körperlich anziehend findet, und etwas, das ihn noch mehr verabscheut als zuvor. Denn offenbar will er mich für irgendeinen Plan benutzen. Einen anderen als der, von dem ich weiß. Und genau das ist der Moment, in dem ich mich entscheide, heute Nacht Miél zu treffen.

❊ ❊ ❊

Der Abend kommt schnell. Miral hat mich angekleidet und zum Essen gebracht, und danach hat sie darum gebeten, in das Dorf gehen zu dürfen, weil sie hier Familie hat. Liran habe ich den ganzen Tag nicht gesehen. Langsam frage ich mich, wie er seinem Palast vorspielen will, dass wir uns verlieben, wenn er nicht anwesend ist. Auch beim Abendessen bleibe ich allein und ziehe mich dann auf mein Zimmer zurück, um ein Bad zu nehmen.

Ich bleibe ewig in dem heißen Wasser. Bis es endlich spät genug ist. Ein unruhiges Kribbeln hat sich den Tag über in mir breitgemacht und ist immer stärker und stärker geworden. Erwartungsvoll blicke ich in den Schlossgarten, bis die Uhr endlich kurz vor zwölf schlägt und ich mich auf den Weg mache. Ich habe Elouise heute über die Umgebung ausgefragt, bis sie selbst auf die Krypta zu sprechen kam und ich ihr ihren Standort entlocken konnte. Es ist nicht weit von hier, was mich stutzig gemacht hat. Warum traut sich ein Heroer, der eine Art Rebellion leitet, so nah an den Palast heran?

Dennoch folge ich der Wegbeschreibung durch den bewachsenen und vor allem unbewachten Garten und laufe einen kleinen Bach entlang, bis ich zu dem winzigen Tempel gelange. Er wirkt verfallen und die Säulen sind von Kletterpflanzen erobert worden, was ihn aber nur noch schöner und mystischer aussehen lässt. Die Fassade, die einst weiß gewesen zu sein scheint, ist grau und porös. Dieser kleine alte Tempel steht im Gegensatz zu allem, was ich in dem Fürstentum des Hochmuts bisher kennengelernt habe.

Mein Blick wandert zu einem Erker, an dem bereits eine dunkle Gestalt lehnt. Erst jetzt, da ich hier in der Dunkelheit stehe, macht sich ein Zögern in mir breit. Ich habe keine Angst. Ich kann mich wehren. Doch ich weiß nicht, was mich erwartet, und eigentlich bin ich gerne vorbereitet.

»Warum sollte ich herkommen?«, frage ich und verleihe meiner Stimme Stärke, als ich näher trete.

Er nimmt seine Kapuze ab, und ich erstarre, als sich darunter Liran und nicht Miél verbirgt.

»Dachtet Ihr wirklich, dass ich zulasse, dass sich ein schäbiger Bastard hier auf meinem Land nachts allein mit Euch trifft?« Seine Stimme ist so düster, dass ich sie kaum wiedererkenne.

»Ich dachte, ich darf machen, was ich will«, entgegne ich und straffe meine Haltung. Jetzt bloß nicht die Fassung verlieren. Miél hatte recht. Sie mögen Fürsten sein und uns kleinhalten. Stärker aber sind *wir*.

Lirans dunkle Augen funkeln mich an. Er stößt sich von der alten Steinwand ab und kommt langsam auf mich zu. Wie ein verdammtes Raubtier. Aber ich weiche nicht zurück.

»Was habt Ihr mit ihm gemacht?«, frage ich kühl. Obwohl er mir jetzt so nah ist, dass sich selbst meine eisige Haut aufwärmt.

»Warum? Macht Ihr Euch etwa Sorgen um ihn?« Er lacht abfällig. Kalt. Böse.

»Was soll das, Liran?«

Er kommt noch näher. Nun muss ich meinen Kopf in den Nacken legen, um ihn weiter ansehen zu können, und nun ist es nicht mehr nur meine eigene innere Hitze, die mich wärmt, sondern auch seine. Sein Körper strömt unbändige Hitze aus.

»Was das soll?«, wiederholt er und ballt die Hände zu Fäusten. Ich höre seine Knöchel knacken.

»Was wollt ihr von ihm?«, fragt er und greift nach meinem Kinn. Sein Gesicht kommt mir verdammt nah. Und plötzlich leckt er mir über die Lippen.

Ich bin erstarrt, kann nicht atmen. Nicht denken. Dann endlich weiche ich zurück und wische mir angeekelt über mein Gesicht. »Spinnt Ihr?«

»Warum? Ist es nicht das, was Ihr Tiere miteinander macht?«

Ich öffne den Mund und keuche erschrocken auf. Ich hole aus und will mit der Faust zuschlagen. Doch Liran ist schneller und entkommt mir mit einer eleganten Bewegung. Er lacht. Lacht mich aus und in mir wächst der Zorn.

»Ihr seid krank!«, knurre ich und drehe mich auf der Stelle. Sofort ist Liran bei mir und legt einen Arm von hinten auf meinen Bauch.

»Was ist es sonst, was Ihr von ihm wolltet?«

Ich rieche den Alkohol in seinem Atem und erinnere mich an Arks Worte. Liran hat eine Vorliebe für Heroen. Bitte, dann soll er bekommen, was er will. Ich lehne meinen Körper ein wenig nach hinten. So, dass sich unsere Körper berühren. Ein Knurren. »Was soll das, Navien?«

»Was? Steht Ihr nicht drauf, Euer Gnaden?«

Er verweilt. Bis sein Daumen langsame Kreise über meinen Bauch zieht. Ich schlucke schwer. Das hier kann ich nicht wollen. Und doch ist mein Köper wie magisch angezogen von ihm und seinen Berührungen. Seinem Geruch. Alles an ihm.

Und dann stocke ich. Sein Geruch. Das ist nicht die Nacht. Die Finsternis höchstpersönlich. Es ist … Schwefel.

Ich drehe mich um und starre in eisblaue Augen. »Was …?« Ich blinzle. Wieder und wieder. Aber der Mann vor mir bleibt Miél und nicht Liran.

Er legt grinsend den Kopf schief. »Ich wollte sehen, wie du zum Fürsten stehst«, sagt er, als wäre es das Normalste der Welt.

Und dieses Mal treffe ich ihn, als ich aushole und zuschlage.

»Bei allen guten Geistern, bist du verrückt?« Ich atme stoßartig. Kann nicht fassen, was gerade passiert ist. Doch vor allem kann ich nicht fassen, dass er mich so leicht täuschen konnte.

»Wenn du wirklich wolltest, dass ich dir helfe, hast du es dir hiermit selbst verbaut.«

»Warum?«, fragt er völlig gelassen und ernst. »Es hat dir gefallen. Ich kenne deine Gefühle, Navien. Dein Geist hat es mir zugeschrien. Also. Was ist das Problem? Dass ich nicht er bin?«

Ich sehe ihn fest an und kontrolliere dann meine innerliche Mauer, die mich von den anderen Heroen abschirmt. Wie konnte ich nur so fahrlässig sein. Jemand hätte mich spüren können. Jemand außer ihm.

»Ich will nicht von ihm berührt werden«, sage ich und halte dem Augenkontakt stand.

Er mustert mich und tritt schließlich näher. »Es war übertrieben und dumm. Entschuldige.«

»Die Entschuldigung kannst du dir sparen.«

»Ach, und was willst du sonst hören?«

Ich verenge meinen Blick. »Was willst du wirklich von mir? Und warum kannst du dein Äußeres so … detailliert verändern?«

Im Ausbildungslager habe ich davon gehört, dass man seine dämonischen Kräfte für Gestaltenwandlung nutzen kann. Sich in Tiere zu verwandeln, ist dabei die leichtere Übung. Zumindest im Gegensatz dazu, das Aussehen eines anderen Menschen anzunehmen. Und zusätzlich muss man den Menschen auch noch besonders gut kennen.

»Und woher kennst du ihn so gut?«

»Ich beantworte dir deine Fragen, aber ich möchte, dass du mit mir kommst«, entgegnet er gelassen. Und trotz der Aussage, dass er nicht hier mit mir reden will, sieht er sich nicht ängstlich um. Als wäre er übermächtig, selbst für den Fall, dass Liran und seine Heroen ihn an diesem Ort erwischen sollten.

»Und wohin?«

»In unsere Residenz.«

Ich lache auf, doch mir vergeht das Lachen augenblicklich, weil Zorn in seinen blauen Augen aufblitzt.

»Was soll das heißen? Nur Adelige haben eine Residenz.«

»Es ist ein altes leer stehendes Schloss. Ein kleines. Fast winzig, wenn man diesen feudalen, verschwenderischen Palast unseres Fürsten betrachtet.«

Ich runzle die Stirn. »Gut. Dann bring mich dorthin.«

»Was hat deine Meinung geändert?«, fragt er und wirkt dabei fast schon enttäuscht. Warum? Wollte er noch länger um mich herumscharwenzeln? Gefällt ihm dieses Spiel und nun bin ich eine zu leichte Beute?

Ich überlege kurz, ob ich lügen soll, entscheide mich aber für einen Teil der Wahrheit. »Ich habe den Fürsten mit seinem Heroer sprechen hören.«

Miél leckt sich über die Lippen und nickt mir auffordernd zu, damit ich fortfahre.

»Ich denke, dass er mich ausnutzen will.«

»Inwiefern und warum ist das eine neue Information für dich, Navien? Dachtest du wirklich, dass er es gut mit dir meint?«

Ich atme tief ein und aus. »Er weiß, was ich bin. Er will Aviell. Doch sein Heroer sagte, dass er eine Schwäche für Heroen hat.«

Miél hebt belustigt die Brauen. »Du hast also Angst, dass er dich verführen will? Wäre das so schlimm?«

Ich starre ihn fassungslos an und entferne mich dann ein paar Schritte, um hin- und herzugehen. Ich muss meine Gedanken ordnen. Und vor allem muss ich meine Barriere vor ihm aufrechterhalten und mich nicht wieder so aus dem Konzept bringen lassen.

»Natürlich wäre das schlimm. Er ist sozusagen mit meiner Schwester verlobt und ich finde ihn widerwärtig.«

»Ein hartes Wort«, stellt Miél fest und kommt näher, greift nach meinem Arm, um mich zu stoppen. »Du bist unruhig. Das ist nicht gut.«

»Und warum?«

»Weil meine Gefährten es bemerken und dich dann für eine Schwachstelle halten werden. Also beruhige dich.«

»Ich kann nicht«, knurre ich. Wie soll ich auch? All meine Sinne sind darauf gepolt, mein wahres Ich zurückzuhalten. So zu tun, als würde mir die Etikette etwas bedeuten. Und vor allem meine Gedanken bei mir zu behalten.

»Navien«, raunt er so einfühlsam, wie ich es ihm niemals zugetraut hätte. Er umfasst meinen Arm stärker. »Ich weiß, dass du es kannst.«

»Und woher?«, hake ich nach und lache leise und verzweifelt auf. Er kennt mich nicht. Niemand kennt mich. Nicht einmal Aviell, wenn ich ehrlich bin. Denn offensichtlich habe auch ich sie nie wirklich gekannt.

»Hör zu. Ich schätze Liran, weil er Heroen rettet. Und er lässt mich gewähren, da ich dasselbe tue. Er würde dich niemals anfassen. Nicht gegen deinen Willen.«

Ich nicke, denn ein Teil in mir weiß das. Allerdings verschweige ich, dass es dort ebenfalls einen Teil gibt, der sich nicht gegen Liran wehren würde. Der es wollen würde.

»Lass uns gehen. Und versuch durchzuatmen.« Er grinst, als wüsste er, dass dieses besonnene Atmen meine Art ist, mich zu beruhigen und zu fokussieren.

»Es gibt drei Regeln«, erklärt er, während wir am Bach entlanglaufen. Um uns herum erstrecken sich riesige Felder, die im Mondschein glitzern. »Erstens, kein Wort über uns zu Menschen oder Heroen, die in den Diensten eines Herrn stehen.« Er führt mich über eine Brücke hin zu einem kleinen Waldstück. »Zweitens. Nicht im Geist eines anderen suchen, wenn er nicht eindeutig mit dir über ihn kommuniziert.«

Ich nicke und folge ihm ohne Angst in den Wald.

»Und drittens. Keine Geheimnisse. Keine Lügen.«

»Was?«, frage ich und bleibe stehen. »Ich kann ihnen nicht verraten, wer ich wirklich bin!«, schreie ich beinahe und will umdrehen. Das hier war eine dumme Idee. Und ehrlich gesagt habe ich nur mitgespielt, weil ich mich zugehörig fühlen will. Weil ich mich nicht mehr verstecken will. Und gleichzeitig muss ich genau das tun.

»Denkst du im Ernst, dass sie nicht wissen, dass du eine Heroe bist? Wieso sollte ich dich sonst mitbringen?«

»Weil ich auf eurer Seite stehe?«, entgegne ich.

»Das reicht nicht.«

»Ich kann keinen Fremden vertrauen.«

»Sie sind keine Fremden, Navien. Sie sind Heroen, so wie du. Sie kämpfen für dich und mich und alle anderen. Verstehst du? Vertrauen ist das, worauf wir uns stützen.«

»Ich …« Mein Blick wandert zum Moos unter mir und dann wieder hinauf zu Miél, dessen Gesichtszüge ich in der Dunkelheit kaum erkenne. »Ich könnte alles verlieren. Und ich könnte *sie* verlieren.«

»Vertrau mir«, bittet er mich, kommt auf mich zu und nimmt meine Hand. Warum fühlt er sich so … echt an? So, als würde ich ihn schon immer kennen. So, als könnte ich mich auf ihn verlassen? Ist das eine seiner dämonischen Gaben? Lässt er mich das alles glauben, weil er es so will?

Ich schüttle den Kopf. Diese Mutmaßungen bringen mir nichts, denn ich muss hier und jetzt eine Entscheidung treffen. Und die betrifft nicht nur sie. Nein. Das ist eine Entscheidung, die ich für mich und mein Leben treffen muss. Ich muss entscheiden, wer ich sein will. Wer ich bin. Ob ich ein eigenständiges Wesen sein möchte. Und ja, genau das will ich. Ich will diese Entscheidung treffen und endlich meine eigene Identität finden und annehmen. Und das kann ich nicht, wenn ich weiter den Regeln und Anweisungen der Fürsten folge, so wie ich es immer getan habe.

Also nicke ich Miél zu und lasse mich von ihm über ein paar Hindernisse ziehen, bevor er meine Hand wieder loslässt und ich mich nach dieser Berührung sehne.

Kurz schwappt der Gedanke in mein Bewusstsein, dass ich Liran hintergehe. Den Einzigen, der zu mir hält. Aber schon in der Sekunde, in der ich es denke, wird mir bewusst, dass er mich ebenfalls nur benutzt. Seinen Vorteil aus mir zieht und mich erpresst.

Miél hier vertraue ich zwar noch nicht vollkommen. Das ist auch kaum möglich, da ich ihn nicht wirklich kenne. Doch bisher hat er nichts gefordert. Mir nur ihre Regeln erklärt und mich wählen lassen. Ja, er erpresst mich nicht, obwohl er mein wahres Ich kennt. Er drängt mich nicht. Also ist er aktuell der Einzige, dem ich ansatzweise vertraue.

KAPITEL 9

Fast eine Stunde später kommen wir an einer gigantischen Lichtung an, auf der ein altes kleines Landhaus steht. Es ist bewachsen und wirkt brüchig und alt. Aber es ist wunderschön.

Als wir durch ein eisernes Tor treten, das mit Efeu bewachsen ist, und einen steinernen Weg zur großen alten Holztür entlanglaufen, mustere ich die Steine, aus denen das Haus erbaut wurde. Sie sind grau und in feinster Arbeit aufeinandergelegt, um so etwas Großes und Beeindruckendes zu schaffen.

»Miél!«, ertönt eine männliche Stimme.

Ich drehe mich um und sehe, wie jemand hinter einem Busch hervortritt. Ich verenge meinen Blick. Woher kenne ich ihn? Die grünen Augen, das harte Gesicht, der schelmische Ausdruck auf den Lippen und diese roten Haare.

»Sheva, was tust du hier?«, kommt es von Miél.

»Na, Wache halten«, entgegnet der, zuckt mit den Schultern und schaut dann zu mir. Kaum merklich legt er den Kopf schief. Er erkennt mich ebenfalls. Und jetzt, da Miél seinen Namen gesagt hat, weiß ich auch, woher ich ihn kenne. Sheva war einer meiner Ausbilder. In der Schenke habe ich ihn nicht sofort erkannt.

»Ganz schön groß geworden, Shor«, spricht er mich direkt an, legt seine rechte Hand auf die linke Seite seiner Brust und verbeugt sich kaum merklich.

Ich schlucke schwer. Shor, so nannten er und die anderen mich während meiner Ausbildung. Als ich noch ein Kind war. Shor ist das hebräische Wort für Stier. Ich war immer die Kleinste und Schmächtigste. Und doch habe ich mich mit all meiner Willensstärke durchgesetzt. Und so habe ich bei einem Kampf, bei dem meine Niederlage eigentlich schon besiegelt war, meine ganze Kraft gesammelt, bin auf meinen Gegner zugerannt und habe ihn mit meinem Kopf so stark gerammt, dass er zu Boden fiel. Ohne Bewusstsein. Shor. Stier.

Ich imitiere Shevas Geste, sage aber nichts. Er war immer einer der netteren Ausbilder. Doch das hat nichts zu heißen. Er war gnadenlos und wollte alles aus uns herausholen. Damals habe ich ihn und die anderen dafür gehasst. Heute bin ich ihm dankbar. Aber seine Anwesenheit hier ist mir ein Rätsel. Was tut er hier? Er scheint ein Verbündeter von Miél zu sein. Ob er ihn ebenfalls ausgebildet hat?

»Du weißt, dass du keine Wache zu halten brauchst. Wir sind sicher.«

Sheva schnauft. »Vielleicht hat es auch was damit zu tun, dass Gia mal wieder einen wirklich miesen Tag hat und ich lieber hier draußen sitze, als ihren Wutanfällen beizuwohnen.«

Miél schnalzt mit der Zunge. »Wo ist sie?«

»Bibliothek. Oder das, was davon noch übrig ist«, gibt Sheva zurück und mustert mich. »Warum trägt sie ein Kleid?«

»Warum fragst du mich nicht selbst, Mefaqed?«, finde ich endlich meine Stimme.

Sheva grinst, als ich ihn mit Kommandant anspreche. »Du bist nicht mehr mein Lehrling, also nenn mich Sheva. Oder Sheva der Große oder Sheva, der Mefaqed der zweiten Legion.«

Ich wende all meine Selbstbeherrschung auf, um nicht die Augen zu verdrehen oder zu lachen. Ich bin mir nicht ganz sicher.

Miél öffnet die Tür und tritt ein. Dann entzündet er mit einer winzigen Handbewegung die Fackeln an den Wänden.

Seine Macht ist wirklich groß. Ich frage mich, wessen Heroer er einst war.

Während ich und Sheva ihm folgen, mustere ich die spartanische Einrichtung. Es wirkt nicht, als würde in diesem Haus ein Adeliger wohnen, was vermutlich daran liegt, dass es genau so ist. Schließlich leben sie offenbar in diesem Gebäude.

Wir gehen weiter durch einen langen Flur, bis wir zu einem Raum kommen, in dem es knallt und kracht.

»Vielleicht wartet ihr hier«, sagt Miél, öffnet die Tür und duckt sich unter einem Buch, das über seinen Kopf hinwegfliegt und vor mir auf dem Boden landet. Apokryphen. Woher haben sie die?

»Geh weg!«, schreit eine Frau mit einer Stimme, die ich bereits in der Schenke gehört habe. »Du machst alles kaputt.«

»Was mache ich kaputt, Gia?«

Ich werfe einen Blick hinein. Ihre funkelnden dunklen Augen treffen mich. Dann hebt sie ihre Hand und deutet auf mich. »Du bringst sie hierher!«

Oh. Es geht also um mich. Das ist nicht gut. Für einen winzigen Moment denke ich darüber nach, meine Barriere kurz abzulegen, um zu hören, was sie ihm im Geist mitteilt, weil sie plötzlich schweigen. Aber ich lasse es. Abgesehen davon, dass ich dann meine eigenen Gedanken preisgeben würde, ist es eine der Regeln.

»Ich kann dein kindisches Verhalten nicht gebrauchen. Außerdem gehört Navien jetzt dazu. Ende der Diskussion.«

Gia schickt mir Blitze mit den Augen. Na, das kann ja heiter werden. Sie wirkt nicht nur wie eine Heroe mit dämonischem Blut, sondern wie die Ausgeburt der Hölle. Auch wenn sie eigentlich recht hübsch ist. Ihre dunklen Haare umrahmen perfekt die großen grauen Augen, die etwas größere, aber gerade Nase und die schmalen Lippen. Doch ihr Ausdruck wirkt unattraktiv und verbittert.

Das ändert sich auch nicht, als wir alle zusammen zurück durch die Gänge laufen, bis wir in eine Art Wohnzimmer kommen. Es wirkt gemütlich. Ganz anders als die Aufenthaltsräume in den Palästen. In ihnen stehen die Chaiselongues immer weit auseinander, hier sind die Sitzgelegenheiten zusammengerückt und vor einem

Kamin platziert. Während Sheva sich auf einen Sessel fallen lässt und Gia auf einer Récamiere Platz nimmt, lasse ich mich auf einem Diwan nieder. Miél bleibt neben uns stehen und sorgt dafür, dass Flammen im Kamin auflodern und sich das Zimmer innerhalb von Sekunden erhitzt.

Ich verschränke die Arme und mustere die Wände, an denen Bilder hängen, über die weiße Leinentücher gelegt wurden.

»Das sind die tollen Adeligen, die hier mal gewohnt haben. Wir wollten sie verbrennen, dann dachten wir, dass es viel besser passt, ihnen die Sicht zu versperren, während wir sie kaltmachen. Sie und ihresgleichen«, kommt es erklärend von Sheva.

Ich presse die Lippen aufeinander. Weil er über diese Porträts spricht, als wären sie echt, und weil ich mich hier in etwas hineinbegebe, was ich nicht vollends will. Ich will Aviell nicht stürzen und eigentlich auch Liran nicht.

Ich räuspere mich und straffe meine Haltung. »Du hast gemeint, dass du mir hier meine Fragen beantwortest«, sage ich ernst. Gia zischt und schnauft herablassend, aber ich ignoriere sie.

»Ich kenne Liran, weil er mich gerettet hat und ich lange für ihn gearbeitet habe«, erzählt er schneller, als ich erwartet habe, und nimmt mir gegenüber Platz. Bedacht beugt er sich ein wenig vor und legt seine Hände auf seine Beine. Eine liebevolle, offene Geste, die mir zeigen soll, dass ich ihm vertrauen kann und er mir alles verraten wird. Doch ich kenne die Art, wie man seine Körpersprache nutzen kann, um Vertrauen zu erwecken. Davon lasse ich mich nicht blenden. Ich muss also mehr als zuvor genau auf seine Worte achten. Er ist mit Sicherheit nicht so ein Künstler der Sprache wie Liran, aber er scheint ebenfalls genau zu durchdenken, was er wann und wie sagt.

»Ich bin sehr mächtig und habe bereits früh angefangen zu lernen, was ich mit dieser Macht alles tun kann. Also habe ich auch schon in jungen Jahren gelernt, meine Gestalt zu wandeln. Später dann, als ich ein Teenager war, habe ich mich an meine ersten

Versuche mit der Gestalt eines anderen Menschen gewagt und es anschließend perfektioniert. Doch Menschen sind komplexer, weshalb man nur Sekunden, höchstens ein paar Minuten die Gestalt eines anderen Menschen annehmen kann.«

Er fährt sich über sein glatt rasiertes Kinn. Generell sieht er gepflegter aus, als sein Lebensstil vermuten lässt. Seine dunkelblonden Haare sind fein säuberlich gekämmt und frisch gewaschen. Sein schwarzes Hemd bis oben zugeknöpft und faltenfrei. Genau wie seine schwarze Hose, die eng in seinen Stiefeln endet. Nur die wirken etwas abgewetzter als der Rest von ihm.

»Und was ich von dir will, Navien … Ich will, dass du stark wirst. Lernst, was du kannst und wer du bist. Und ich will …«

»Moment«, unterbreche ich ihn und ernte dafür erneut einen wutentbrannten Blick von Gia. Als sie nach vorne zuckt, hält Miél sie sofort mit einer Hand auf.

»Ja, bitte?«, hakt er nach.

Ich lausche meinem Herzschlag. Beruhige mich selbst und meinen Atem. »Warum ich? Geht es hier um meine Verbindung zu den Fürsten?«

Sheva räuspert sich und wirft Miél einen ernsten Blick zu.

»Ja«, antwortet Miél dann. »Wir wissen, dass du alle Fürstentümer besuchen wirst. Und wir brauchen Informationen. Schwachstellen, um genau zu sein. Und wir brauchen ihre Heroen auf unserer Seite.«

»Und das soll ich bewerkstelligen?«

»Wenn du zu schwach bist, sag's!«, lacht Gia schadenfroh. »Ich habe sowieso nicht daran geglaubt, dass du es kannst.«

Ich verdrehe die Augen und sehe wieder Miél an. »Und deshalb willst du, dass ich stark werde?«

»Nein«, entgegnet er direkt. »Ich will, dass du stark wirst, weil du es verdient hast, dich durchsetzen zu können. Du wurdest kleingehalten. Das ist nicht deine Natur.«

»Woher weißt du all das?«

»Ich habe Beziehungen, und falls du dich an deinen Liebsten Zet erinnerst. Er war einer von uns.«

»Zet?«, frage ich mit bebender Stimme. Ich habe ihn nicht geliebt, wie es Aviell gerne wollte. Das, was er mit Liebster meint, ist, dass wir einige Male das Bett geteilt haben. Und trotz der fehlenden Liebe war er mir wichtig. Einer meiner wenigen Verbündeten im Fürstentum der Wahrheit. Und er ist gestorben. Taron sagte, dass nur ein paar Äbte und die Dorfbewohner überlebt haben. Von Heroen war nicht die Rede. Und er diente in unserem Palast. Er war der Heroer eines unausstehlichen Adeligen, der seit seiner Geburt bei uns lebte.

»Ja, er hat mir Informationen gegeben. Und er hat immer wieder betont, dass in dir eine große Macht schlummert. Außerdem hat er mir berichtet, dass euer Abt, Rejan, dich ziemlich oft zu sich geholt hat.« Er verzieht den Mund. »Du scheinst eine begabte Leserin zu sein.«

Kurz frage ich mich, ob es etwas bringt, es abzustreiten, entscheide mich aber dagegen.

»Bin ich«, bestätige ich also.

»Und du kannst bereits, seit du dreizehn bist, deinen Geist verschließen.«

Ich schlucke, nicke jedoch erneut.

»Das ist ziemlich bemerkenswert. Sheva hier und Gia können es beide nicht.«

Gia faucht zornig.

»Und du?«, hake ich nach, obwohl ich die Antwort bereits kenne.

»Selbstverständlich.«

Ich nehme all meinen Mut zusammen, entkrampfe meine Arme und beuge mich dann ebenfalls vor.

»Wessen Kind bist du? Und erzähl mir nicht, es wäre ein unwichtiger Adeliger. Du trägst Fürstenblut in dir, Miél. Das spüre ich.«

Er sieht mich einen Moment lang nachdenklich an, während

ich auf die Antwort warte, die ich längst kenne. Aber wie ist das möglich?

»Der ehemalige Fürst des Hochmuts und seine Fürstengattin haben mich gezeugt«, erklärt er ruhig. Seine Worte sind sehr gewählt und zeigen, dass er sie nicht als seine Eltern betrachtet.

»Larakai ist ihr Sohn. Und Liran. Und deren Heroen kenne ich.«

»Allerdings weißt du nicht, dass sie ein weiteres Kind hatten. Einen Sohn, der schon krank geboren wurde und mit fünf starb. Wie gesagt. Liran hat mich dann gerettet.«

Ich sehe zu Boden, weil ich das Gefühl habe, ihn an etwas erinnert zu haben, das er tief in sich verschlossen hat. Seine Stimme verrät es mir. Die unbändige Trauer darin. Eine Trauer, die ich gefühlt habe, als Philipp und Kaleb starben.

»Liran will ebenfalls, dass ich lerne. Stark werde. Meine dämonischen Kräfte einsetzen kann.« Ich schaue ihn wieder an.

Sheva und Gia werfen Miél einen nervösen Blick zu.

»Warum sollte er das wollen, wenn er sie damit stärker macht als sich selbst?«, fragt Sheva ruhig, aber unsicher.

»Das kann ich nicht beantworten«, entgegnet Miél.

»Er sagt, dass es Fürsten gibt, die Aviell töten wollen, und er will, dass ich mich verteidigen kann.«

Gia lacht. Herablassend, ja, aber es ist das erste Mal, dass sie so frei wirkt. Sie lacht und lacht. Bis Miél die Hand hebt und sie verstummt.

»Du solltest ihm vertrauen«, stellt er schließlich fest.

»Ach ja?« Ich schüttle den Kopf. »Deshalb musstest du vorhin meine Loyalität prüfen? Um dann was zu tun … mir doch zu sagen, dass ich ihm trauen kann?« Ich stehe auf und will gehen. Das hier ist nicht richtig. Ich spüre es in jeder Faser meines Körpers. Sie alle verheimlichen etwas.

»Bleib.«

»Warum? Und wo sind die anderen?«

»Welche anderen?«, fragt Sheva.

Ich lache auf. »Soll das heißen, dass ihr drei diese supertolle Rebellion seid?«

Sheva nickt und strafft die Brust, als könnten sie alles erreichen.

»Ich seid verrückt, wenn ihr glaubt, ihr könntet die Fürsten zu dritt stürzen. Und dann gibt es da ja auch noch diese Schattenläufer und die goldene Feder, und angeblich ja sogar Erzengel.« Mir wird schwindelig.

»Zu viert«, wendet Miél ein. »Solltest du mitspielen.«

Spielen. Schon wieder so ein Wort, das ich auseinandernehmen muss, damit ich begreife, warum er es gewählt hat. Spielen, weil es genau das ist, was ich jetzt tue und tun soll. Eine Rolle spielen.

»Und dann? Wollt ihr herrschen oder diese Erzengel?«

»Was weißt du über sie?«, fragt Miél skeptisch.

»Nichts. Aber ich weiß, dass hier drei Heroen sitzen, die keine Ahnung haben, was sie da tun und was aus dieser Welt werden soll.«

»Wir wählen unsere Herrscher«, wirft Sheva ein.

Ich schnaufe. In welcher Welt sollte man wählen, wer sein Herrscher ist? Das ist utopisch.

»Ich habe keine Lust auf Spiele.« Ich schüttle den Kopf und stehe auf. Gehe die langen Flure entlang, bis ich bei der Haustür ankomme, doch als ich gerade meine Hand auf die Klinke legen will, kommt mir jemand zuvor. Ich mustere Miéls Finger und drehe mich dann um.

»Du hast behauptet, dass du willst, dass ich zu mir finde. Ein Leben und eine Identität habe, wie es sonst nur Menschen haben dürfen. Und gleichzeitig kommt es dir gelegen, dass ich eine Rolle spiele und nicht ich sein darf. Willst es nutzen … Mich benutzen!«

»Ja, das will ich.«

Ich pruste, weil ich nicht weiß, was ich sonst tun soll.

»Aber ich will es nicht für meine Zwecke. Sondern für unsere. Verstehst du?«

Natürlich verstehe ich das. Und doch bin ich wieder nur eine Marionette in einem Spiel.

»Denk so etwas nicht.«

Ich blinzle irritiert und versuche meinen Geist zu verschließen. Doch seine dämonische Macht ist groß und mein Verstand setzt in seiner Nähe aus.

Diese Macht in ihm. Dieser Geruch nach Schwefel. Das alles fühlt sich so richtig an. Wie ein Teil von mir, der ausbrechen will. Und er steht hier und ist all das, was ich sein will. Sein dürfen will. Gleichzeitig bin ich treu. Dazu erzogen worden, den Fürsten gegenüber loyal zu sein. Gleichzeitig habe ich es selbst gewählt. Denn ich liebe Aviell und würde alles für sie tun.

Miél hebt seine Hand und streicht über meine gebrochene Nase. Und in diesem Moment spüre ich, wie sie heilt. Der Geruch von Rauch und Schwefel wird stärker. Dann schiebt er die Strähne von meiner vernarbten Haut, wo einst mein Heroensymbol prangte. Mein Blick wandert zu seiner schwarzen Lilie. Auch ich würde sie gerne berühren, wage es aber nicht. Ich berühre niemanden ohne Erlaubnis. Das habe ich nie. Nur als Kind, und da wurde ich hart dafür bestraft.

»Wie hat es dir gefallen, als er dir über den Mund leckte?«

Ich stocke. »Was?« Ich kann die Gefühle in mir nicht ordnen. Diese raue Stimme und diese Dreistigkeit, ja diese Direktheit lösen Lust in mir aus. Gleichzeitig würde ich ihn gerne erneut schlagen.

»Ekelhaft«, antworte ich also.

Er hebt einen Mundwinkel. »Und wie hättest du es gefunden, hättest du da schon gewusst, dass ich es bin?«

Ich verkrampfe mich. »Genauso widerlich.« Leider kommen diese Worte nicht im Ansatz so stark heraus, wie ich sie sagen will. Ja, sie wirken beinahe unehrlich. Unehrlich genug, dass Miél mir noch näher kommt und ich ganz plötzlich und unerwartet erneut seine Zunge an meinen Lippen spüre. Diesmal sanfter, als würde er ihre Konturen nachfahren. Es kitzelt, durstet nach mehr. Ich erschaudere, und dann endlich begreife ich, was er da gerade tut, und weiche zurück.

»Was …?« Mir fehlen die Worte. Aber nicht die für ihn, sondern die für mich selbst.

Miél sieht mich einfach nur an. »Du magst mich also lieber als Liran.«

Ich schlucke, sage nichts. Und dann trete ich einen Schritt vor. Überbrücke den Abstand zwischen uns, und dieses Mal ist es sein Körper, der sich unruhig anspannt.

»Vielleicht«, flüstere ich.

»Um das klarzustellen, Navien«, raunt er düster und rau. Sein Atem streift meine Wange. Lässt meinen Körper beben. »Ich bin nicht Zet. Ich bin niemand, den man als Bettgeselle erwählt und benutzt.«

»Sondern?«, hake ich nach, ohne den gekränkten Teil in mir herausbrechen zu lassen.

»Entweder man entscheidet sich für mich oder man lässt es.«

»Und du? Entscheidest du dich dann auch für diese eine Person?« Ich schnaufe.

Doch er grinst. Herablassend und wissend. »Ich habe mich bereits entschieden«, schnurrt er.

»Wer ist die Glückliche?«, platzt es viel zu zornig aus mir heraus.

Er macht kurz eine verdutzte, beinahe belustigte Miene, bevor er seine Finger an mein Kinn legt, um mein Gesicht anzuheben, damit ich ihn ansehe. »Du.« Und mit diesem einen Wort tötet er etwas in mir. Ja, er bringt den Teil in mir um, der sich für nicht gut genug hält. Ich schlucke schwer, und plötzlich leckt er ein weiteres Mal ganz sanft über meine Lippen, bevor er sich abwendet und zurück zu den anderen verschwindet.

Ein seltsam gehorsamer Teil in mir will ihm folgen, aber ich entscheide mich dagegen. Ich habe zwar längst nicht genug erfahren, doch wenn ich jetzt wieder hineingehe, dann würde ich damit eine Entscheidung treffen. Sie würden mir noch mehr erzählen. Und das kann ich erst zulassen, wenn ich mir wirklich sicher bin. Für mich. Aber vor allem für sie.

Also lasse ich den Landsitz hinter mir und folge dem kleinen Bachlauf neben dem düsteren Wald. Mein Kopf ist wie leer gefegt, doch alles in mir springt auf Alarm, als ich ein Geräusch vernehme. Ein Wimmern. Aber ich kann nicht einschätzen, ob es menschlicher oder tierischer Natur ist. Ich verenge den Blick und konzentriere mich auf meine Umgebung. Schärfe meine Ohren. Doch dieses Mal spüre ich nicht diese Macht in mir, weshalb ich mich langsam dem Waldrand nähere und … wieder dieses Wimmern. Der Geruch von Schwefel steigt mir in die Nase, aber ich weiß, dass es nicht Miél ist. Er würde mir nicht folgen. Dafür weiß er zu gut, dass ich mich selbst schützen kann. Bis gerade eben dachte ich das auch. Doch wenn Schwefel im Spiel ist, ist das da im Wald etwas Dämonisches. Als Kind habe ich schon Gerüchte darüber gehört, dass es neben uns Heroen auch andere dämonische Wesen in den Fürstentümern gibt. Und denen bin ich mit Sicherheit unterlegen, schließlich habe ich nie gelernt mit meinen Kräften umzugehen.

Dennoch nähere ich mich weiter und betrete den Wald, als würde ich eine unsichtbare Linie passieren. Das Rascheln der Blätter lässt mich schaudern und dann ertönt wieder dieses Wimmern. Dieses Mal bin ich mir sicher, dass es menschlich ist, und beschleunige meinen Schritt. Und ich stoppe erst, als ich ein leichtes Glühen ein paar Meter entfernt erkenne. Was zum Teufel ist das? Ich blinzle. Es sieht aus, als würde dort mitten zwischen den Bäumen ein Feuerball schweben. Aber bei allem, was ich je über Dämonen gehört habe … dass sie Feuerbälle erschaffen und schweben lassen können, war nie dabei.

Unsicher gehe ich voran, bis das Licht so nah ist, dass ich geblendet werde. Und dann wimmert es. Ja, dieses Lichtding wimmert. Ich starre es einfach nur an, bevor ich mich fange und mich umsehe. Aber wonach eigentlich? Nach seinem Besitzer? Nach dem, der es erschaffen hat? Als ich einen weiteren Schritt auf dieses Ding zu machen will, knackt ein Stock unter mir und der Feuerball bewegt sich. Dreht sich mir zu. Er hat kein Gesicht, trotzdem weiß ich, dass er mir jetzt genau in die Augen schaut.

Wer bist du? Eine kindliche Stimme erfüllt meinen Kopf.

Ich suche in mir nach der Mauer, die ich wohl nicht aufrechterhalten habe, doch sie ist intakt. Dieses Ding spricht nicht über eine Heroenbindung mit mir. Falls es wirklich der Feuerball ist, der da mit mir kommuniziert.

»Aviell«, gebe ich rasch zurück. Falls das hier eine Prüfung oder so etwas ist.

Der Feuerball dreht sich ein wenig zur Seite. Fast so, als würde er … den Kopf schief legen.

Das ist nicht dein Name, stellt er schließlich fest.

Ein Knacken ertönt. Ich sehe mich panisch um, während dieses … Ding auf mich zufliegt.

Du musst dich verstecken!, wispert es panisch und fliegt gegen meine Brust. Es brennt nicht. Viel eher scheint es mich anzustupsen. *Los!*

Ich gehorche, gehe rückwärts und hocke mich dann hinter einen umgefallenen Baum.

Das Feuerwesen schwebt weiter zwischen den Bäumen. Nun der Dunkelheit vor uns zugewandt. Und in dem Moment tritt jemand aus dieser Dunkelheit hervor. Aber ich kann nur einen Schemen erkennen. Instinktiv suche ich in meiner Nähe nach etwas, das ich als Waffe nutzen kann.

»Was machst du hier?«, ertönt eine knurrende Stimme. Sie scheint einem Mann zu gehören, und auch die Umrisse der Gestalt wirken menschlich. Doch so klingt er nicht.

Ich beweine ihren Tod, sagt dieses Feuerwesen und wimmert dann erneut.

»Sei lieber froh, dass ich dich am Leben gelassen habe.« Er bleckt seine Zähne, die ich im Licht des Feuerballs erkennen kann. Spitze, monströse Zähne. Sie stechen aus seinem Gesicht hervor, als würde es sonst nur aus Dunkelheit bestehen. Er hebt seine Hand und das

Feuerwesen beginnt zu zucken. Wieder rieche ich Schwefel. Das Lichtding schreit.

Und in diesem Moment greife ich einen Stock und stehe auf. »Lass es los!«

Sofort verstummt sein Schreien und es zuckt auch nicht mehr. Stattdessen dreht sich diese düstere Gestalt zu mir um. »Was haben wir denn da?« Er schnuppert. »Eine Heroe.«

Meine Brust bebt. Mein Herz pocht laut und unregelmäßig dagegen. »Und was seid Ihr?«

»Du weißt nicht, was ich bin, aber Quiris kennst du?« Er lacht.

»Nur weil ich etwas nicht kenne, muss ich nicht davonrennen, wenn es angegriffen wird«, verteidige ich mich, da ich mir sicher bin, dass dieser Feuerball ein Quiri ist. Ich wünschte, dass ich so etwas gelernt hätte. Wie kann man uns Heroen im Fürstentum der Wahrheit so unwissend lassen?

»Interessant«, sagt der Kerl, oder was auch immer er ist, und kommt näher. Mit Entsetzen stelle ich fest, dass sein Gesicht wirklich nur aus Dunkelheit, dem Mund mit den spitzen Zähnen und zwei Löchern einer Nase besteht. Keine Augen. Keine wirklichen Gesichtsformen. Doch der Körper scheint menschlich zu sein.

Wieder schnuppert er. »Du hast Angst.«

»Und wenn schon«, entgegne ich und trete ebenfalls näher.

»Geh, solange du noch kannst. Das hier hat nichts mit dir zu tun.«

»Ich werde nicht gehen«, knurre ich und festige meinen Stand. Straffe meine Schultern.

»Das Quiri gehört mir.«

»Es will dir aber offensichtlich nicht gehören.«

»Dann werde ich das undankbare Stück töten«, erwidert er lachend. Diese Zähne jagen mir einen Schauer nach dem anderen über den Körper.

»Nein.«

»Du verstehst das nicht, Heroe. Es gibt Regeln. Und dieses Quiri gehört mir.«

»Dann will ich es freikaufen«, sage ich das Einzige, was mir einfällt.

Er lacht wieder. »Freikaufen? Das elende Ding?«

Ich wüsste viel lieber, was das eigentlich für ein Ding ist. Und auch er. Aber dafür bleibt keine Zeit.

»Ihr müsst nichts zahlen. Ihr müsst die Verantwortung für das Quiri übernehmen. Ich gebe dieses Ding gerne her.« Er grinst nun siegessicher.

Die Verantwortung für das Quiri übernehmen. Was soll das bedeuten? Doch wenn er es so am Leben lässt … »In Ordnung«, gebe ich also zurück.

Er sieht fast schon erstaunt aus. »Also ist es abgemacht.« In der nächsten Sekunde steht er vor mir.

Ich schrecke zurück, doch er greift nach meiner Hand und besiegelt damit unseren Handel, und danach … verschwindet er in schwarzem Nebel. Zurück bleiben nur der Gestank nach Schwefel und der Feuerball.

Wir schweigen einen ganzen Moment, bevor ich mich räuspere und tief durchatme. »Gut, dann werde ich jetzt weitergehen.«

Wo gehen wir hin?, fragt es und schwirrt mir nach.

Ich bin verunsichert. Von allem, was gerade passiert ist.

»Ich kann dich nicht mitnehmen.«

Aber du bist meine Herrin. Es klingt irritiert und vor allem immer noch wie eine Jugendliche.

Wie bei den Fürsten soll ich ein Kind im Wald zurücklassen? Liran jedoch zu erklären, dass ich nun einen Feuerball als Haustier habe, stelle ich mir auch eher schwierig vor.

»Was bist du? Und was war dieser Kerl für ein Wesen?«

Er ist ein Gurra, sagt es wie selbstverständlich.

Würde ich es benennen müssen, würde ich die Stimme wohl einem dreizehn- bis fünfzehnjährigen Mädchen zuordnen.

»Und was ist das?«

Sie sind die Herrscher der Quiris. Aber unser Herr war böse, weshalb wir fliehen wollten. Doch er hat es gemerkt und sie alle getötet. Meine Schwestern und Brüder. Seine Stimme bricht. Ein leises Weinen erfüllt meinen Kopf.

»Und was genau seid ihr und was macht ihr?«

Ich trete aus dem Wald hinaus und laufe wieder den Bachlauf entlang. Aber dann stocke ich, als ich auf dem Feld etwas stehen sehe. Ich blinzle. Und es ist verschwunden. Was war das? Es wirkte wie ein riesiger Vogel. Oder ein Mensch mit … Flügeln?

Wir blenden, wirft mich das Quiri aus den Gedanken oder eher Halluzinationen.

Ich schüttle den Kopf und schaue ein letztes Mal zu der Stelle, die komplett leer ist.

»Wen blendet ihr?«

Menschen, die das Dämonische nicht sehen sollen.

»Aber … ich konnte erkennen und riechen, dass er ein Dämon war.«

Es legt wieder sozusagen den Kopf schief. *Du hast seine wahre Gestalt gesehen? Obwohl ich in seiner Nähe war?*

»Ja.«

Das ist eigentlich unmöglich.

»Und was heißt das?«

Es schnieft. *Vielleicht habe ich nicht genug Kraft allein. Oder sie verloren.*

»Er sieht also sonst aus wie ein normaler Mensch?«

Ja. Und jetzt gehöre ich dir, also könnte ich dich schützen, wenn ich meine Kraft nicht verloren hätte. Du hast es offenbar ziemlich nötig. Du scheinst nicht viel über diese Welt und Dämonen zu wissen.

Autsch. Recht hat es allerdings. »Ich sehe doch aus wie ein Mensch.«

Es kichert. *Nein. Du bist eine Heroe. Das sieht man. Und noch mehr.*

»Das sieht man?«, frage ich irritiert. Natürlich kann auch ich

Heroen erkennen, und selbst Menschen sind dazu in der Lage, weil wir alle eine bestimmte Aura haben und durch die Lilie gekennzeichnet sind. Aber ich habe meine schon als Kind geschützt. Wie also soll dieser Feuerball das erkennen können?

Ja, und du leuchtest. Das habe ich noch nie gesehen.

»Ich leuchte? Du leuchtest.«

Es kichert wieder. Na super.

Natürlich leuchte ich. Ich bin schließlich eine Lichtgestalt. Du jedoch bist ein Dämon.

Ich bleibe stehen und wende mich ihm zu. »Ich verstehe gar nichts. Wir Heroen leuchten nicht. Warum sollte ich? Wenn, verbreiten wir düsteren Schatten. Und dazu bin ich nicht einmal in der Lage.«

Es scheint mich einen Moment zu mustern. *Nein. Ich bin mir sicher. Du leuchtest.*

Ich gebe die Diskussion auf. Vielleicht ist seine Wahrnehmung einfach eine andere. Doch vor wem sollte es mich dann schützen? Normale Heroen oder Menschen bemerken sicherlich kein Leuchten um mich herum oder in mir. Oder wie auch immer das aussehen soll.

Ich gehe weiter und dieses Quiri verfolgt mich.

»Ich denke nicht, dass ich dich mit in den Palast nehmen kann«, sage ich schließlich ernst, damit es mich versteht. Neben der Tatsache, dass ein Feuerball sicher nicht gerne innerhalb eines Schlosses gesehen wird, würde wahrscheinlich kein Mensch damit herumlaufen, und ich muss weiterhin vorgeben, einer zu sein.

Keine Sorge, ich werde mich tarnen, behauptet es beinahe stolz und reckt seine Brust. Eine andere Bezeichnung fällt mir nicht ein. Und obwohl es ein Feuerball ist, sieht es genau so aus.

»Und wie tarnst du dich?«, frage ich, als ich an der Krypta ankomme und in den Schlosspark spähe. Es scheint niemand dort zu sein.

In dir. Du kannst dir eine Stelle aussuchen.

»Ich …« Mir fehlen die Worte. Was soll das bitte heißen, in mir? Und … ich kann mir eine Stelle aussuchen?

Du siehst mich auf deiner Haut. Als Leuchten. Und sobald du mich brauchst, rufst du mich.

»Und wonach soll ich rufen, wenn du … in mir bist?« So wirklich sicher, ob ich das will, bin ich mir nicht. Aber ich kann dieses Quiri wohl kaum allein lassen. Es wird einen Grund haben, warum ich die Verantwortung für es übernehmen musste.

Mit meinem Namen.

»Und wie ist dein Name?« So langsam verliere ich die Geduld.

Du musst mir einen geben.

»Wie wäre es mit Quiri?«

So heißen wir doch alle, sagt es enttäuscht und verzieht den Mund.

Moment … wie kann ich all das erkennen? Und da wird mir bewusst, dass ich seine Gefühlsregungen nicht sehe, sondern spüre. Es vermittelt mir die passende Geste dazu.

»Wie möchtest du denn gerne heißen?«, frage ich also. Es scheint nicht lange nachzudenken.

Meine Mutter hat mich immer Wirbel genannt.

Alles klar, dieses Ding hat also eine Mutter. Ich bin mir nur nicht so sicher, ob ich das schön oder gruselig finden soll.

»Dann nenne ich dich Wirbel.«

Und wo soll ich mich mit dir verbinden?

Ich atme schwer. »An meinem Unterarm.«

Es nickt. Was mich eigentlich an meinem Geisteszustand zweifeln lassen sollte. Und doch stimme ich ein, und schon in dem Moment, als ich meinen Ärmel hochziehe, fliegt es ganz plötzlich auf mich zu und rammt sich in meinen Unterarm. Ein leichtes Brennen und plötzlich ist das Quiri verschwunden. Ich starre hinab auf meinen Arm, an dem sich nach und nach leuchtende Linien verewigen. Es sieht eher aus wie eine Sternschnuppe als ein Feuerball, jetzt, da … Wirbel auf meinem Unterarm prangt.

Eine ganze Weile bin ich fasziniert von dem Anblick, bevor ich meinen Ärmel hinabkremple und weitergehe. Doch so unbeobachtet, wie ich geglaubt habe zu sein, bin ich nicht. Denn vor mir aus dem Schloss stürmt der Fürst des Hochmuts höchstpersönlich. O nein.

»Wo warst du?«, knurrt er mich zornig an und greift nach meinem Arm.

Ich entziehe ihn ihm sofort und schaue ihn ernst an. Er wirkt, als hätte er sich nicht unter Kontrolle. Seine Haare sind zerzaust. Seine dunklen Augen glitzern wild, aber ich erkenne auch Sorge und Erleichterung in ihnen. Und das erste Mal nehme ich wirklich seine kantigen Gesichtszüge wahr. Sein Kinn und die winzigen Stoppeln, die sich darauf gebildet haben, als hätte er keine Zeit gehabt, sich zu rasieren. Und da ist noch etwas, das mir vorher nie aufgefallen ist. Eine winzige Narbe an seiner Wange. Warum hat er sie nicht verschwinden lassen? Ein Heiler hätte das innerhalb von Sekunden gekonnt.

O verdammt, sieht der gut aus.

Wie bitte? Ich erstarre. Die Information, dass das Quiri jetzt permanent mit meinen Gedanken verbunden ist, hätte es mir geben müssen. Ich ignoriere es.

»Ich dachte, ich darf tun und lassen, was ich will«, wiederhole ich, was ich vorhin dem falschen Liran gesagt habe. Miél hat ihn ziemlich gut imitiert.

»Es ist mitten in der Nacht und du bist seit Stunden weg.«

Ich hebe die Brauen. »Kontrollierst du jetzt meine Gemächer?«

»Erinnerst du dich, dass die Fürsten dich tot sehen wollen, Aviell?«

Ich blinzle und weiche einen Schritt zurück. »Navien«, verbessere ich ihn.

Er wirkt kurz, als hätte ich ihm ins Gesicht geschlagen, bevor er die Augen schließt und sich angestrengt durch sein Gesicht fährt. »Wo warst du?«

Sorge. Ja. Ich höre echte Sorge. Aber ich verstehe nicht mehr, ob sie mir oder Aviell gilt.

»Ich habe mich mit jemandem getroffen«, entgegne ich ehrlich.

Er atmet langsam ein und aus. »Und danach?«

»Danach?«, frage ich irritiert. Er kann nicht wissen, wann ich gegangen bin.

»Danach bin ich hierhergekommen.« Eigentlich ist es wieder die Wahrheit. Ich lasse nur die unheimliche Begegnung mit diesem Monster und Wirbel aus.

»Wir haben eine Abmachung, Heroe.«

So langsam bekomme ich das Gefühl, dass er überhaupt nicht auf das eingeht, was ich sage.

»Und inwiefern habe ich dagegen verstoßen?«

»Wie sollen wir den Anwesenden in meinem Palast glauben machen, dass Ihr Euch in mich verliebt, wenn Ihr Euch bei Nacht herausstehlt, um Euch mit einem anderen Mann zu treffen, mhm?« Da ist keine Sorge mehr in seiner Stimme. Sie ist Wut gewichen. Zorn.

»Er ist nur ein Freund.«

»Ihr streitet es also nicht ab.«

»Ihr wisst doch längst, mit wem ich mich getroffen habe, verkauft mich nicht für dumm, Euer Gnaden.«

»Bitte«, schnaubt er und wendet sich ab.

»Liran«, halte ich ihn in einem seltsamen Anflug eines schlechten Gewissens auf. Aber warum? Und woher kommt es? Ich habe nichts falsch gemacht und Liran liebt Aviell. Und doch weiß ich, dass ich mich mit einem Mann getroffen habe, der ihn und sie stürzen will.

Liran hält inne, dreht sich aber nicht um. Ich mustere seine große Statur. Die breiten Schultern. Und plötzlich ist mir, als würde ich all die Lasten sehen können, die darauf liegen.

»Warum liebt Ihr sie?« Ich schlage mich innerlich für meine Worte. Und auch Wirbel scheint die Augen zu verdrehen. Was ist nur los mit mir? Das geht mich nichts an. Ich bin nicht mehr als eine Heroe. Ein Dämon, nur am Leben, um Aviell zu schützen. Doch schon als ich diese Worte denke, weiß ich, dass ich sie nicht mehr fühle. Und das Schlimmste ist, dass ich diese Frage nicht stelle, weil ich sie schützen will. Nein. Aber auch mich schütze ich damit nicht.

»Es gibt viele Gründe. Der wohl wichtigste«, nun dreht er sich doch zu mir und sieht mich durchdringend an, »ist die Art, wie sie Euch liebt, Navien.«

Ich bin getroffen worden. Und ich habe es selbst heraufbeschworen. Und tief in mir spüre ich, dass ich einen Grund hören wollte, der keiner ist. Ich wollte, dass er etwas sagt, woüber ich lachen kann. Etwas, das dafür sorgt, dass ich Ihm vorwerfen kann, Aviell gar nicht wirklich zu kennen. Aber das …

»Das liebt Ihr an ihr?«, hake ich nach, um meine eigene innere Stimme zu überdecken. Um mir nicht eingestehen zu müssen, dass ich wohl nie so selbstlos war, wie ich dachte.

Er schweigt einen Moment, dann kommt er auf mich zu. Ich lege meinen Kopf in den Nacken und halte seinen Blick, auch wenn ich am liebsten wegsehen würde. Er spürt es. Oder hat in meinen Worten die Enttäuschung und Reue gehört?

»Was liebt Ihr an ihr?«

Ich rieche seinen Duft nach Dunkelheit. Wie kann man das beschreiben? Ich suche in mir nach Worten, während ich eigentlich andere finden sollte. Trotzdem denke ich an den Wald. An eine sternenklare Nacht und Tau. Ja, genau so riecht er.

»Navien?«, hakt er nach, als er bemerkt, dass ich abdrifte. Seine Hand liegt plötzlich sanft auf meinem Unterarm.

Und dann stelle ich mir wirklich die Frage. Was liebe ich an Aviell? Stille – in mir und in meinem Herzen.

Natürlich fallen mir einige Dinge ein. Die Art, wie sie mich beschützt. Die Art, wie sie immer wieder meine eigene Seele herauskitzeln will. Aber all das ist nur auf mich bezogen. Genau wie das, was Liran gesagt hat.

Ich kenne Aviell überhaupt nicht. Ich kenne nur die Schwester, die sie mir stets war. Und da denke ich darüber nach, ob wirklich ich es war, die nur für sie gelebt hat, oder ob es womöglich andersherum ist.

»Ich liebe alles an ihr«, antworte ich und senke meinen Blick.

KAPITEL 10

Ich schlafe kaum. Meine Gedanken kreisen um Aviell. Um Miél, Sheva und Gia, um Wirbel auf meiner Haut und um Liran. Doch als der Morgen hereinbricht, bin ich genauso verwirrt wie vor ein paar Stunden. Ich seufze und quäle mich aus dem Bett. Da Miral anscheinend immer noch sehr mit den Folgen der Auseinandersetzung mit Taron zu kämpfen hat, habe ich ihr gestern gesagt, dass sie mich heute nicht ankleiden muss. Also mache ich mich allein zurecht, obwohl ich wünschte, ich müsste nicht mit offenen, ungekämmten Haaren und ohne Puder zum Frühstück gehen. Zumindest sind dank Miél meine Wunden verschwunden.

Liran hat es sicher gestern schon bemerkt und daraus schließen können, dass ich mich mit einem Heroer getroffen habe. Er hat recht. Es war fahrlässig von mir. Ja, es ist, als hätte ich einen Moment lang vergessen, weshalb ich hier bin. Einzig und allein wegen Aviell. Und sobald sie vor mir steht, wird sie mir erklären, warum sie dortbleiben wollte, und alles wird wieder gut.

Ich schreite die marmorne Treppe hinab und suche nach dem Raum, in dem wir gestern gespeist haben, finde ihn aber nicht wieder. Das Schloss wirkt wie leer gefegt. Viele Wachen und Angestellte scheint Liran nicht zu haben.

Als ich noch ein Stockwerk hinuntergehe, höre ich Stimmen. Ich nähere mich ihnen und spähe durch einen Türspalt in die Küche. Liran sitzt dort auf einem Hocker vor der Kochinsel und knetet einen Teig, während Kassandra in einem Topf rührt.

Mich dürfte er auch kneten.

Wie bitte? Ich stöhne stumm. Wirbel ist offensichtlich wirklich so was wie ein pubertierendes Mädchen, das offensichtlich von Liran geblendet wird. Aber ich bin nun einmal nicht so ein Mädchen. Zumindest dachte ich das.

Ich sollte ihn nicht wieder belauschen und doch bleibe ich stehen und bemerke Kassandras mitleidigen, fast mütterlichen Blick.

»Sie wird sich erholen«, sagt sie, beugt sich vor, tunkt ihren Finger in das Mehl vor Liran und tupft es ihm liebevoll auf die Nase.

Er schnauft, halb lachend, halb enttäuscht. »Wie soll man sich von so etwas erholen, Kassi?«, entgegnet er dann mit belegter Stimme und klatscht den Teig auf die Theke, um ihn weiterzukneten.

Wirbel seufzt in meinem Kopf. Das kleine Ding bringt mich noch um den Verstand.

»Wir alle tragen Wunden in uns, Liran. Sie haben unzählige Facetten. Aber man unterscheidet nicht nach Stufen. Jede Wunde hat ihre eigene Geschichte und Heilung.«

Ich schlucke schwer. Ich bin mir sicher, dass er über Aviell spricht, und mit dieser Erkenntnis wird mein Herz schwer. Er scheint sie wirklich zu lieben.

»Sie wird benutzt, ausgestoßen, geschlagen und gedrillt, seit sie klein war. Das sind tiefe Wunden. Sehr tiefe. Solche, die den Charakter formen. Und das Herz brechen. Mit jedem Knochen. Jedem Blut, das fließt.«

Ich stocke. Redet er gerade etwa über mich und nicht über Aviell?

»Sie wird es überleben. Sie *hat* es überlebt, mein Junge.«

»Ja, bis jetzt. Und statt ihr ihre Freiheit zu schenken, reihe ich mich nur in die Gruppe derer ein, die sie benutzen.«

»Sie hat eingewilligt.« Kassandra zuckt mit den Schultern.

»Ich habe sie erpresst, Kassi.«

»Du bist ein guter Junge. Vielleicht wird sie das erkennen.«

Ich weiche ein paar Schritte zurück, bevor ich geräuschvoll in ihre Richtung gehe und an die Tür klopfe, als wäre ich gerade erst eingetroffen. Dieses Gespräch war nicht für meine Ohren bestimmt. Und noch länger darf ich nicht heimlich zuhören, auch wenn Wirbel in mir rebelliert. Es sind seine Geheimnisse. Nicht meine.

»Entschuldigt«, sage ich schüchtern und schaue zu Kassandra, die mich lächelnd ansieht, und dann zu Liran, der sich mit dem Ärmel das Mehl aus dem Gesicht wischt. Was ihm nicht sonderlich gut gelingt. Ich verharre einen Augenblick, bis plötzlich die hölzerne Hintertür aufgestoßen wird und Lou und ein junger Mann mit Schürze eintreten. Sie bleiben vor einem Haufen Mehlsäcken stehen. Hinter ihnen erkenne ich Regale mit Vorräten und eine weitere kleine Tür, die wohl in eine Speisekammer führt.

Ich hebe die Mundwinkel, gehe auf Liran zu und kichere, wie es Aviell tun würde.

»Ihr seid ja voller Mehl, Euer Gnaden«, lache ich, nehme ein Tuch von der Anrichte und tupfe ihm liebevoll das Mehl aus dem Gesicht. Sein Blick verharrt auf mir. Trifft meinen so intensiv, dass ich gegen meine trockene Kehle anschlucken muss.

»So, schon besser.« Ich senke ein wenig die Lider, lächle aber weiter. Verlegen. Und dieses Mal muss ich es nicht einmal spielen.

»Kann ich Euch helfen?«, frage ich an Liran gerichtet, der mich immer noch entgeistert anstarrt. Kurz sehe ich zu Lou und dem jungen Mann, die die Szenerie genaustens beobachten. Sehr gut. Ich winke ihr zu und konzentriere mich wieder auf Liran.

»Ja«, stößt er endlich ein wenig stotternd hervor und nimmt meine Hände in seine. Ganz sanft dreht er meine Handflächen nach oben und streut Mehl darüber.

Mein Herz pocht so laut in meiner Brust, dass ich mir sicher bin, jeder hier hört es.

Er presst die Lippen zusammen und beginnt das Mehl in meine Hände zu reiben. Dann zieht er mich vor sich und legt seine Finger auf meine Handrücken. Zusammen kneten wir den Teig. Ich spüre seinen Atem in meinem Nacken. Rieche ihn. Fühle ihn und jede seiner Berührungen so tief in mir, dass ich beinahe aufkeuche.

Ich bin es nicht gewohnt. Selbst Avi berührt mich fast nie. Also ist das hier eine ganz normale Reaktion und hat nichts mit Liran zu tun.

Als ich plötzlich die Stimmen von Lou und dem jungen Mann aus der Ecke höre, ist es, als würde eine Taubheit verschwinden, die sich mir kurz auf die Ohren gelegt hat.

Liran zieht meine Ärmel ein wenig hoch und verharrt in der Bewegung. Dann schiebt er meinen linken Ärmel wieder hinab. Verdammt. Er hat Wirbel entdeckt. Und ich wette, dass er so gar nicht begeistert sein wird.

»Ich denke, dass der Teig genug geknetet wurde«, mischt sich nun Kassandra ein. Sie mustert uns etwas irritiert, und erst da wird mir bewusst, dass wir ewig einfach nur starr und ziemlich nah aneinandergedrückt verharrt haben.

»Ehm, Mistress«, höre ich nun Lous Stimme von der Seite.

Ich blinzle und wende mich ihr zu. Sie steht neben mir und sieht an mir hinab.

»Was ist?«

»Wollt Ihr Euch noch ankleiden?«

Irritiert schaue ich ebenfalls an mir hinab. Mustere das weiße Kleid und sehe Lou dann wieder an. »Aber ich bin doch angekleidet.«

Kassandra räuspert sich und der junge Mann mit der Schürze wendet beschämt den Blick ab.

Lou verzieht den Mund und beugt sich vor. »Ihr tragt ein Unterkleid, Mistress«, flüstert sie, aber ich bin mir sicher, dass Liran und alle anderen es hören können. Was auch kaum eine Rolle spielt, da sie es sicher bereits gesehen haben. Alle Anwesenden haben Ahnung von Kleidung am Hofe. Im Gegensatz zu mir.

Ich kann mich nicht bewegen. Spüre nur allzu deutlich Lirans Beine an meinen Hüften. Mein Puls rast. Ist dieses Ding etwa durchsichtig? Wie hätte ich das erkennen sollen? Ich habe mich nicht in einem Spiegel betrachtet, sondern einfach nur ein Kleid übergezogen. Was töricht war, schließlich weiß ich doch, dass Aviell immer Korsetts und mehrere Lagen getragen hat. Aber ich dachte, dass auch das hier reicht.

»Mistress«, zischt Lou leise, offenbar um mich in die Gegenwart zu holen.

Ich weiche einen Schritt zurück. Noch näher an Liran heran. Zwischen seine Beine. Es kann nur schlimmer werden. Was soll ich jetzt sagen? Ich bin die Thronerbin des Fürstentums der Wahrheit. Zumindest sollte ich so tun. Und die würde mit Sicherheit nie in einem Unterkleid herumlaufen.

»Ich …«, beginne ich stotternd und kralle meine Finger in Lirans Bein. Um mich festzuhalten, denn er kann mir nicht helfen. Weiße Handabdrücke bilden sich auf seiner schwarzen Hose. Er zumindest trägt nicht nur Unterwäsche.

»Ich habe ihr Kleid mit Mehl beschmutzt«, sagt er dann und legt seine Hand auf meine Schulter. »Ich habe gehofft, du würdest ihr ein neues Kleid holen, damit sie nicht so durch den Palast laufen muss.«

Lou mustert mich noch einen Moment lang, bevor ihr Blick zu Liran wandert. »Natürlich«, haucht sie und geht.

»Milo, kümmere dich doch um die Hühner«, weist er den jungen Mann an, der ziemlich glücklich wirkt, diese Szenerie verlassen zu dürfen, und ein wenig zu schnell hinausstürmt.

Kassandra bedenkt mich mit einem gütigen Blick. Fast mitleidig, bevor sie sich die Hände an ihrer Schürze abwischt und sich mit einem »Ich prüfe die Lieferung« ebenfalls nach draußen verabschiedet.

Es bleibt einen Moment still, dann dreht Liran mich zu sich. Ich versuche zu ignorieren, dass ich nur in einem Unterkleid zwischen seinen Beinen stehe. Mit geweiteten Augen wage ich es endlich, ihn anzusehen. Aber ich kann seinen Gesichtsausdruck nicht deuten. Ist er sauer?

»Es tut mir leid. Ich … ich wusste nicht.«

»Es ist alles gut«, raunt er und hebt einen Mundwinkel.

»Nichts ist gut. Sie halten mich alle für verrückt.«

»Niemand denkt, dass Ihr verrückt seid.«

»Wie nennt man denn dann jemanden, der im Unterkleid durch einen Palast streift?«

Er lacht, und es ist, als würde ich das erste Mal ein echtes Lachen aus seinem Mund hören. Es klingt rau, heiser. So voller Wärme, die ich ihm nicht zugetraut hätte.

»Ja, so jemanden nennt man wohl geistesabwesend.«

»Also verrückt.« Ich verziehe den Mund und verstecke dann mein Gesicht hinter meinen Fingern, kann aber noch hindurchsehen.

Liran hebt die Hände und nimmt damit meine von meinem Gesicht.

»Nun seid Ihr voller Mehl.« Er grinst und greift nach dem Tuch. Wischt mir das Mehl so zärtlich von den Wangen, dass ich kurz prüfe, ob er es tut, weil jemand zusieht. Aber niemand ist hier. Keine Zeugen, die erzählen können, dass wir uns ineinander verliebt hätten.

»Abgesehen von dem kleinen Fauxpas habt Ihr Eure Rolle gut gespielt.«

»Wenigstens etwas«, flüstere ich und senke den Kopf.

Sofort legt er seine Finger an mein Kinn und hebt ihn wieder an. Er mustert mein Gesicht. Meine Augen und bleibt dann an meinen Lippen hängen. Viel zu lange. Bevor er sich endlich räuspert.

»Warum habt Ihr ein Quiri?«

Ich beiße mir auf die Unterlippe. Er ist nett zu mir. Er hat mir geholfen. Also sollte ich es mit Ehrlichkeit versuchen. Und ganz offensichtlich weiß er im Gegensatz zu mir von all den dämonischen Wesen, die existieren.

»Da war dieses Wesen. Dieser Kerl, und er wollte es töten, also habe ich die Verantwortung für das Leuchtding übernommen. Aber ich wusste nicht, was es ist. Und ehrlich gesagt weiß ich das immer noch nicht wirklich.«

Liran nickt. »Es ist ein Totem. Und nun ist das Quiri Euer Totem. Es wird Euch helfen und beschützen, wenn Ihr danach verlangt. Es passiert sehr selten, dass sich ein Totem an einen Menschen … oder eine Heroe bindet. Ihr seid etwas Besonderes.«

»Es heißt Wirbel«, sage ich und bin schon in der Sekunde, in der ich es ausspreche, verwirrt über mich selbst. Warum erzähle ich ihm das?

»So?«, hakt er mit einem schelmischen Gesichtsausdruck nach. Ich bin mir nicht ganz sicher, ob er mich gerade belächelt.

Aber statt zu reagieren, wird mir plötzlich bewusst, dass ich nach wie vor zwischen seinen Beinen stehe, und ich weiche zurück, wobei ich unsanft gegen die Theke pralle.

»Ist alles in Ordnung mit Euch?«, fragt er und lässt mich dann frei, damit ich noch unsicherer neben ihm stehe. »Ihr benehmt Euch heute seltsam.«

»Ich habe schlecht geschlafen.« Er hat recht. Ich benehme mich wie ein verdammtes Kind. Was ist nur los mit mir? Ich bin eine ausgebildete Kämpferin und werde zum Mädchen, weil ich im Unterkleid zwischen den Beinen des Fürsten des Hochmuts stehe. Auf dieser Ebene hat meine Erziehung offenbar versagt. Das ist etwas, womit Avi wahrscheinlich um einiges besser umgehen könnte.

»Heute Abend findet eine kleine Feier statt. Alle Fürsten sind verpflichtet, mindestens einmal im Quartal zu so etwas zu laden«, sagt Liran nun und wirft kaum merklich einen Blick auf meinen Körper.

Ich bete, dass das Kleid nicht durchsichtig ist. Schon allein wegen des Mals auf meiner Brust.

»Werdet Ihr meine Begleitung sein?«

Wieder sehe ich mich um. »Niemand ist hier. Ihr müsst nicht so höflich fragen.«

Er verengt seinen Blick, steht auf und kommt auf mich zu. Ich spähe kurz zu den Mehlabdrücken meiner Hände auf seinen Oberschenkeln. Sie sind wirklich ziemlich weit oben.

»Ich mache das nicht, weil jemand zuhört. Ich möchte Euch einladen, so wie es sich gehört.«

Ich schlucke hart. »Ich komme gerne.« Dann sehe ich weg. Das hier ist sicher ein Spiel. Eine Rolle, die er spielt, damit es mir leichter fällt das verliebte Prinzesschen zu spielen.

»Gut. Und nach dem Frühstück wird Ark Euch unterrichten. Miral ist erneut im Dorf. Sie hat Familie hier.«

Ich nicke nur. Es ist das erste Mal, dass ich seine höfliche Anrede nicht unangenehm finde, weil mich nie jemand so angesprochen hat, sondern weil ich das Gefühl habe, ihm jetzt zu nah zu sein, um noch die höfliche Anrede zu benutzen.

Er fährt sich durch die Haare und ist im Begriff zu gehen, als er unvermittelt stoppt.

»Taron wird heute Abend ebenfalls da sein.«

In mir verkrampft sich alles. Doch nicht aus Angst, sondern wegen der Wut, die ich zurückhalten muss. Ansonsten besteht durchaus die Gefahr, dass ich ihm vor all den anderen Gästen bewusstlos schlage.

»Ihr solltet die anderen Fürsten etwas von den aufkeimenden Gefühlen für mich spüren lassen, aber haltet Euch dennoch zurück. Ich will nicht, dass er …« Er sieht mich an. Intensiv und nachdenklich.

»Ihr wollt nicht, dass er Euch Probleme macht«, vervollständige ich, damit er nicht sagt, es wäre zu meinem Schutz. Denn das ist es nicht. Auch wenn ein Teil von ihm mich plötzlich vor der Wahrheit beschützen will. Doch warum? Ist es wegen dem, was er Kassandra erzählt hat? Denkt er, dass ich kaputt bin und repariert werden muss? Ja. Er hat Mitleid mit mir. Und das ist etwas, das ich nicht will.

»Und noch etwas, Navien«, sagt er und tritt ein weiteres Mal zu mir. Wie schon einmal nimmt er die Strähne meines blonden

Haares und streicht sie hinter mein Ohr, damit man meine Narbe sehen kann.

»*Versteckt es nicht. Es zeigt Eure Stärke*«, dröhnen seine Worte von vor ein paar Tagen in meinen Ohren wider.

»Ich werde Euch den Umgang mit Miél nicht verbieten, gleichwohl es gestern den Anschein gemacht haben könnte. Ihr seid ein freier Mensch.« Er wirkt, als würde er mit sich hadern. Fast, als würde er die Worte bereuen. Sie nicht verstehen.

»Wie gnädig«, zische ich, weil er sowieso keinerlei Befugnis hat, mir etwas zu verbieten. Ich bin nicht sein Eigentum, auch wenn er mich in der Hand hat. Und das hat er, obwohl ich es beinahe vergessen habe. Er hat es raus, meinen netten Retter zu spielen.

»Er ist Euer Bruder, nicht wahr?«

Lirans Lider zucken kurz. Es scheint, als wollte er mir etwas erzählen. Vielleicht etwas über Miél? Will er mich warnen? Aber statt etwas zu sagen, dreht er sich um und geht. Ich bleibe allein zurück, bis Lou mit dem Kleid zurückkommt, mir beim Ankleiden hilft und mich in eine Art kleinen Speisesaal führt, in dem das Frühstück serviert wird.

Liran sitzt bereits am Tisch und liest ein Buch, während Ark … neben ihm sitzt und isst. Mir bleibt die Spucke weg. Auch wenn ich bemerkt habe, dass Liran anders mit den Heroen umgeht, so habe ich nicht geglaubt, dass er ihm gestattet am selben Tisch zu speisen wie er.

Liran sieht nur kurz zu mir auf und prüft mein Kleid, bevor er einen Schluck aus seiner dampfenden Tasse nimmt und sich wieder dem geschriebenen Wort widmet.

Zu meinem Erstaunen betreten kurz nach mir auch die beiden anderen Heroen das Esszimmer und setzen sich.

Der männliche Heroer, ich meine, sein Name ist Laro, hat beinahe weißblondes Haar, und seine Augen sind so hellgrau, dass ich ihn einen Moment zu lange anstarre. Er bemerkt es und wirft mir einen fragenden Blick zu. »Alles in Ordnung?«

»Ja«, stammle ich und grinse ihn unbeholfen an. »Ich bin …«

»Ich weiß, wer du bist. Mein Name ist Laro und das ist Ametist.« Er deutet auf die dunkelhaarige Heroe, die mir knapp zunickt und sich dann ein Brot nimmt.

Unbeholfen rutsche ich auf meinem Stuhl hin und her. Irgendwie bin ich der Meinung, Liran hätte uns einander vorstellen können oder zumindest Anteil nehmen können, statt nur in seinem dämlichen Buch zu lesen. Aber er scheint der Meinung zu sein, dass wir das allein klären können. Es kommt selten vor. Eigentlich nie, doch in diesem Moment wünsche ich mir, dass auf dem Schloss mehr Menschen leben würden. Liran scheint jedoch nur diese Begleiter hier haben zu wollen. Also muss ich damit leben.

Klären heißt in diesem Fall jedoch, dass das Gespräch beendet ist. Zumindest das mit mir. Denn untereinander scheinen sie sich auszutauschen, was ich an ihrem Kichern bemerke. Und daran, dass Ark sich immer wieder vorwurfsvoll räuspert.

Wenigstens scheine ich sie zu amüsieren. Das ist mehr, als ich von den meisten Menschen behaupten kann, die meine Gesellschaft bisher genießen durften. Denn ich war nie sonderlich beliebt. Selbst unter den Heroen, mit denen ich zusammen gegessen habe. Marec war der Einzige, der mich wirklich mochte, und Zet und ich waren eher Bettgesellen als Freunde. Wären Ka und Larakai hier, würde das auch nicht viel ändern. Im Ausbildungslager gab es nur eine sehr kurze Zeitspanne, in der wir auf Heroen aus anderen Fürstentümern getroffen sind, und während dieser waren Ka und ich eher keine Freunde. Und jetzt sind die beiden Abtrünnige und Liran scheint sie für verloren zu halten.

»Was lest Ihr?«, entscheide ich mich irgendwann, das Gespräch mit Liran zu suchen, um mir nicht mehr selbst beim Kauen zuhören zu müssen.

Er scheint den letzten Satz zu Ende zu lesen und sieht dann auf. »Einen Gedichtband«, antwortet er und hält mir das Buch so entgegen, dass ich die Zeilenform erkennen kann.

Er mag also Gedichte? Das hätte ich ihm nicht zugetraut. Doch so hat er es wahrscheinlich geschafft, Aviells Herz zu gewinnen. Und vielleicht kann er deshalb so ausgesprochen gut mit Worten umgehen.

»Lest Ihr gerne?«, fragt er, und es wirkt auf mich, als würde er nur nachhaken, um mich nicht bloßzustellen.

»Ich habe es nur gelernt, um die Apokryphen zu lesen. Sonst war es mir bisher immer verboten«, sage ich zögerlich, aber ich weiß, dass alle im Raum über meine wahre Identität Bescheid wissen.

»Ich habe eine große Bibliothek, falls Ihr etwas anderes lesen wollt.« Liran sieht mich ernst an.

Ich nicke nur und beiße von meinem Brot ab. Ametist mustert mich allerdings so durchdringend, dass ich sie irgendwann anblicke.

»Du sollst die Apokryphen ausgesprochen gut lesen können«, sagt sie und klingt dabei, als würde ihr das so ganz und gar nicht passen. Aber warum?

»Kann sein«, gebe ich zurück und wünsche mir nichts mehr, als hier herauszukommen.

»Du könntest eine Apokryphe für Liran lesen, an der wir alle ver…«

»Ametist!«, unterbricht Liran sie harsch.

Ich spitze die Ohren und recke meinen Hals. »Was für eine Apokryphe?«

Liran wirkt sauer, doch er zügelt sich. »Eine sehr alte. Bisher konnte sie niemand lesen.«

»Ich kann es zumindest versuchen«, entgegne ich und lächle ihm aufmunternd zu. Er allerdings wirkt immer noch nicht begeistert davon.

»Trefft mich nach Eurer Stunde mit Ark in der Bibliothek.« Er klappt sein Buch zu und erhebt sich. »Und nun entschuldigt mich.«

Er verschwindet und nur wenig später verlasse ich zusammen mit Ark ebenfalls den Raum. Er schreitet schweigend voran und führt mich tief hinunter, bis wir in einem Kellergewölbe ankommen. Natürlich wollen sie vermeiden, dass jemand etwas davon mitbekommt.

Als Ark sich umdreht, wird mir erneut die Ähnlichkeit mit Liran bewusst. Die gleichen dunklen Haare, nur dass die von Ark kürzer sind, die gleichen schwarzen Augen. Und auch ihre Statur ist sich sehr ähnlich.

»Liran hat erzählt, dass du ein Quiri in dir trägst«, sagt er und nickt mir zu. »Hol es heraus; wenn es dich schützt, können wir nicht richtig arbeiten.«

Kurz zögere ich, dann rufe ich: »Wirbel, zeig dich!« Ich bin mir nicht sicher, ob man das so macht, aber es scheint zu wirken, denn wieder brennt meine Haut und kurz darauf erscheint der kleine Feuerball vor mir. Er wendet sich Ark zu und legt erneut den Kopf oder eher den gesamten Körper schief.

»Mach Pause, Quiri. Danach kannst du deiner Herrin gerne den Schwefelgeruch nehmen«, befiehlt Ark.

Wirbel wendet sich mir zu. *Sicher?*

»Ja«, bestätige ich und schon verzieht sich Wirbel in eine Ecke des riesigen Kellergewölbes. Mein Blick fällt dabei auf eine Art Altar, der ganz hinten an der Wand aufgebaut ist.

»Was kannst du bereits?«, fragt Ark und verschränkt die Arme vor der Brust.

»Ich kann meine Gedanken verbergen und …« Ich zögere einen Moment. »Einmal habe ich es geschafft, etwas zu hören, was weit entfernt war.«

Ark mustert mich. »Und die einfachen Dinge? Wie Körperkontrolle?«

Ich überlege kurz, was er damit meint, erinnere mich dann jedoch an den Tanz mit Liran, bei dem Ark meinen Körper geleitet hat.

»Das ist einfach?«

»Einfacher, als seinen Geist zu verschließen, auf jeden Fall. Aber es geht hier nicht um das, was ich bei dem Fest getan habe, Navien.

Ich rede von einfachen Dingen, wie die Hand ein wenig zu bewegen, damit jemand etwas umstößt, zum Beispiel.«

»Und das hilft mir in einem Kampf?«

»In einem Kampf hilft es dir sehr wohl, wenn du dafür sorgst, dass dein Gegner das Schwert nur ein wenig sacken lässt oder seinen Schritt verändert.«

»Das kann ich nicht«, antworte ich auf die eigentliche Frage.

Ark nickt. »Dann fangen wir damit an.« Er sieht mich erwartungsvoll an.

»Und was soll ich machen?«

»Was machst du sonst als Erstes, wenn du deinen Geist verschließt?«

Ich verziehe den Mund. »Ich mache nichts. Ich tue es einfach.«

»Jetzt vielleicht, weil du es zu einer normalen Aktion deines Körpers und Geistes gemacht hast. Für dich ist es genauso wie atmen. Doch was hast du getan, als du es noch bewusst tun musstest. Als du es erlernt hast.«

Ich denke nach. Alles, was ich gemacht habe, war, in mir nach dieser Kraft zu suchen, die ich auch gespürt habe, als ich sie belauschen wollte.

»Die Macht in mir hervorgeholt.«

»Dann hol sie nun hervor.«

Ich atme tief ein und aus und konzentriere mich auf meine innere Magie. Auf den Dämon in mir. Auf diese Dunkelheit. Aber da ist nichts. Also schließe ich meine Augen und suche weiter. Immer noch nichts. Und so stehe ich minutenlang da und nichts passiert.

»Was denkst du?«, fragt Ark gelassen und ruhig.

»Macht, komm raus«, gebe ich zum Besten, während ich meine Lider wieder hebe.

Ark verzieht nicht einmal eine Miene. »Was du über diese Macht in dir denkst«, verbessert er.

»Was soll ich darüber denken? Dass sie meine Dämonenkraft ist.«

»Also denkst du schlecht darüber?«

Ich lache, weil diese Frage völlig unnötig ist. Aber Ark sieht mich weiter an, als würde er auf eine Antwort warten.

»Natürlich. Sie ist dämonisch. Die Erbsünde. Das Böse.«

»Gut, das haben sie dir erzählt. Doch was denkst du selbst?«

»Ich denke genau das.« Und dass ich sie nicht haben will. Aber diesen Gedanken behalte ich für mich. Er gehört nur mir allein. Nicht einmal Avi weiß, wie sehr ich mir schon seit meiner Kindheit wünsche, kein Dämon zu sein. Sondern einfach nur ein menschliches Mädchen.

»Du kannst nichts zu deinem Vorteil nutzen, was du verachtest.«

»Und doch tue ich es«, gebe ich etwas zu biestig zurück.

»Du schaffst es offenbar nur bei der einen Sache, die etwas verhindert, das ebenfalls dämonisch ist.«

Ich blinzle. Er hat recht. Das Einzige, wobei ich mich wirklich auf meine Kraft verlassen kann, ist, meinen Geist zu verschließen. Und dass er überhaupt offen für andere Heroen ist, ist auch etwas Dämonisches. Also benutze ich meine dämonischen Kräfte nur dafür, mein dämonisches Ich zu unterdrücken. Na, wenigstens etwas.

»Was war anders, als du besser hören konntest?«

Ich denke an den Moment auf dem Balkon zurück. Überlege, was dort anders gewesen sein kann.

»Vielleicht weil ich es so unbedingt hören wollte?«

Das ergibt keinen Sinn, denn ich wusste ja nicht einmal, worum es bei dem Gespräch ging. Ein so großes Bedürfnis nach dem Inhalt hätte ich also nicht haben können.

»Das ist es nicht.« Ark geht ein paar Schritte auf und ab. »Warst du da bereits hier?«

Ich zögere. Will er gerade herausfinden, was ich belauscht habe, oder hat er andere Gründe? Egal, was es ist, ich weiß, dass ich im Moment nur mit Ehrlichkeit weiterkomme.

»Ja«, sage ich also und begegne seinem Blick, um nicht schuldig zu wirken.

»Vielleicht hat Liran das in dir ausgelöst.«

Ich lache herablassend. »Warum sollte er? Er hasst es, dass ich nicht das Prinzesschen Aviell bin.«

Ark schiebt die Brauen zusammen, und ich wünschte, ich könnte einfach wieder Navien von vor ein paar Tagen sein. Was ist nur los mit mir? Ich bin die Meisterin der Beherrschung und plötzlich … benehme ich mich wie ein Kind.

»Das lasse ich mal so stehen«, brummt Ark und kommt einen Schritt näher. »Hat Lirans Sicht auf die Heroen etwas in dir verändert?«

Nachdenklich forsche ich in mir. Natürlich komme ich nicht umhin zuzugeben, dass er anders mit Heroen umgeht. Sie nicht wie das Böse behandelt. Im Gegenteil. Für ihn ist Ark sein Bruder und die Heroen sind gleichwertig mit den Menschen.

»Vielleicht«, antworte ich also, weil ich nicht genau weiß, ob das etwas in mir geändert hat. Hat es? Denke ich nun anders über mein dunkles Wesen? Oder war es vielleicht doch dieser Mann im Wald des Fürstentums des Zorns? Er hat viel riskiert, um die Heroenfamilie zu retten. So als wären sie es wert. Was, wenn auch ich irgendwann eine Familie haben könnte?

»Das ist zumindest ein Vorteil.«

»Und doch fühle ich keine Macht in mir.«

»Das geht nicht unbedingt sofort, Navien. Wir müssen zuerst an dir und deinem Inneren arbeiten, bevor wir uns wirklich mit deinen Kräften beschäftigen können.«

Ein Gefühl legt sich auf meine Brust, das dort nicht hingehört. Es ist irrational und dumm und passt nicht zu mir. Dennoch ist es da. Das Gefühl, falsch zu sein. Nichts richtig zu machen. Als hätte ich mein Leben lang fälschlicherweise gedacht, dass ich gut so bin, wie ich bin. Aber nun … Muss Miral mir beibringen, wie man sich benimmt, Ark meine Einstellung den Heroen gegenüber umtherapieren, Lou mir erklären, was ein Unterkleid und was ein Kleid ist, und Liran, was sich gehört und was sich nicht gehört.

»Und wie?«

»Ich denke, dass wir reden müssen.«

»Ich soll dir also meine Gefühle ausschütten? Sollte ich als Heroe nicht eigentlich keine haben?«

»Wer hat dir denn so etwas erzählt?«, hakt er nach.

»Hast du etwa welche?«, frage ich und sehe ganz kurz in seinen Augen, dass ihn meine Worte treffen. »So war das nicht gemeint«, versuche ich mich herauszureden. »Du bist nur immer so kühl und kontrolliert. Ich war auch so. Aber jetzt schaffe ich das plötzlich nicht mehr.«

»Ich habe Gefühle«, sagt er ruhig. »Das heißt nicht, dass ich sie nach außen tragen muss. Du hingegen hast offenbar nicht gelernt, mit Gefühlen umzugehen. Und gleichzeitig nicht mit dem dämonischen Teil in dir. Dadurch, dass du deine Gabe anders genutzt hast, hast du auch den wilden Teil in dir herausgeholt. Gleichzeitig fehlt dir gerade deine andere Hälfte. Das ist …« Ihm versagt kurz die Stimme. Schmerz flackert in seinen Augen auf. »Das ist erst einmal sehr schwer. Es ist, als wäre man nur halb. Da fehlt einem ab und an die Kraft, so zu handeln und zu fühlen, wie man das gerne hätte. Wie es angebracht ist.«

»Aber du hast Liran noch bei dir.«

»Ja«, sagt er knapp und wendet den Blick ab. »Doch wir waren auch einmal eine längere Zeit getrennt.«

Er geht weiter und deutet mir, ihm zu folgen. »Was denkt denn deine Schwester über dein Wesen?«

Ich folge ihm, bis er vor dem Altar zum Stehen kommt und dort in aller Ruhe eine Kerze anzündet.

»Sie denkt nichts Schlechtes über den dämonischen Teil in mir. Aber sie glaubt, dass ich keine Identität habe.«

»Und ist das wahr?«, fragt er und reicht mir das Streichholz.

Ich nehme es an, bin jedoch unsicher, ob er möchte, dass ich ebenfalls eine Kerze anzünde.

»Ich weiß es nicht. Momentan denke ich, dass ich sehr wohl eine eigene Identität habe. Schließlich bin ich ohne sie. Doch ich bin mir nicht sicher, ob ich mein Ich wirklich mag.«

»Du bist ohne sie hergekommen, aber, wenn ich das richtig verstanden habe, um sie zu retten. Oder würdest du auch hier sein, wäre sie tot?«

»Nein. Dann …« Ich spreche nicht weiter. Die Wahrheit würde nur beweisen, dass Avi recht hat und ich keine Identität besitze. Denn ich wäre nicht mehr am Leben, wäre Avi gestorben.

»Ich denke nicht, dass du dich getötet hättest.«

»Warum?«

»Du hast dich vielleicht nicht ausgiebig mit dir selbst beschäftigt, Navien. Dich nicht kennengelernt, sondern dich entschieden, Aviells Leben zu leben. Und natürlich kommt es dir jetzt so vor, als würdest du nicht mögen, was du bist. Aber du besitzt eine Identität. Doch du musst dich erst richtig kennenlernen. Du musst dich lieben lernen. Deine guten und deine schlechten Seiten. Und dazulernen. Was du im Moment als schlecht empfindest, verbessern oder annehmen.«

»Hört sich an, als wäre ich ein kleines Kind.«

Ark lächelt ganz sanft. »Es gibt Menschen, die lernen es ihr Leben lang nicht, oder aber erst, wenn sie sehr alt sind. Dafür gibt es keine Altersgrenze, Navien. Und es ist nicht kindisch.«

Ich seufze, weil ich das Gefühl habe, vor mir würde ein riesiger Berg liegen, den ich nicht bewältigen kann.

Ark schließt kurz die Augen und pustet dann die Kerze aus.

»Ich maße mir an zu behaupten, dass ich wenig Schwächen habe. Doch eine große habe ich. Für sie zünde ich immer, wenn ich hier unten bin, diese Kerze an und puste sie aus. Vielleicht bezwinge ich sie damit eines Tages.« Er deutet auf das Streichholz in meiner Hand, lächelt noch einmal und geht schließlich.

Ich bleibe allein zurück und lausche meinem Atem. Wahrscheinlich müsste ich unzählige Kerzen anzünden, also suche ich in mir nach meiner größten Schwäche. Selbst da fallen mir zu viele ein. Aber was ist das Schlimmste? Was verachte ich an mir am meisten?

Ich schließe die Augen, als ich es begreife. Als ich mit aller Sicherheit weiß, was ich am meisten an mir hasse.

Zögernd entzünde ich das Streichholz. Als wollte ich nicht, dass auch nur ein Staubkorn auf dem Boden erfährt, was es ist.

Und dann entzünde ich die Kerze. Ich sehe ihr kurz beim Brennen zu, bevor ich sie auspuste und mit ihr die Tatsache, dass ich nicht Aviell bin. Denn das ist es, was ich wirklich hasse. Nicht sie zu sein. Nicht so geliebt worden zu sein wie sie. Vor allem von meinem Vater und meiner Mutter.

KAPITEL 11

Nachdem Wirbel sich wieder mit mir vereint hat und nur ein Schimmer auf meiner Haut und ihre anzüglichen Gedanken zurückbleiben, suche ich Liran in der Bibliothek auf.

Er steht vor einem großen Regal und scheint die Einbände zu studieren. Dabei bin ich mir sicher, dass er jedes Buch hier genaustens kennt.

»Navien, wie lief es?«, fragt er und wendet sich mir zu. In der Hand hält er ein kleines goldenes Buch. Eindeutig keine Apokryphe, die sind stets in Schwarz gebunden und um einiges größer.

»Ich habe eine Kerze ausgepustet«, sage ich und zucke mit den Schultern.

Lirans Mundwinkel zuckt kurz. »Das musste ich bereits das ein ums andere Mal tun.«

Ich hebe meinen Kopf. Natürlich würde ich gerne nach seinen Schwächen fragen. Denn auch wenn er wahrscheinlich denkt, dass er keine hat, so fallen mir doch einige ein. Zum Beispiel seine hochmütige Art. Aber ob das in seinem Fall wirklich eine Schwäche ist. Ich wage es zu bezweifeln. Ohne sie würde er seinem Fürstentun, seiner Todsünde wohl kaum gerecht werden.

»Um welche Apokryphen geht es?«, frage ich also und gehe einen Schritt auf ihn zu.

Erneut mustert er das Kleid, das ich trage. Es ist dunkelrot und mit goldenen Ornamenten gesäumt. Lou sagte, es würde gut zu meinen blonden Haaren passen. Aber ich bin nicht sonderlich überzeugt von all den ausladenden und bunten Stoffen. Ich vermisse meine Heroenkleidung.

»Darum kümmern wir uns ein anderes Mal«, sagt er und deutet auf einen Tisch, auf dem Teller, Gläser und Besteck platziert wurden.

»Heute zeige ich Euch, wie Ihr esst.« Im Augenwinkel sehe ich, wie er einen Brief aus dem Buch nimmt, ihn einsteckt und das Werk zurückstellt.

»Ich kann essen«, entgegne ich ein wenig zu getroffen, denn eigentlich weiß ich ja genau, was er meint. Doch es stört mich, dass ich nichts auf die Reihe bekomme.

Liran macht einen Schritt auf mich zu und schaut mich durchdringend an. »Ich bin nicht Euer Feind. Auch wenn es den Anschein macht. Ich will Euch helfen.«

»Ihr wollt Euch und Aviell helfen«, verbessere ich.

Er widerspricht mir nicht. Natürlich nicht. Es ist nun einmal die Wahrheit. Keiner darf erfahren, dass ich nicht Aviell bin.

Schließlich bietet er mir seinen Arm an, und als ich ihn ergreife, führt er mich zum Tisch und rückt den Stuhl zurecht. Ich setze mich, während er herumgeht.

»Es ziemt sich nicht, sich vor einem …«

»Einem Mann zu setzen?«, frage ich mit erhobenen Brauen, erhebe mich jedoch.

»Vor einem Herrscher«, verbessert er mich. »Und Ihr seid noch keine Fürstin.«

»Und ich werde auch nie eine sein«, spreche ich erneut aus, was er nicht sagt.

Er räuspert sich, nimmt dann Platz und ich tue es ihm nach.

»Nehmt Eure Serviette und legt sie Euch auf den Schoß.«

Ich sehe dabei zu, wie er es macht, und imitiere sein Tun. Dabei ist das eins der wenigen Dinge, die ich beherrsche.

»Dieser Teller ist für die Suppe.«

»Ich erkenne einen Suppenteller«, schnaufe ich.

Ganz schön zickig, ertönt eine Stimme in meinem Kopf.

Sei still, Wirbel!, entgegne ich stumm.

»Navien. Ich will Euch helfen und Euch nicht rügen. Vergesst das bitte nicht.«

»Ja«, gebe ich nach und straffe meine Haltung. »Also esse ich zuerst mit dem großen Löffel?«

Er nickt und deutet dann auf die zweizackige Gabel weiter innen. »Diese Gabel ist für die Hauptspeise. Und die Gabel weiter innen für die Nachspeise.«

»Was? Gibt es keinen Pudding bei Euch?« Ich verziehe traurig den Mund und lache.

Liran schüttelt den Kopf. »Nein, im Reich des Hochmuts wird bei solchen Anlässen immer die Landesspeise serviert. Teigtaschen.«

»Teigtaschen?«, frage ich belustigt. Bei Landesspeise habe ich jetzt eher etwas Spezielleres erwartet.

»Ja, Teigtaschen«, erwidert Liran, als würde er nach und nach die Geduld mit mir verlieren. »Wir haben heute Morgen den Teig zusammen geknetet. Ihr erinnert Euch?« Ein wilder Ausdruck schleicht sich in seine Iriden und sein Mundwinkel zuckt. Anzüglich schaut er hinab auf meine Hände. »Es war schön zu sehen, dass diese kampferprobten Hände auch zärtlich sein können.«

Ich schlucke hart.

»Ihr legt Euer Besteck nach einem Gang stets nach rechts unten auf den Teller. Die Gläser folgen in derselben Reihenfolge.« Er deutet auf das äußere Glas. »Vorspeise. Hauptspeise. Nachspeise.«

»In Ordnung«, sage ich und folge seinem Finger. »Immer von außen nach innen.«

»Ja, es ist ziemlich einfach.«

Er schweigt eine ganze Weile, als würde er seine Gedanken ordnen, dann sieht er mich erneut an. »Der Fürst der Wollust, Lakros, ist sehr gut mit Taron befreundet. Haltet Euch von ihm fern und macht keine Andeutungen über mich. Er wird sich sowieso nie für uns aussprechen, und ehrlich gesagt kann ich auf den Bastard verzichten.« Er ballt kurz seine Hand zur Faust, entspannt sie dann jedoch wieder.

»Aaron, der Fürst des Neids, ist eigentlich ein guter Kandidat, weil er Taron diese Verlobung sicher nicht gönnt. Aber es geht leider nicht nur darum, die Verlobung zu lösen, sondern, sie zu lösen, damit wir uns verloben können, und das löst erneut Neid aus. Also auch eher schwierig.«

Er lehnt sich in seinem Stuhl zurück, legt ein Bein auf seinen anderen Oberschenkel und betrachtet kurz den Herrscherring an seinem Finger.

»Santos, Fürst des Geizes, ist ein wirklich geeigneter Kandidat, um Zeuge zu werden, sollten wir es richtig anstellen. Wir müssen dafür sorgen, dass er unsere Verliebtheit bemerkt, aber davon ausgeht, dass wir es nicht begreifen. Wenn er es vor uns weiß, dann wird sein Geiz ihn dazu bringen, es als Erster herausposaunen zu wollen. Er brüstet sich sehr gerne damit, Dinge als Erster und eigenständig herauszufinden. Das ist ganz wichtig. Ansonsten verliert er die Lust. Sein geiziges Herz will die Dinge für sich haben.«

Ich nicke und versuche mich an den Fürsten zu erinnern. Ich meine, es war der Rothaarige, der so prunkvoll gekleidet war.

»Firas, der Fürst der Völlerei, könnte im Gegensatz zu Halem, dem Fürsten der Trägheit, ein geeigneter Zeuge sein. Aber ich will sie beide im Rennen behalten. Firas liebt Essen und zufällig auch unsere Teigtaschen. Er reist einmal die Woche in mein Fürstentum, um sie kosten zu können. Doch ich gehe nicht davon aus, dass ich ihn damit erpressen kann.«

Mir entfährt ein Lachen, woraufhin Liran mich auf eine nie da gewesene Art ansieht. Ich kann seinen Blick nicht deuten. War mein Lachen etwa unangebracht?

»Halem ist zu träge, um sich einmischen zu wollen. Aber auch ihn könnten wir überzeugen. Er mochte Taron noch nie. Er hasst es, dass der Fürst des Zorns ständig an die Decke geht und er sich dann an irgendwelchen Streitereien beteiligen muss.«

»Also versuche ich mich auf Firas, Halem und Santos zu konzentrieren?«

»Ja«, entgegnet Liran nachdenklich. »Doch es ist wichtig, dass sie es alle spüren. Wenn die Zeugen vorgestellt werden, sind die Fürsten anwesend und fällen letztendlich das Urteil.«

»In Ordnung«, sage ich kleinlaut, da ich mich weiterhin für mein Lachen gerügt fühle. Ich will nicht, dass Liran denkt, ich würde das alles nicht ernst nehmen. Aber warum will ich das? Weil mir sein und Aviells Glück so wichtig ist? Ich verziehe den Mund. Nein. Es ist, weil mir mein Glück wichtig ist.

»Gut, lasst uns jetzt …« Er sucht ganz offensichtlich nach einem Grund, mich loszuwerden.

»Ich lege mich ein wenig hin«, mache ich es ihm leicht. Warum auch immer. Ich hätte es ihm schwer machen sollen. Ihn dazu zwingen sollen, mir zu sagen, dass er mich nicht bei sich haben will. Gleichzeitig möchte ich es gar nicht hören. Ja, ich nehme das lieber selbst in die Hand. Also stehe ich auf.

»Ihr solltet Euch ebenfalls nicht zuerst erheben. Das nur nebenbei«, raunt er und steht ebenfalls auf. Dann läuft er um den Tisch und zieht meinen Stuhl nach hinten.

Ich nicke und gehe Richtung Tür.

»Ach, Mistress?«, hält er mich auf.

Ich drehe mich um und wappne mich gegen das, was ich nun wieder vergessen habe. Muss ich mich etwa noch verbeugen? Im vorauseilenden Gehorsam knickse ich, und Liran mustert mich, als hätte ich nun den Verstand verloren. Das war es also nicht. Dennoch spielt ein Lächeln um seine Lippen.

Wirbel seufzt verliebt in meinem Kopf. Ich verscheuche sie.

»Es ist wunderschön, wenn Ihr lacht.«

Wirbel tanzt in meinen Gedanken, während ich versuche zu Atem zu kommen und gegen die kribbelnde Wärme ankämpfe, die sich in mir ausbreitet.

Himmel, wie soll ich damit umgehen? Ich nicke also nur und

drehe mich um. Und da erkenne ich einen Diener, der an der Tür steht und auf Lirans Erlaubnis zu warten scheint. sein Anliegen vortragen zu dürfen.

Natürlich. Deshalb nannte er mich Mistress und nicht Navien, und deshalb die Aussage über mein Lachen. Ich schelte mich und Wirbel innerlich dafür, auch nur eine Sekunde geglaubt zu haben, er könnte es so meinen. Und dafür, das zu fühlen, was ich da gerade gefühlt habe. Nein. Das alles gehört zum Plan.

Mein Blick wandert zu einer Karte, die in einem alten Rahmen an der Wand hängt.

»Euer Gnaden, woher stammt diese Karte?«, spiele ich also das Spiel mit und schenke ihm ein falsches Lächeln.

»Luzifer erhielt sie von seinem ersten Sekretär, Eduard von Kaledria. Er war ein Sterblicher, der vor dem Krieg der Unterwelt und der Lichtwelt schon hier lebte.«

Ich trete näher und spüre, wie Liran hinter mir auftaucht. Mein Blick wandert über die Fürstentümer und deren Wappen. Über einige Schlösser, die eingezeichnet wurden. Und dann hebe ich meine Hand und fahre an der linken Site der Karte entlang. Sie ist zerrissen, als wäre das nur eine Hälfte der Karte.

»Wo ist der Rest?«, frage ich und drehe mich zu Liran.

»Das weiß ich nicht.« Es wirkt wie eine Lüge. Aber warum sollte er wegen so etwas lügen?

»War Eduard von Kaledria ein Adeliger, dass er schreiben und zeichnen konnte?«, erkundige ich mich und beobachte den Diener aus dem Augenwinkel.

»Ja, er war der Sohn des letzten menschlichen Königs und der Unterwelt sehr zugeneigt. Er half Luzifer schon zuvor im Kampf gegen die Lichtwelt.«

»Oh.«

»Ich muss jetzt leider wirklich los, Mistress.«

»Ja«, sage ich schnell, lächle ihn noch einmal an und flüchte zurück auf mein Zimmer.

Und obwohl mir gerade tausend neue Fragen durch den Kopf schießen, kann ich nicht verhindern, dass sich der Schlafmangel bemerkbar macht. Gähnend lasse ich mich auf das Bett sinken und realisiere erst, dass ich wohl eingeschlafen sein muss, als mich ein seltsamer Geruch hochschießen lässt.

Ich sehe mich irritiert um und dann entdecke ich ihn. Miél. Er steht an meinem Fenster, als wäre der Balkon ein völlig normaler Eingang für ihn. Hinter ihm geht gerade die Sonne unter.

»Was tust du hier?«

»Dich besuchen«, sagt er mit einem spitzbübischen Unterton und tritt näher.

»Hast du keine Angst, dass Liran dich entdeckt?«, frage ich und erhebe mich, um mir kurz darauf die wilden Haare ein wenig glatt zu streichen. Und womöglich auch meinen Mundwinkel von Spucke zu befreien.

»Das hier ist mein Elternhaus, Navien«, erklärt er so lässig und selbstverständlich, dass ich ihn mit verengtem Blick anschaue.

»Sieht Liran das genauso?«

»Ja. Also. So halb. Aber ich darf mich im Schloss aufhalten. Seine Worte. Nur Ark mag es nicht so gerne.«

»Aha«, entgegne ich genervt und gehe ein paar Schritte ohne Ziel. Warum auch immer, denn jetzt weiß ich noch weniger mit mir und all den Körperteilen anzufangen, die ich neuerdings besitze. Zumindest fühlt es sich so an.

Uh, wer ist das? Das verändert das Spiel ja noch einmal vollkommen.

Wirbel. Wie gerne würde ich auf ihre Kommentare verzichten.

Doch widersprechen kann ich ihr nicht. Miél ist das Bild eines Mannes. Zumindest für jemanden wie mich. Und ich bin ein Dämon. Also weiß ich nicht, ob man mir trauen kann. Ob ich mir trauen kann. Zet war auch hübsch. Düster und in sich gekehrt. Aber hübsch. Doch Miél. Miél wirkt, als wäre er kein Geschöpf der Unterwelt, sondern erschaffen von Göttern.

»Du bist wirklich gegangen«, stellt er fest und schreitet zu dem kleinen Schminktisch, um dann in aller Ruhe und mit Belustigung die Puderdöschen und Pinsel zu inspizieren.

»Ja. Hast du etwas anderes erwartet?«, entgegne ich kühl. Wir wissen wahrscheinlich beide, dass ich gerne wieder ins Haus gegangen wäre, um mehr zu erfahren, und ja, vielleicht mochte ich es, wie er meine Lippen mit seiner Zunge berührte. Ich bin schließlich ein Dämon, und fleischliche Gelüste sind mir nicht unbekannt. Aber, und dieses Aber ist groß. Ich weiß auch, wer ich bin, und habe meine Prinzipien. Zumindest hoffe ich, dass ich gerade auf dem Weg dahin bin. Also bin ich natürlich nicht zurückgegangen.

»Ich habe genau zwei Minuten etwas anderes erwartet. Dann ist mir bewusst geworden, dass du noch unwiderstehlicher bist, als ich dachte.«

Ich lache, um meine Überraschung zu verbergen. »Weil die Frauen sonst bleiben, wenn du das willst?«

»Das tun sie. Aber darum geht es hier nicht«, sagt er und dreht sich mir zu. Seine eisblauen Augen treffen mich. Treffen mich bis tief in meine Seele.

»Ich werde nicht gegen Liran oder Aviell aufbegehren, also kannst du dir diesen Besuch sparen«, zische ich, um dieses seltsame Gefühl zu verbergen.

»So?«, fragt er schelmisch grinsend. »Was, wenn ich nicht deshalb hier bin?«

»Sondern?«

»Deinetwegen.«

Wieder bemühe ich mich, mir nichts anmerken zu lassen, und wünsche mir gleichzeitig, dass ich eine der Damen sein könnte, die solche Aussagen mit pikierter Bestürzung abtun. Nur bin ich keine solche Dame. Ich habe einen Körper, den ich gerade nur allzu deutlich spüre. Sollen sie mich doch alle dafür verachten. Miél ist gut aussehend, schlau, clever und löst etwas in mir aus. So einfach ist das manchmal. Ein Feuer brennt in mir, das sich nach seinen Berührungen sehnt.

»Und warum?«, frage ich, so hart und abweisend es mir möglich ist.

»Weil ich dich mag.«

»Magst du mich oder begehrst du meinen Körper?«

»Scheint, als würdest du viel von deinem Körper halten.«

Ich lache. »Ich habe keine Probleme mit ihm. Er gehört zu mir. Er ermöglicht mir das Leben. Das Gehen. Das Greifen. Das Sprechen … Soll ich weiterreden?«

Miél grinst. »Nur wenn du mir dann aufzählst, welche Hochgefühle er dir verschafft. Und an welchen Stellen.«

Ich hebe meine Brauen. Dieser Kerl legt es wirklich drauf an. Und ich weiß nicht, ob ich das abstoßend oder anziehend finden soll. Tendiere aber zu Letzterem. Leider. Und auch Wirbel scheint das zu präferieren, wobei ich nicht umhinkomme, mich zu fragen, ob sie dafür schon alt genug ist.

»Was willst du hier, Miél?«, stoße ich nun seufzend aus.

»Ich möchte Zeit mit dir verbringen.«

»Und wieder: Warum?«

Er atmet angestrengt, fährt sich dann mit der Hand über sein Gesicht, bevor er in der nächsten Sekunde dicht vor mir steht. »Ehrlich, Navien? Muss ich dir das noch mal erklären?«

»Nein«, stoße ich schnell hervor, und doch ist da dieser Teil in mir, der es nicht für möglich hält, dass er mich derart anziehend findet, dass er hier auftaucht. Ich weiß nicht, ob es an meiner Ausbildung liegt, immer und überall Feinde zu sehen. Oder daran, dass mich nie jemand so sehr wollte. Natürlich wollte auch Zet oft in meiner Nähe sein. Aber wir haben kaum ein Wort miteinander gewechselt. Das war also wirklich nur etwas Körperliches. Und Miél spricht zu viel mit mir, um mich einfach nur …

»Deine Gedanken sind schmutzig«, schnurrt er.

Ich verteufle mich und ziehe meine Mauer hoch. Für jeden anderen Heroen wären meine Gedanken stumm gewesen. Doch Miél ist so stark, dass ich nicht weiß, ob meine Barrieren überhaupt etwas bringen.

»Sie sind nicht schmutzig. Sie fragen sich, ob du hergekommen bist, um mir nah zu sein, oder um mit mir zu sprechen.«

»Willst du denn, dass ich dir nah bin, kleine Heroe?«

Ich stutze bei der Bezeichnung, fange mich jedoch wieder.

Und als ich den Mund öffne, um zu antworten, legt er einen Finger auf meine Lippen. »Denk erst darüber nach.«

Ich verfluche ihn innerlich.

Ja! Wir wollen!, schreit Wirbel in mir.

Ich schließe kurz zornig die Augen und befehle ihr, still zu sein.

»Ich möchte das tun, was ich versprochen habe.«

»Und was hast du versprochen?«

»Liran zu helfen.«

»Liran ist aber nicht hier«, raunt er und sieht sich belustigt um. »Oder versteckt er sich irgendwo unter deinem Bett?«

»Sehr witzig«, brumme ich und gehe zu meinem Schminktisch, um ihn nicht länger anschauen zu müssen. Doch als ich mich gerade in dem matten Spiegel betrachte, erscheint sein Gesicht hinter mir.

»Ich spüre, dass du Liran mehr magst, als du solltest. Doch ich spüre auch, dass du dich zu mir hingezogen fühlst.«

Ich atme. Und atme. Mein Nacken prickelt.

»Da du deine Beute ja nicht teilst, komme ich wohl nicht mehr infrage.« Ein Grinsen ziert meine Lippen, das nicht echt ist. Diese Begegnung ist sonderbar.

»Ich könnte für eine Sekunde meine Prinzipien vergessen«, haucht er mir ins Ohr.

Ich erschaudere. »Aber ich nicht.«

»Warum verrät mir dann alles an dir, dass du es willst?«

Ich beiße die Zähne zusammen. Verdammter verräterischer Körper, und wahrscheinlich verraten mich meine Gedanken gleich mit.

Ich will ihn. Ja. Berühren und küssen und vielleicht sogar mehr. Mein ganzer Körper bebt und sehnt sich nach Berührungen. Doch auch nach denen von Liran, und das ist falsch … oder?

»Sag mir, wenn ich stoppen soll«, raunt er so heiser, dass es mich erschaudern lässt. Und dann küsst er meinen Hals. Ganz sanft. Kaum merklich.

Ich halte den Atem an. Dieser Kuss, diese zarte Berührung durchfährt meinen gesamten Körper und lässt ihn heiß brennen. Seine Hände wandern zu meiner Taille. Umfassen sie. Streichen hinab zu meinen Hüften. Mein Körper steht in Flammen.

»Möchtest du etwas einwenden?«, fragt er siegessicher.

Ich bleibe stumm. All die Dinge, wie, dass wir uns ja gar nicht kennen und ich eine Frau sein sollte, die so was abwehrt, sind mir egal. Mein Herz und mein Körper sagen mir, was ich will. Und das sind die Einzigen, von denen ich mir etwas befehlen lasse. Und normalerweise auch von meinem Kopf. Aber der hat sich bereits verabschiedet.

»Navien!«, fordert er fast, dass ich ihn stoppe.

Ich drehe mich um. Er ist mir so nah, dass meine Haut verlangend brennt. »Was willst du hören? Dass ich das hier nicht will, weil ich so anständig bin?«

Seine Augen weiten sich kurz. Dann kommt er noch näher. Legt seine Hand in meinen Nacken. Ich recke meinen Kopf. Versuche stark zu wirken, doch als seine Lippen meine ganz sanft berühren und ich förmlich spüre, wie er die Kontrolle verliert, setzt auch mein Verstand vollends aus.

Er küsst mich. Wieder spüre ich seine Zunge an meinen Lippen. Ganz sanft, als würde er um Erlaubnis bitten. Und ich öffne sie. Er stöhnt in meinen Mund, hebt mich an und setzt mich auf den Schminktisch. Mein Herz pulsiert laut und fast schon schmerzhaft in meiner Brust. Und plötzlich lässt er von mir ab. Er keucht, weicht einen Schritt zurück und knurrt.

»Sag mir, dass ich aufhören soll«, presst er hervor, als würden ihm die Worte – alles hier – Schmerzen bereiten. Ihn mehr Kontrolle kosten, als er aufbringen kann.

»Warum?«, frage ich mit zittriger Stimme. Ich will nicht, dass er aufhört.

»Weil ich es mir sonst nehme. Voll und ganz.«

Ich erstarre. Sage aber weiterhin nichts. Er wartet. Wartet und wartet.

»Nein«, flüstere ich also, und in diesem Moment kommt er auf mich zu, packt mich erneut und küsst mich. Alles in mir brennt. Das hier ist nichts im Vergleich zu Zet. Es ist so viel mehr. Und doch werde ich unsicher, als seine Hand von meiner Hüfte zu meinem Bein wandert.

»Miél, vielleicht …« Noch während ich das ausspreche, löst er sich von mir und legt seine Hand an meine Wange.

»Was, Navien?«

»Ich kann nicht«, sage ich, weil ich nicht *Ich will nicht* sagen will. Und vor allem aber, weil ich nicht sagen will, was der eigentliche Grund ist.

Wir wissen, was der Grund ist. Er heißt Liran.

Am liebsten würde ich Wirbel schlagen, weil sie ausspricht, was ich so gerne vor mir selbst verheimlichen würde.

Miél küsst mich auf die Stirn und weicht dann einen Schritt zurück.

»Wie war das mit *Ich werde es mir nehmen*?«

Er bedenkt mich mit einem skeptischen Blick. »Ich nehme mir nichts, was du mir nicht geben willst, Navien. Egal zu welchem Zeitpunkt du das entscheidest.«

»Aber …«

»Aber was? Ich habe diese Worte genutzt? Ja. In einem Moment, in dem du es wolltest. Sobald ich jedoch nur einen Hauch Unsicherheit spüre, würde ich niemals …« Plötzlich zögert er. »Hat das irgendjemand bei dir getan?« Wieder ist er ganz dicht bei mir und berührt meine Wange. Ich rieche seinen Geruch nach Schwefel, aber er mischt sich mit etwas Lieblichem. »Hat jemals jemand weitergemacht, obwohl du nicht wolltest?«

»Ich …« Mir fehlt die Stimme.

»Navien!«, knurrt er nun eindringlich und ballt seine Hand zur Faust. Doch schon in der nächsten Sekunde scheint er zu bereuen, dass er so harsch war. »Gab es eine solche Situation?«

Ich schlucke. Nein. Oder? Für mich ist die Tatsache eher seltsam, dass Miél aufgehört hat, nachdem ich meine Meinung geändert habe. Auch bei Zet war ich mir einige Male nicht mehr ganz so sicher. Aber …

»Wie bitte?« Nun ist seine Stimme ein Bellen. »Du hast ihm gesagt, dass du dir nicht mehr sicher bist, und er hat trotzdem …« Seine blauen Augen verdunkeln sich.

»Er hat nichts getan. Ich wollte es doch.«

»Nur der kleinste Zweifel bedeutet, dass du es nicht willst. Und das weiß dieser Bastard.«

Ich denke darüber nach. Da waren zwei, drei Gelegenheiten, bei denen wir schon fast beim Akt angekommen waren und ich ihm meine Zweifel genannt habe. Aber er hat mir versichert, dass alles gut wird, und es war auch in Ordnung.

»Navien«, flüstert Miél gebrochen. »Das ist nicht in Ordnung.« Er streicht so sanft über mein Gesicht, dass mein Herz schwer wird.

»Er hat mich nie gezwungen«, sage ich.

»Er hat deine Zweifel ignoriert, und das ist ebenfalls nicht in Ordnung.«

Er küsst mich erneut auf meine Stirn. Alles in mir brennt. Und ganz plötzlich bahnen sich Tränen einen Weg. Ich fühle mich elend. Obwohl ich es doch in Ordnung fand. Und warum sind da plötzlich Tränen? Das einzige Mal, dass ich das bisher gespürt habe, war, als Aviells und meine Seele voneinander getrennt wurden.

»Wein nicht. Ich habe gehört, dass heute ein Fest stattfindet?«, sagt er fast, als wollte er mich ablenken.

Ich nicke betroffen.

»Ich werde hier sein. Nicht in deinem Zimmer. Aber in der Nähe, falls Taron wieder ausflippt.«

»Ich sollte mich selbst verteidigen können.«

»Das kannst du. Es ist ein Unterschied, etwas nicht zu können und es nicht zu dürfen. Merk dir das, Navien.«

»Und wäre ich falsch, wenn ich es nicht könnte?«

»Nein. Niemand ist falsch. Kein Mann, der Hilfe braucht, und auch keine Frau.« Er sieht mich an. Gefühlte Stunden. »Doch du kannst es und bist mächtig genug, es nicht zu tun, um dich und deine Liebsten zu schützen.« Er lächelt, entfernt sich dann von mir und geht zum Balkon. »Und das ist sehr stark. Außerdem bin ich gerne derjenige, der sich die Feinde macht und an deiner Stelle die Kämpfe austrägt. Genauso gerne aber wäre ich es, wenn du in dieser Hinsicht nicht stark genug wärst. Das macht keinen Unterschied. Und es ist nicht falsch, dass du es magst, wenn das jemand tut. Dass du gerne beschützt wirst.« Er seufzt. »Der Unterschied liegt nur darin, ob du es anerkennen und um Hilfe bitten kannst. Und sie andersherum anbietest, solltest du stärker sein.«

»Danke«, flüstere ich, bevor er sich wieder in Luft auflösen kann.

»Dank mir nicht. Lass einfach nie wieder zu, dass dir jemand wehtut, wenn ich es verhindern kann.« Mit diesen Worten verschwindet er dann doch.

Ich bin irritiert. Ja, das ist das einzige Wort, das mir dazu einfällt. Er wirkt so hart und kalt. Lässig natürlich, aber ich dachte, das wäre eine Fassade. Doch nun war er ernst und … liebevoll. Noch nie hat mich jemand so behandelt und mir wirklich das Gefühl gegeben, eine Stimme zu besitzen.

KAPITEL 12

Nachdem ich mich endlich gefangen habe, tritt Lou ins Zimmer und beginnt mich umzukleiden und meine Haare herzurichten. Immer wieder wirft sie mir verstohlene Blicke durch den Spiegel zu, bis ich sie endlich frage, was los ist.

»Miél war hier, nicht wahr?«

Ungläubig starre ich sie an. »Woher …«

»Es riecht nach ihm. Und … du riechst auch nach ihm.«

Na super.

»Ja, er war hier, er sagte, dass Liran das genehmigt.«

Sie nickt. »Ja, aber wahrscheinlich würde er es sich noch einmal überlegen, wüsste er, wie nah ihr euch kommt.«

Sie wackelt mit ihren Brauen. Und ich habe keine Ahnung, was ich mit meinem Gesicht oder dem Rest meines Körpers machen soll.

»Läuft das zwischen euch auf mehr hinaus?«

Ich atme tief ein und aus. Lou ist seltsam. Doch ich kann nicht mit der Richtschnur meines Königreichs Maß nehmen. In den Fürstentümern der Todsünden scheint alles etwas anders zu laufen.

»Ich kann es dir nicht sagen.«

»Weil du nicht darfst oder weil du nicht willst?«

»Weil ich nicht weiß, was das ist. Außerdem bin ich die zukünftige Fürstin der Wahrheit und verlobt«, füge ich schnell hinzu.

Sie zuckt mit den Schultern. »Du darfst machen, was du willst.«

»Mit einem Dämon?«

Sie sieht mich nachdenklich an. »Gibt es da wirklich einen Unterschied?«

Mein Körper erstarrt. Hat sie das gerade wirklich gesagt?

»Als ich das letzte Mal nachgeschaut habe, hatte Miél die gleichen körperlichen Attribute, die ein Mensch besitzt. Und glaub mir … er hat tolle Körperteile.« Sie zwinkert mir zu.

»Habt ihr etwa …?«

»Nein. Igitt. Bevor Luce, Lirans kleiner Bruder, starb, hat Miél hier gelebt. Er ist hier aufgewachsen, so wie ich.«

»Warum ist er dann gegangen? Liran hat ihn doch beschützt.«

Sie seufzt. »Das ist eine lange Geschichte, die ich selbst nur vom Hörensagen kenne. Liran und Miél konnten sich wohl noch nie gut leiden. Schon als sie klein waren, sind sie sich, so gut es eben ging, aus dem Weg gegangen. Und als Liran befahl, ihn nicht zu köpfen, ist Miél zwar verschont worden, doch gegangen. Ab und an kommt er aber her. Oft treibt er sich unten in den Grabkammern herum.«

»Wo?«, frage ich entrüstet.

Lou lacht, während sie meinen Zopf verknotet. »Es ist ein Raum. In den Wänden sind die Grabsteine ihrer Eltern und der von Luce eingehauen. Er betet oder so. Ich weiß nicht, zu wem Dämonen beten. Doch ich denke, dass wir alle denselben Gott haben.«

»Und für Liran ist das in Ordnung?«

»Natürlich. Er ist sein Bruder und vermisst seine Eltern und Luce genauso wie er und Ark.«

Ich presse meine Lippen aufeinander und denke nach.

»Du magst ihn, nicht wahr?«

Ich räuspere mich. »Vielleicht. Aber sag das bitte unter keinen Umständen Liran.«

»Weil du auch ihn magst? Ich habe euch in der Küche gesehen. Fremdschämen würde meine Gefühle in diesem Moment nicht ansatzweise erklären. Ihr wart wie abwesend.«

Ich atme wieder. Wie komme ich aus dieser Situation heraus?

Wirbel seufzt verliebt in meinem Kopf, was es nicht gerade besser macht.

»Solange du nicht verheiratet bist.« Erneut zuckt sie mit den Schultern. »Du solltest es ausprobieren. Miél soll ein toller Liebhaber sein. Vor ein paar Wochen war die Mistress aus dem Fürstentum des Geizes hier. Sie ist die schönste Frau, die ich je gesehen habe. Und obwohl sie immer nur das Beste will, hat sie eine Affäre mit Miél gehabt. Über den gesamten Monat, den sie im Schloss war. Und sie hat es ihren Dienstmädchen erzählt. Als wüsste nicht jeder, dass Dienstmädchen untereinander reden.«

Ich starre sie an und weiß nicht, was ich fühlen soll. Ist das etwa Eifersucht? Nein. Ich kenne Miél doch gar nicht wirklich.

»Aber du redest nicht, oder?«

»Nein. Außerdem bist du keine hochnäsige Prinzessin, sondern eine Freundin, mit der ich Trinkausflüge unternehme.«

Ob ich das wirklich unterzeichnen würde … wohl eher nicht.

»Und haben sie diese Liaison weiterhin?«

Sie verzieht den Mund, als ihr klarzuwerden scheint, was sie mir da eigentlich gesagt hat und inwiefern es mich betrifft.

»Sie ist vor drei Wochen abgereist, und so, wie ich es gehört habe, hat Miél es wegen der unüberbrückbaren Distanz beendet, und sie weint ihm immer noch hinterher.«

»Und das wird gestattet? Er ist ein Heroer.« Ich komme mir vor, als würde ich meine eigene Herkunft in den Dreck ziehen. Aber so ist es. Wenn alle davon wissen, muss doch auch ihr Bruder, der Fürst des Geizes, informiert sein. Und das nicht gutheißen.

»Ach, Santos ist zwar anstrengend, geizig und stolz, doch das bezieht sich nur auf ihn selbst. Ihm ist es gleich, was seine Geschwister machen. Er hat vier. Und das sind nur die nicht-dämonischen. Würde er bei all ihren Fauxpas an die Decke gehen, wäre sein Stolz längst beschämt. Sie sind alle nicht gerade Engelchen.«

»Und wen wird sie heiraten?«

»Mistress Salí?«

Ich nicke und beherrsche mich, bei ihrem Namen nicht die Augen zu verdrehen. Allerdings erledigt Wirbel das innerlich für mich.

»Sie ist nicht das erste weibliche Kind und deshalb nicht verpflichtet, einen Fürsten zu ehelichen. Einen Heroer wird sie jedoch wohl kaum heiraten. Wobei es spannend wäre, was für Kinder dabei herauskämen.« Sie legt den Kopf schief, als würde sie tatsächlich über kleine Halbdämonen nachdenken, die Chaos verbreiten. Mal ganz abgesehen davon, dass es strikt verboten ist.

»Du musst jetzt runter. Liran bat mich, dafür zu sorgen, dass nichts Taron zornig machen wird. Wenn das nur möglich wäre.« Sie seufzt und reicht mir ihre Hand. »Doch zumindest wird er dich bezaubernd finden.«

Ich werfe kurz einen Blick in den Spiegel. Ich sehe annehmbar aus, ja. Aber ich werde nie diesen besonderen Glanz versprühen, wie Aviell es tut und wahrscheinlich auch diese Salí. Bisher war mir das immer ziemlich egal. Ich bin nicht auf dieser Welt, um gut auszusehen. Doch jetzt, da Miél mir für ein paar dumme Stunden das Gefühl gegeben hat, hübsch zu sein, nur damit ich dann erfahre, dass er offenbar alle Frauen hübsch findet, stört es mich.

Dennoch schreite ich hocherhobenen Hauptes hinab und werfe einen Blick auf den Eingangsbereich, wo die Dienerschaft die Mäntel der Gäste entgegennimmt.

Ich bin davon ausgegangen, dass nur die Fürsten kommen. Das hier scheint allerdings ein großes Fest zu sein.

Und mein mieses Schicksal lässt prompt in diesem Moment den Fürsten des Geizes eintreten. Der Diener nimmt ihm den purpurnen Mantel mit dem weißen Fuchsfell ab und darunter kommen eine pompöse Robe und viel Schmuck zum Vorschein. Doch Santos ist es nicht, der meine Aufmerksamkeit auf sich lenkt. Neben ihm geht eine unscheinbare junge Frau, ebenfalls mit rötlichem Haar, daneben ein Junge, vielleicht vierzehn Jahre alt und auch rothaarig. Und daneben … die wirklich schönste Frau, die ich je erblickt habe. Rötlich braunes Haar fällt wie Seide hinab auf ihr ebenfalls seidenes grünes Kleid, das eine Symbiose mit ihren waldfarbenen Augen eingeht. Um ihre perfekte kleine Nase sprenkeln Sommersprossen und führen hinab zu ihren vollen, rot bemalten Lippen. Ihr Körper gleicht einer Sanduhr, wunderschön geschwungen, und ich muss kein Mensch sein, um zu wissen, wie erotisch sie aussieht. Wer sie nicht haben will, muss blind sein. Und bis vor drei Wochen wollte Miél sie noch.

Ich stöhne über mich selbst, weil ein Instinkt mich dazu zwingen will, augenblicklich in mein Zimmer zu rennen und mich zu verstecken. In meinem schwarzen Kleid mit den grau schimmernden Perlen daraufgestickt, meinen zusammengeflochtenen goldenen Haaren und der wenigen Schminke fühle ich mich plötzlich wie ein Bauernmädchen. Oder wie eine Heroe, die ich auch bin.

Ich könnte ihr einen Blitzschlag verpassen, ertönt es in meinem Kopf.

Ich schüttle nur den Kopf. Ich kenne diese junge Frau nicht. Warum empfinde ich also so? Das ist etwas, was dumme kleine Mädchen tun. Aber nicht ich. Nicht eine Heroe.

Mit gestraffter Brust gehe ich weiter hinab. Langsam bemerken die Anwesenden mich und beäugen mich prüfend. Am liebsten würde ich schreien. Und dann erkenne ich Liran. Sein Blick ist besorgt und ich begreife sofort, warum. Taron steht neben ihm. Seine rötlichen Augen blicken voller Gier zu mir. Mein Herz zieht sich schmerzhaft zusammen.

Ich schaffe das. Ich muss. Auch wenn jede Faser meines Körpers mich anbrüllt, ihm jetzt und hier zu demonstrieren, dass ich nicht wehrlos bin. Doch ich beherrsche mich und trete zu ihnen, bevor ich leicht knickse. Taron ergreift meine Hand und küsst sie.

»Vielleicht können wir später ungestört sprechen«, raunt er mir zu, nachdem er mich an meiner Hand viel zu dicht zu sich gezogen hat.

Liran räuspert sich. »Taron, sie ist mein Gast.«

»Genauso wie ich«, zischt Taron und lässt mich nun endlich los.

Sein Geruch bereitet mir Übelkeit. Rauch und Feuer. Ein Geruch, den ich einst mochte, der aber nun auf ewig mit ihm und meiner Schwäche verbunden sein wird.

»Lasst uns etwas essen«, bestimmt Liran, und als Taron sich endlich abwendet und den Gang entlanggeht, legt Liran beinahe unbemerkt seine Hand auf meinen unteren Rücken.

Ich könnte weinen vor Freude, weil es wie eine Stütze ist. Er gibt mir Kraft. Kurz sehe ich zu ihm hinüber. Er lächelt mich an und das erste Mal wirkt es wirklich ehrlich. Nicht schelmisch, nicht spitzbübisch. Einfach nur warm und aufmunternd.

»Ich habe dir zwar geraten, ihn nicht sauer zu machen, allerdings kann ich nicht versprechen, dass ich mich an meine eigenen Regeln halte«, raunt er.

Ich unterdrücke ein Lächeln und setze mich in Bewegung. Als wir in einem mir fremden Raum ankommen, entdecke ich viele runde Tische, doch anders als bei Taron steht hier kein Herrschertisch. Ich bin erleichtert, denn diese Zurschaustellung von Macht habe ich gehasst. Außerdem wirkt der Saal freier, heller, was wahrscheinlich an den etlichen bodentiefen Fenstern liegt.

»Wir sitzen bei Santos und seinen Geschwistern«, flüstert Liran mir zu und schiebt mich ganz sanft zu einem der runden Tische hinten an den gigantischen Sprossenfenstern, die man öffnen kann, um von einer Terrasse in den Garten zu gelangen. Genau dahin, wo ich Ark und Liran belauscht habe.

Ich werfe einen Blick hinaus. Und bin mir sicher, dass es der dummen Hoffnung geschuldet ist, Miél irgendwo dort zu erkennen, wie er auf der Lauer liegt, um mich vor Taron zu schützen.

Ich warte vor meinem Stuhl, bis auch Santos und seine drei Geschwister eintreffen. Laut Lou gibt es noch ein viertes Familienmitglied, stattdessen aber ist es Firas, der Fürst der Völlerei, der zusammen mit einer sehr korpulenten Frau zu uns tritt. Sie ist hübsch, und ihre blauen Augen strahlen, als sie Liran entdeckt. Das verleiht ihren Zügen eine so ausgeprägte Wärme, dass nun selbst ihre Haut strahlend wirkt.

»Wie schön, Euch zu sehen, Firas«, sagt Liran und wendet sich erst dann an Santos, der bereits etwas beleidigt wirkt. Stolz des Geizes wegen. Und Liran kostet das voll aus, indem er erst den anderen Fürsten begrüßt.

»Santos, mein Freund. Da Eure neue Verbindung bereits bekannt gegeben wurde, dachte ich, Ihr würdet nur zu gerne mit Eurem baldigen Schwager zusammensitzen.«

»Sehr aufmerksam«, ertönt Santos' geschwollene Stimme, und er senkt kurz den Kopf, bevor er mich anschaut.

»Mistress Aviell, es ist eine Ehre, Euch wiederzusehen.«

Ich suche in mir nach den richtigen Worten.

»Es ist mir eine noch größere Ehre«, sage ich schließlich, was Wirbel mir zuruft. Verdammt. Kann ich eigentlich nichts allein? Und warum kennt ein dämonischer Feuerball, der einen dämonischen Herrscher hatte, überhaupt irgendwelche Anstandsformen? Und das besser als ich, die in einem Palast aufgewachsen ist.

»Und auch, Euch wiederzusehen, Firas«, füge ich lieblich hinzu, wobei mir nicht der Blick entgeht, den er auf die Schwester von Santos wirft. Es ist nicht Salí, sondern die Unscheinbare der beiden. Sie allerdings hält ihren Kopf gesenkt und sieht nicht wirklich begeistert aus. Und da fallen mir Lirans Worte ein. O nein. Das Mädchen ist mit Firas verlobt und offenbar nicht begeistert.

Ein törichter Teil in mir will herausschreien, dass das nicht in Ordnung ist. Und Liran vorwerfen, dass er das sogar unterstützt. Aber ich bleibe einfach stehen, warte zusammen mit den anderen Nicht-Herrschern, bis die Fürsten sich setzen, und nehme dann ebenfalls Platz.

»Schön, Euch kennenzulernen.«

Ich versuche nicht zu keuchen, als Salí spricht, denn selbst ihre Stimme klingt, als hätte Gott höchstpersönlich ein Meisterwerk an ihr vollbracht.

»Ich bin Salí«, fügt sie hinzu, als ich aufsehe. »Die Drittgeborene des ehemaligen Fürsten des Geizes.«

»Es ist mir ebenfalls eine Freude.«

Ich fühle mich unwohl. Ganz und gar. Allein hier so kerzengerade zu sitzen und auf jedes Wort zu achten, treibt mir Unbehagen in die Glieder.

Als ich Salí erneut anschaue, bemerke ich ihren Blick in den Garten. Zorn steigt in mir auf, den ich da nicht haben will. Also sehe ich mich um und bleibe an Taron hängen, der entnervt mit dem Fürsten der Wollust und drei Frauen am Tisch sitzt.

»Was ist los?«, fragt Liran so leise, dass nur ich ihn hören kann. Vor allem, weil im Hintergrund Musik läuft, die ich erst jetzt bemerke. Hinten an der Wand steht ein Streichquartett.

»Nichts«, lüge ich und beginne zu essen.

Es dauert nur ein paar Minuten, bis die Gespräche lauter werden und Liran sich erneut zu mir beugt. »Was ist los? Und warum tötet Ihr Salí mit Euren Augen?«

Was soll ich nun sagen? ›Sie hat mit Miél geschlafen und ich bin eifersüchtig?‹ Mit Sicherheit nicht.

»Es ist wirklich nichts.« Ich sehe ihn an, um meiner Aussage Nachdruck zu verleihen, stattdessen wendet Liran seinen Blick aber ab und bleibt an etwas hängen. »Lou«, knurrt er und verzieht den Mund.

»Unsere Liaison hat nicht lange angehalten, weil sie sowieso keine Zweitgeborene ist.«

Ich reiße die Augen auf und starre ihn so unverhohlen an, dass ein Mann am Tisch neben uns mich seltsam mustert.

»Du hast dich ebenfalls mit ihr vergnügt?«, zische ich ganz leise, und erst da wird mir klar, dass ich ihn gerade geduzt habe. Ich schlage mir die Hand vor den Mund, während Liran die Brauen hebt.

»Ihr«, verbessere ich mich.

»Wer denn noch?«, hakt er kühl nach. Aus irgendeinem Grund meine ich Enttäuschung in seinen Augen aufblitzen zu sehen.

Ich verziehe den Mund. Jetzt kann ich auch nicht mehr schweigen. Wirklich gut gemacht.

Ziemlich unangenehm, ertönt Wirbels peinlich berührte Stimme.

»Miél«, gebe ich also kleinlaut zu.

Lirans Miene bleibt hart. »Also ist der Grund für Euren Zorn auf sie Eifersucht? Wegen Miél?«

Ich will schreien. Ja, schreien scheint mir die beste Möglichkeit zu sein, um all das loszuwerden, was meine Brust erdrückt, aber nicht erdrücken sollte. Verdammt. Wer bin ich?

»Lasst uns einen kleinen Spaziergang machen«, schlägt er vor, steht jedoch in der nächsten Sekunde bereits und hält mir die Hand entgegen. Bevor ich verneinen kann, zuckt sein Blick kurz zu unseren Tischnachbarn. Es ist eine Warnung, nicht alles zu zerstören. Natürlich, würden sie uns jetzt streiten sehen, wäre das nicht gerade ein Zeichen für Verliebtheit.

Sofort erhebe ich mich und will Lirans Hand ergreifen, trete aber auf den Saum meines Kleides und stolpere nach vorn. In seine Arme. Sein Geruch betäubt mich, und es ist, als würde ich vergessen, dass nun alle Augen auf mich gerichtet sind und ich mich in einer nicht angemessenen Position befinde. Ja, ich vergesse es und atme tief ein, bevor Liran mich aufstellen kann, um mich dann beinahe entsetzt anzusehen.

»Hoppla«, raunt er, als er sich wieder gefasst hat. Seine Stimme ist so verdammt reizvoll und sinnlich, dass ich mir sicher bin, er will die anderen von seinem Interesse an mir überzeugen.

Er führt mich hinaus auf die Terrasse und ich folge ihm in den Park. Als ich fröstle, zieht er, ohne mich anzusehen, seinen dunklen Mantel aus und legt ihn mir über die nackten Schultern.

»Heroen frieren nicht«, wispere ich kleinlaut. Mein Frösteln galt nicht der Kälte hier draußen, sondern dem drohenden Gespräch über Miél und meine Eifersucht.

»Ich weiß«, sagt er tonlos und bleibt stehen, schaut mich allerdings immer noch nicht an.

»Miél kann überzeugend sein«, durchbricht er dann irgendwann mit heiserer Stimme die Stille.

»Was geht Euch das an?«, frage ich seufzend und so unendlich müde.

»Was genau wurde Euch erzählt?«

»Dass Miél bis vor drei Wochen eine Liaison mit Salí hatte.« Ich hoffe inständig, dass er Lou dafür nicht köpfen lässt.

»Und das hat Euch verletzt?«

»Liran, was soll das hier werden? Ich habe mich nicht offensichtlich verhalten. Niemand hat etwas bemerkt und ich bin kein Mensch. Also werde ich entweder allein bleiben oder eines Tages einen Heroen heiraten. Warum also ist das mit Miél auch nur im Geringsten verwerflich?«

»Miél ist nicht frei, Navien.«

Ich lache auf. »Wenn er vergeben ist, wird er mir das selbst sagen. Ich verstehe immer noch nicht Eure Rolle bei diesem Spiel.«

Er dreht sich um und sieht mich an. »Was sollte das da drin?«

»Was genau?«, frage ich und spüre, wie mir Hitze ins Gesicht strömt. Ich bete innerlich, dass er nicht von meiner Riechattacke spricht.

»Dieses Geschnuppere.«

O Gott. Mein Herz bleibt stehen. Ich bin mir ganz sicher, dass es nicht mehr schlägt.

Peinlich, meldet sich Wirbel zu Wort.

»Ich habe nur geatmet.«

»Nein«, sagt er wissend und kommt näher. Viel zu nah. So nah, dass ich am liebsten wieder an ihm schnuppern würde. Verdammt. »Ihr habt an mir gerochen. Warum?«

»Weil Ihr nicht unangenehm riecht«, gebe ich also eine halbe Wahrheit von mir. Ich werde ihm wohl kaum gestehen, dass er unglaublich riecht.

»Wie rieche ich denn?«

Ich erschaudere. Dieses Gespräch will ich nicht führen.

»Euer Gnaden, ich glaube, dass das hier in eine falsche Richtung läuft.« Ich erinnere mich an Arks Worte, dass Liran etwas für Heroen übrighat. Warum auch immer. Vielleicht zieht ihn das Dunkle an. Doch ich werde mich nicht in diese Gruppe von Heroen einreihen. »Und vielleicht denkt Ihr, dass ich nur eine Heroe bin, die man mal eben ohne Folgen benutzen kann. Aber so bin ich nicht.«

Seine Lider zucken. »Ich würde Euch nie benutzen.«

»Und warum nicht? Und warum immer noch das Theater mit der höflichen Anrede. Ich bin ein Dämon! Ein Nichts. Ich bin nicht Aviell!«

»Nein, das seid Ihr nicht.«

Wut kocht in mir hoch. Wut darüber, dass ich nicht sie bin. Und ich komme nicht umhin, darüber nachzudenken, ob ich auch wegen Liran gerne sie wäre. Da ist etwas, tief in mir, das sich nach seiner Nähe sehnt.

»Und was wäre, wenn?« Diese Frage hat keinen Sinn und keine Verbindung zu dem, was wir gerade besprechen. Und doch stellt sie ein dummer, naiver Teil von mir.

Liran ballt seine Hand zur Faust. »Dann würde ich Euch dieses hübsche Kleid vom Leib reißen und die Hochzeitsnacht vorverlegen.«

»Was?«, stoße ich hervor und sehe mich um, als hätte ich Angst, das hier könnte jemand gehört haben. Stattdessen will ich nur irgendetwas tun. Hauptsache, nicht darüber nachdenken, was er da gerade von sich gegeben hat.

»Ich dachte, Ihr liebt sie. Ist sie so einfach austauschbar?«

»Liebe«, sagt er wegwerfend, fast schon verzweifelt. »Beruht Liebe nicht auf Ehrlichkeit?«

Ich verenge meinen Blick, weil ich nun so gar nicht mehr weiß, wovon er da eigentlich spricht.

»Warum will sie bei den Rebellen bleiben?«, fragt er und kommt noch näher, greift nach meinen Oberarmen. »Und warum finde ich das hier in Eurem Zimmer?« Er greift in seine Manteltasche an meiner Brust und zieht ein Blatt Papier heraus.

Ich erstarre, löse mich jedoch schnell wieder und greife nach dem Zettel. »Dazu habt Ihr kein Recht!«, knurre ich und versuche ihn in die Finger zu bekommen. Meine Gedichte sind nur für mich. Höchstens Aviell durfte sie lesen. Aber nicht Liran. Nein. Hitze strömt durch meinen gesamten Körper. Viel zu viel Hitze, um durch diese Scham klar sehen zu können. Liran ist ein derart gebildeter Mann, dass er mich auslachen wird.

»Habt Ihr das verfasst, Navien?«

»Ihr kennt meine Handschrift, Euer Gnaden«, stottere ich vor Wut, Enttäuschung und Scham. Ich erinnere mich daran, dass er sehr genau hingesehen hat, als ich die Urkunde beim Fleischer unterschrieben habe. Da war dieser kurze Ausdruck von Verständnislosigkeit auf seinem Gesicht.

»Also habt Ihr es verfasst. Und das hier?« Er nimmt einen weiteren Zettel heraus. Er wirkt abgewetzt und alt. Als er ihn auseinanderfaltet, stockt mir erneut der Atem. Es ist eines meiner selbst geschriebenen Gedichte. Woher hat er das?

»Was …«

»Eure teure Schwester hat es mir geschickt. Das und unzählige weitere.«

Ich schlucke, als mir langsam dämmert, was Aviell da getan hat.

»Und Ihr habt nicht bemerkt, dass ihre Briefe in einer anderen Handschrift geschrieben sind?« Ich schnaufe. Als wäre er schuld an alldem. Doch ihm die Schuld zu geben ist einfacher als Aviell. Es würde mich zerstören. Sie kann nicht so getan haben, als würden diese Gedichte aus ihrer Feder stammen. Nein. Sie wollte ihm einfach nur meine Gedichte zeigen und er hat das alles falsch verstanden.

»Sie sagte, dass sie für offizielle Briefe eine Sekretärin hat.«

Das war zumindest keine Lüge. »Aber sie hat sicher nicht behauptet, dass diese Gedichte von ihr sind.«

»Doch, Navien. Das hat sie.«

»Sie … hatte bestimmt einen guten Grund.« Ich spreche es aus, ohne es wirklich zu fühlen. Doch ich hoffe es. Ja, tief in mir kann ich nicht glauben, dass Avi meine Gedichte genutzt hat, damit sich Liran in sie verliebt.

»Ich schrieb ihr, wie sehr ich Gedichte mag. Und sie schrieb, dass sie selbst welche schreibt und ob ich sie lesen will.«

»Nein«, murmle ich ernst und entziehe mich seinem Griff. Weiche zurück. Aber er überbrückt den Abstand sofort wieder. Zorn blitzt in seinen Augen.

»Und selbst wenn«, platzt es dann aus mir heraus. »Ihr habt Euch sicher nicht wegen der Gedichte in sie verliebt. Ihr seid auch nicht in die Autoren Eurer unzähligen Bücher verliebt.«

Liran schweigt immer noch, also rede ich, um mich nicht der Stille und damit der Wahrheit stellen zu müssen. »Und ich verstehe nicht, was das mit Miél zu tun hat.«

Lirans Haltung strafft sich. Als hätte er einen inneren Kampf gewonnen und wäre nun wieder in der Lage, Fassung zu bewahren. Ich ignoriere die Tatsache, dass er mir vor dieser Enthüllung sagte, er würde mir gerne das Kleid vom Leib reißen. Wirbel seufzt bei der Vorstellung.

»Ich will dasselbe wie er«, erklärt er nun ganz ruhig, aber in seiner Stimme klingt Schuld mit. »Ich möchte, dass Ihr die anderen Fürsten ausspioniert und die Heroen auf unsere Seite zieht.«

»Auf unsere Seite? Arbeitet Ihr jetzt mit ihm zusammen?«

»Wir wollen dasselbe.«

Die Doppeldeutigkeit in seiner Aussage entgeht mir keinesfalls. Auch wenn er eigentlich etwas anderes meint. Mich meint er ebenfalls und das jagt mir eine Gänsehaut über den Körper.

»Und das wäre?«, frage ich zittrig.

»Den Fürsten ihre Macht nehmen und die Unterdrückung der Heroen beenden.«

»Das würde bedeuten, Euch gleichermaßen die Macht zu nehmen, Euer Gnaden. Und was unterscheidet Euch dann noch von der goldenen Feder? Diese Rebellengruppe soll doch laut Eurer Aussage genau das wollen.«

»Hier geht es um die bösen Fürsten. Und die goldene Feder wird von Adeligen beherrscht, die einfach nur sich gegen uns ersetzen wollen. Sie wollen rein gar nichts verändern, bis auf das Personal, Kleines.«

»Nennt mich nicht so! Und ich habe keine Lust, bei einem Spiel mitzuspielen, um Eure Macht noch zu vergrößern.« Ich lache. »Das könnte Euch so passen, oder? Sie alle stürzen, bis bloß Ihr übrig bleibt und allein herrscht.«

»So seht Ihr mich?«

»Nein«, sage ich viel zu schnell. Es ist, als hätte mein Mund das eigenständig entschieden. »Aber dann erklärt es mir.«

»Ich will die Ordnung nicht zerstören. Aber die Fürsten, die im Moment an der Macht sind – die meisten von ihnen unterwerfen die Heroen. Und das muss ein Ende haben. Sie halten euch klein. Weil ihr so mächtig seid. Sie köpfen euch. Richten euch. Sie … vergehen sich an euch.«

Wieder weiche ich einen Schritt zurück. Mein Atem geht schnell. Viel zu schnell. An mir hat sich nie ein Mitglied einer Fürstenfamilie vergangen. Nicht auf die Art. Doch auf vielerlei andere Arten. Adelige schlagen Heroen. So ist es auch mir ergangen. Das gehört dazu.

Lirans Augen brennen. Flammen auf. »Ich sehe Euch an, dass Ihr das normal findet. Und das ist traurig. Mehr als das.«

»Hört mir genau zu, Euer Gnaden. Ich bin wertlos, der einzige Sinn meiner Existenz ist es, Aviell zu dienen.«

Er starrt mich an. Völlig fassungslos, und ich beginne zu lachen. Laut und so aus tiefster Seele, dass ich mich selbst erschrecke.

»Navien«, ermahnt er mich, versucht mich zu erreichen, aber ich lache weiter und weiter. Lache, während vor mir all die Bilder auftauchen. All die Schläge und Tritte. All die Adeligen, die mich angespuckt haben, wenn ich an ihnen vorbeilief. All die Tuscheleien und Lacher auf meine Kosten. All die Fausthiebe des Fürsten, weil ich ihn Vater nannte. Ich lache hysterisch und denke an Filix, den Sohn des Stadthalters, der mir mitten im Palast bei einer Feier mein Oberteil zerrissen hat, sodass ich entblößt dagestanden habe. Ich denke an das Mal, an dem er mich in eine Ecke gedrängt und mir grob zwischen die Beine gefasst hat, nur um mir dann zu sagen, dass ich Dreck bin, und mich anzuspucken. Ich lache, bis es zu einem erstickten Schluchzen wird und von dort zu einem echten Weinen. Ja, ich weine. So richtig. Wie Aviell es macht. Meine Beine geben nach. Ich sinke in mich zusammen. Liran ist sofort da und stützt mich. Immer mehr Tränen laufen hinab. Tränken seinen Mantel. Es ist, als würden sie kein Ende finden. Ich spüre all die Schläge. All die Verachtung. All die Peinigungen und schluchze laut.

Lirans Finger streichen sanft über meinen Kopf. Warum habe ich das alles all die Zeit für in Ordnung und normal gehalten? Warum habe ich das nie hinterfragt? Warum dachte ich bis gerade eben, dass ich all das verdient habe und es den Menschen mit reinem Blut zusteht?

»Navien«, flüstert Liran, und in mir bricht etwas. Gleichzeitig aber heilt es und setzt sich neu zusammen. Es ist nicht richtig. Es war nie richtig. Und ich verachte mich dafür, dass ich mir genau das so lange eingeredet habe.

»Du bist nicht wertlos.«

Meine Lippen beben. Und plötzlich spüre ich seine Lippen an meiner Schläfe. An meinem Auge. Er küsst eine Träne weg, und ich schaue hinauf in seine dunklen Augen, die aufleuchten. Verwirrt mustere ich die Punkte, die plötzlich in seinen Iriden schwirren.

»Siehst du das?«, fragt er mit einer Stimme, als würde er mich necken.

»Was ist das?«

Er hebt einen Mundwinkel. Dann küsst er erneut eine der Tränen und das Leuchten wird stärker.

»Das sind deine Tränen, Navien.«

»Was tun sie?«

Er benetzt seine Lippen, als würde er sie schmecken wollen. »Sie geben Licht.« Er legt den Kopf schief. »Dein Leuchten, es geht auf mich über.«

Irritiert starre ich ihn an. Auch Wirbel sprach von einem Leuchten, das mich umgibt. Aber … »Mein Leuchten?«, hake ich nach.

»Kannst du es nicht sehen?«

»Warum kannst *du* es?«

Er räuspert sich benommen. »Das kann ich nicht. Doch ich weiß von Ark, dass es da ist.«

»Können mich alle Heroen so sehen? Sehen sie alle so aus?«

»Nein, nur du. Allerdings ist es bei dir nur ein einziges Mal aufgeflackert. Du verdeckst es zusammen mit den Stimmen deines Geistes.«

»Und wann? Wann hat er es gesehen?« Innerlich gehe ich jede Situation durch, in der ich meine Barriere nicht aufrechterhalten habe. Was, wenn es eine Heroe oder ein Heroer der anderen Fürsten gesehen hat?

»Als du uns belauscht hast.«

Ich schließe kurz die Augen. Sollte ich geglaubt haben, es kann nicht schlimmer werden, dann werde ich hiermit eines Besseren belehrt.

»Ich …«

»Du musst nichts erklären. Aber vielleicht sollte ich dir dazu etwas erklären.«

»Nein. Es war euer Gespräch und ich hätte es nicht belauschen dürfen, Liran.«

Erst jetzt wird mir klar, dass wir nicht mehr in der Höflichkeitsform miteinander sprechen. Und mein Herz bebt. Nie hätte ich gedacht, dass das noch den letzten Funken Distanz aufrechterhalten hat, der nun verschwunden ist.

Ich seufze, weil er rein gar nichts mehr dazu sagt. »Was bewirken die Tränen?«

»Sie sind Leben. Deine Tränen haben mir Lebensenergie gegeben, Navien.«

Ich schlucke hart, da das so ganz und gar dem widerspricht, was ich über meine Art weiß und gelernt habe. Wieso sollte ein Geschöpf voller Sünde Leben schenken können?

»Was ist hier los?«

Tarons Stimme würde ich unter tausenden erkennen. Sie treibt mir Wuttränen in die Augen, lässt mich beben und meine Kehle würgen.

»Taron«, stellt Liran gelassen fest. »Lass es gut sein.«

»Was hast du ihr angetan?«

»Ich?«, Liran wirkt plötzlich außer sich. »Ich, Taron?«, knurrt er nun abfällig. »Du elender Bastard, sie weint um ihre Schwester und bei mir darf sie das.«

Taron lacht auf und beobachtet, wie ich mich wieder aufrapple. »Es mag dir hier gefallen, Aviell. Aber unser Fürst des Hochmuts ist nicht der Gute.« Sein Blick wandert zu Liran. »Hast du ihr bereits gesagt, was du getan hast, um an diese Krone zu kommen?«

Liran schnaubt und schließt benommen die Augen.

»Nein? Hab ich's mir gedacht.« Er lacht erneut, und ich bemühe mich, keine Regung zu zeigen. »Er und sein Bruder Miél haben ihren Vater getötet.«

In mir suche ich nach Schockiertheit. Aber dort ist nur Verständnis. Miél sagte mir, dass er grausam war, und auch ich hatte einen solchen Vater. Natürlich wollte ich nicht, dass er stirbt. Doch … ein Teil von mir weiß, dass er es verdient hat. Ist das der Dämon in mir? Das Böse, das unweigerlich einen großen Teil von mir einnimmt? Ich schüttle den Kopf. Dieses Böse, das gibt es nicht in mir. Nicht einfach so, weil ich eine Heroe bin. Da spricht nur der Teil in mir, der das all die Jahre gesagt bekommen hat.

»Warum erzählst du mir das?«, frage ich Taron ganz ruhig.

Liran neben mir scheint sich darauf zu konzentrieren, nicht auf ihn loszugehen.

»Du bist meine Verlobte. Und dennoch finde ich dich hier in den Armen eines Thronräubers. Das solltest du wissen, bevor du dich das nächste Mal von einem Mörder trösten lässt.« Liran bleibt immer noch ruhig. »Und da du meine Verlobte bist, möchte ich, dass du aufhörst, dich wie eine Hure zu benehmen.«

Die Wut explodiert neben mir. Liran stürmt auf ihn zu und rammt ihm mit aller Kraft die Faust ins Gesicht. Taron stolpert nach hinten, fängt sich aber schnell und schlägt zurück. Er trifft Lirans Kiefer, der unnatürlich knackt.

Liran taumelt, und diesen kurzen Augenblick nutzt Taron, um nach mir zu greifen und mich zu sich zu ziehen. Im nächsten Moment packt Liran den Arm, der mich gefangen hält, und … bricht ihn. Taron schreit bestialisch auf. Ich starre hinab. Sehe Blut.

»Du fasst sie nie wieder an!«, bellt Liran, als wäre seine Stimme nicht länger menschlich.

Meine Augen sind immer noch fassungslos auf Tarons Arm gerichtet. Liran hat ihn, ohne zu zögern und mit bloßen Händen, durchgebrochen. Ich blinzle, weil das nur ein Traum sein kann.

Sollten wir nicht wegrennen?, ertönt Wirbels Stimme und holt mich damit zurück ins Hier und Jetzt.

Endlich wende ich meinen Blick ab und sehe langsam zu Liran, der dasteht und schnauft. Seine Hände zu Fäusten geballt, sein Gesicht verzerrt. Er macht einen Schritt auf Taron zu.

»Ich breche dir noch den anderen Arm, damit du nicht mehr …«

»Liran!«, flüstere ich und stelle mich ihm in den Weg. Sein Gesicht, sein gesamter Körper zittert. Erst wirkt es, als würde er mich durch den Schleier aus Hass und Wut nicht bemerken. Aber dann lichtet sich der Nebel und er schaut mich direkt an.

»Du musst dich beruhigen. Er ist ein Fürst.«

Liran schwankt ein wenig zurück. Ich folge ihm und berühre sanft seinen Arm. Während er immer wieder blinzelt und den Kopf schüttelt, als würde er aus einem Albtraum erwachen, erkenne ich Ark hinter ihm. Er kommt schneller auf uns zu, als er sich normalerweise bewegt, und im Gegensatz zu seiner sonst so kühlen Miene wirkt er ängstlich.

»Liran!«, haucht er in einem Ton, als würde er versuchen, an einen Verrückten zu appellieren.

»Aviell, tritt einen Schritt zurück«, wendet er sich dann an mich.

Ich will mich wehren, spüre aber, dass Ark das nicht ohne Grund sagt. Ich lasse Liran los, dessen Körper immer noch bebt und zittert.

»Liran«, murmelt Ark so sanft und liebevoll, dass ich das Gefühl bekomme, ihn erst jetzt wirklich kennenzulernen. »Beruhig dich.«

»Er …«

»Du elender Bastard hast mir den Arm gebrochen!«, schreit Taron.

Panisch sehe ich mich um. Aber niemand kommt heraus und ich erkenne auch, warum. Die Fenster sind von schwarzem Nebel umgeben. Ark schirmt sie ab.

»Ich breche dir gleich noch viel mehr!«, spuckt ihm Liran entgegen.

»Du musst dich beruhigen!«, redet Ark weiter auf ihn ein, während Liran so sehr mit sich zu kämpfen scheint, dass seine Adern dunkel hervortreten.

»Liran«, es ist meine Stimme, die ihn erstarren und zu mir schauen lässt. »Alles ist wieder gut. Er kann mir nichts tun.«

Liran schluckt schwer. Ich sehe es an seiner Kehle. Schließlich entspannt sich seine Haltung ein wenig und er nickt. Arks Blick verengt sich und ruht auf mir.

Und dann geht alles viel zu schnell. Taron erhebt sich, zückt ein Messer und hält es mir an den Hals. Ich weite meine Augen, und bevor ich nachdenken kann, strömt Macht durch mich hindurch. Unbändige Macht, die endlich ein Teil von mir werden will. Ich spüre sie so deutlich wie meinen Herzschlag, meinen Atem, meine Bewegungen. Und dann stößt sie zu. Nein. *Ich* tue es. Ich lasse diese dämonischen Schatten heraus. Schwarzer Rauch strömt aus meinen Händen und Tarons Messer fällt. Aber mit ihm sehe ich noch etwas fallen. Einen Groschen. Taron begreift, dass ich es war, die das getan hat. Warum konnte Wirbel das nicht verdecken?

Weil es Schatten waren und kein Licht.

Der Fürst des Zorns sieht mich erst grausam und dann voller Begeisterung an. Er lacht. Heiser. Befriedigt.

»Du«, spuckt er mir entgegen. »Du bist die Heroe.« Statt des Messers zückt er nun ein Schwert mit seiner unverletzten Hand. Er will mich köpfen. So wie es sich gehört. Das sollte mein Schicksal sein.

Und als er ausholt, stürmt Liran vor und rammt ihm einen Dolch in den Hals. Ich schreie auf, während Taron gurgelnd das Schwert fallen lässt und dann selbst zu Boden geht. Liran steht neben mir, aber ich kann nur Taron dabei zusehen, wie er an seinem eigenen Blut erstickt.

Stille breitet sich aus, als das letzte Geräusch seine Kehle verlässt und seine Augen jegliches Leben verlieren.

Es dauert, bis ich mich endlich zu Liran drehe.

»Ich musste es tun«, raunt er und wirkt plötzlich, als hätte er sich wieder vollkommen unter Kontrolle. »Hätte ich ihn nur aufgehalten, hätte er dennoch gewusst, wer du bist. Was du bist.«

»Er ist tot«, sage ich mit starker Stimme, obwohl ich dachte, sie würde ein Wispern sein. Ich bin erschrocken, denn tief in mir spüre ich Erleichterung.

»Verdammt«, zischt Ark. Er tritt zu uns und schickt Schatten auf Tarons Leichnam. Es ist, als würden sie ihn fressen. In sich aufnehmen. Die Dunkelheit verschlingt ihn und er verschwindet. Als wäre er nie da gewesen.

Taron ist tot. Er hat keine Nachfahren. Er … ist einfach tot.

Liran wirft das Messer vor sich auf den Boden und nickt Ark zu, der auch das verschwinden lässt.

»Und was jetzt?«

»Jetzt gehen wir beide zur Feier zurück und benehmen uns, als wäre nichts passiert. Wir haben Taron nicht gesehen.«

»Liran, er ist auf deinem Herrschaftsgebiet verschwunden. Das …«

»Ich weiß selbst, was geschehen ist, Ark!«, knurrt Liran bedrohlich und fährt sich aufgebracht durch sein dunkles Haar. »Wir haben keine Wahl. Wir müssen es so wirken lassen, als wäre er verschwunden.«

»Und wer soll dafür verantwortlich sein?«, frage ich entsetzt. »Und ich bin voller Blut«, wende ich noch ein. Tarons Blut bedeckt meinen Nacken und meine Brust.

Ark schnipst mit den Fingern und in der nächsten Sekunde ist es verschwunden.

»Warum sollte Taron einfach so verschwinden?«, stelle ich dann die Frage, die zählt. Denn er hat keinen Grund. Nein, er ist ein Fürst, verlobt mit der Thronerbin des Königreichs der Wahrheit. Er würde nicht mal eben so verschwinden.

Liran sieht mich an. Lange und undurchsichtig. Schließlich greift er nach Arks schwarzem Dolch, der an dessen Hüfte ruht, und stößt ihn sich in die Schulter. Ark reagiert genauso geschockt wie ich. Aber keiner von uns tut etwas. Liran tunkt seine Finger in das Blut, kommt zu mir und reibt es mir über mein Gesicht. Ich bin wie erstarrt.

»Lass die Schatten fallen.«

KAPITEL 13

»Angriff!«, brüllt Liran, packt mich und zerrt mich mit sich zum Festsaal.

Ich weite meine Augen. Ark reagiert sofort und schickt Schatten in den Park hinter uns. Sie explodieren und grölen laut.

Wirbel zittert auf meiner Haut.

Und dann spiele auch ich mit, lasse mich von Liran hineinschleppen und falle vor versammelter Mannschaft auf den Boden, rapple mich jedoch wieder hoch. Die Musik stoppt. Fürsten erheben sich. Stühle fallen um.

»Er wurde verletzt. Bitte helft ihm!« Die Panik muss ich nicht einmal spielen. Ich gehe zwar schon davon aus, dass Liran weiß, wo er sich verletzen kann, damit es nicht tödlich ausgeht. Aber … er verliert so viel Blut und sein sonst gebräuntes Gesicht ist blass.

Mir wird schwindelig. Kalter Schweiß überzieht meinen Körper und mein Magen dreht sich. Übelkeit übermannt mich und lässt mich erzittern.

»Aviell, Ihr seid auch verletzt«, ruft Lou, die ein Tablett abstellt und sich zu mir beugt. »Gift!«, schreit sie, und Lirans Griff um mein Handgelenk festigt sich.

Ich sehe zu ihm. Verstehe nicht. Doch sein Blick wandert voller Entsetzen zu meinem Hals, wo Tarons Klinge mich berührt und wahrscheinlich eine winzige Wunde hinterlassen hat.

»Was?« Ich erkenne meine eigene Stimme nicht mehr. Schwindel packt mich und greift nach mir. Übelkeit überkommt mich immer mehr. Mein Oberkörper taumelt und wird dann von Lirans starker Brust aufgefangen.

»Holt einen Heiler!«, brüllt Liran. »Und schickt Leute, um nach Taron zu suchen. Sie haben ihn mitgenommen!«

Ich höre schnelle, dumpfe Schritte. Und dann verschwimmt alles vor meinen Augen zu einem einzigen Farbgewirr. Doch diesen einen Gedanken kann ich noch fassen. Jetzt, da Taron tot ist … müssen Liran und ich da überhaupt weiter das verliebte Paar spielen? Und vor allem: Warum tut der Gedanke so weh, es nicht mehr zu tun?

❋ ❋ ❋

Ich stehe mitten im Wald. Als ich mich gerade zu Liran drehe, der sich unruhig umsieht, packt ihn ein vermummter Mann von der Seite und hält ihm sein Messer an die Kehle.

»Du machst nun genau das, was ich sage, kleine Prinzessin.«

Ich kenne die Stimme. Aber ich bin verwirrt. Warum sind wir hier? Was ist mit Taron … Tarons Leiche? Und … bin ich nicht gerade in den Festsaal zurückgekehrt? Ich erinnere mich an die Übelkeit und diese … ja. Ich wurde vergiftet. Doch wo bin ich jetzt?

Erschrocken weiche ich einen Schritt zurück und blicke zu dem vermummten Mann.

»Wer seid Ihr?« Meine Stimme bleibt stark, während ich meine Hand langsam zu dem Dolch wandern lasse, den ich immer an meinem Schenkel trage. Aber tue ich das wirklich noch? Als Heroe habe ich das. Doch als Aviell? Nein. Dennoch ist er da.

»Das würde ich lassen.«

Woher kenne ich diese Stimme?

»Dann beantwortet meine Frage!«

»Es kränkt mich ein wenig, dass du mich nicht erkennst.« Er grinst überlegen.

Ich verenge meinen Blick und denke nach, mustere seine grünen Augen und da wird es mir klar. Er ist der Mann, der die Heroenfamilie gerettet hat. Der mir im Wald des Fürstentums des Zorns seine Maske gab.

»Lass mich los!«, knurrt Liran, der vorher verdächtig still war. Alles hier ist seltsam und nicht real.

»Du weißt, dass ich das nicht kann«, erklärt der Kerl mit einem Augenverdrehen. Dann hebt er das Messer und rammt den Griff auf Lirans Schläfe. Er sinkt einfach in sich zusammen und bleibt regungslos am Boden liegen.

»Ihr kreischt ja gar nicht, Prinzessin. Ich hätte ihn töten können«, lacht er und tritt auf mich zu. Anschließend löst er das Tuch, das er sich um den Kopf gebunden hatte, und beobachtet mich.

»Das hier ist nicht echt. Also, was wollt Ihr?« Ich recke mein Kinn und versuche mich unbemerkt umzusehen. Etwas zu erkennen oder einen Ausweg zu finden. Ist das das Gift? Sind das etwa Halluzinationen? Oder ist dieser Namenlose so mächtig, dass er mich zu sich geholt hat?

»Du bist wirklich schlau. Wir können das Ganze schnell hinter uns bringen, wenn du mir zuhörst und machst, was ich will.«

»So?«, entgegne ich und hebe die Brauen. »Bedauerlicherweise bin ich es langsam leid, zu tun, was irgendwelche Männer von mir wollen.«

»Das verletzt mich jetzt aber. Ich bin doch nicht irgendein Mann.«

»Sondern?«

»Ein Freund.«

»Das bezweifle ich«, pruste ich und schüttle den Kopf. »Doch offenbar willst du weder mich noch Liran umbringen. Also …« Ich sehe ihn auffordernd an, was ihm erneut ein Grinsen entlockt.

»Du solltest ihm nicht derart vertrauen. Und ich könnte ihn umbringen, denn wie du schon sagst, ist das hier nicht echt und ich muss nicht mit deiner Rache rechnen.«

»Woher willst du wissen, dass ich ihm vertraue und mich rächen würde?«

»Ich bin ein guter Beobachter. Aber lass es uns testen.« Er weicht zurück und tritt dann gegen Lirans leblosen Körper.

Ich schnaufe und überlege, was ich tun kann. Doch in diesem Traum oder der Gift-Halluzination, die offenbar von ihm gelenkt wird, fehlen mir die Alternativen.

»Sag mir einfach, was du willst.«

»Gut. Du kommst mit mir.«

Ich will etwas erwidern, doch da hebt er seine Hand und pustet mir einen silbrig glänzenden Staub ins Gesicht. Ich blinzle und im nächsten Moment wird alles um mich herum hell und die Bewusstlosigkeit reißt mich hinab.

Bevor ich gänzlich wieder zu mir komme, atme ich einen vertrauten Geruch ein. Es riecht nach zu Hause. Und als ich meine Lider hebe, erkenne ich ihn. Den Thronsaal des Reichs der Wahrheit. Er sieht aus, als hätte es gebrannt. Die Banner an den Wänden sind angekokelt und die Throne zerschmettert. Auf dem Boden liegen verbrannte Überreste. Mir wird übel. Wie kann es an diesem Ort dennoch nach zu Hause riechen?

Ich sehe mich, auf dem Boden liegend, um, bis ich den namenlosen Mann entdecke.

»Warum hast du mich hergebracht?«

»Damit du das hier siehst.«

»Was genau?«

»Dein gefallenes Königreich, Navien.«

Ich schlucke hart. »Ich wusste, dass es gefallen ist.«

»Und du wunderst dich nicht, dass der Fürst, den du so verehrst, nichts tut, um das hier wieder aufzubauen?«

Ich schüttle den Kopf und erhebe mich von dem kühlen Boden. »Das ist nicht sein Fürstentum.«

Er zuckt mit den Schultern und kommt auf mich zu. »Aber deines, und er behauptet, dein Verbündeter zu sein.«

»Er wird es tun, sobald die Zeit reif ist.«

Er nickt mit gespitzten Lippen.

»Komm mit«, sagt er dann und tritt auf die Empore der Throne und hin zu dem Geheimgang, den ich mit Avi genommen habe.

»Erinnerst du dich, wie bewegungslos sie war? Ohne dich wäre sie tot.«

»Woher weißt du das?«

Langsam frage ich mich, ob er wirklich in meinem Traum ist oder ob ich ihn mir einbilde. Erschaffen habe, um mich daran zu erinnern, wer ich bin und was geschehen ist.

Ich folge ihm durch den Gang, hinein in die kleine Bibliothek. Mein Blick fällt sofort auf die beiden Kurzschwerter, die dort immer noch hängen. Das ist unmöglich. Ich habe sie mitgenommen.

»Das hier ist nicht echt.«

»Es ist echt. Nur eine andere Realität. Eine ohne dich, Navien.«

Ich verschränke die Arme und sehe ihn skeptisch an. Doch er betrachtet einen Leichnam am Boden. Ich erkenne sie sofort. Mir stockt der Atem. Aviell.

»Aber … Wenn ich nicht da war … wie ist sie hergekommen?«

»Gute Frage, kleine Prinzessin.« Er tritt auf sie zu, schubst ihre Leiche mit dem Fuß an und dreht sie damit um.

Ich schließe kurz die Augen und presse den Mund zusammen, bevor ich wieder hinsehen kann. In ihrer Hand ruht der Griff eines Schwertes.

»Sie ist nicht so hilflos, wie du dachtest. Oder soll ich sagen, wie sie dir vorgespielt hat?«

»Was soll das? Das ist eine Halluzination. Also kannst du das erfinden.«

Er zuckt mit den Schultern. »Dann beantworte du mir eine Frage. Könnte das hier wirklich passiert sein? Wärst du nicht gewesen?«

Ich schaue in Aviells totes Gesicht. Sie hat sich kaum verändert, ist nur blass, dabei müsste sie längst halb verwest sein. Mein Mund öffnet sich, um zu verneinen, aber mein Herz hindert ihn daran. Denn das, was ich sehe, könnte sein. Aviell ist meine Schwester. Mein Schützling. Doch sie ist nicht immer, was sie vorgibt zu sein. Sie ist launisch und hat ihren eigenen Kopf. Sie hätte niemals weiter hinter diesem Thron gekauert, wäre ich nicht gekommen. Nein. Sie wäre geflohen. Für sie kommt immer sie selbst an erster Stelle. Aber das ist in Ordnung. Sind wir nicht alle so?

»Hätte sie nach dir gesucht? Nehmen wir mal an, du wärst nicht aus dem Raum im Dienstbotentrakt herausgekommen?«

»Woher weißt du das alles?«

»Ich habe eine zuverlässige Quelle. Also?«

Ich atme und atme. Doch dieses Mal bringt es nichts. Denn die Antwort ist Nein. Aber das muss ich ihm nicht sagen.

»Was soll das hier? Hast *du* mich vergiftet?«

Er kommt näher und legt den Kopf schief. Von ihm geht eine Art Licht aus, das sich vertraut anfühlt.

Und ganz plötzlich hebt er eine Hand an meine Wange. Ich spüre die Berührung, als wäre sie echt.

»Ich würde dich nie vergiften, Navien«, raunt er so ehrlich und gebrochen, dass ich gegen die Enge in meinem Hals anschlucken muss. Als würden nicht meine, sondern seine Worte in ihr feststecken.

»Wir kennen uns doch gar nicht.«

Er senkt seine Lider und ich kann nur noch ganz wenig von dem Grün erkennen. Es lässt ihn gefährlicher aussehen und trotzdem weiche ich nicht zurück.

»Du musst mit mir kommen.«

Ich blinzle und endlich löse ich mich von ihm. »Was? Wohin?«

»In mein Reich.«

Ich höre Stimmen. Sie verwirren mich. Ich denke, dass es Liran und Ark sind. Und da ist auch Wirbel, die spricht.

»Wir haben keine Zeit mehr. Du musst mit mir kommen, Navien. Sie benutzen dich nur.«

»Wer?«

»Sie alle.«

Ich hole Luft und schüttle den Kopf. »Ich vertraue dir nicht. Und du beantwortest mir kaum eine Frage.«

»Was willst du wissen?«

Die Stimmen werden lauter und bereiten mir Kopfschmerzen.

»Warum bin ich hier? Was hat das mit dem Gift zu tun?«

»Du bist seit einigen Tagen nicht bei Bewusstsein, also habe ich Zugriff darauf. Das Licht verbindet uns.«

Mir wird übel. Aber nicht wegen seiner Worte, sondern weil ich zurückkehre.

»Navien. Bitte komm mit mir.«

»Warum bittest du mich überhaupt?«, frage ich blinzelnd. Immer mehr schwarze Flecken benebeln meine Sicht auf sein hübsches Gesicht.

»Weil ich nicht bin wie sie. Ich würde dir niemals meinen Willen aufdrängen. Das schwöre ich dir.«

»Gut. Dann geh. Denn ich komme nicht mit.«

Sein Körper spannt sich an. Seine Hände ballen sich zu Fäusten. Er kämpft mit sich selbst. »Du wirst dich hieran nicht erinnern.«

»Warum?«

»Weil du mich sonst verrätst.«

»Wer bist du?«, frage ich, als ich spüre, dass die Zeit vergeht.

»Ich bin ein Erzengel, Navien. Ich bin ihr Anführer.« Und mit diesen Worten verschwimmen er und mein Fürstentum vor mir.

Als ich wieder aufwache, ist der Schwindel verschwunden. Helles Licht blendet mich. Es ist aber nicht die Sonne, sondern Wirbel, die vor mir schwirrt und aufgebracht quietscht, als sie entdeckt, dass ich wach bin. »Sie ist wach!« Ich spüre eine Hand an meiner, die zudrückt. Ich rieche ihn. Die Dunkelheit. Der Wald bei Nacht. Liran.

»Wie geht es dir?«

»Geht so«, gebe ich wenig höflich zurück und stelle fest, dass ich in einem großen Himmelbett liege. Draußen ist es dunkel. Liran sitzt neben mir und hat tiefe Schatten unter den Augen.

»Hat Taron mich vergiftet?«, frage ich, woraufhin sich Liran unruhig umsieht und dann nickt. Es scheint niemand hier zu sein, dem ich unachtsam verraten habe, was wirklich passiert ist.

»Sie suchen noch nach ihm.«

»Aber sie werden ihn nicht finden«, ertönt Wirbels Stimme.

»Warum bist du nicht auf meiner Haut?«

»Das Quiri –« Liran unterbricht sich selbst. »Wirbel hat einiges von dem Gift aufgenommen, damit du nicht stirbst. Dadurch konnte sie sich nicht länger an dir halten. Doch wir haben sie verarztet.« Er lächelt.

»Er hat es selbst getan«, haucht sie wie ein verliebtes Mädchen.

Ich hebe meine Brauen und entdecke ein Zucken an Lirans Mundwinkel, als er sich ihr zuwendet.

»Kannst du Lou Bescheid sagen?«

Wirbel nickt und verschwindet dann durch die Wand.

»Wirbel ist ein klein wenig verliebt in dich.«

»Ach wirklich?«, fragt er belustigt, aber nicht überrascht. »Ist mir nicht aufgefallen.«

Ich lächle, so gut es geht, und atme seinen Geruch ein.

»Schnupperst du schon wieder an mir?«

»Dafür bist du viel zu weit weg«, wehre ich ab.

»Ich könnte näher kommen, wenn du das unbedingt willst.«

»Du hast meine Tränen gegessen, ich denke, wir sind quitt.«

Er hebt einen Mundwinkel und sieht mich plötzlich so intensiv an, dass sich Gefühle ganz tief in meinem Magen und noch tiefer regen. Trotzdem wage ich nicht, nach meinen Tränen zu fragen. Denn ob ich es will oder nicht, ich beginne immer mehr zu begreifen, dass etwas mit mir nicht stimmt und Liran mir keine Antworten geben wird.

»Glauben sie die Geschichte?«, hake ich also stattdessen nach.

Liran zuckt mit den Schultern. »Ich denke, die meisten ja. Aber sie haben auch keine andere Wahl. Ich bin ein Fürst und sage, dass es so war.«

Ich presse die Lippen aufeinander und schließe kurz die Augen.

»Hör zu, Navien. Es tut mir leid, dass du das alles mit ansehen musstest. Dass du mich so sehen musstest. Und es tut mir leid, dass ich ihn getötet habe.«

»Du hast es für mich getan.«

Er sagt nichts. Und diese Stille fühlt sich seltsam an.

Was genau ist da draußen vor Tarons Auftauchen passiert? Es ist, als wäre zwischen uns eine Mauer gefallen. Aber wir wissen beide, dass sie da sein müsste. Dass wir sie wiedererrichten müssen. Wenn ich dieses Spiel weiter gut spiele, dann … wird er meine Schwester heiraten.

Meine Sinne benebeln sich nach und nach. Und da bildet sich dieser eine Wunsch. Ihm nah zu sein. Ihn zu spüren, wie ich Miél zuvor gespürt habe.

Ich hebe meine Hand und lege sie auf seine Brust, die wie immer in ein schwarzes Hemd gehüllt ist. Streiche darüber, um sie zu fühlen. Taste sie vorsichtig ab. Liran bewegt sich nicht. Es ist, als würde er nicht einmal atmen. Ich fahre weiter über seine Brust, male die Muskeln ab. Zeichne sie.

»Was tust du da, Navien?«, fragt er mit rauer Stimme.

»Ich weiß es nicht«, flüstere ich seufzend. »Du fühlst dich gut an.«

Endlich atmet er. Aber es wirkt nicht frei. Eher bebend.

»Du solltest das lieber nicht weiter tun.«

»Warum?«

»Weil du Heilkräuter zu dir genommen hast und nicht bei Sinnen bist. Und weil ich dich, wüsste ich nicht um ihre Wirkung, bereits geküsst hätte.«

Ein Schauer durchfährt mich. »Dann küss mich doch.«

Er hebt seine Brauen. Angespannte Zurückhaltung liegt in seinen Iriden. »Navien«, ermahnt er mich heiser.

Ich hebe meinen Kopf und fasse in seinen Nacken. Selbst wenn es an diesen dummen Kräutern liegt. Ich will ihm nah sein. Das wollte ich die ganze Zeit.

Er atmet schwer. »Du solltest wissen, dass du dir eine Seele mit Aviell teilst.«

»Das weiß ich«, sage ich und verziehe den Mund.

»Deshalb magst du mich. Und ich muss ehrlich sein. Die Tatsache, dass die Gedichte von dir sind, ändert nichts an meinem Plan.«

Es ist, als würde die Wirkung der Kräuter aussetzen. Ich sehe ihn an. Und da begreife ich. Diese Art Verbindung, die ich zwischen uns spüre. Die kommt daher, weil Aviell all das fühlt. Weil sie verliebt in ihn ist und ich … mit ihr verbunden bin. Ich war so naiv, denn wenn ich ehrlich bin, hätte ich es wissen können. Vielleicht habe ich mir eingeredet, dass es diesmal anders ist als in meinem bisherigen Leben, weil Aviell und ich nicht mehr so verbunden sind wie vorher. Ja, vielleicht wollte ich es nicht wahrhaben, weil ich dieses eine Mal etwas nur meinetwegen fühlen wollte.

Ich will mich wegdrehen, doch es ist zu spät. Ich schaffe es nur noch, meinen Kopf zu senken, und dann erbreche ich mich auf Lirans Schoß. Er zuckt nicht einmal zurück. Hält nur meine Haare und streicht mir sanft über den Nacken, bis ich wieder das Bewusstsein verliere.

Und das Letzte, woran ich denke, ist, dass nichts von alldem echt ist. Aber was ist mit seinen Gefühlen? Mag er mich auch nur, weil ich ein Teil von Aviell bin? Meine Gedichte und Aviells Lüge ändern nichts. Also kann es nicht echt sein. Es wird nie echt sein.

Als ich erneut erwache, ist Liran verschwunden. Wirbels Leuchten neben mir auf dem Kopfkissen lässt mich blinzeln.

»Guten Morgen«, sagt sie kichernd und springt auf und ab.

Ich sehe mich kurz im Zimmer um. Als hätte ich die Hoffnung, Liran wäre hier noch irgendwo.

»Sein Heroer kam und hat ihn geholt«, erklärt Wirbel seine Abwesenheit. »Die Fürsten müssen einen Regenten einsetzen, bis man Taron findet. Also für immer. Denn wir wissen beide, dass man ihn nie finden wird.«

»Und wer soll das sein?«, frage ich mit schwacher Stimme. Die Nachwirkungen des Gifts sind nicht zu unterschätzen. Kaum zu glauben, dass Taron stets ein vergiftetes Messer mit sich herumgetragen hat. Aber wenn ich ehrlich zu mir selbst bin, soll mich der Gedanke daran nur von der Tatsache ablenken, dass ich Liran nie haben werde. Und all der Schmerz in meiner Brust, der damit einhergeht, beweist mir, dass ich ihn wollte. Zu ihm gehören wollte. Obgleich es töricht ist.

»Das weiß ich nicht«, antwortet Wirbel und beginnt über mir herumzuschwirren. »Liran sagt, ich soll mich schnell mit dir verbinden, weil du gerade zu schwach bist, um dein Leuchten zu verbergen.«

Ich nicke und spüre kurz darauf das Brennen auf meinem Unterarm.

»Und danke«, flüstere ich ihr zu, bevor ich mich wieder der Müdigkeit hingebe.

Die nächsten Tage liege ich fast nur im Bett. Weder Liran noch Miél tauchen auf, und Miral kommt nur ab und an, um mich zu waschen, während Lou gar nicht erscheint. Und so streiche ich, als ich wieder bei Kräften bin, unschlüssig durch die Palastgänge.

Ich habe nicht mehr viel Zeit hier im Fürstentum des Hochmuts. Von Liran weiß ich, dass ich zehn Tage bewusstlos gewesen bin. Tarons Gift war stark. Wahrscheinlich hätte es mich töten sollen. Mein nächstes Ziel führt mich in Santos' Reich des Geizes. Und ich muss eine Entscheidung treffen. Werde ich sie alle ausspionieren? Und wie soll das überhaupt aussehen? Was für Schwächen könnten nützlich sein? Und will ich das überhaupt?

Eigentlich kenne ich die Antwort bereits. Seit Liran mir gesagt hat, dass er Miéls Plan unterstützt, weiß ich, dass ich es tun werde. Vor allem, weil ich Liran mehr vertraue als Miél, aber auch, weil ich mir so sicher sein kann, dass sich dieser Plan nicht gegen ihn oder Aviell richtet. Wir haben also alle das gleiche Ziel. Zumindest haben *sie* es, denn ich bin mir immer noch unsicher, ob ich als Heroe überhaupt aus den Schatten treten will. Ich sollte es wollen, und ja, ein Teil von mir könnte mich für meine Unsicherheit schlagen.

»Euch scheint es besser zu gehen«, ertönt in diesem Moment Lirans Stimme hinter mir in dem düsteren Gang, den ich gerade entlanggehe.

Ich zucke zusammen, vor allem weil er die höfliche Anrede benutzt und ich ihn nicht habe kommen hören.

»Ja«, antworte ich und drehe mich zu ihm. Er steht in einem Türrahmen, als wäre er kurz zuvor aus dem Raum dahinter getreten, und sieht gerädert aus. Müde und ausgelaugt. Aber etwas glänzt in seinen Augen, als er mich anblickt. Liegt das an mir? Oder ist es die Verbundenheit mit Aviell? Und wie soll ich je wieder wissen, ob jemand mich mag oder eigentlich nur sie?

Zu viele Gedanken, meckert Wirbel in meinem Kopf.

Ich seufze.

»Habt ihr einen Regenten ernennen können?«

Liran nickt und tritt langsam auf mich zu. »Er hat einen Onkel. Den Duke des Zorns. Er wird die Aufgaben übernehmen, bis Taron …« Er spricht nicht weiter, denn wir beide wissen, dass er nicht zurückkommen wird.

»Wird er ein besserer Herrscher sein?«

Liran schnauft. »Alles ist besser als Taron, und ich kenne Gustá schon sehr lange. Gut ist auch, dass ich Santos und Firas spekulieren gehört habe, er selbst wäre für den Angriff verantwortlich. Hauptsächlich, weil Gift ein Merkmal der Fürstenfamilie des Zorns ist.«

Ich räuspere mich. Dieses Gespräch ist seltsam. Vor allem, weil wir uns für diesen winzigen Moment so nah waren und jetzt meilenweit entfernt scheinen.

»Ich werde Euch morgen in das Fürstentum des Geizes begleiten. Santos veranstaltet eine Art Turnier, bei dem ich anwesend sein werde. Er veranstaltet gerne Wettspiele. Aber dann muss ich wieder abreisen.«

»Turnier, Wettspiele? Klingt aufregend«, gebe ich zurück.

»Ich nenne es Zeitverschwendung. Vor ein paar Monaten hat er einen Tjost veranstaltet. Es war suspekt.«

»Einen Tjost?«, hake ich möglichst beiläufig nach.

»Zwei Kämpfer, mit einer Lanze bewaffnet, reiten aufeinander zu und versuchen sich von den Pferden zu stoßen.«

Ich hebe meine Brauen und öffne den Mund, doch Liran spricht weiter.

»Davor hat er eine Schatzsuche organisiert. Wir Fürsten mussten tatsächlich seinen gesamten Palast und das Gelände nach Hinweisen absuchen, um den Schatz zu finden.«

Ich lächle. »Das klingt aber eigentlich ziemlich amüsant.«

Liran verzieht kaum merklich den Mund und ich meine sogar ein Grübchen zu erkennen. »War es eventuell auch. Vor allem, weil ich gewonnen habe.« Er räuspert sich und wird wieder ernst. »Ihr solltet trotzdem vorsichtig sein.«

»In Ordnung«, entgegne ich, da ich nicht genau weiß, was er mir damit sagen will. Dass ich mich nicht töten lassen soll?

»Ich denke, ich gehe ein wenig in den Garten«, versuche ich dann aus der Situation zu fliehen.

»Miél ist nicht hier.«

Ich verschränke die Arme. »Inwiefern betrifft mich diese Information, Euer Gnaden?«

Er tritt näher. »Die Frage liegt Euch doch auf der Zunge, nicht wahr? Ob er nach Euch gesehen hat.«

Ich verenge meinen Blick. »Hat er?«, hake ich also nach.

Liran scheint mit sich zu kämpfen. »Nein«, gibt er dann zurück und es wirkt halb ehrlich und halb unwahr. Ich kann es nicht genau einschätzen.

»Nun denn.« Ich knickse leicht und drehe mich um. Tränen kitzeln in meinen Augen, also setze ich zum Gehen an, aber Lirans Stimme lässt mich innehalten.

»Eine Seele, getrennt und doch vollständiger als zuvor,
Gelockt aus dem Versteck der Unsichtbarkeit,
Weil du meine Seele siehst und lockst hervor,
Den Teil in mir, der sein will, der schreien will, der lieben und lachen will bis zur Unendlichkeit.«

Ich halte den Atem an, als er das Gedicht zitiert, das ich erst vor Kurzem geschrieben habe. Ich drehe mich nicht um. Wage es nicht.

»Meinst du damit ihn?«

Ich schlucke schwer. Ich kann nicht bestreiten, dass Liran etwas in mir zum Vorschein gebracht hat und die Sicht auf meine eigene dämonische Seite verändert hat. Aber Miél …

Nun endlich wende ich mich ihm doch zu. »Ja.«

Stille. Selbst Wirbel bleibt stumm. Liran sieht mich einfach nur an. Und dann wirkt er, als würde er gerne etwas sagen, schüttelt jedoch den Kopf und geht.

Ich bleibe noch eine halbe Ewigkeit stehen. Ich habe ihn verletzt. Das konnte ich deutlich sehen und spüren. Doch ich hätte es nicht leugnen können. Ich kenne Miél nicht. Und trotzdem fühle ich mich ihm verbunden. Vielleicht durch unser Dämonenblut, oder es ist einfach etwas anderes, was man mit Logik nicht erklären kann. Und dann war da noch der Mann im Wald und diese Familie. Sie waren echt und haben sich und ihre Kinder geliebt. Sie lieben sie und geben alles, um überleben zu dürfen. Und dieser Mann, der kein Dämon war, hat sein Leben riskiert, um sie zu beschützen.

Irgendwann schaffe ich es endlich in den Garten, in dem ich verweile, bis die Sonne untergeht. Als ich schließlich am späten Abend im Bett liege, frage ich mich, warum Miél nicht aufgetaucht ist. Zumal ich morgen abreise und er möchte, dass ich ihn unterstütze. Ihn und seinen Plan. Aber wie soll ich das tun, wenn ich nicht einmal weiß, was ich wirklich suchen soll?

Ruhelos drehe ich mich von der einen Seite zur anderen und gehe immer wieder auf den Balkon, in der Hoffnung, Miél stünde im Garten und würde auf mich warten. Stattdessen erkenne ich Liran, als ich das vierte Mal hinauslaufe.

Er sitzt auf einer Bank und sieht in die andere Richtung, trotzdem scheint er meine Anwesenheit zu spüren, denn kurz darauf ertönt seine Stimme. »Er wird nicht kommen.«

KAPITEL 14

»Ich kann einfach nur nicht schlafen«, entgegne ich.

Er lacht. Ich kann es kaum hören, obwohl die Bank direkt unter dem Balkon steht.

»Ich genauso wenig«, sagt er dann und dreht sich mir zu.

»Was plagt Euch?«, erkundige ich mich und bin fast stolz, weil diese Frage auch Aviell hätte stellen können. Ich fange also wirklich an, mich in die Rolle einzufinden.

»Dass Ihr morgen abreist. Selbst wenn ich mitkomme. Ihr verlasst mein Fürstentum. Es war heller mit Euch.«

Ich blinzle erschrocken. Wirbel hingegen führt Tänze auf meinem Arm auf.

Er liebt uns.

Mit erhobenen Brauen verscheuche ich ihre Stimme aus meinem Kopf. Ich weiß nicht genau, ob mich das, was er sagt, erschreckt oder die Tatsache, dass er so ehrlich ist.

»Gehen wir ein Stück?«, fragt er und deutet auf den Garten.

Ich nicke, trete wieder hinein, werfe mir einen Mantel über, ziehe Schuhe an und schleiche mich dann die Gänge hinab nach draußen. Liran wartet bereits an der Tür.

Wir flanieren ein ganzes Stück, bevor er wieder spricht.

»Ich würde immer noch gerne verstehen, warum Aviell mir diese Gedichte geschickt hat.«

Ich verziehe den Mund, weil ich das gerne auf ewig verdrängt hätte.

»Aviell ist manchmal etwas unsicher. Vielleicht dachte sie, dass sie ohne diese Gedichte nicht interessant genug für Euch wäre«, versuche ich mich an einer Erklärung.

Er schnalzt mit der Zunge.

»Es sind doch nur Gedichte, Euer Gnaden. Der Mensch ist immer noch derselbe.«

»Seht Ihr das so?«, fragt er, bleibt stehen und sieht mich ernst an.

»Ja, das tue ich.«

»Was aber, wenn ich Euch sage, dass ich mich in das verliebt habe, was in den Gedichten steht, und nicht in das, was in den Briefen gesagt wurde?«

»In diesem Fall würde ich Euch antworten, dass Ihr wahrscheinlich einfach nur verletzt seid und nicht klarseht.« Meine Stimme bleibt stark, obwohl ich mich nicht so fühle. Und auch Wirbel macht es nicht besser, die mir zuschreit, dass er sich dann ja in mich verliebt hat. Im Gegenteil. Mein Herz will genau das. Und lässt ein Kribbeln durch meinen Körper strömen.

Liran greift in seine Manteltasche und zieht dieses Mal einen Brief heraus. Ich erkenne das Papier und die Schrift sofort. Er wurde nicht von der Sekretärin geschrieben, sondern von Aviell.

Ich atme tief ein und aus, während er ihn auffaltet und mit einem »Das war ihr letzter Brief an mich, er kam nach dem Angriff bei mir an« zu lesen beginnt.

Euer Gnaden,
entschuldigt, dass ich Eurer Bitte, Euch Liran zu nennen, nicht nachkommen kann. Es ist mir, selbst wenn Ihr es verlangt, nicht möglich, die Etikette und Erziehung abzulegen, und ich denke auch, dass es sich nicht ziemt.
Dennoch freue ich mich, Euch diesen Brief zu schreiben, da ich unseren Austausch doch so genieße.

Es ist mir ein großes Anliegen, Euch von meiner Woche zu erzählen. Nachdem ich Euch in meinem letzten Brief berichtete, dass ich begonnen habe ein Buch zu lesen, muss ich jetzt leider gestehen, es abgebrochen zu haben. All die Wörter und Vergleiche. Das finde ich lieber in unserem wunderschön angelegten Garten wieder. Die Blumen beginnen zu blühen, und das Gras ist so wunderbar grün, dass ich es den ganzen Tag betrachten könnte. Diese Woche habe ich ebenfalls zwei neue Klavierstücke gelernt, die ich Euch so gerne vorspielen würde. Mein Vater sagte, dass in naher Zukunft all die Fürsten zu einem Fest geladen sind. Und ich das erste Mal dabei sein darf. Ich kann es kaum erwarten, Euch meine selbst angelegten Blumen zu zeigen und etwas auf dem Pianoforte zu spielen.
Es gab diese Woche aber auch einen Zwischenfall, den ich gerne vergessen würde. Meine Schwester Navien scheint Dinge zu verheimlichen. Ich berichtete Euch ja davon, dass sie eine sehr begabte Leserin ist. Doch mich beschleicht das Gefühl, dass sie Worte zurückhält, und nun wurde dies meinem Vater zugetragen, der sie bestrafen will. Ich wünschte, ich könne sie dazu bewegen, nicht weiterhin unehrlich zu sein, da das doch unser Grundsatz ist. Aber in ihr schlummert etwas, das ausbrechen will. Ich muss es jedoch verhindern. Es könnte sie den Kopf kosten.
Ich hoffe auf Euren stets guten Rat in dieser Sache.
Und auf ein baldiges Treffen.
Eure Mistress Ariell

Als Liran endet, ist es, als wäre ich taub. So, als würde ich unter Wasser gehen.

»Warum lest Ihr mir das vor?«, frage ich endlich, als ich mich gefasst habe. Aviell muss den Brief an dem Tag geschrieben haben, als wir angegriffen wurden.

»Weil ich mich nicht in die Frau verliebt habe, die das geschrieben hat.«

Ich schlucke schwer. Ich würde gerne behaupten, dass das auch nicht Aviell widerspiegelt. Dass sie viel mehr zu bieten hat. Aber das wäre eine Lüge. Genau so ist Aviell. Regelkonform. Einfach. Es schmerzt, an dieses Wort in Zusammenhang mit ihr zu denken. Doch so ist sie. Einfach. Sie kann nichts mit Literatur oder Politik anfangen. Nichts mit Kunst. Sie hält sich am liebsten im Garten auf, beobachtet Blumen oder spielt Klavier. Das ist nichts Falsches.

»Die Frau in den Gedichten ist wild und forschend«, sagt er mit einer jugendlichen Aufregung in der Stimme. »Sie ist interessiert, will Neues spüren und erleben und sieht hinter die Fassade.«

»Liran …«, versuche ich ihn zu unterbrechen.

»Sie ist klug und schön und so verdammt einsam.« Seine Stimme ist rau und bebend.

»Liran«, flüstere ich wieder. Dieses Mal sieht er mich an. »Ich bin diese Frau. Also sagt das nicht.«

Er presst die Lippen aufeinander. »Aber …«

»Nein. Ich bin eine Heroe und Ihr werdet meine Schwester heiraten.« Niemals hätte ich gedacht, wie schwer mir diese Worte fallen könnten. Doch es ist, als wären sie wie ein schwerer Stein in meiner Kehle, den ich nur mit all meiner Willensstärke und Kraft hinausbekomme.

»Aber diese Gedichte …«

»Das ist doch nur Fiktion, Liran. Es ist etwas, das ich schreibe, und nicht das, was ich wirklich bin. Ich bin und bleibe ein Dämon. Selbst wenn Hunderte Quiris meine Haut bedecken würden, wäre ich noch immer ein Geschöpf der Unterwelt. Würde noch immer die Erbsünde in mir tragen.«

Er schweigt eine ganze Weile.

»Ich möchte nicht, dass Ihr geht.«

»Warum nicht?«, frage ich schulterzuckend. »Wir kennen uns kaum. Ihr habt mich erpresst, und wir haben uns ein paarmal hier im Schloss etwas vorgespielt, damit Eure Angestellten den Eindruck bekommen, wir wären verliebt. Mehr ist da nicht.«

Ich mustere seine große, starke Gestalt. Seine dunklen Haare, die ihm wild ins Gesicht fallen. Seine fast schwarzen Augen und diesen Ausdruck in ihnen. Er weiß, dass ich recht habe. Er weiß, dass ich eine Heroe bin. Er weiß, dass wir uns kaum kennen. Aber etwas in ihm möchte das ändern. Nur wo würde das hinführen?

»Sieht sie aus wie Ihr?«

»Aviell?«, hake ich nach. Mir ist eiskalt. Obwohl Heroen nicht frieren können.

Er nickt.

»Ihr habt Euch noch nie gesehen?«

»Nein, sie hat mich bei einem Fest Eures Vaters wohl heimlich beobachtet und mir dann geschrieben.«

»Ah«, mache ich und gehe dann schnell auf seine Frage ein. »Nein. Wir sehen uns nicht ähnlich. Sie hat schwarzes Haar, dunkler noch als Eures. Und grüne Augen. Sie ist wunderschön.« Ich sage es ohne Bedauern. Denn ich wusste schon immer, dass Aviell die Schönere von uns ist. Und das hat mich nie gestört. Damit werde ich jetzt nicht anfangen. Allein meine Ausbildung hat dafür gesorgt, dass auf meiner eigentlich kleinen, feinen Nase ein winziger Höcker herausragt und sie ein wenig schief ist. Wenn man genau hinsieht, habe ich Tränensäcke, die immer ein kleines bisschen geschwollen sind. Ebenfalls von den Kämpfen, und nun besitze ich diese riesige Narbe an der Seite meines Gesichts, weil ich mir die Lilie, die ich eigentlich mochte, herausgeschnitten habe.

»Aber innerlich ist sie gleichermaßen wunderschön, Euer Gnaden. Und es wert, sie kennenzulernen.«

Warum sagst du das?, schreit mich Wirbel an, doch ich ignoriere sie. Ich kämpfe nicht gegen meine Schwester. Gegen meine Seelenverwandte. Und vor allem kämpfe ich nicht um einen Mann, den ich nicht kenne. Obwohl ich mich zu ihm hingezogen fühle. Das sind jedoch keine tiefen Gefühle. Wie auch? Es ist nur eine Anziehung, die irgendwann vergeht.

»Aber Ihr …«, beginnt er, doch ich schüttle den Kopf.

»Ihr selbst sagtet, dass all das nur meiner Verbindung zu Aviell geschuldet ist. Ihr fühlt etwas für sie und projiziert das auf mich. Mehr nicht.« Ich atme tief ein und aus. »Ich muss jetzt schlafen«, beende ich das Gespräch und gehe.

Liran hält mich nicht auf. Und wahrscheinlich ist das auch besser so. Noch zwei Tage und ich sehe ihn erst einmal nicht wieder. Das wird gut sein. Für uns beide.

* * *

Als ich am nächsten Tag zum Frühstück erscheine, sitzt nur Liran im Raum und liest ein Buch. Er begrüßt mich höflich. All die Gefühle, die ich gestern in seinen Augen sehen konnte, sind verschwunden. Als hätte er sie einfach ausgestellt. Wie eine Kerze, die nur so lange brennt, bis man sich entschließt, sie auszupusten. Und genau das scheint er getan zu haben.

Ich sollte glücklich darüber sein. Bin ich aber nicht. Und auch Wirbel jammert in meinem Kopf. Vielleicht ist es dieses kleine Quiri, das mir all diese Gefühle in den Kopf setzt. Wenn ich jedoch ehrlich bin, wusste ich schon in der ersten Sekunde, in der ich Liran sah, dass er mein Untergang sein könnte. Und das nicht wegen der Gefühle, die Avi für ihn hegt. Da bin ich mir sicher. Nur ist es immer noch meine Entscheidung, ob ich das zulasse.

Wir essen stumm, bis Liran mir sagt, dass unsere Kutsche demnächst eintrifft. Plötzlich kommt mir alles so schnell vor. Ich konnte kaum wirklich hier ankommen. Liran wollte, dass Ark mich unterrichtet, und …

»Was ist mit den Apokryphen, die ich für Euch lesen sollte? Und was wird aus den Übungsstunden?«

»Durch die Vergiftung haben wir Zeit verloren. Aber vorerst ist es sowieso am sichersten, wenn Ihr keine dämonischen Kräfte nutzt.«

»Am sichersten für wen?«

»Für Euch, Navien.« Er sagt es ruhig und fast schon liebevoll, bevor er mir seinen Arm anbietet.

Als wir schließlich in der Kutsche sitzen, bemerke ich, dass ich mich von niemandem verabschiedet habe. Aber hätte ich es tun sollen? Etwas in mir schreit Ja. Zumindest von Lou und Miral, die erst einmal bei ihrer Familie bleiben wird. Doch der anerzogene Teil, die Heroe, die ich bin, hat sich nie verabschiedet. Von wem auch? Ich war einfach nur eine Leibwächterin. Und die verabschieden sich nicht. Aber vor allem verabschiedet man *sie* nicht. Man schickt sie höchstens weg.

Während ich begreife, dass ich nach wie vor zu einem großen Teil die bin, die aus mir gemacht wurde, nehme ich mir ein Buch zur Hand, das ich in meinem Gemach gefunden habe. Hauptsächlich, um nicht mit Liran reden zu müssen, senke es jedoch, als er sich vernehmlich räuspert.

»Da gibt es noch eine Sache, die ich gerne besprechen würde.«

»Und die wäre?«, erkundige ich mich und reibe kaum merklich über das Papier des Buchs, um mich abzulenken. Von ihm und seiner einnehmenden Wirkung. Und von der Tatsache, wie unwohl ich mich fortwährend in diesen Kleidern fühle. Heute trage ich ein dunkelblaues, schlichtes Stück.

»Taron wird nicht wieder auftauchen, was bedeutet, dass Ihr frei sein werdet, oder vielmehr Aviell. Dennoch hat das Fürstentum des Zorns ein Recht auf Euch, weshalb Ihr auf jeden Fall Tarons Onkel Gustá kennenlernen werdet.«

»Und wie wird das ablaufen?«, frage ich und werfe einen Blick auf die Wälder um uns herum. Vor diesem Gespräch hatte ich

Angst. Aus irgendeinem Grund will ich Liran und unsere Abmachung nicht verlieren. Wobei es sich schon etwas danach anfühlt, weil sich Liran meine Worte von gestern Abend so sehr zu Herzen genommen zu haben scheint, dass er nun wieder mit dieser höflichen Distanz mit mir spricht. Ich wollte es so. Habe es ihm selbst gesagt. Aber es tut weh. Und das kann ich nicht unterdrücken. Als wäre dieser Schmerz, den ich zuvor nicht kannte, nun ein Teil von mir. Am liebsten würde ich schreien und weinen. Ja, ich würde sogar gerne alles zurücknehmen und ihm erklären, dass wir eine Chance verdient haben. Nur tue ich das nicht, denn so bin ich nicht. So wurde ich nicht erzogen.

»Ihr werdet hochoffiziell eingeladen und verbringt den Tag mit ihm. Doch das passiert erst nach vierzig Tagen des Verschwindens.«

Ich zucke mit den Schultern. »Und ich darf dennoch selbst wählen, wen ich heirate?«

»Nicht ganz. Die Fürsten müssen trotzdem zustimmen, und sind sie sich uneins, wird wieder dieser Rat befragt. Also ist es wichtig, dass …«

»Wir weiter verliebt spielen?«

»Ja.«

Das dürfte uns nicht sonderlich schwerfallen.

Psssht!, befehle ich Wirbel in Gedanken und nicke nur.

»Ich habe etwas für Euch. Es wird vor allem den anderen zeigen, dass wir uns nahestehen.«

Ich presse die Lippen aufeinander und sehe dabei zu, wie er ein kleines Papiertütchen aus seinem Mantel nimmt und mir reicht. Als ich es öffne und hineinschaue, stockt mir der Atem. Es ist eine schlichte silberne Kette. Doch daran ist ein Anhänger befestigt, der die Form einer Lilie hat. Nein, nicht irgendeiner Lilie. Es ist *meine* Lilie. Die, die ich mir aus meinem Gesicht geschnitten habe.

Ich brauche eine halbe Ewigkeit, bis ich Liran anblicken kann.

»Woher wisst Ihr, wie sie aussah?«

»Ich habe sie im Wald erspäht. Und einige Eurer Gedichte sind mit ihr unterzeichnet.«

Ich nicke nur, um Worte verlegen, und ziehe die Kette dann endlich heraus. Noch nie in meinem Leben wurde mir etwas so Wunderschönes geschenkt. Nein. Noch nie wurde mir überhaupt irgendetwas geschenkt.

Liran beugt sich vor, nimmt mir die Kette ab und legt sie mir um den Hals. Er ist mir so nah, dass ich die Wärme seines Körpers spüren kann. Eine Wärme, die mein Körper nicht besitzt. Das dämonische Blut ist kalt.

»Danke schön«, flüstere ich und umschließe die Lilie mit meinen Fingern. Es mag ein Geschenk sein, damit die anderen Fürsten unsere Zugehörigkeit sehen. Doch da steckt mehr dahinter. Eine so große Geste, dass mein Herz es kaum verstehen kann. Und das Seltsame ist, dass es fast so wirkt, als würde dieser Fürst dort gegenüber von mir mich besser kennen, als es sonst jemand auf dieser Welt tut. Vielleicht liegt es an den Gedichten. An der Art, wie er aus ihnen mich und meine Seele herausgelesen hat. Vielleicht liegt es aber auch an dem unfreiwilligen Handel, der uns, ob gewollt oder nicht, zusammengeschweißt hat.

Ich seufze innerlich und richte meinen Geist wieder auf das Buch. Gefühlt vergehen Stunden, und als ich es müde bin zu lesen, frage ich Liran nach seinem Lieblingsbuch. Er erzählt mir von einer Sage zweier Liebender, die gegen jegliche Vernunft zusammen sein wollen und schließlich fliehen, weil ihre Verbindung nicht akzeptiert wird. Am Ende kehrt sie jedoch zu ihrer Familie zurück und heiratet den Mann, dem sie versprochen ist. Ihr Geliebter bringt sich einige Monate später um, da er ohne sie nicht leben will.

Wir diskutieren ewig darüber, ob dieses Ende nun schön oder grausam ist. Wobei Liran hinter jeder Tat ihre große Zuneigung sieht und ich hin- und hergerissen bin.

»Er hat sie so sehr geliebt, dass er nicht ohne sie konnte. Und sie ist verheiratet und hat Kinder. Und lebt damit.«

»Aber sie wollte ihren Geliebten schützen, weil ihre Familie ihn umbringen wollte.«

»Gestorben ist er dennoch. Warum sind sie nicht weiter geflohen?«

»Vielleicht wollten sie kein Leben auf der Flucht führen.«

»Ich denke, dass er sie mehr geliebt hat als sie ihn.«

»Warum?«, fragt Liran grinsend. »Weil er sich umgebracht hat?«

»Ja. Hätte ich dieses Buch geschrieben, wäre sie zurückgekehrt, um ihn zu schützen, er hätte geheiratet und dann hätte sie sich umgebracht. Oder andersrum. Aber so ist derjenige, der geschützt werden sollte, tot. Das ergibt keinen Sinn.«

Liran lacht heiser. »Ich liebe dieses Buch genau deshalb. Weil es kein zufriedenstellendes Ende hat. Genauso wie das Leben.«

»Und Ihr würdet das einfach so hinnehmen? Angenommen, Ihr liebt jemanden so sehr, wie sie sich geliebt haben. Würdet Ihr sie gehen lassen?«

Er denkt kurz über meine Worte nach, streicht sich über das Kinn und lässt den Blick schweifen, bevor er mich wieder ansieht.

»Ich habe nie auf eine solche Art geliebt. Aber wenn ich es mir vorstelle. Eine so allumfassende Liebe, dann würde ich wahrscheinlich nicht ohne sie leben wollen.«

»Vielleicht ist es besser, diese Liebe nie kennenzulernen«, sage ich nachdenklich. »Eine, die so zerschmetternd ist.«

»Es wäre aber auch traurig zu wissen, dass sie existiert, man sie jedoch nicht erlebt.«

»Liegt es nicht vielleicht einfach an dem Verbotenen? Es muss doch einen Grund geben, dass all die grandiosen Liebesgeschichten schlecht enden. Vielleicht macht erst das die Liebe so besonders.«

Liran schweigt. Wir wissen allerdings beide, dass es hier längst nicht mehr nur um dieses Buch geht. Natürlich lieben wir uns nicht. Doch es ist klar, dass wir nie zusammen sein könnten. Und ja, vielleicht macht es das spannender.

»Was ist Euer liebstes Buch?«

»Das ist schwierig, aber ich habe einmal ein Buch der Apokryphen gelesen, das mich nachhaltig berührt hat.«

»Und worum ging es?«

»Um Eure Vorfahren. Und die gefallenen Engel. Und darum, dass in ihnen nichts Böses steckte. Dann jedoch schon. Und es war eine schöne Vorstellung, nicht gänzlich böse zu sein, nur weil man zum Dämon wird.«

»Braucht Ihr wirklich diese alte Geschichte, um zu wissen, dass Ihr und auch die anderen Heroen nicht durch und durch schlecht sind, Navien?«

Ich verziehe den Mund. »Eigentlich nicht«, gebe ich zu. »Aber ich habe lange geglaubt, dass das Gute in mir nur der anerzogene Teil ist.«

Liran lacht rau. »Ich denke, man kann keinem wirklich von Grund auf bösen Wesen etwas Gutes anerziehen.«

»Schlummert in Euch etwas Böses?«, frage ich und mustere ihn.

Er grinst. »Mit Sicherheit.«

»Und was?«

»Ich bin hochmütig und arrogant, reicht das nicht, Mylady?«

Ich schüttle lachend den Kopf. »Das liegt in Eurem Erbe.«

»Also bin ich wohl unfehlbar.«

»Bestimmt nicht.« Ich lache erneut. Generell bemerke ich, dass ich fröhlicher bin, wenn Liran in meiner Nähe ist. Er kitzelt etwas aus mir heraus.

»Wart Ihr schon einmal verliebt?«, fragt er so plötzlich, dass ich mich verschlucke.

Dann schüttle ich den Kopf. »Nein. Nicht richtig.«

»Was bedeutet ›nicht richtig‹?«

»Es bedeutet Nein. Vielleicht mochte ich mal jemanden oder habe mich zu bestimmten Menschen hingezogen gefühlt. Aber ›verliebt‹ ist ein großes Wort.«

»Manchmal frage ich mich, ob die Menschen nicht vielleicht ein zu großes Wort daraus machen. Ich war allein in meiner Kindheit

Dutzende Male verliebt«, lacht er und schiebt die Brauen zusammen. »Natürlich habe ich nicht geliebt. Doch ›verliebt‹ ist etwas anderes. Manchmal reicht eine Begegnung und man fühlt sich auf diese besondere Art zu jemandem hingezogen. Alle Sinne richten sich auf diese eine Person. Wenn man zusammen in einem Raum ist, sucht der Blick ständig nach ihr. Man verspürt das kribbelnde Verlangen, immer in der Nähe dieser Person zu sein. Es ist aufregend. Und meinetwegen unterhält man sich dann und bemerkt, dass da nichts ist, oder aber eben doch, und man ist verliebt, bis man liebt. Falls es so weit reicht.«

»Ich weiß nicht, ob das so einfach ist«, gebe ich nachdenklich zurück. Aber vor allem spüre ich tief in mir, dass Liran etwas beschreibt, was ich ihm gegenüber fühle. Und ein Teil in mir, der mittlerweile viel zu groß ist, will, dass auch er es fühlt.

Doch, das ist es!, schreit Wirbel in meinem Kopf.

»Es ist eine Frage der Definition. Und die muss jeder für sich selbst festlegen. Wie würdet Ihr dieses Gefühl beschreiben?«

Ich sehe ihn an. Beiße auf meiner Unterlippe herum, damit es wirkt, als würde ich nach den richtigen Worten suchen. In Wahrheit versuche ich aber nur auszublenden, dass ich diese Dinge, die er da beschreibt, nur bei ihm und Miél empfunden habe.

»Ich weiß nicht. Es ist eine Art aufregende Nervosität.«

»Und habt Ihr das auch bei normalen Freunden?« Er hebt einen Mundwinkel, lehnt sich zurück und verschränkt die Arme vor der Brust, als hätte er gewonnen.

»Gute Frage. Dafür müsste ich allerdings wissen, ob wir Freunde sind.«

Ihm vergeht das Grinsen und nun tue ich ihm die siegessichere Geste von gerade nach.

»Chapeau, kleine Heroe.« Er leckt sich über die Lippen. »Also, fühlt Ihr genau das bei mir? Aufregende Nervosität?«

Verdammt. Er ist zu gut, als dass ich ihn bei so einer Neckerei schlagen könnte.

»Ja. Aber es wird besser. Vertrauter.«

»Bedeutet das, Ihr seid jetzt gerade nicht nervös?« Er beugt sich vor.

Ich wünschte, ich könnte weiter in meinen Sitz zurückrutschen. Dieses nervöse Flattern durchzuckt meine Brust.

»Genau das bedeutet es.«

»Das ist eine Lüge, die sich für Euer Fürstentum nicht ziemt, Mylady.«

»Woher wollt Ihr das wissen?«

Er sieht hinab auf meine Finger. Ich folge seinem Blick zu meinem Daumen und Zeigefinger, die aneinanderreiben.

»Das tut Ihr immer, wenn Ihr nervös seid.«

Ich brauche eine ganze Weile, bis ich wieder hochschauen kann. Seine Brauen sind herausfordernd gehoben.

»Außerdem verändert sich Eure Atmung. Sie wird stärker und bewusster.«

Auch jetzt versuche ich, ruhig zu atmen. So wie ich es immer tue. Mir fehlen die Worte. Vor allem, weil mir die Dinge, die er da sagt, beweisen, wie aufmerksam Liran ist. Mir gegenüber ist. Und plötzlich wird mir bewusst, dass wir wirklich hätten Freunde werden können. In einer anderen Welt. Vielleicht sogar in dieser hier, wäre Aviell nicht entführt worden. Ja, hätte ich ihn als ihren Zukünftigen kennengelernt, dann hätte ich womöglich keine Sekunde über seine dunklen Augen nachgedacht, hinter denen sich ein Meer aus Gedanken und Wissen befindet. Ich hätte nie auf seine Haare geachtet und den Dreitagebart, den er manchmal hat. Niemals über seine Gesichtszüge und diese Lippen, die so viele Geschichten erzählen wollen.

Vielleicht hätten wir als Freunde zusammengesessen und Gedichte besprochen. Doch genau so kann es noch sein. Ich muss nur vergessen, dass ich diese kindischen Dinge fühle.

»Euer Gnaden, wir treffen gleich ein«, ruft der Kutscher von draußen.

Liran verzieht den Mund, dann beugt er sich so dicht zu mir, dass ich seinen Atem an meinem Ohr spüren kann.

»Ich will, dass Ihr das hier nicht Ark sagt, aber Miél wird zu Euch stoßen.« Ich schlucke hart und er scheint mit seiner eigenen Entscheidung zu ringen. »Ihr braucht jemanden, der auf Eurer Seite steht. Und das tut er. Glaubt nicht, dass ich Euch nicht für fähig halte, Euch selbst zu beschützen, aber …«

»Ich verstehe schon«, gebe ich schnell zurück. »Ich bin froh, nicht allein zu sein.«

»Gut. Nehmt Euch dennoch in Acht vor ihm.«

Ich nicke und in diesem Moment hält die Kutsche. Ich will nicht aussteigen, will nicht, dass Liran geht. Will selbst nicht gehen. Und trotzdem erhebe ich mich und steige aus.

KAPITEL 15

Zuallererst erkenne ich Salís rotes Haar, das in der Sonne schimmert. Anschließend registriere ich nach und nach den wunderschönen Park, die in gedeckten Farben gehaltenen Blumen und das pompöse Schloss. Es sieht aus, als wäre es aus purem Gold erbaut worden. Die unzähligen Ornamente und Türmchen glänzen um die Wette und jedes einzelne Fenster ist liebevoll verziert.

Staunend schreite ich mit Liran darauf zu und halte vor einer großen, mächtigen Eingangstür inne, um die sich goldene Blumen ranken. Ich atme tief ein und aus und knickse anschließend vor Salí, obwohl sie nur Augen für Liran hat. Hinter ihr haben sich Dienstmägde, Wachen und Stalljungen aufgestellt, die alle sehr dürr und ärmlich aussehen. Die Fürstenfamilie des Geizes bezahlt ihnen wohl keinen Lohn, so wie es Liran tut. Ihre Blicke wirken skeptisch und ängstlich. Als könnte ich ihren Untergang bedeuten oder ihnen etwas wegnehmen.

Schnell wende ich mich ab und gehe auf Santos zu, der mich von oben bis unten mustert.

»Willkommen. Salí wird Euch alles zeigen«, sagt er knapp, küsst meinen Handrücken und verschwindet dann. Ganz offensichtlich ist er sich zu wichtig, um mich herumzuführen.

»Nett«, kommentiert Liran leise neben mir und entlockt mir damit ein Lächeln.

»Ihr könnt Euch noch umkleiden, bevor der Empfang beginnt, Aviell«, ertönt Salís engelsgleiche Stimme. »Liran, du siehst nicht so aus, als müsstest du etwas verändern. Und das nach einer solch langen Reise.«

Ich hebe meine Brauen, beherrsche mich aber schnell wieder. Hat sie gerade wirklich gesagt, dass ich schrecklich aussehe und Liran perfekt? Abstreiten würde ich das vielleicht nicht, aber es so offen herauszuposaunen ist fast ein Angriff.

Ist es, bestätigt Wirbel.

»Liran hat Eure Zofe vorreiten lassen, was natürlich nicht nötig wäre, da wir hier Angestellte mit den allerbesten Zeugnissen haben. Doch Ihr habt es Euch so gewünscht, Mistress.«

Ich versuche, nicht allzu verdutzt auszuschauen. Dann erkenne ich Lou, die hinter den Dienstmägden auftaucht und auf mich zutritt.

»Elouise wird Euch Euer Gemach zeigen. Ich führe Liran zu seinen Gemächern«, beschließt Salí und wirft ihm einen auffordernden Blick zu.

Liran verbeugt sich kurz in meine Richtung und will ihr folgen, doch ich halte ihn noch einmal auf.

»Liran?«, frage ich zuckersüß.

Er dreht sich um, ein verschmitztes Lächeln in den Augen, aber seine Mundwinkel zucken nicht einmal. Dieser Mann ist das Abbild von Selbstbeherrschung.

Nachdem ich kurz überprüft habe, wer sich alles in unserer Nähe befindet, sehe ich zu Boden.

Liran kommt einen Schritt näher. »Aviell?«, fordert er und schenkt mir nun ein liebevolles Lächeln.

»Wisst Ihr bereits, wann Ihr morgen abreist? Ich würde mich gerne verabschieden.«

»Ich werde Euch vorher für einen Spaziergang abholen, wenn es Euch passt.«

»Gerne.« Wieder senke ich den Blick und kichere verlegen.

»Mylady«, raunt Liran dann, nimmt meine Hand und küsst sie.

Als er sich erneut zu Salí dreht, liegt so viel Zorn in ihren Augen, dass es beinahe ihre Schönheit trügt.

Und in mir ist keinerlei Freude. Da ist nur Schmerz, weil das hier nie echt sein wird. Also warte ich, bis Liran verschwunden ist, um ebenfalls einzutreten.

Lou redet erst, als sie mich durch die goldenen, prunkvollen Gänge in mein Gemach gebracht hat, das ebenfalls feudal ist.

Ein riesiges, mit roten Samtstoffen verhangenes Himmelbett bildet den Mittelpunkt des Raumes.

»Sag mal … was ist da zwischen dir und Liran? Ich dachte, du empfindest etwas für Miél.«

»Gar nichts. Ich … kenne ihn ja kaum. Und das gilt auch für Miél«, gebe ich gespielt verlegen zurück und setze mich auf das gigantische Bett.

»Das wirkte aber zu Hause in der Küche und hier gerade nicht wie gar nichts.« Sie wackelt mit ihren Brauen und räumt dann meine Kleidung in einen alten, großen Schrank.

»Ich weiß nicht, was da ist und jetzt muss ich erst einmal warten, ob Taron zurückkehrt.«

Lou nickt, wirkt allerdings betrübt. Wahrscheinlich möchte sie genauso wenig wie ich, dass er zurückkehrt. Vor allem meinetwegen.

»Weißt du, was du heute Abend tragen willst?«, erkundigt sie sich.

Ich zucke nur mit den Schultern. »Miral hat so etwas entschieden.«

»Miral ist aber nicht hier.« Sie deutet auf den Schrank, und endlich erhebe ich mich, um mir meine Kleidungsstücke selbst anzuschauen. Die meisten davon habe ich noch nie zuvor gesehen. Eines dieser Kleider sticht mir besonders ins Auge. Es ist schwarz und nur mit ganz zarten goldenen Fäden verziert. Es ist schlicht. Und das gefällt mir.

Ich überzeuge Lou davon, dass ich mich allein ankleiden möchte, was weniger Überzeugungsarbeit kostet, als es bei Miral der Fall war. Danach entschuldigt sie sich in ihr Zimmer, um sich ebenfalls etwas Passendes anzuziehen, und ich genieße für einen Moment die Ruhe. Doch die Gedanken und Zweifel überrennen mich.

Was jetzt? Und was soll ich hier nur herausfinden? Wie soll ich irgendwelche Schwächen von Santos erahnen? Er wird mich ja wohl kaum zu seinen geheimen Stabstreffen einladen.

Wir könnten herumspionieren, schlägt Wirbel vor. Ich habe fast schon vergessen, dass sie da ist.

»Und wie soll das aussehen? Ich bin nicht gerade unauffällig, als zukünftige Fürstin der Wahrheit.«

Du kennst dich in diesem Palast nicht aus. Also hast du eine Ausrede, falls dich jemand erwischt.

»Aber selbst wenn wir etwas belauschen, Wirbel. Wer sagt mir, worauf ich achten soll?« Ich schüttle den Kopf.

Liran hat doch gesagt, dass er dir Miél schickt.

»Ich weiß nicht einmal, ob der wirklich weiß, was wir hier tun. Weiß das überhaupt jemand?«

Natürlich. Wir suchen nach Schwachstellen oder geheimen Plänen. Das wird ein Spaß.

Ich verziehe den Mund und kämme mein Haar durch. Heute wird es wohl keine aufwendige Hochsteckfrisur geben.

Wie auch immer, bevor Lou kommt, gehe ich noch einmal die Dinge durch, die Liran mir über die Fürsten erzählt hat. Und ich erinnere mich, was sein Plan bezüglich Santos vorsieht. Ich soll ihn glauben machen, dass ich verliebt in Liran bin, es selbst aber nicht weiß. Wenn das mal so einfach wäre.

Doch bevor ich wirklich darüber nachdenken kann, klopft es und Lou führt mich hinunter zum Empfang des Turniers. Ich bin gespannt, was mich erwartet, zuerst einmal ist es jedoch das gleiche Spiel wie bisher auch. Unten im Eingangsbereich, der anders als bei Liran komplett vergoldet ist und etliche Bilder, Skulpturen und Vasen beherbergt, werden bereits die Gäste begrüßt. Und wieder blicken alle hinauf, als ich die Treppe hinabschreite. Ich sehe ein paar bekannte Gesichter, doch auch einige neue, deren Augen mich neugierig mustern. Darunter einige Heroen, die entweder im Schloss ihren Schützling haben oder aber ihre Schützlinge hierherbegleiten.

Mein Herz wird schwer, als ich an zu Hause denke. Und vor allem an die letzten Momente. An die Stimmen der anderen Heroen in meinem Kopf. An die von Nath, der innerlich brach, als der Fürst starb. Sein Bruder. Aviells Vater. Ich erinnere mich an die Angst, die ich hatte. An die Panik, die ihre Stimmen in mir auslösten.

Ich schüttle den Gedanken ab und stelle mich neben Santos. Seine purpurne Robe mit dem weißen Fellkragen passt erstaunlich gut zu den rötlichen Haaren, die ihm bis zur Schulter reichen. Er ist kräftig, wirkt allerdings athletisch. Auf seiner Brust prangt das Wappen des Geizes. Ein G, unter dem ein stolzer Löwe abgebildet ist.

Knicksend schenke ich ihm ein Lächeln und sehe dann zu seiner anderen Schwester. Sie bemüht sich um eine gelassene Miene, aber jeder kann erkennen, wie unglücklich sie ist. Kein Wunder, da ihr Bruder sie doch mit Firas, dem Fürsten der Völlerei, verlobt hat.

Liran tritt zu uns und mustert mich einen Moment zu lange, bevor er zu Santos schaut, der das genau beobachtet hat.

Ich setze ein kindisches Lächeln auf. »Euer Gnaden«, begrüße ich ihn dann und berühre meine Wange, als wäre ich rot geworden.

»Prinzessin«, sagt er schelmisch und reicht mir seinen Arm.

»Wenn es für Euch in Ordnung ist, Santos, würde ich die zukünftige Fürstin gerne ein letztes Mal zu ihrem Platz geleiten.«

»Mach nur. Und lassen wir diese höfliche Anrede, Liran«, winkt der ab und ist schon auf halbem Wege zu neuen Gästen, um sie zu begrüßen.

»Nette Vorstellung vorhin«, raunt Liran mir zu, während er mich durch einen großen Saal hinaus in den Garten führt. »Salí ist ziemlich sauer gewesen.«

»Ach, war sie das?«, hake ich zuckersüß nach.

Liran lacht. »Ja, ich musste mir eine halbe Stunde lang ihr Geschrei anhören.«

»Und ich dachte, die Geschichte zwischen Euch und ihr wäre Vergangenheit.«

»Ist sie«, bestätigt er, doch seine Stimme klingt nicht ehrlich.

»Das sieht aber anders aus«, sage ich und rucke mit dem Kopf in Richtung Salí, die unter einem der aufgebauten Zelte steht und uns wütend mustert.

Ich wende meinen Blick ab und lasse ihn über den mit Kerzen beleuchteten Garten schweifen. Ein paar Musiker spielen Violine und auf dem See dahinter schwimmen Lichter und kleine Boote in der Spiegelung der Dämmerung. Es ist wunderschön. So schön, dass ich mich wirklich wohlfühle. Fast schon zugehörig fühle. Aber diese Gedanken sollte ich nicht haben. Ich will das hier nicht. Dieses Leben ist Aviell vorbehalten.

Wir gehen noch ein paar Meter, bevor wir an einem Tisch unter einem der weißen Zelte ankommen und Liran mir einen Stuhl zurückzieht.

»Ihr seht im Übrigen wunderschön aus«, sagt Liran, als er sich ebenfalls gesetzt hat.

Wieder erwische ich mich dabei, dass mein Herz höherschlägt, doch dann erkenne ich, dass Santos und Firas hinter uns aufgetaucht sind.

»Liran, lass uns anderen auch eine Chance, die zukünftige Fürstin kennenzulernen«, lacht Santos laut, und nun treten die anderen Fürsten ebenfalls zu uns. Unter ihnen ein Mann, den ich nicht kenne. Er muss Tarons Onkel Gustá sein.

»Ich genieße bloß ihre Gegenwart.« Liran zuckt mit den Schultern.

»Dir passt es wohl gut, dass Taron verschwunden ist«, erhebt Gustá das Wort.

»Ich weine ihm sicher keine Träne hinterher. Dass wir uns nicht sonderlich gut verstanden haben, ist kein Geheimnis. Mit seiner Verlobten hat das allerdings nichts zu tun.« Lirans Stimme klingt kühl und ruhig.

Ich wundere mich kurz, dass er so offen über seine Abneigung Taron gegenüber spricht. Viel auffälliger wäre es allerdings, würde er sein Verschwinden beklagen. Gerade da sie alle zu wissen scheinen, dass die beiden keine Freunde waren. Liran wählt seine Worte wie immer sehr weise.

»Der wird schon wieder auftauchen«, sagt Santos und setzt sich neben mich. »Und wir alle wissen, dass dir, lieber Gustá, sein Verschwinden am meisten Freude bereitet.«

Gustá schnaubt, nimmt dann aber ebenfalls an dem Tisch Platz, der für genau acht Personen ausgelegt ist. Also nur für die Fürsten und mich.

Ich mustere ihn einen Moment lang. Er sieht besser und jünger aus, als ich gedacht hätte. Eher in meinem Alter. Doch da liegt eine Art Kalkül in seinen grünen Augen, die mir Angst macht. Gleichzeitig löst es Neugierde aus.

Seine dunkelblonden Locken springen ein wenig, als er sich mir zuwendet und mir einen fragenden Blick zuwirft. »Mylady, kann ich Euch behilflich sein?«, fragt er scharf.

Ich schüttle verlegen den Kopf und wende mich Santos zu. »Kann man mit den Booten denn auch fahren?«

Er lacht. »Aber natürlich. Dafür sind sie da. Doch zuerst wird gegessen. Sonst wird Firas unausstehlich und versenkt unsere Boote.«

Am Tisch bricht Gelächter aus. Selbst Halem, der Fürst der Trägheit, gluckst ein wenig. Neben ihm sitzt Aaron, der Fürst des Neids, der immer wieder Liran und Santos anstiert, als würde er es ihnen nicht gönnen, neben mir zu sitzen. Dennoch lacht auch er. Nur der Fürst der Wollust nicht. Ich überlege, ob ich seinen Namen kenne, komme aber nicht drauf. Zumindest war er ein guter Freund von Taron. Wahrscheinlich sogar sein einziger wirklicher Freund. Und vielleicht lacht er deshalb nicht. Aber trotzdem wandert sein Blick nur Sekunden später über den Schlossgarten mit den Zelten und die Damen, die anwesend sind.

Mittlerweile sind viele Menschen hier, doch anders als bei uns wirken sie nicht alle adelig. Ihre Kleidung ist nicht ganz so prunkvoll, was aber auch daran liegen könnte, dass Santos sie vielleicht kleinhält, weil er zu geizig ist, um zu teilen. Glücklich wirken sie alle nicht. Sie beäugen sich, als wären sie Feinde. Es scheint fast, als würde niemand niemandem etwas gönnen. Sie werden ihrer Todsünde, obgleich sie nicht zur Fürstenfamilie gehören, mehr als gerecht. Tatsächlich sind die einzigen Anwesenden, die mir Sympathie entlocken können, die Heroen, die sich in unserer Nähe aufhalten. Es scheinen die der Fürsten und ihrer Geschwister zu sein.

»Was wird Aviell denn bei dir erleben, Santos? Hast du einen Plan?« Liran lehnt sich zurück.

»Salí und Sarra werden sich darum kümmern«, gibt der zurück und winkt dann den Dienern zu, die das Essen auftischen.

»Hieß es nicht gerade noch, dass ich dir die Chance raube, Zeit mit ihr zu verbringen?«

Ich greife nach meinem Weinglas, und genau in diesem Moment schießt Lirans Hand zu der Karaffe, die dahintersteht, und berührt mich beinahe zufällig. Doch ich weiß genau, dass diese Berührung alles andere als unbeabsichtigt ist, und sehe verlegen hinab. »Entschuldigt«, flüstere ich.

»Mir tut es leid«, entgegnet er liebevoll.

Als ich seinem Blick begegne, steht die Zeit kurz still. Das hier ist ein gut aufgeführtes Theaterstück und doch fühlt es sich gerade so echt an. Etwas verändert sich in seinem Gesicht. Der Ausdruck in seinen Augen wird intensiver. Seine Gesichtsmuskeln entspannen sich, als hätte er sie nicht länger unter Kontrolle. Und erst dann bemerke ich, dass seine Hand immer noch meine berührt, räuspere mich und ziehe sie weg.

Als ich hochschaue, werden wir aus sämtlichen Augenpaaren

angestarrt. Der Plan hat also funktioniert. Aber war das wirklich nur der Plan? War dieser Blick gespielt? Meine Brust brennt und mein Herz hämmert. Wirbel seufzt verliebt. Verdammt. Ich muss mich zusammenreißen. Wie soll das weitergehen, wenn ich wirklich Gefühle für Liran entwickle? Und so gerne ich es auch leugnen würde. In mir entwickelt sich etwas. Schon die ganze Zeit. Doch diese Kutschfahrt und unsere Gespräche … sie haben noch einmal etwas verändert.

Vorher waren da dieses hübsche Aussehen und diese düstere Aura, die mich angezogen haben. Aber nach und nach erkenne ich den Menschen Liran hinter seiner Fassade. Und ob ich es will oder nicht. Ich mag diesen Menschen.

»Meine Schwestern haben sicher einige Treffen eingeplant. Falls Prinzessin Aviell nicht bereits ihr Herz verschenkt hat?«, reißt mich Santos wieder ins Hier und Jetzt. Er sieht zwischen mir und Liran hin und her.

Ich kichere. »Nein, Mylord. Keine Sorge. Liran und ich haben nur viel Zeit miteinander verbracht. Es ist alles so neu für mich.«

»Ist es das? Ihr seid doch ebenfalls am Hofe aufgewachsen«, sagt Santos und beäugt uns weiterhin. Der Plan scheint aufzugehen. Er möchte herausfinden, was wir noch leugnen.

»Ja, aber der Hof der Wahrheit ist anders. Die Fürstentümer der Todsünden sind … wie soll ich es ausdrücken … brutaler.« Ich grinse.

»Inwiefern?«

Gustás Stimme lässt mich zusammenzucken. Warum auch immer, denn wieder ist dieses Gefühl nicht vollständig negativ.

»Zum Beispiel durften Frauen bei uns nicht in die Schenken. Und der Umgangston war anders.«

Santos lacht. »Sollte ich Salí verbieten, die Schenken aufzusuchen, würde sie aus meinem Schloss eine große Schenke machen. Und das ganze Dorf einladen.«

Ich stimme in ihr Lachen ein.

»Armes Kind, wenn Ihr erst einmal in Lakros' Fürstentum reist, seid Ihr endgültig verstört«, fügt Santos dann mit einem Blick auf den Fürsten der Wollust hinzu.

»Sexuelle Handlungen sind etwas Natürliches«, kontert der.

»Damit meint er, dass sein Schloss ein Bordell ist, in dem sich alle rekeln und miteinander schlafen.«

Ich schlucke. »Genau das meine ich. Allein die Art, wie Ihr darüber sprecht.« Ich lache, um meine Worte nicht hart klingen zu lassen. »Das hätte es in meinem Zuhause nicht gegeben.«

»Dann wurde es höchste Zeit, dass Ihr es erlebt.«

»Ich freunde mich langsam damit an.« Ich hebe mein Glas und proste ihm zu.

Als wir fertig gegessen haben, erhebt Gustá erneut das Wort.

»Mein Neffe wurde noch nicht gefunden. Und ich bin dankbar, ihn hier und heute ersetzen zu dürfen. Dennoch würde ich gerne wissen, was Liran zu tun gedenkt, um ihn zu finden. Schließlich ist er in seinem Fürstentum verschwunden.«

»Gute Frage«, unterstützt ihn Firas und richtet seinen düsteren Blick auf Liran.

»Wie ihr alle wisst, beschäftige ich einige Heroen. Sie sind auf der Suche nach ihm. Mehr als das. Einige meiner fähigsten Männer ebenfalls.«

»Beschäftigen. Heroen beschäftigt man nicht, Liran«, mischt sich Santos mit einer überschwänglichen Gestik ein.

»Nenn es in deinem Fürstentum, wie du willst, Santos. Ich mache es, wie es mir richtig erscheint.«

»Schon wieder dieses leidige Thema«, brummt Halem und verdreht die Augen. Was seltsamerweise ziemlich viel Mimik für seine Verhältnisse ist.

»Mistress« ertönt plötzlich Lous flüsternde Stimme an meinem Ohr.

Ich schrecke zusammen. Die Fürsten verstummen augenblicklich und starren Lou an, was ihr eine dunkle Röte ins Gesicht treibt.

»Ich bitte meine Anwesenheit zu entschuldigen, ich wollte nur erfahren, ob Mistress Aviell ein Überkleid braucht.«

»Oh«, macht Santos und schaut sich erschrocken um. »Da hast du recht, Zofe, das hätten wir längst anbieten sollen.« Er verliert sich beinahe in seiner gekränkten und schamvollen Darstellung.

»Dafür bin ich doch hier.«

»Danke, nein«, gebe ich freundlich zurück und deute auf einen Stuhl hinter mir. »Setz dich gerne zu uns.«

Nicht nur Lou sieht mich erschrocken an. Alle Fürsten und selbst die Heroen, die in unmittelbarer Nähe von uns stehen, beäugen mich, als hätte ich den Verstand verloren.

Ich beiße mir auf die Unterlippe und will es beinahe zurücknehmen, um nicht als Laie enttarnt zu werden, als ich Lirans Hand auf meinem Bein spüre. Alles in mir brennt. Und ich verachte mich dafür, dass seine Berührung so eine große Wirkung auf mich hat. Aber was soll ich tun? Es verleugnen? Das wäre noch schlimmer. Mein ganzer Körper verzehrt sich nach dieser Berührung und will, dass er nie wieder loslässt.

»Das ist eine hervorragende Idee, Prinzessin.«

Ich recke mein Kinn. Ich hasse es, wenn er mich so nennt. Und doch ist es persönlich. Fast schon liebevoll. Weil es etwas bedeutet, wovon nur wir beide wissen.

»So können wir uns etwas fortbilden und die Meinung einer Zofe einbeziehen.« Er sieht Lou entschuldigend an.

Die nimmt es einfach hin. Sie weiß, welche Rolle Liran hier spielen muss. Doch kann ich mir da wirklich so sicher sein? Ich tue so, als würde ich ihn kennen. Dabei sind es nur Kleinigkeiten, die ich über ihn weiß. Aber vielleicht verraten gerade die mir ziemlich viel über die Wahrheit hinter seiner Fassade.

»In Ordnung«, ruft Santos über den Tisch. Mittlerweile glaube ich, dass er immer der Lauteste und Auffälligste sein will. Gerade weil er sein Weinglas so schwingen lässt, dass etwas von dem roten Zeug auf das weiße Tischtuch tropft. »So sag uns, Zofe.«

»Lou«, verbessert sie ihn keck.

Ich habe ihr wirklich viel Mut zugetraut. So viel dann aber doch nicht.

»Also, Lou, verrate uns, wie du das siehst. Sind Heroen Beschäftigte?«

»Was sollen sie sonst sein?«, fragt sie irritiert, und ich meine, dass sie mich den Bruchteil einer Sekunde anschaut. Weiß sie etwa, wer ich bin?

»Ja, Santos, das würde mich auch interessieren«, wirft nun Gustá ein.

Ich wage einen erneuten Blick zu ihm und wieder ist da diese Vertrautheit. Nicht eine, als würde ich ihn kennen. Nein. Eher diese Art von Vertrautheit, die dir zeigt, dass dieser Mensch ein Freund werden könnte.

»Na ja«, brummt Santos und nimmt einen Schluck des Alkohols, von dem er offenbar schon zu viel hatte. »Angestellt heißt, dass sie sich bewerben und ich sie einstelle. Heroen werden geboren, um uns zu dienen«, nuschelt er eine fadenscheinige Erklärung.

»Wo ist Euer Heroer, Euer Gnaden?«, erkundige ich mich zuckersüß.

»Esta, tritt vor!« Er winkt einen Mann zu sich.

Ich halte die Luft an, als ich die Ähnlichkeit sehe. Es ist, als wären sie Zwillinge, und ich frage mich, ob es so ist. Zwillinge kommen zwar selten vor. Aber es gibt sie. Und immer ist einer rein und der andere dämonisch.

»Und was würdet Ihr sagen, wie ist Euer Verhältnis zu ihm?«

Liran drückt zu, und erst jetzt bemerke ich, dass seine Hand noch auf meinem Bein liegt. Wie konnte ich das nicht bemerken? Gleichzeitig zeigt mir diese Geste, dass ich gerade zu weit gehe. Und ja, das sehe ich ebenfalls, nur … kann ich mich selbst nicht stoppen.

»Niemand kennt mich so gut wie Esta. Und genau deshalb beschäftige ich ihn nicht.«

Ich ziehe meine Brauen zusammen, denn auch wenn Santos

trunken um eine Erklärung ringt, sagt er doch genau das, was Liran meinte und was ich hören will. Er verachtet seinen Bruder nicht. Nein. Das, was er nicht sagt, ist, dass Liebe sie verbindet und einander beschützen lässt, und nicht eine Anstellung.

»Ich verstehe«, raunt Liran sanft. »Dennoch gibt es andere. Heroen, die keinen Schützling mehr haben. Sie stelle ich nun einmal an.« Sein Blick gleitet zu Gustá, der ursprünglich wissen wollte, wer sich um Tarons Verbleib kümmert. »Und sie sind zwar ihren Schützlingen am treusten, doch sie sind loyale Kämpfer, die gut ausgebildet sind.« Als er endet, schaut Liran zu mir.

Ich senke meine Lider. Es kommt mir falsch vor, dieses Lob an die Heroen auch als Lob an mich aufzufassen. Denn ich tue nichts. Ich sitze nur hier und spiele Prinzessin. Und jetzt in diesem Moment tue ich so, als würde ich um meine eigene Heroe trauern.

Mein Blick wandert zu Esta und ich würde so gerne in seinen Kopf hineinsehen. Dann aber begreife ich, dass ich das nicht muss. Eigentlich muss ich nur genau hinschauen. Seine Augen sind liebevoll auf Santos gerichtet, sein Körper ihm zugewandt. Sein Mund zu einem kaum merklichen Lächeln verzogen. Er liebt seinen Bruder. Dafür muss ich nicht hören, was er denkt.

»Was ist eigentlich mit dir, Gustá? Wo ist dein Heroer?« Lirans Worte klingen wie ein Schwert, das einen Unbewaffneten ohne Schild ins Fleisch trifft. Und offenbar sollten sie genau das sein.

Gustás Blick wird leer. Ich sehe kurz zu Liran, dem Genugtuung ins Gesicht geschrieben steht, und empfinde Zorn.

»Du weißt genau, was mit ihm passiert ist«, knurrt Gustá.

»Stimmt. Da fällt es mir wieder ein.« Liran lacht. »War es nicht an dem Tag, als …«

»Liran!«, fauche ich viel zu laut.

Er stoppt abrupt und alle sehen mich an. Lirans Augen weiten sich kurz, dann presst er die Lippen zusammen.

»Entschuldige. Du hast recht, Aviell. Ich sollte nicht darauf herumhacken.«

»Was ist denn mit dir los?«, will der Fürst der Wollust wissen. »Der Hochmut in Person lässt sich von einer Dame zurechtweisen?«

Die Fürsten lachen, und das einzige Augenpaar, das mich weiterhin mustert, ist das von Gustá. Sein Blick, diese grünen Augen … sind mir noch näher als zuvor. Und während die anderen lachen, beginnt er zu reden. Nicht laut und auch nicht leise. Aber so voller Emotion, dass mein Herz laut schlägt.

»Ares folgte mir an einem Tag, der eigentlich sonnig war, an einen Bachlauf. Ich war gerade vierzehn Jahre alt.«

Die anderen verstummen und lauschen ebenfalls seinen Worten.

»Ich stieg hinein. Lief den Bachlauf entlang und ignorierte, dass er mich immer wieder vor der Strömung warnte. Bis sie zuschlug und mich mit sich riss.« Gustá schluckt hörbar. Seine grünen Augen liegen nach wie vor auf mir. »Er sprang hinein. Rettete mich. Das ist alles, was ich noch weiß. Doch Ares tauchte nie mehr auf.«

Stille. Niemand sagt etwas. Niemand tut etwas. Es ist eher so, als würden sie wegsehen. Versuchen, seine Trauer zu überhören, weil sie ja ach so unangebracht ist. Weil er ja nur ein Dämon war. Aber so bin ich nicht. So wäre auch Aviell nicht. Also lehne ich mich über den Tisch und greife nach seiner verkrampften Hand. »Das tut mir unendlich leid, Mylord.«

Gustás Augen weiten sich. Und dann sehen sie mich. Es ist das erste Mal, dass ich dieses vertraute Gefühl, das ich gespürt habe, ebenfalls in seinen Augen erkenne. Als wären wir verbunden. Verwandt. Ja, als würden sich unsere Seelen kennen und verstehen. Mehr noch … vertrauen.

»Lassen wir das Thema«, befiehlt Santos.

Ich lasse Gustás Hand los. Aber nicht sofort. Denn weder Taron noch Santos sind meine Herrscher. Es war dumm, das auch nur einen Augenblick lang als gegeben hinzunehmen. Ich mag nur die Heroe Navien sein. Doch hier, in diesem Moment, bin ich mehr. Ich bin die zukünftige Fürstin der Wahrheit. Ihnen gleichgestellt. Und obwohl Aviell das nie so gesehen hat, sehe ich es jetzt ganz klar.

»Aber was mir bei dem Thema Heroen einfällt, Prinzessin. Warum habt Ihr diese Narbe nicht entfernen lassen?«

Ich muss mich zusammenreißen, nicht zu zucken. Vor allem, weil ihm meine Narbe im Zusammenhang mit den Heroen auffällt. Auch wenn ich gerne behaupten würde, einzigartig und tollkühn zu sein. Das bin ich nicht. Viele Heroen vor mir haben sich das Mal herausgeschnitten, um unentdeckt zu bleiben.

»Stört sie Euch?«, frage ich und versuche gelassen zu klingen.

Wir wollen keinen Streit, ertönt Wirbel in meinem Kopf. Sie hat leicht reden.

»Es ist bekannt, dass ich der Fürst des Geizes bin, aber auch überaus stolz bin. Also ja, mich würde eine solche Narbe stören. Und wenn ich eine Handvoll Heroen hätte, die das richten könnten … ich würde es tun.«

Ich streiche mir die Strähne, die meine Narbe halb verdeckt hat, hinter mein Ohr. Santos sieht weg, so sehr scheint es ihn anzuekeln. Ich kann es ihm nicht einmal verdenken. Sie ist hässlich und sehr vernarbt. Und vor allem ist sie groß und zieht sich von meinem Kinn über meine Wange und Schläfe hinauf zu meiner Stirn. Aber ich schäme mich nicht für sie. Das werde ich nie.

Das Einzige, was ich daran nicht mag, ist, dass meine Lilie verschwunden ist. Und offenbar mit ihr mein wahres Ich. Meine Stärke. Mein Wille.

»Stolz kann man auch auf Narben sein, Mylord«, sage ich süß. Lieb. Nett. Doch nichts davon fühle ich. Wieder drückt Lirans Hand zu, und ich wünschte, Miél wäre hier. Er würde mir zujubeln.

»Kann man. Muss man aber nicht«, behauptet Santos und blickt die anderen an. Lechzt nach deren Bestätigung.

»Und warum?«

»Weil Narben ein Zeichen von Schwäche sind, Mylady.«

»Schwäche?«, hake ich nach.

Liran drückt weiter zu. »Lass das«, höre ich seine raue Stimme.

Doch das ist längst nicht mehr möglich.

»Ja. Ihr wurdet angegriffen, konntet Euch nicht wehren. Selbst Eure Heroe war nicht stark genug.«

Und das ist der Punkt, an dem ich vergesse, weshalb ich hier bin.

KAPITEL 16

»Wenn dem so ist, habt Ihr sicher nichts gegen einen Kampf, oder, Mylord? Ich hörte, dass Ihr Spiele für heute Abend geplant habt.«

Santos starrt mich an, während alle um uns herum darauf warten, was er antwortet. Und vielleicht würden sie es als ehrenhaft abtun, lehnte er ab. Aber Santos selbst nicht. Denn er ist zu stolz und geizig und will den Sieg für sich. Aus dem Augenwinkel nehme ich wahr, wie sich Gustá mit faszinierter Belustigung zurücklehnt. Und sein Blick verrät mir, dass er weiß, wer diesen Kampf gewinnen wird.

»Ihr seid eine Frau. Nicht ausgebildet«, versucht Santos abzulehnen. »Die Wettkämpfe betreiben nur wir Fürsten untereinander.«

»Ach, bin ich das? Ihr scheint vergessen zu haben, dass ich ebenfalls eine Fürstin bin.«

»Aviell«, appelliert Liran noch einmal an mich. Ich stehe jedoch auf und werde so auch seine besitzergreifende Hand los.

»Mein Vater war Fürst der Wahrheit. Sein Sohn und Nachfolger starb. Er wusste, ich würde seine Nachfolge antreten. Denkt Ihr also wirklich, dass ich weniger ausgebildet wurde als ein männlicher Nachfolger?«

Diese Erklärung scheint mir plausibel. Viel zu plausibel. So sehr, dass ich unseren Vater innerlich dafür verdamme, es bei Aviell nicht getan zu haben.

»Oder Euer Vater wusste, wie unfähig Eure Heroe ist«, kontert

Santos lachend, und das ist der Moment, in dem ich entscheide, ihn leiden zu lassen und ihn zu demütigen.

»Wie Ihr meint«, sage ich, winke eine Wache zu mir und lasse mir ihren Handschuh reichen. Dann schmeiße ich ihn vor ihm auf seinen Teller. Demonstrativ. Laut. Sichtbar für jeden.

Santos ballt die Hände zu Fäusten. Gustá lacht auf. Halem schnauft genervt, Lakros wirft mir einen anzüglichen Blick zu. Aaron wirkt, als könnte er sich nicht entscheiden, auf wen von uns beiden er nun neidisch ist, und Firas … Firas wirkt, als hätte er wirklich Angst um mich. Lirans Reaktion bekomme ich nicht mit, weil ich es nicht wage, zu ihm zu schauen.

»Wie werden Duelle bei dir ausgetragen, Santos?«, fragt Gustá. Er grinst immer noch.

»Degen«, antwortet dieser knapp und mit einem überheblichen Blick auf mich.

Ich zwinge mich, nicht die Augen zu verdrehen. Fechten ist ein eleganter Kampfsport und passt zu diesem Fürstentum. Doch er ist seicht. Eher wie ein Tanz. Aber ein Tanz, den ich nur zu gut beherrsche.

»Doch es steht mir zu, eine andere Wahl zu treffen, und von diesem Recht mache ich Gebrauch. Wir sind nicht hier, um uns zu duellieren. Ich möchte spielen.«

Liran schnaubt abfällig. »Weil Ihr denkt, dass sie fechten kann?«

»Keiner hat dich gefragt, Liran. Ich wähle …« Santos dehnt seine Worte und seine Entscheidung. Aber die wird ihn nicht retten.

»Rette die Jungfrau.«

Die Hälfte der Fürsten schreit vor Vergnügen und Lachen. Liran, Gustá und auch Firas starren den Fürsten des Geizes einfach nur an. Ich verziehe keine Miene. Obwohl ich ihm gerne sagen würde, dass das absurd ist.

Santos deutet auf einen Tisch neben uns, an dem der Rest der Fürstenfamilien zusammensitzt.

»Wir brauchen zwei Jungfrauen. Salí, Sarra, kommt her.«

Nun ist es vorbei mit meiner Zurückhaltung und ich breche in Gelächter aus. Es gehört sich nicht. Aber ich kann nicht an mich halten.

»Was ist nun?«

»Nichts, Euer Gnaden«, sage ich und fasse mich endlich wieder. Ich fühle mich schlecht.

»Hier die Spielregeln«, beginnt er, doch Gustá erhebt sich räuspernd.

»Mylord, so ungern ich dich unterbreche, aber es wäre besser, einen unbeteiligten Spielleiter zu wählen. Ich melde mich freiwillig.«

»Nun gut«, winkt Santos ab. »Dann erklär ihr das Spiel, Gustá.«

Dieser lächelt. »Zwei Jungfrauen. Im Übrigen. Sarra soll gern teilnehmen. Dass Salí nicht jungfräulich ist, wissen wir alle nur zu gut.«

Ein paar Fürsten und einige der Schaulustigen, die sich mittlerweile um uns versammelt haben, lachen leise. Santos verdreht die Augen.

»Abgesehen davon wird Aviell eine Jungfrau zugeteilt, die auf ihrer Seite ist. Sonst wäre es ungerecht. Miss Elouise?«

Lou stammelt erschrocken und überfordert los, kommt dann aber offenbar zu dem Entschluss, dass die wahre Jungfräulichkeit keine Rolle spielt, und willigt ein.

»Ihnen zur Seite werden Wachen gestellt. Und da das nicht einfach werden soll, erhält Sarra Liran und Firas als Wächter und Elouise Lakros und Halem.«

»Inwiefern ergibt das Sinn?«, fragt Santos gereizt.

»Das weißt du genau. Sympathien werden an deinem Tisch nicht verschleiert, Mylord.«

Santos schnauft. Aber Gustá hat recht. Lakros und Halem werden es mir schwer machen. Ebenso wie Liran und eventuell sogar Firas es Santos schwer machen werden.

»Verstecken bleibt aus, denn du, Santos, kennst dich hier wesentlich besser aus.«

Er schnalzt mit der Zunge, obwohl das wohl ziemlich eindeutig ist.

»Ich denke, wir schicken sie auf die Boote.«

Sarra verzieht genervt den Mund, während Lou erfreut in die Hände klatscht. »Das ist so aufregend«, flüstert sie mir zu.

Sie muss ja auch nicht schwimmen, ertönt Wirbels Stimme.

Ich allerdings beginne mich langsam zu fragen, worin die Aufgabe besteht. Muss ich etwa wirklich durch den See schwimmen und Lou aus dem Boot holen? Und ganz nebenbei gegen Lakros und Halem kämpfen, die sie beschützen sollen? Damit wäre ich eindeutig im Nachteil. Vor allem, wenn ich kein Boot benutzen darf.

Immer mehr Menschen und Heroen versammeln sich an unserem Zelt, um dem Spektakel beizuwohnen. Die Sonne geht allmählich komplett unter, hinterlässt aber noch ein gedämpftes rötliches Licht.

»Das ist nicht klug«, höre ich Liran leise murmeln.

Womöglich hat er recht. Doch ich habe keine Lust mehr, das unschuldige Mädchen zu spielen, das jeder unterschätzt. Vielleicht ist Aviell das in Wirklichkeit. Aber ich bin es nicht.

»Bringt die Jungfrauen zu den Booten!«, befiehlt Gustá begeistert, und ich sehe dabei zu, wie die Menge ihnen folgt, bis sie in den Booten sitzen. Liran wirft mir noch einen letzten warnenden Blick zu, bevor er sich zu Sarra gesellt und sein Schwert zieht.

Halem und Lakros steigen zu Lou, wobei Letzterer sie etwas zu anzüglich mustert. Ihr allerdings scheint es zu gefallen. Und obwohl Lakros mit seinen dunklen Haaren und den bernsteinfarbenen Augen wirklich attraktiv ist, kann ich es nicht verstehen. Er wirkt schleimig und lüstern. Allein das lässt ihn abstoßend erscheinen.

Die Männer beginnen zu paddeln, bis sie weit auf dem See stoppen.

Gustá tritt zu mir, während Santos hinter ihm seinen Mantel und die Krone abnimmt.

»Zeigt es ihm, Kleines«, flüstert er und schenkt mir ein Lächeln, das mir wirklich Kraft gibt. Es wirkt, als würde er an mich glauben. Ohne jeglichen Zweifel.

Ich nicke und sehe dann zum See. Lieber hätte ich einen Schwert- oder Nahkampf gewählt. Das hier wird nicht die leichteste Übung. Auch wenn ich gut ausgebildet bin und schwimmen kann. Ich habe seit einigen Wochen nichts für meinen Körper getan und Santos ist mir allein an Körper und Kraft überlegen. Also muss ich schlau vorgehen. Aber wie? Sobald ich es bis zu dem Boot geschafft habe, ist es für Lakros und Halem ein Leichtes, mich auf Abstand zu halten oder sogar mit einem ihrer Schwerter zu verletzen.

Ein lauter Ton erklingt. »Los!«, schreit Gustá und Santos springt sofort ins Wasser. Sein gigantischer Körper schwebt nur so dahin, während ich immer noch hier stehe und überlege, wie ich an Lou herankomme, wenn ich erst einmal dort bin. Würde ich mir darüber erst im Wasser Gedanken machen, hätten sie mich ausgelaugt, bevor ich überhaupt das Holz berühre. Verdammt.

Wirbel schweigt in meinem Kopf. Sie hat also auch keine Idee.

Ich könnte versuchen das Boot kentern zu lassen, aber ehrlich gesagt weiß ich nicht, ob Lou schwimmen kann. Und sie den ganzen Weg wieder hierherzuschleppen, während Lakros und Halem alles daransetzen, sie mir zu entreißen, ist ebenfalls keine gute Idee.

»Wie gewinnt man?«, frage ich an Gustá gewandt.

Er kneift die Augen ein wenig zu. »Wurde das bei Euch zu Hause nie gespielt, Mylady?«

Ich schüttle verlegen den Kopf.

»Es gewinnt derjenige, der die Hand seiner Jungfrau ergreift und sie als Erstes in die Höhe hält.«

Oh, das ist noch einmal etwas anderes. Ich sehe erneut zu den Booten. Santos ist bereits fast angekommen, und Liran und Firas wehren ihn mit den Paddeln ab.

Was soll ich tun? Wenn ich nicht langsam losschwimme, bricht Santos vielleicht durch die Abwehr der Wächter.

Ich atme und atme. Dann entdecke ich hinter den Booten eine

kleine Insel, umgeben von Farn. Vielleicht kann ich das Boot in diese Richtung lenken und so für Ablenkung durch die Sträucher sorgen.

Es ist das Einzige, was mir einfällt, also springe ich in das kalte Wasser. Es sticht auf meiner Haut und hinein in meine Lunge, aber ich schwimme gegen die Kälte an. Und vor allem schwimme ich gegen den Sog an, den mein nasses Kleid verursacht. Ich wünschte, ich hätte es ausgezogen, aber für eine Dame gehört es sich nicht, sich im Unterkleid zu präsentieren, und für eine zukünftige Fürstin schon mal gar nicht.

Ich habe also keine Wahl und schwimme weiter. Betend, dass sich der Stoff nicht irgendwo verfängt. Meine Arme brennen, wie sie zuletzt bei Übungsstunden gebrannt haben, und dann endlich komme ich bei den Booten an. Lakros lacht und hält das Paddel bereit, um mich abzuwehren. Doch ich sammle all die Luft, die in meine Lungen passt, und tauche unter. Ich kann kaum etwas sehen, muss mich also auf meinen Instinkt verlassen und schwimme auf das Boot zu. Als ich seinen Rand zu greifen bekomme, muss ich mich selbst zusammenreißen, nicht zu jubeln und damit Luft zu verlieren, die mir schon fast ausgeht. Mit all meiner Kraft schiebe ich das Boot an, was ich mir eindeutig leichter vorgestellt habe.

Ich schiebe und schiebe, bis ich keine Luft mehr bekomme und auftauche. Doch in dem Moment schlägt Lakros mit dem Paddel zu. Ich taumle und gehe unter. Schwindel packt mich, so fest hat er zugeschlagen. Ist das hier nicht nur ein Spiel? Was soll das? Als ich erneut auftauche und ein wenig Abstand zwischen mich und Lakros bringe, höre ich Halem, der ihn zornig zurechtweist. Lou schreit erschrocken.

»Willst du sie umbringen?« Halem schüttelt den Kopf.

»Ich verteidige die Jungfrau«, erklärt der mit Kalkül in der Stimme.

Habe ich ihn bisher noch nicht ausgiebig genug gehasst, so tue ich es jetzt.

Ich komme vollends zu Bewusstsein und werfe einen Blick auf das Schilf, das tatsächlich näher gekommen ist. Ein paar Meter neben mir schwimmt Santos immer wieder um das Boot herum, wird aber von Liran und Firas abgewehrt.

Ich spüre Lirans Blick auf mir. Vielleicht hätte ich auf ihn hören sollen. Aber jetzt muss ich mich auf meine Aufgabe konzentrieren.

Ich sehe erneut zu Lakros, der das Paddel im Wasser hält. Ich könnte unbemerkt hintauchen und es ihm aus der Hand reißen. Was zwar bedeutet, dass er mit seinem Schwert zuschlägt, das Boot bewegen kann er dann allerdings nicht mehr.

Mir bleibt keine Zeit, darüber nachzudenken, wie sinnvoll das ist. Nichts tun bringt mich nicht weiter, also tauche ich ein weiteres Mal unter und schwimme auf das Boot zu. Es ist gerade noch hell genug, um das Paddel zu erkennen und so packe ich es und ziehe es zu mir. Der Widerstand ist heftig. So heftig, dass ich allmählich begreife, dass ich nicht nur das Paddel, sondern auch Lakros ins Wasser ziehe. Hinter mir prallt etwas Großes auf das Wasser. Ich lasse los, schwimme unter dem Boot hindurch und ziehe mich mit all meiner Kraft hinauf. Halem begreift viel zu spät, dass ich mich auf das Boot schwinge, weil er von Lakros' Fall abgelenkt ist. Ich hieve mich und mein Kleid zu Lou, doch kurz bevor ich sie erreiche, prallt etwas gegen meine Seite. Etwas Mächtiges. Halem. Er reißt mich um und zusammen landen wir auf dem Boden. Aber immerhin nicht im Wasser. Mit all meiner Kraft versuche ich ihn von mir zu stoßen. Vor allem, weil Lakros bestimmt jeden Augenblick wieder auf das Boot kommen wird.

Und dann spüre ich es. Spüre die Macht in mir. Das Dämonische, das herausbrechen will. Ich müsste nur zugreifen. Mich diesem wunderschönen, machtvollen Gefühl hingeben und … nein. Ich wurde zum Kampf ausgebildet. Und das im Fürstentum der Wahrheit, in dem wir keine dämonischen Kräfte benutzen. Ich mag dazu stehen, wie ich will. Aber ich kann mich ohne diese dunkle Macht verteidigen. Und ich werde. Also hebe ich meine Hand, packe Halems Schulter und drücke den Punkt, den mir mein Ausbilder gezeigt hat. Den mir Mefaqed Sheva beigebracht hat. Damals, als sie mich Shor nannten.

Ich erinnere mich, wie Sheva sagte, dass ich zwar ein guter Stier sei, man seinen Gegner jedoch auch anders außer Gefecht setzen könne. Ruhiger. Leichter. Und so mache ich es jetzt und Halem verliert sein Bewusstsein. Es hat mich ein wenig mehr Kraft gekostet als bei den Jünglingen und Mädchen, gegen die ich damals gekämpft habe. Und doch habe ich es geschafft und stoße ihn von mir. Als ich mich erhebe, steht mir Lakros' triefender Körper gegenüber. Er schnauft und bebt vor Wut. Das hier ist ein echter Stier.

Ich weiche jedoch nicht zurück. Auch dann nicht, als er sein Schwert hebt. Ich habe keine Chance. Das ist ebenfalls etwas, das Sheva mir beigebracht hat. Man kann noch so stark und kampferprobt sein. Es gibt Gegner, die dir dennoch immer überlegen sein werden. Und mal ganz abgesehen davon, dass Lakros bewaffnet ist, ist er mir schon rein körperlich überlegen. Wenn so etwas passiert, sollte ich wegrennen oder nach einer Schwäche suchen. Wegrennen ist keine Option. Also suche ich nach einer Schwäche. Erst an seinem Körper, der sich nun genüsslich auf mich zubewegt. Er genießt seine Überlegenheit. Wahrscheinlich reizt es ihn sogar auf eine perverse Art. Und da habe ich seine Schwäche. Ich sehe an mir hinab. Prüfe, ob ich noch bedeckt bin. Und dann lasse ich ganz langsam meinen rechten Träger sinken. Teile meiner Brust entblößen sich. Die Seite, die mich nicht durch das schwarze Herz brandmarkt.

Lakros stockt und blickt hinab auf meine Brust. Es fehlt nur ein Millimeter und er würde meine Brustwarze sehen. Sein Kiefer spannt sich an. Er neigt sein Kinn nach vorn. Sein Gesicht ist verzerrt, als würde er innerlich kämpfen. Sein Griff um das Schwert wird fester, und ich bemerke, dass ich seine Aufmerksamkeit verliere, also entblöße ich meine Brust vollkommen. Er öffnet Mund und Augen. Blinzelt. Und ich springe vor zu Lou, die mich fassungslos anschaut, packe ihren Arm und strecke ihn zusammen mit meinem in die Höhe.

»Ich habe die Jungfrau!«, schreie ich so laut, dass meine Stimme heiser wird.

Lautes Klatschen und Jubelrufe strömen vom Ufer an meine Ohren. Ich suche nach dem anderen Boot. Aber der zornige Santos, der immer noch im Wasser ist, ist mir egal. Ich sehe nur Liran, der dort steht und mich … enttäuscht anschaut. Ich prüfe schnell, ob meine Brust weiterhin entblößt ist, und ziehe den Träger wieder hoch. Scham strömt heiß in mein Gesicht. Lirans Blick ist fast leer. Doch der Vorwurf ist deutlich. Wie konnte er das überhaupt aus dieser Entfernung erkennen?

»Du hast alles richtig gemacht«, flüstert Lou, während Lakros hinter mir laut flucht und dann zu dem übrig gebliebenen Paddel greift, um wohl so schnell wie möglich von mir wegzukommen.

Als wir am Ufer ankommen, klatschen ein paar der Anwesenden, allerdings verstummen sie, als Santos an Land stapft und seine Untertanen mit bösen Blicken straft. Ich suche nach Gustá, der mir anerkennend zulächelt, und entschuldige mich dann, um mir etwas Trockenes anzuziehen.

Als ich gerade durch die großen Glastüren in einen Saal trete, greift jemand nach meinem Unterarm. Ich will mich wehren, sehe dann aber, dass es Liran ist. Er sagt nichts, zieht mich einfach durch den Saal, bis er einen der Dienstboteneingänge hinter einem Wandteppich aufstößt und mich die Treppe hinunterschiebt. Er öffnet ein paar Türen, bis er mich in eines der Zimmer stößt. Mein Herz schlägt laut und schmerzvoll, als ich seinen zornigen Körper vor mir stehen sehe.

»Liran?«, frage ich, in der Hoffnung, dass er mich nicht zerfleischt, wenn ich seinen Namen nenne.

»Was habt Ihr Euch dabei gedacht, Navien?«, knurrt er und ballt die Hände zu Fäusten.

»Wobei, Euer Gnaden?« Zorn kocht in mir hoch, weil er mich

vor den anderen Fürsten persönlich anspricht und nun wieder die Hoheitsform nutzt.

»Erstens, Santos überhaupt herauszufordern. Und zweitens …« Er holt Luft und verzieht den Mund, den ich in dem dunklen Zimmer kaum sehen kann. Es ist nur der aufgegangene Mond, der durch das winzige Fenster fällt und ein wenig Sicht zulässt. »Euch derart zu präsentieren.«

»Zu präsentieren?« Ich schnaufe. »Ihr meint, dass ich mich entblößt habe?«

»Ja«, presst er zwischen zusammengebissenen Zähnen heraus.

»Es ist mein Körper und meine Entscheidung.«

Er kommt auf mich zu und packt meine Schultern. »Das ist es nicht.«

»Ach nein?« Ich lache und versuche ihn abzuschütteln. Es gelingt mir nicht, also weiche ich zurück, stoße gegen das Bett, und nur Liran hindert mich am Fallen.

»Ihr verkörpert Aviell. Ihr könnt Euch nicht wie eine leichte Dame benehmen.«

Fassungslos öffne ich meinen Mund, hole mit der Hand aus und schlage ihm ins Gesicht.

»Ihr wagt es, mich leichte Dame zu nennen?!«, schreie ich und Tränen laufen über meine Wangen. Echte Tränen, so wie bei Aviell.

»Wie nennt man das, was Ihr da getan habt, denn sonst?«

»Ich habe seine Schwäche ausgenutzt!«

»Und Euch dafür ausgezogen.« Sein Körper bebt. Immer wieder muss er die Augen schließen, um sich zu beruhigen.

»Das ist meine Entscheidung. Aviell wird eines Tages auftauchen, und alle werden wissen, dass ich nie würdig war. Und auch Lakros wird begreifen, dass es nie Aviell war, die sich entblößt hat. Das ist doch Eure Sorge, Euer Gnaden. Die kann ich Euch nehmen.« Ich will mich ihm erneut entziehen. Selten habe ich mich so elend gefühlt.

»Das ist nicht meine Sorge«, sagt er etwas ruhiger und hält mich weiter fest.

»Mir ist egal, was Eure Sorge ist«, schreie ich. »Ihr habt kein Recht …« So plötzlich, dass ich es erst viel zu spät begreife, spüre ich Lirans Lippen auf meinen. Ich hole erschrocken Luft. Er weicht ein wenig zurück und schaut mich an. Zorn und blaue Funken tanzen in seinen Augen. Er wirkt dennoch erschrocken über sich selbst.

»Ich will nicht, dass *dich* jemand so sieht, Navien. Nicht Aviell.« Seine Stimme ist düster und leise und legt sich auf meine Haut.

Ich will sie aussperren. Sie und die Worte. Aber sie finden einen Weg direkt in mein Herz, das zu glühen beginnt.

»Warum?«, frage ich mit zittriger Stimme.

Er antwortet nicht. Unendliche winzige Augenblicke lang. Bis ich mich abwende, um zu gehen. Er hält mich nicht fest und ich schlucke die bittere Enttäuschung herunter. Ich muss schlauer sein als das.

»Navien«, hält er mich dann aber doch auf. »Ich … weil ich der Einzige sein will, der dich so sieht.« Er dreht sich zu mir. Sein Atem geht stoßartig.

Etwas in mir will sich auf ihn stürzen. Ihn küssen. Mich ihm hingeben und dafür sorgen, dass er sich mir hingibt. Das sollte alles sein, was ich fühlen sollte. Stattdessen wandern Tränen meine Wangen hinab. Es ist ein seltsam unkontrolliertes Gefühl, das ich so nie gekannt habe. Und gleichzeitig fühlt es sich nicht frei, sondern eingeengt an. Meine Kehle zieht sich zu. Mein Magen. Meine Brust. Als würden sie Blut aus einer Wunde pressen.

»Ich werde nie sie sein, Liran.«

»Das weiß ich«, stößt er hervor. »Doch es gibt keinen Unterschied zwischen …« Er stockt, als ich mir das nasse Haar von der Narbe streife und meine Brust vor ihm entblöße. Die gezeichnete. Die, die beweist, dass ich ein Dämon bin und auch bleiben werde. Egal wie oft ich mir die Hautschichten mit einem Messer abschabe. Innen bleibe ich falsch und unrein.

Liran sieht hinab. Mustert das Mal und blickt dann wieder in meine Augen.

»Was, wenn es mir egal ist?«

Ich trete vor, nehme seine Hand und lege sie auf meine Brust. Auf das schwarze Herz. »Spürst du das?«

»Was?«

»Meine Haut. Sie ist kalt.«

»Du bist geschwommen und …«

»Liran. Wir wissen beide, dass Dämonen kalt sind. Unser Blut ist kalt.«

»Du bist kein Dämon.«

»Ach nein?« Ich schüttle den Kopf. Seine Worte sind Dinge, die ich schon tausendmal hören wollte. Aber sie ändern nichts. »Nichts ändert, was ich bin.«

»Es geht auch darum, *wer* du bist.«

»Nein. Nicht in dieser Welt.«

Er legt seine Hand an meinen Hals, sein Daumen streicht über meine Wange. »Dann ändere ich diese Welt.«

Ich sehe hinab. Entziehe mich seinen durchdringenden Augen. »Dies ist ein Versprechen, das Ihr nicht halten könnt, Euer Gnaden.«

Wieder will ich gehen, und als er mich dieses Mal festhält, weiß ich, dass ich nicht stark genug bin, mich weiter gegen das zu wehren, was ich will. Ich habe es zu lange getan. Habe jeden Schlag eingesteckt. Aufgehört, meine Eltern Mama und Papa zu nennen, obwohl ich es wollte. Ich habe nicht um Philipp und Kaleb getrauert, damit Aviell eine Schulter zum Ausweinen hat. Ich habe Abt Rejan nie den Dolch in die Halsschlagader gerammt, den ich stets bei mir trug. Er hätte es verdient gehabt. Mein Rücken beweist es. Er hat nicht nur einmal mit der Geißel zugeschlagen. Und wenn das nicht reichte, um mein dämonisches Ich zu bestrafen, musste ich stundenlang, manchmal tagelang ein Cilicium mit metallenen Zacken tragen, die sich in meinen Oberschenkel gerammt haben. Einmal hat es so sehr geblutet, dass sich Aviells Zofen darüber lustig machten, dass ich Blutungen habe und keinen Stoff eingelegt habe.

Ich hole tief Luft, um die Erinnerungen wegzuschieben.

Lirans Augen liegen immer noch auf mir. Es scheint, als würde er mir meine düsteren Gedanken ansehen.

Dann senkt er seine Lippen auf meine Schläfe und küsst mich.

»Spürst du das, Navien?«

Ich schlucke hart, nicke aber.

»Und das?« Seine Lippen wandern über meine Haut zu meinem Mund. Wieder küsst er mich. Ich nicke erneut und er wandert zu meinem Hals. Ich keuche ganz leise.

Seine Hände legen sich auf meine Hüften. »Wie sieht es hier aus?«, fragt er und sieht mich an. Seine Lider sind leicht gesenkt. Sein Mundwinkel ist leicht erhoben.

»Liran«, flüstere ich, weil diese Berührung, unser Zusammensein unangebracht ist. Und es beweist nicht, dass ich kein Dämon bin.

Er schiebt meinen Körper zum Bett. Ich bin nicht in der Lage, mich zu wehren. Nein. Ich will mich gar nicht wehren. Ich will das hier. Mehr als alles andere. Mein Körper brennt. Verlangt nach ihm. Ich empfinde Lust und dafür sollte ich mich nicht schämen. Also lasse ich zu, dass er mich auf das Bett schubst und vor mir auf die Knie geht.

»Ein Fürst kniet vor Euch. Wenn das nicht bedeutet, dass Ihr fürstlich seid, weiß ich auch nicht.«

Ich schnaube lachend. Aber das Lachen vergeht mir, als er mein Kleid zur Seite schiebt und mein nacktes Bein küsst. Erst meine Wade, dann mein Knie. Meinen Oberschenkel. Seine Berührungen kribbeln und dieses Kribbeln wandert hinauf zwischen meine Beine und löst einen verlangenden Schmerz aus.

Er stockt kurz an meinem Schenkel, schiebt das Kleid noch ein wenig höher und streicht sanft mit seinen schmalen Fingern über die Narben der Kasteiung.

»Wurdest du gezwungen, ein Cilicium zu tragen?«

Ich presse die Lippen aufeinander. Seine Lider zucken und seine Hand verkrampft sich kurz. Dann küsst er die Narben und ich schließe die Augen.

»Ich werde dafür sorgen, dass das nie wieder passiert.«

Ich nehme es so hin, obwohl ich weiß, dass er auch dieses Versprechen nicht halten kann. Aber was, wenn ich so tue, nur für diesen Moment, als könnte er es? Als könnte er wirklich die Welt verändern? Ich bin nicht dumm. Mir ist bewusst, dass es nicht so ist. Doch reicht es nicht manchmal, einen Augenblick so zu leben, als würde er nie vergehen? Vielleicht reicht das nicht für Menschen wie Aviell, die eine Wahl haben. Doch für mich, ja, für mich, da reicht es.

Lirans Hand wandert zu meiner Unterwäsche. Ganz sanft streicht er darüber und löst ein Erdbeben aus. Wie ein zarter Wind, der mehr Macht hat, als man ihm zutraut. Ich hebe meine Hüften. Strecke sie ihm entgegen. Obwohl ich nicht wirklich weiß, was ich da tue. Ja, ich habe bereits mein Bett mit jemandem geteilt. Aber ich wurde nie auf diese Art berührt.

Ich stöhne leise. Doch mit diesen Gefühlen, während er weiter zart über meine Unterwäsche streicht, kommt auch Unsicherheit und nimmt mich ein. Würden wir kämpfen, wüsste ich, was zu tun ist. Aber das hier …

»Ich weiß nicht, ob ich fruchtbar bin.«

»Was?«, fragt Liran irritiert und sieht auf.

Ich hole Luft. Das ist wirklich unangenehm. Sollte es nicht natürlicher sein? Warum tue ich das?

»Man sagte mir, ich müsse auf meine fruchtbaren Tage achten. Aber ich habe meine Blutungen so lange nicht bekommen, dass ich nicht weiß, ob … Ich will Euch nicht in eine schlimme Situation bringen.«

»Waren wir nicht beim Du?«, fragt er und erhebt sich, um sich dann vorsichtig über mich zu legen.

Ich lasse meinen Kopf sinken und ihn mein Haar zurückstreichen. »Es tut mir leid. Das hier sollte wahrscheinlich anders ablaufen.«

Liran lächelt. »Und wie? Hätten wir uns die Kleider vom Leib reißen sollen und sofort loslegen?«

»Nein, ich …«

»Zuerst einmal, Navien, habe ich nicht vor, mit dir zu schlafen.«

Ich versuche die Scham und Enttäuschung herunterzuschlucken.

»Ich will, dass du Vergnügen hast. Es ist nicht so, als würde ich dich nicht begehren«, fügt er schnell hinzu.

Dann wandert seine Hand wieder hinab in meinen Schritt und er greift zu. Ich schnappe nach Luft und sehe ihn mit weit aufgerissenen Augen an.

Er mustert mich mit Verlangen. »Dein Gesicht ist wunderschön, wenn du erregt bist.« Er hebt einen Mundwinkel.

»Und …« Seine Hand wandert hinauf und unter das Bündchen meines Höschens, wo er kurz verharrt. »Verhütung ist nicht allein die Sache einer Frau. Und über die andere Sache sprechen wir noch. Viele Fürstenfamilien mischen ihren Heroen Mittel in ihr Essen, das ihren Zyklus hemmt.«

O Gott. Das ist nun wirklich nicht das richtige Thema.

»Die Zeit, in der man dich wie das Eigentum von jemandem behandelt, ist vorbei.«

»Ich …«

Seine Hand wandert weiter hinab und berührt mich. Sein Gesicht verzieht sich, als er spürt, wie feucht ich bin. Kurz klettert Scham meine Kehle hinauf und ich presse die Beine zusammen.

»Navien«, raunt er und seine Stimme klingt anders. Wilder. Unkontrollierter.

»Das ist nichts, wofür man sich schämen sollte. Das Gegenteil ist der Fall.«

Ich schlucke. Ich bin so hin- und hergerissen zwischen Scham und Lust, dass ich nicht weiß, was ich fühlen soll. Doch als er seine Finger langsam bewegt und ich meine Beine entspanne, sind die Zweifel vergessen. Meine Gesichtsmuskeln zucken. Mein gesamter Körper. Und Liran verfolgt das alles ganz genau. Er mustert mein Gesicht mit Gier. Lust. Und jedes Mal, wenn ich den Mund leicht öffne, stöhne und zucke, leuchten seine Augen auf. Und als ich lauter stöhne, beißt er sich auf die Unterlippe. Meine Sicht verschwimmt, so schön ist dieses Gefühl und sein Anblick dabei.

»Du bist mit Abstand das schönste Wesen, das ich je gesehen habe«, flüstert er so ehrlich, dass es mein Herz bricht. Ich öffne meine Beine weiter. Spanne sie an. Lust durchströmt mich. Ich will nicht, dass dieses Gefühl endet, und gleichzeitig will ich, dass es explodiert. Dass es mich erfüllt, dass es … Ich stöhne so laut, dass Liran mir die Hand auf den Mund hält und lächelt. Und in diesem Moment erreicht dieses Gefühl den Höhepunkt. Ich kann nicht einmal mehr stöhnen. Mir bleiben die Stimme und die Luft weg. Mein gesamter Körper ist erfüllt. Lirans Finger bewegen sich noch und vollenden diese Schönheit, bis ich zucke und meine Beine zusammenpresse.

Er küsst mich. Nicht wie zuvor. Sondern mit einer sanften Härte, die mir so viel verspricht.

Und in dieser Sekunde begreife ich, dass ich nicht anders bin als alle anderen. Und dass mir dieser Augenblick nicht reicht. Ich habe eine Grenze überschritten und ich werde nicht mehr zurückkönnen. Nie wieder.

Ich habe das Gefühl, erst richtig zu atmen, als ich in meinem Zimmer angekommen bin und die Tür hinter mir schließe. Ich lehne mich dagegen. Versuche zu begreifen, was ich gerade empfinde. Das Bild von Liran und dieses Gefühl zwischen meinen Beinen zucken fortwährend durch mich hindurch.

Aber ich muss mich konzentrieren und umkleiden. Ja, ich muss zurück, wie ich es angekündigt habe. Ich war viel zu lange abwesend.

Also schreite ich zu meinem Schrank und öffne ihn. Ich greife ein weißes Kleid, entledige mich meiner Kleidung und Unterwäsche, ziehe neue an und stülpe das Kleid darüber. An meinem Bein befestige ich einen Dolch. Nach meiner Vorstellung da draußen fühle ich mich nicht sicher. Bevor ich hinaustrete, bürste ich mir mit einem Kamm durch die Haare und öffne dann die Tür. Vor mir steht Liran. Sein Blick wirkt verzweifelt.

»Was ist los?«

Er setzt zum Sprechen an, aber kein Ton verlässt seinen Mund.

»Liran?«, hake ich nach und hebe meine Hand, um seine Wange zu berühren. Er weicht zurück.

»Navien, ich …«

Verständnislos ziehe ich die Brauen zusammen. Dann jedoch ertönt rechts von mir ein Räuspern, das mir so vertraut ist wie … meine eigene Stimme. Dort im Gang steht Aviell.

KAPITEL 17

Aviells Arme sind verschränkt. Ihr Blick herablassend auf mich gerichtet.

»Avi«, stoße ich hervor und will auf sie zustürmen, doch sie hebt abwehrend die Hand. Ich stoppe und beginne zu begreifen. Sie weiß, was zwischen mir und Liran passiert ist. Und da erkenne ich Ark hinter ihr. Hat er sie geholt? Hat er ihr gesagt, dass Liran und ich uns … annähern?

»Hattest du Spaß?«

»Avi«, hauche ich, weil ich nicht fassen kann, dass sie so mit mir spricht. Dass sie mir nicht um den Hals fällt. Was ist los?

»Ich …«

»Du?«, hakt sie nach und tritt näher. Ihre dunklen Haare sind ordentlich nach hinten gekämmt. Aber ihre Kleidung ist anders. Sie trägt Hosen und ein Hemd.

»Ich wollte dich nur beschützen.«

»Indem du mit dem Mann schläfst, den ich liebe?« Ihre Stimme bricht, so verletzt ist sie.

Ich schließe meine Augen, als ihre Empfindungen in meine Seele treten. Sie liebt ihn wirklich. Was habe ich nur getan?

»Wir haben nicht …« Ich hebe meine Lider.

»Navi!«, verbietet sie mir den Mund.

Ich gehorche sofort. So wie immer. Zwar macht sie es nicht oft. Doch es kommt vor.

»Ich bin bereits seit einigen Stunden hier. Ich habe dich gespürt.«

Scham ballt sich in mir zu einer Faust.

»Es hat nichts zu bedeuten«, ertönt Lirans Stimme, und ich zwinge mich, keinen Schmerz bei seinen Worten zu empfinden. Aber diese Macht habe ich nicht. Er scheint nicht gewusst zu haben, dass sie hier ist. Ansonsten wäre er mir wohl nie so nah gekommen.

»Für dich vielleicht nicht«, sagt Aviell. Aber ich nehme kaum wahr, dass diese Worte wirklich aus ihrem Mund kommen. Vielleicht weil ich sie nie zuvor wirklich sauer oder enttäuscht wegen mir erlebt habe.

»Navien scheint es ziemlich gut in meiner Rolle gefallen zu haben.«

»So ist das nicht«, will ich mich verteidigen und setze zu einer Erklärung an. Wieder hebt Avi die Hand.

Liran sieht sie einen Augenblick fassungslos an. Und ich weiß genau, warum. Er würde niemals so mit Ark umgehen. Und ich würde gerne behaupten, dass Avi sonst nicht so ist. Sie ist es auch nicht immer. Aber oft. Schon in unserer Kindheit war es so. Warum fällt mir das erst jetzt auf? War ich vorher blind dafür? Nein. Ich habe es einfach nur für normal gehalten und in diesem Moment tue ich das nicht mehr.

»Warum bist du hier?«, will Liran nun etwas herrischer wissen.

»Ach, sind wir beim Du?«, erwidert sie zynisch.

Ich würde sie gerne fragen, was los ist. Warum sie so anders ist. Doch es hat keinen Sinn. Und ich habe Avi bereits einmal so erlebt. Damals war es auch, als wäre sie plötzlich eiskalt. Es hat zwei Tage gedauert, bis sie wieder mit mir gesprochen hat.

Liran verbessert sich nicht. Stattdessen schaut er sie auffordernd an und wirft zwischendurch einen wütenden Blick zu Ark.

»Ark bat mich zu kommen. Er meinte, dass es hier keine guten Wendungen nimmt. Und leider muss ich ihm zustimmen.«

»Avi«, versuche ich es erneut.

Sie starrt mich an, als hätte ich ihr mitten ins Gesicht geschlagen.

Und als Antwort schlägt sie mir ins Gesicht. Anschließend packt sie mein Kleid und reißt es an meinen Brüsten hinunter.

Ich schnappe nach Luft, als sie mich derart vor Liran und Ark entblößt.

»Hast du vergessen, was du bist, weil du dir deine alberne Lilie aus dem Gesicht geschnitten hast, Navien? Dann sieh hin. Sieh, was du bist!«, schreit sie durch den Gang und ich gehorche. Sehe hinab auf meine nackten Brüste und das schwarze Herz, das mich als Dämon kennzeichnet.

»Aviell«, knurrt Liran und geht einen Schritt auf uns zu. Doch im nächsten Augenblick ist alles vergessen, da nun eine andere Stimme ertönt.

»Interessant.« Es ist Lakros.

Ich greife nach dem Dolch an meinem Bein, aber dann erkenne ich Santos, Firas, Halem, Aaron und Gustá hinter ihm. Sie alle können mein Mal sehen. Sie alle begreifen, was ich bin. Und in diesem Moment erkenne ich in Aviells Augen, dass auch sie es begreift. Schmerz flackert darin. Sie öffnet den Mund, will etwas sagen. Ich spüre in ihrer Seele, dass sie mich verteidigen will, doch es ist zu spät.

»Eine Heroe«, knurrt Lakros. »Köpft sie!«

»Nein«, wispert Aviell und zieht mein Kleid hoch. Aber es hat keinen Sinn. Sie alle haben es gesehen.

Ich spüre Lirans Hand an meiner Schulter, als sie näher kommen. »Renn, Navien. Renn weg.«

»Wohin denn«, wispere ich tonlos. Mein Blick findet Gustá, der Einzige, der nicht begeistert zu sein scheint.

»Du musst über die Grenzen in mein Fürstentum. Und dann beruf dich auf Artikel vierzehn.«

»Aber …«

»Gustá wird dir helfen.« Mit diesen Worten nickt er ebendiesem zu, und Gustá rennt los, packt mich und jagt mit mir durch die Gänge.

Ich schaue zurück, doch schwarze Schatten versperren die Sicht. Das muss Ark sein.

Gustás schwielige Hände umfassen meinen Unterarm fester. »Augen geradeaus, Mylady. Bei einer Flucht sieht man nicht zurück.«

Ich will widersprechen, bis meine Instinkte einsetzen und ich begreife, was gerade geschehen ist. Was geschehen wird. Was mein Schicksal ist.

Gustá zieht mich eine Treppe hinab, bis ich mich löse. »Ich habe mich wieder gefasst«, sage ich, woraufhin er nickt und vorausgeht, während ich ihm folge.

Ich habe unzählige Fragen. Vor allem, warum Gustá mir hilft. Und wenn Gustá ein Verbündeter ist, weshalb hat er Taron dann nicht viel früher verschwinden lassen?

Ich habe Angst, höre ich Wirbel in meinem Kopf.

Ich bemühe mich, sie zu beruhigen, aber mir bleibt nicht wirklich Zeit. Genauso wenig wie mir Zeit bleibt zu begreifen, was Aviell getan hat. Sie wollte das nicht. Das weiß ich. Doch … Wie konnte sie so viel Zorn für mich empfinden? Natürlich. Sie liebt Liran, und ich habe versucht, ihn ihr zu nehmen. Nur … kennt sie ihn denn wirklich?

Wir eilen durch Dienstbotengänge, bis wir in die Küche gelangen, Gustá sich hinunterbeugt und eine Luke öffnet. »Rein da!«

Ich gehorche sofort. Es ertönen bereits wütende Schritte hinter uns. Sie sind so nah … eine Hand packt mich und reißt mich wieder nach oben.

»Da ist sie ja.« Lakros' widerliches Lächeln taucht vor mir auf.

Ich suche nach Gustá, der gerade von zwei Heroen festgehalten wird. Und dann trifft mich Lakros' Faust mitten im Gesicht. Schmerz brennt in meiner Nase und lässt meine Augen tränen.

»Lass sie los!«, knurrt Gustá und windet sich in den Griffen der Heroen. Doch sie sind zu stark.

Ich konzentriere mich darauf, den Schmerz wegzudrücken und in mir nach ihren Stimmen zu suchen. Ich muss nicht länger verbergen, wer oder was ich bin. Als ich sie leise wahrnehme, schreie ich innerlich. So laut, dass sie zusammenzucken und Gustá sich entwinden kann. Dennoch haben wir kaum eine Chance. Uns gegenüber stehen vier Fürsten. Lakros, Santos, Aaron und Firas. Dahinter drei Heroen. Mir wird übel, dennoch hebe ich meinen Dolch. Jetzt in diesem Moment wünschte ich, ich könnte meine dämonischen Fähigkeiten benutzen. Ich muss es zumindest versuchen, also befehle ich Wirbel, sich von mir zu lösen. Sie tut es sofort, und die Fürsten starren auf das Quiri, das von meinem Arm hinauf in die Lüfte steigt und ein grelles Licht verbreitet.

»Ihr beeindruckt mich ein weiteres Mal«, schnurrt Gustá neben mir.

Ich ignoriere ihn und suche in mir nach meiner Macht. Bemühe mich, daran zu denken, was Ark gesagt hat, aber allein der Gedanke an ihn sticht mir in der Brust. Er hat Aviell geholt und das alles überhaupt erst ausgelöst. Doch warum? Hatte er Angst, dass zwischen mir und Liran mehr passieren würde und dann … ja was dann? Er hätte nie mich statt Aviell gewählt. Das hätte er nicht gekonnt. Also was sollte das?

Lakros tritt vor. Ich habe keine Zeit nachzudenken, also suche ich weiter und spüre dieses überwältigend dunkle Gefühl in mir. Ich greife danach. Atme langsam ein, als würde die Luft es vollständig machen, und Schatten erscheinen an meinen Händen. Ich will sie auf die Fürsten und Heroen schießen. Aber es passiert einfach nichts und in der nächsten Sekunde sind sie bereits verschwunden. Nein!

»Das kam unerwartet«, gibt Gustá wenig hilfreich von sich und hebt sein Schwert. »Dann auf normale Art.«

Lakros lacht und stürmt auf mich zu. Ich erwarte seine Faust erneut in meinem Gesicht, stattdessen durchfährt mich ein seltsamer Schmerz an der Hüfte. Ich starre hinab. Ein Dolch steckt in meiner Seite. Lakros' Hand fest um den Griff, bevor er ihn wieder herauszieht und ich nach Luft schnappe.

Wie konnte ich so unachtsam sein? Schnell reiße ich mich zusammen, hebe mein Knie und ramme es gegen seine Hand, die sofort den Dolch fallen lässt.

»Wir können Liran nicht lange zurückhalten«, ertönt die Stimme eines Heroers von hinten.

Lakros knurrt vor Zorn und tritt gegen mein Bein. Er schafft es nur fast, mich zu Fall zu bringen. Ich hole aus und ramme meine Faust in seinen Unterbauch. Er röchelt. Doch sofort ist Santos hinter ihm und hebt sein Schwert. Will er mich hier und jetzt köpfen? Ich weiche aus, als die Klinge hinabfährt. Dann trete ich ihm gegen die Beine, erhebe mich und ramme ihm meine Faust gegen sein Kinn. Er stürzt, aber das wird ihn nicht lange aufhalten.

Trotzdem ergreife ich sein Schwert und will zuschlagen. Ja, er kniet da vor mir und ich werde ihm den Kopf abschlagen. Doch Schatten halten mich zurück. Das Schwert fällt aus meiner Hand. Sie führen mich, als wäre ich eine Puppe. Ich wehre mich. Aber ich weiß genau, dass ich mich innerlich wehren muss. Die Schatten nutzen muss, um sie zu bekämpfen. Doch ich kann es nicht. Ich bin nicht geübt darin. Ich … Ein so allumfassender Schmerz durchdringt mich, dass mein Kopf schlapp hinabsinkt. Durch Tränen sehe ich die riesige Klinge eines Schwertes in meinem Bauch. Ich huste. Nur die Schatten halten meinen Körper aufrecht. Sie halten mich fest wie Ketten und bieten ihnen allen die Möglichkeit, mich zu durchbohren, ohne dass ich mich wehren kann. Ein Mädchen. Ist das ihrer Meinung nach ein gerechter Kampf? Nein. Aber was an dieser Welt und vor allem den Fürsten ist schon gerecht? Sie sind machtgierige kranke Männer. Genauso wie es mein Vater war.

Mit all meiner Kraft hebe ich meinen Kopf, um zu sehen, wer da zugestochen hat. Es war Aaron, der Fürst des Neids. Gier steht in seinen Augen, während er ganz langsam und gemächlich die Klinge wieder aus meinem Bauch zieht. Ich spucke Blut. Das bedeutet, dass ich sterben werde. Hinter ihm erkenne ich die anderen Fürsten und Heroen. Neben mir ist Gustá durch Schatten festgekettet.

Du kannst es!, höre ich Wirbels Stimme.

Aber wie? Ich bin verwundet. Schlimm verwundet. Und ich habe nie gelernt, meine Macht zu nutzen.

Firas tritt vor. Er ist zwar füllig und dicklich, doch auch er ist stark. Aaron reicht ihm das Schwert. Als wäre das hier eine Volksbelustigung. Jeder darf mal die dumme kleine Heroe erstechen. Nein. Das darf ich nicht zulassen. Wenn ich schon sterbe, dann nicht so.

Ich schließe die Augen, greife nach dieser Macht in mir und schreie sie hinaus. Nicht nur das. Ich brülle all das Leid mit hinaus, das mir Männer wie sie angetan haben. All die Schläge, all die Schmerzen, all den Terror. Und als ich die Augen öffne, sind da keine Schatten. Ich denke schon, dass alles verloren ist, aber dann erkenne ich, dass dort Licht ist. Viel Licht. Es umgibt sie. Stößt sie nach hinten. Lässt ihre Gesichter schmerzhaft verzerrt in mein Gesicht blicken, und sie sehen mich an, als … wäre ich ihr schlimmster Albtraum. Ich schreie erneut. Reiße meine Hände aus den Ketten der Schatten und stoße sie nach vorne. Ich bin erfüllt von Macht. Von guter Macht. Von Licht.

Sie werden weiter zurückgestoßen. Aus ihren Augen fließt Blut.

»Los!«, höre ich Gustás Stimme hinter mir. Er berührt meinen Arm, aber ich schlage ihn weg. Ich will sie leiden lassen. Ich will sie mit meiner Macht zerfetzen. Ich kann mich nicht bremsen. Kann diese Macht nicht zurückhalten. Ich …

»Navien.«

Mein Herz füllt sich mit Wärme. Meine Macht zieht sich zurück. Ich blinzle. Und dann erkenne ich ihn.

»Miél«, wispere ich und meine Beine geben nach

Er fängt mich auf. Schließt mich in seine Arme und hebt mich hoch. Trägt mich die Leiter hinunter in die Gänge, zu denen mich Gustá bringen wollte. Wo auch immer Miél plötzlich herkam. Ich kann nicht mehr klar denken.

»Sie ist schwer verletzt, Miél«, höre ich Gustás Stimme.

Kennen die beiden sich? Und was macht Miél hier? Ist er gekommen, weil Liran wollte, dass er auf mich achtgibt?

»Wo ist Liran?«, fragt Gustá.

»Eingesperrt. Aber die Fürsten können ihm nichts antun.«

»Miél«, sage ich mit heiserer Stimme und öffne die Augen. Ich sehe direkt in seine eisblauen Iriden.

»Du hättest dich für mich entscheiden sollen, Shor. Es ist immer besser, nur bei einem zu bleiben.«

Ich versuche den Kopf zu schütteln, aber nicht einmal das gelingt mir.

»Was machen wir jetzt?« Gustá schaut sich in dem düsteren Tunnel um.

»Erst einmal müssen wir hier raus. Sheva und Gia warten im Wald auf uns.«

»Und dann?«, schreit Gustá plötzlich. »Sie wird sterben, Miél. Sie darf nicht sterben. Sollte das passieren, ist alles verloren.«

»Ich weiß.« Er atmet schwer, geht jedoch los. Schnell. Seine Hände umfassen mich fester. »Halt durch, kleine Shor.«

»Nenn mich nicht so«, gebe ich schwach zurück.

Er lächelt. »Dabei hast du deinem Namen doch gerade alle Ehre gemacht.«

Wir laufen unendlich qualvolle Sekunden, bis ich den Mond über mir erkenne.

»Wer hat dir diese Wunden beigebracht?«, fragt Miél irgendwann mit einer so ruhigen Stimme, dass ich die Drohung dahinter erkenne.

»Lakros und Aaron«, antworte ich in der Hoffnung, dass er sie leiden lassen wird, sollte ich sterben und nicht selbst in der Lage dazu sein.

»Du stirbst nicht«, raunt er und lässt kurz seinen Daumen über meinen Rücken streichen.

Ich prüfe, ob meine Heroenverbindung offen ist. Aber trotz meiner Verletzungen ist sie verschlossen. Woher weiß er dennoch immer so genau, was ich denke?

»Da drüben sind sie«, sagt Miél an Gustá gerichtet und geht noch ein wenig weiter, bis ich Baumkronen über uns erkenne.

»Ach, du … Was ist denn mit ihr passiert?«, höre ich Shevas Stimme. Er tritt vor und ich erkenne sein Gesicht über mir. »Shor, was hast du wieder gemacht?«, murmelt er liebevoll und legt seine Hand auf meine Brust.

»Kannst du etwas für sie tun?«, fragt Miél, der mich immer noch in seinen Armen hält.

Sheva schließt kurz die Augen, und als er sie öffnet, muss ich nicht einmal das Kopfschütteln sehen, um zu begreifen, dass er nichts tun kann.

»Gia!«, ruft Miél die Heroe zu sich. Ich bezweifle allerdings, dass sie etwas für mich tun wird. Sie hat deutlich gemacht, dass ihr meine bloße Existenz missfällt.

Dennoch tritt sie vor und berührt meine Wange. Was tut sie da? Können Heroen heilen? Das wäre mir neu. Allerdings weiß ich sowieso so gut wie gar nichts über die Kräfte der Heroen.

»Sie ist sehr schwer verwundet«, flüstert Gia und ich meine Mitleid in ihrer Stimme zu hören.

»Kannst du etwas tun?«, fragt Miél und verzieht über mir zornig den Mund.

»Ich kann ihre Blutung ein wenig stoppen. Aber heilen kann ich sie nicht«, sagt sie und schließt ihre Augen.

Macht durchströmt mich. Dieses Mal spüre ich jedoch genau, dass es ihre Macht und nicht meine ist. Der Schmerz wird ein wenig gelindert und mein Bewusstsein stabilisiert sich.

»Dann müssen wir zu ihr.« Miél wirkt sicher, doch Gustá und auch Sheva protestieren lautstark.

»Wir müssen in das Fürstentum des Hochmuts. Wenn sie hier jemand erwischt, wird sie augenblicklich geköpft«, wendet Gustá ein.

»Wenn wir jetzt in unser Fürstentum gehen, dann ist sie tot, bevor wir die Grenze überqueren.« Miél kniet sich hin und legt mich behutsam auf dem weichen Moos unter uns ab. Er bleibt neben mir in der Hocke sitzen und richtet mein Kleid, das Aviell zerrissen hat. Die Erinnerung daran lässt mich schaudern.

»Sie kann dort von Heilern versorgt werden«, sagt Gia.

Miél schüttelt den Kopf. »Wir bringen sie zu ihr. Das ist der einzige Weg, sie am Leben zu halten.«

»Und nur darum geht es hier, oder, Miél?« Gias Stimme ist scharf. Mahnend.

»Natürlich«, knurrt Miél. »Nur darum ging es doch die ganze Zeit. Dieser ganze Plan war Schwachsinn und hat sie nur in unnötige Gefahr gebracht.«

»Es war auch *dein* Plan«, mischt sich Sheva ein. Ein Vorwurf schwebt in seinen Worten mit.

»Warum ist es wichtig, dass ich lebe?«, frage ich und sehe mich in der Runde um.

Sie werfen sich unsichere Blicke zu.

»Warum?«, frage ich erneut und erhebe mich ein wenig. Ich spüre, dass Gia meine Wunden zwar ein wenig geschlossen hat, dass das allerdings nicht lange halten wird. »Hat es etwas mit diesem Licht zu tun?«

Keiner sagt etwas, bis Gia genervt die Augen verdreht. »Du bist irgendwas sehr Besonderes, falsche Prinzessin. Und deshalb brauchen wir dich.«

»Etwas Besonderes?«, stöhne ich. »Sieht das wirklich so aus?« Ich lache herablassend.

Gia nickt zustimmend. »Da hat sie nicht unrecht.«

»Sei still, Gia«, ermahnt Miél sie.

»Ist doch wahr. Schau sie dir mal an. Alles, was sie angeblich sein soll, ist sie nicht. Sie kann nicht einmal ihre Schatten nutzen. Alles, was sie kann, ist, Apokryphen zu lesen.«

»Geht es darum?«, frage ich und schaue Miél an.

Er verzieht den Mund. Seine leuchtend blauen Augen flackern. »Unter anderem.«

»Also.« Ich keuche und setze mich dennoch etwas weiter auf, halte mir den schmerzenden Bauch. »Habt ihr mir deshalb geholfen?« Ich sehe vor allem zu Gustá. »Weiß Liran davon?«

»Es war Lirans Plan.«

»Was?« Ich blinzle.

»Wir wollten es anders machen«, erklärt Gustá, »aber Liran wollte unbedingt erst dein Vertrauen, bevor du das liest, was wir brauchen, um die Fürsten zu stürzen.«

Ich schüttle den Kopf. »Liran wollte mein Vertrauen? Die Apokryphen hätte ich doch auch so für ihn gelesen.« Ich spüre, dass meine Worte nur eine Entschuldigung für ihn sind, die es nicht gibt.

»Wenn du diese Apokryphen liest, dann werden die Worte nur mit dir sprechen. Und je nachdem, was sie dir sagen, hatte Liran Angst, dass du sie für dich behältst, falls du ihm nicht vollkommen vertraust.«

»Aber was ist mit dem Plan, die Fürsten auszuspionieren und sie glauben zu machen, wir hätten uns verliebt?«

»Ablenkung«, kommt es von Gia.

»Ablenkung für wen? Für mich?« Sie schweigen und das schmerzt. »Liran wollte also nur erreichen, dass ich mich gebraucht und wichtig fühle, und gleichzeitig, dass ich *was*? Mich in ihn verliebe, während ich es vorspiele?« Meine Stimme ist laut und hoch. Höher als sonst. Die Enttäuschung umklammert meine Kehle und drückt zu. »Und du wolltest das auch?« Ich sehe Miél entsetzt an. Er war es, der mit dieser dummen Idee ankam, ihre Schwächen herauszufinden. Dabei ging es von Beginn an nur darum, mein Vertrauen zu erschleichen.

Miél nickt.

»Aber warum habt ihr dann gegeneinandergearbeitet?«

»Wir wollten nur sehen, ob du Liran schon genug vertraust, um mich abzuwehren.«

»Und als ihr begriffen habt, dass ich keinem von euch wirklich traue, habt ihr entschieden, dasselbe zu wollen? Mir zu erzählen, dass ihr beide wollt, dass ich spioniere?«

Wieder dieses Schweigen. Ich will schreien. Stattdessen sammle ich all meine übrig gebliebene Kraft, nehme den Kopf zurück und lasse meine Stirn auf Miéls Kopf prallen.

Er taumelt ein wenig benommen nach hinten, und ich wünschte, ich könnte diesen Moment mehr genießen. Aber Schmerz durchflutet mich. Sheva lacht laut auf.

»Shor, ich weiß schon, warum du meine beste Schülerin warst.«

»Halt dein Maul, Sheva«, ruft Miél und wendet sich mir zu.

»Hör zu, Kleines. Ich sichere dein Überleben. Aus welchen Gründen, kann dir gerade egal sein. Also mach mich lieber nicht wütend.«

»Das macht dich wütend?« Ich hole aus und will ihm die Nase brechen. Dieses Mal aber packt er mein Handgelenk und hält mich auf. Zu dumm nur, dass meine Linke genauso stark ist wie meine Rechte. Ich breche ihm zwar nicht wie beabsichtigt die Nase, aber ich lande einen dröhnenden Schlag gegen seine Wange und das Auge.

»Verdammt, Navien«, knurrt er und umgreift meinen Arm fester. »Ich bin nicht dein Feind.« Es kostet ihn sichtlich Mühe, mich nicht anzuschreien.

»Wer ist dann mein Feind?«

»Die Fürsten.«

»Also auch Liran?« Ich spucke die Worte förmlich aus. Denn in mir spüre ich, dass mein Zorn vor allem ihm gilt. Noch vor einer Stunde war ich ihm so nah. So … Ich erschaudere.

»Liran ist etwas anderes«, mischt sich Gustá ein.

Ich schnaufe verachtend. »Er hat mich benutzt. Genau wie ihr. Und genau wie all die Menschen in meinem Leben.«

Sie schweigen eine ganze Weile, bis Gia das Wort ergreift. »Wenn du sie zu ihr bringen willst, dann sollten wir jetzt los.«

»Wer ist *sie?*«, frage ich, während Miél sich seinen Kiefer reibend erhebt und mir die Hand entgegenstreckt.

»Ich gehe davon aus, dass du selbstständig laufen kannst, falsche Prinzessin, da du schon wieder in der Lage bist, Schläge auszuteilen.«

Ich verkrampfe den Kiefer, als er mich so nennt. Und weil ich genau weiß, dass ich es nicht weit schaffe. Dennoch ergreife ich seine Hand nicht und verschwende aus kindischen Beweggründen das bisschen Kraft, das ich besitze, um allein aufzustehen. Meine Beine fühlen sich fremd und schwer an.

»Wer ist *sie?*«, frage ich erneut.

Miél sieht mich fest an. »Sie ist eine Heilerin. Eine mächtige.«

»Und was unterscheidet sie von den anderen Heilern?«, hake ich nach und denke an die Heiler, die mir in meinem Leben schon begegnet sind. Und da begreife ich es. Die Heiler, die die Fürstin damals verarzteten, als sie krank war, waren Menschen. Und ich gehe stark davon aus, dass er von einer dämonischen Heilerin spricht. Mein Blick gleitet zu Gia. Auch sie hat offenbar heilende Kräfte. Warum wusste ich nicht, dass Heroen so etwas können? Warum weiß ich rein gar nichts über meine Art?

»Sie ist eine Heroe«, erklärt er. »Und du wusstest sicher nichts davon, dass Heroen so etwas können, weil du dein Leben lang für dumm verkauft wurdest, falsche Prinzessin. Und du hast einfach akzeptiert, dass du schlecht und böse und dämonisch bist.«

»Das bin ich auch«, fauche ich und kann nichts gegen die Schuld tun, die sich in mir zu einem Kloß ballt. Aviells Blick hat es mir verraten. Ich habe Dinge getan. Verbotene Dinge mit dem Mann, den sie liebt. Ich bin falsch und böse und hinterhältig.

»Das bist du nicht durch dein Blut. Was du sonst so tust, ist deine Sache.«

»Und du?«, frage ich voller Zorn. Wir sind noch nicht tief im Wald und so schimmert hier der Mond durch die Baumkronen. Doch vor uns liegt Dunkelheit. Die anderen beginnen bereits darauf zuzuschreiten. Entweder, weil sie es leid sind, sich mein Selbstmitleid anzuhören, oder weil sie Miél und mich allein lassen wollen. Er hat sich abgewandt, dreht sich aber nun wieder zu mir und ich sehe das tiefe Rot meines Schlags auf seiner Wange und eine kleine Platzwunde an seiner Stirn. Seine dunkelblonden lockigen Strähnen sind vorn ein wenig rot gefärbt von dem Blut. Seine drahtige, mächtige Statur ist so angespannt, als würde er jede Sekunde einen Baum ausreißen. Er wirkt mitgenommen und doch wunderschön.

»Was ist mit mir?«, will er wissen, und ich beginne mich zu fragen wo der Miél hin ist, den ich kennengelernt habe. Der witzige, forsche Miél. War das auch nur ein Spiel?

»Du hast mich genauso benutzt wie Liran. Ist das etwa gut?«

»Ich habe dich benutzt?« Er lacht und kommt näher. »Das habe ich keine Sekunde lang. Ich habe dir gesagt, was ich will. Und ich habe dir gesagt, dass ich nur dich will und nicht teile. Und du hast zugelassen, dass ich dich küsse und berühre, nur um anschließend mit Liran zu ficken.«

Ich stoße erschrocken die Luft aus, die ich unbemerkt angehalten habe. Diese Ausdrucksweise lässt mich erschaudern.

»Wir haben nicht … das getan, was du da sagst.«

»Ach nein? Was dann, falsche Prinzessin?«

»Nenn mich nicht so.«

»Wie sonst? Heroe? Hure des Fürsten?«

Ich öffne fassungslos den Mund und will ihn wieder schlagen. Doch er hebt die Hand. »Spar dir deine Kräfte. Ein drittes Mal schlägst du mich nicht ohne Konter.«

»Du willst eine Frau schlagen?«

Er lacht. Laut und so ausgiebig, dass ich unsicher werde.

»Du willst eine Frau sein, die Rechte hat und sich anmaßt, einen

Mann zu schlagen, wenn er dir gerade helfen will. Aus dem Hinterhalt? Aber verlangst, dass kein Mann die Hand gegen dich erhebt. Wie selbstgerecht du doch bist.«

»Was ist eigentlich dein Problem, Miél? Dass ich Liran nah war statt dir?«

»Dass du Liran *und* mir nah warst«, verbessert er mich und die Wahrheit seiner Worte trifft mich unerwartet.

»Ich muss mich vor dir nicht rechtfertigen, Miél. Du hast genug Frauen in deinem Leben gehabt, da bin ich mir sicher. Und ich würde Gold darauf verwetten, dass du bereits zwei Frauen an nur einem Tag hattest.«

»Du besitzt ja aber Gott sei Dank kein Gold, Schummlerin.«

Ich schüttle zornig den Kopf und schreite voran. Doch meine Beine machen nicht mit, weshalb ich direkt in seine Arme stolpere. Ich verfluche meinen Körper und meine Schwäche innerlich dafür. Und noch mehr dafür, dass sich seine Berührung so gut anfühlt. Sein Geruch ist mir so vertraut, dass ich strauchle. Ich höre seinen Atem an meinem Ohr.

»Es tut mir leid. Das mit der Hure hätte ich nicht sagen dürfen«, raunt er und ich nicke nur. Denn genau in diesem Moment fühle ich mich genau wie das, als was er mich bezeichnet hat. Gerade war ich Liran so nah. Wollte bei ihm sein. Und jetzt fühle ich etwas bei Miéls Berührungen? Das kann einfach nicht sein. Das *darf* nicht sein.

»Du solltest dir Liran dennoch aus dem Kopf schlagen.«

»Das habe ich bereits«, lüge ich in der Hoffnung, dass es wahr wird, wenn ich es nur oft genug sage.

»Und nun komm.« Er legt meinen Arm um seine Schulter, die viel zu hoch ist, und hilft mir beim Gehen. Das macht er allerdings nur ein paar Schritte, bis er mich auf seine Arme hebt und trägt. Ich lasse es zu. Vor allem, weil ich keine andere Wahl habe. Ich bin wirklich schwer verwundet. Aber vielleicht mag ein kleiner Teil in mir auch diese Nähe. Ich fühle mich geborgen. So wie ich mich nie gefühlt habe, obwohl ich es mir als Kind so oft gewünscht habe, wenn ich wieder einmal mit schrecklichen Verletzungen im Bett lag und vor Schmerzen in mein Kissen geschrien habe.

KAPITEL 18

Als das Fieber mich heimsucht, höre ich auf, mir immer wieder einzureden, Miéls Nähe nicht zu mögen. Und ich denke auch nicht mehr an Liran. Daran, dass ich am liebsten zu ihm gehen würde, damit er mir alles erklärt. Obwohl ich eigentlich weiß, dass es keine gute Entschuldigung gibt. Er hat mich gebraucht und benutzt. Dennoch schwebt Hoffnung in mir. Schwebte, denn jetzt kann ich nur noch versuchen, gegen die Übelkeit und dieses Schwindelgefühl anzukämpfen. Ich übergebe mich ein paarmal, zum Glück ohne dabei Miél zu erwischen. Außerdem kitzeln die nassen Schweißperlen in meinem Gesicht meine heiße Haut. Ich wundere mich, dass sie nicht zischen und verdampfen. So heiß fühle ich mich. Mein Atem pfeift und geht schwer. Dann spüre ich etwas Nasses an meinem Bauch und weiß, dass die Wunden wieder zu bluten beginnen.

»Sie braucht Hilfe«, höre ich Shevas Stimme. Oder ist es Gustá? Ich bin so benommen und höre alles so verzerrt, dass es auch Gia hätte sagen können.

»Wir sind gleich da.« Diese Worte spricht Miél und sie gelten mir.

Ich will reagieren, aber mein Körper gehört nicht mehr zu mir. Als hätte jemand das Band, das meinen Verstand und ihn verbindet, durchgeschnitten.

Dunkle Flecken tanzen vor mir. Sie machen mich krank. Sie bereiten mir Übelkeit, und dann höre ich erneut Miéls Stimme. »Wir sind da, falsche Prinzessin.«

»Ich hab es nicht verdient zu leben«, hauche ich und zucke, als mich die Flecken überrennen.

»Das ist nicht wahr.«

»Ich habe ihr Erbe stehlen wollen.«

»Das ist ebenfalls nicht wahr. Wir wissen beide, dass du das für sie getan hast«, raunt Miél und ich erkenne, nein, ich spüre und rieche, dass wir in eine Hütte getreten sind. Ganz sanft legt er mich auf einer Pritsche ab und streicht mir die nassen Strähnen aus dem Gesicht.

»Und nur damit du es weißt, Navien. Es waren sie. Die Fürsten, die unser Erbe gestohlen haben. Die Urfürsten, deren stolze Nachkommen sie sind, sind Dämonen. Das weißt du.«

Meine Lider flackern. Ja, das weiß ich. Ich kenne die Geschichten der Fürsten der Unterwelt und wie sie nach dem Krieg gegen die Lichtwelt hier an die Oberfläche kamen und ihre Fürstentümer ausbauten.

»Sie haben uns kleingemacht. Unser Erbe gestohlen und uns eingeredet, weniger wert zu sein. Dabei sind wir die mit den Gaben. Vergiss das nicht.«

Es ist das Letzte, was ich höre, bevor ich die gütigen Augen einer alten Frau sehe und mein Bewusstsein verliere.

Als ich wieder aufwache, sitzt Miél neben mir auf einem Stuhl. Sein Auge und seine Stirn sind blau. Er wirkt müde und ausgelaugt, dennoch reagiert er sofort, steht auf und setzt sich hinter mich auf die Pritsche, um meinen Körper zu sich hochzuziehen. Mein Rücken brennt an seiner Brust. Er nimmt ein Glas Wasser und hält es mir an den Mund. Ich trinke so lange, bis mir übel wird, und hebe dann meine Hand. Er stellt den Becher weg und streicht mir sanft über das Gesicht.

»Wie fühlst du dich?«

»Als hätte mich jemand mit einem Schwert durchbohrt«, gebe ich krächzend zurück. Miél lacht. Ich spüre die Bewegung seiner Brust in meinem ganzen Körper.

»Glaub mir. So fühlt es sich nicht mehr an.«

»Es fühlt sich fast schlimmer an«, brumme ich und versuche meinen Kopf selbstständig zu halten, gebe es aber auf und lasse ihn gegen seine Schulter sinken.

»Weil du wieder bei vollem Bewusstsein bist und nicht mehr vollgepumpt mit Adrenalin. Das ist gut.«

»Schön, wenn du das gut findest«, seufze ich. »Wie lange habe ich geschlafen? Und wo sind wir?«

»Nicht lange, dennoch müssen wir bald weiter. Wir befinden uns im Fürstentum der Völlerei, und da gelten sehr strenge Regeln für Heroen, die in Ungnade gefallen sind.«

In Ungnade gefallen. Das ist es also, was ich getan habe?

»Warum hier?«

»Das Fürstentum der Völlerei hat die beste Vegetation und damit Landwirtschaft. Nona sagt, an diesem Ort wachsen die besten Kräuter, und die braucht sie. Also lebt sie hier.«

Ich nehme seine Worte kaum wahr und sehe hinab auf meinen Arm, wo ich Wirbel entdecke, die verdächtig still ist. Sie muss uns gefolgt sein und sich irgendwann wieder mit mir verbunden haben. Vielleicht ist sie so schweigsam, weil sie mir bei der Heilung hilft.

»Ametist und ihr Bruder sind aufgetaucht. Liran hat sie geschickt.«

Ich stöhne. Auf die beiden kann ich wirklich verzichten. Alles, was sie machen, ist, ständig zu kichern und sich über mich lustig zu machen.

Gleichzeitig füllt Wärme meine Brust, weil Liran etwas an mir liegt.

Jetzt ist es Miél, der stöhnt. Vermutlich hat er erneut meine Gedanken durchschaut.

»Eine gute Nachricht habe ich. Gia mag Ametist auch nicht. Vielleicht habt ihr damit eure erste Gemeinsamkeit gefunden.« Er zuckt mit den Schultern.

»Na super.«

»Du solltest dich freuen. Ab jetzt darfst du wieder eine Heroe sein und musst dich nicht von Bastarden wie Taron schlagen lassen.«

»Eine Heroe auf der Flucht«, verbessere ich ihn. »Und was passiert, wenn wir in eurem Fürstentum sind? Was ist dieser Artikel vierzehn?«

Miél steht auf, wahrscheinlich um sich anzusehen, ob ich allein sitzen kann. Es schmerzt, aber ich schaffe es und setze mich vollständig auf. Begutachte den düsteren Raum. Überall hängen getrocknete Pflanzen von der Decke und ich kann einige Mörser und Töpfe mit Wasser erkennen. An dem Vorhang, der hinausführt, baumeln Fuchspfoten. Ich weiß, dass sie in einigen Kulturen von damals als Schutz vor Eindringlingen genutzt wurden.

»Liran hat dieses Gesetz eingeführt. Es bedeutet, dass alle Heroen, die geköpft werden sollen, sich jedoch auf diesen Artikel berufen, in den Dienst des Fürsten treten dürfen.«

»Ich werde also eine Heroe von Liran?«

»Mal sehen, wie er dich einsetzt.«

Ich atme schwer. Ich werde also so wie Ametist. Eine Verstoßene ohne Schützling, die Liran dient. Wahrscheinlich gibt es schlimmere Schicksale. Und doch ist es gerade in diesem Moment unvorstellbar, dem Mann zu dienen, der fast mein Freund war. Er war der Erste, der mir immer das Gefühl gegeben hat, ihm gleichgestellt zu sein.

»Ich denke, dass er dich in Aviells Dienste stellen wird. Also alles beim Alten.«

Alles beim Alten … wenn das so einfach wäre.

»Kannst du aufstehen?« Miél hebt interessiert die Brauen.

Ich sehe an mir hinab. Ich trage andere Kleidung. Eine Lederhose, ein Hemd und eine Lederweste. Besser als das Kleid.

»Hatte sie etwas mit alldem zu tun?«, frage ich, was ich nicht fragen wollte. Seit sie vor mir stand, seit ich aufgeflogen bin, will ich nicht darüber nachdenken, ob auch Aviell nur mit mir gespielt hat. Ob sie deshalb bei diesen Rebellen geblieben ist. Weil alles zum Plan gehörte. Und was, wenn dieser Verrat noch weiterreicht? Wenn das Fürstentum der Wahrheit einfach nur das erste war, das sie stürzen wollten? Gestürzt haben. Das hieße, dass all die Toten, Aviells Entführung und meine Rettung geplant waren. Geplant von denjenigen, denen ich vertraut habe.

»Du solltest warten, bis wir im Fürstentum des Hochmuts sind, bis du all die Fragen stellst, die dir auf der Seele brennen, Navien. Ich bin nicht der Richtige, um sie dir zu beantworten.«

Ich schlucke hart und nicke, denn eigentlich war das bereits Antwort genug. Ich komme mir dumm vor. Naiv, blind, kindisch. Wie konnte ich all das nicht sehen? Hätte ich es sehen können? Hätte ich es müssen?

Ich schüttle die Gedanken ab und versuche aufzustehen. Es gelingt mir, auch wenn ich wackelig auf den Beinen stehe. Eine Bewegung zieht meine Aufmerksamkeit auf den Eingang der Hütte, durch den gerade die ältere Dame tritt, die ich gesehen habe, bevor ich das Bewusstsein verloren habe.

»Wie es scheint, bist du wohlauf«, haucht sie und ihre Stimme klingt fast wie die einer jungen Frau. Doch ihr faltiges Gesicht wirkt alt. Genauso wie ihre blauen Augen, über die sich ein grauer Schleier der Zeit gelegt hat. Die Furchen in ihrem Gesicht werden tiefer, als sie Miél anschaut.

»Miél, mein Herz, hier sind ihre Medikamente.« Sie streicht ihm liebevoll über die Wange und reicht ihm dann ein Lederbündel.

»Danke, Nona«, entgegnet er und schenkt ihr ein warmes Lächeln, wie ich es nie zuvor bei ihm gesehen habe. Aber allein die Bezeichnung Nona, die so etwas wie Großmutter bedeutet, ist ein Zeichen von tiefer Anerkennung und Liebe.

»Ihr müsst jetzt gehen. Sie sind nah«, sagt sie, als wäre sie nicht mehr bei uns, sondern weit weg bei den Fürsten. Als würde sie sie sehen.

»Das tue ich, Liebes«, bestätigt sie und schenkt mir ein Lächeln.

»Ich sehe sie durch die Augen der Tiere und der Wind verrät es mir.«

Ich stocke und weiß nicht, was ich denken soll. Sie hat gerade meine Gedanken gelesen. Gleichzeitig hat sie mir erzählt, dass sie durch die Augen von Tieren sehen und mit dem Wind reden kann. Das sind eindeutig zu viele Informationen.

»Wir haben unsere Spuren hierher verwischt und werden es auch auf dem Rückweg tun. Sie werden nicht wissen, dass du uns geholfen hast.«

»Danke.«

»Danke dir, Nona.« Er beugt sich vor, küsst sie auf die Stirn und reicht mir dann seine Hand.

Ich brauche einen Augenblick, bis ich sie ergreifen kann. Dieser Mann, der da vor mir steht, ist ein anderer Miél, als ich dachte. Er ist höflich, liebevoll. Er ist treu und loyal. Aber warum wundere ich mich überhaupt noch, sie alle haben nur eine Rolle gespielt, egal was er behauptet.

Ich atme tief durch und lass mich dann von ihm aus der Hütte führen, wo die anderen bereits warten. Wir befinden uns mitten im Wald. Und auch hier sieht es anders aus als bisher. Der Forst gleicht eher dem von Lirans Fürstentum. Nur dass die Bäume in dieser Umgebung älter und verwinkelter wirken. Als wären ihre Stämme und Äste über Jahrhunderte so gewachsen, wie sie es wollten. Die Holzgewächse sind mächtig und riesengroß. Sie verleihen diesem Ort eine mystische Ausstrahlung.

»Shor, du siehst blendend aus«, begrüßt Sheva mich, und ich bin dankbar, dass unter ihnen wenigstens eine Person ist, die mich nicht hasst.

Ametist und ihr Bruder mustern mich abfällig, während Gia nicht einmal hochschaut. Gustá hasst mich zwar nicht, doch er hat deutlich gemacht, dass er mich vor allem wegen des Plans am Leben halten wollte.

»Wir haben ein Pferd mitgebracht«, sagt Ametists Bruder dann.

Ich glaube, er heißt Laro, wage es aber nicht, ihn so zu nennen, falls ich falschliege.

Als sie dafür stimmen, dass ich reite, will ich ablehnen, doch bevor ich mich weigern kann, legt Miél seine Hand auf meine Schulter.

»Du reitest, ansonsten hältst du uns nur auf und bringst uns alle in große Gefahr.«

Ich atme tief ein, nicke dann und lasse mir von ihm aufhelfen.

Es dauert keine Stunde, bis ich mich nicht mehr halten kann, weshalb Miél zu mir steigt und meinen Körper an sich presst. Ich hasse es, wie sehr ich diese Berührung mag. Wie viel Sicherheit sie mir gibt, während ich doch eigentlich Liran so nah war. Ich fühle mich falsch und kann trotzdem nichts dagegen tun.

»Berühre ich dich gerade an deinen Verletzungen oder an Stellen, die dir gefallen? Ich kann deine rasche Atmung nicht ganz deuten, falsche Prinzessin«, schnurrt er in mein Ohr.

Ich erschaudere. Und zu allem Überfluss reagiert mein Körper mit Gefallen auf diese Worte.

»Beides«, gebe ich zurück.

Er lacht heiser. »Ich wette, du wünschst dir, dass du dich für mich entschieden hättest.«

»Warum, weil es jetzt zu spät ist?«

»Das entscheide ich noch.«

Ich lächle schwach. »Habe ich ein Mitspracherecht?«

»Hast du. Aber du hast längst eine Wahl getroffen. Schade nur, dass er dich erst verraten musste, um dich in meine Arme zu treiben.«

»Ich habe keine Entscheidung getroffen und will es auch nicht, Miél. Es ist einfach passiert.«

»Und der Kuss mit mir? Ist der ebenfalls einfach passiert? Ich gehe davon aus, dass du Liran zu diesem Zeitpunkt schon … anziehend fandest.«

Ich stöhne. Warum müssen wir darüber reden? Was hat das für einen Sinn?

»Liran wird meine Schwester heiraten.«

»Hhm, ja, das wird er.«

Ich nicke nur. Mein Mund wird trocken. Er hat mich verletzt. Oder eher das, was ich erfahren habe, hat mich verletzt. Warum also denke ich überhaupt an ihn?

»Du solltest dir einen besseren Bettgespielen suchen. Nur so als Vorschlag.«

»Miél«, brumme ich. »Ich liebe Liran nicht. Ich kenne ihn kaum, und wie es scheint, sogar noch weniger, als ich dachte. Ich habe einfach nur eine dumme Entscheidung in einem Moment getroffen, in dem ich mich zu ihm hingezogen gefühlt habe. Mehr ist es nicht.« Mein brennendes Herz straft mich Lügen. Doch ich ignoriere es. Denn wenn ich ehrlich bin, mag ich Liran. Sehr. Aber auch Miél. Egal wie dumm das ist. Ändern kann ich daran nichts. Es ist, als würden sie fast dasselbe in mir auslösen. Als würde mein Körper völlig identisch reagieren, sobald sie mir nah sind. Nur dass ich mit Liran etwas mehr Zeit verbracht habe.

»Es ist nicht so verwerflich, wie du denkst, sich zu zwei Menschen hingezogen zu fühlen. Verwerflich wird es erst dann, wenn man sich nicht irgendwann entscheidet.«

Ich entgegne nichts. Was sollte ich schon sagen?

Wir schweigen eine halbe Ewigkeit. Mein Körper wird immer schwächer und tauber, bis wir endlich Rast machen. Dabei habe ich im Gegensatz zu den anderen auf einem Pferd gesessen. Dennoch schmerzt mein Po und vor allem meine verletzte Hüfte und mein Bauch. Auch wenn sie eher taub wirken. Und obwohl Miél mich die letzten Stunden gehalten hat, entspannen sich meine Muskeln erst, als ich absteige und mich vor einen Baum setze, an den ich mich lehne.

»Wir sollten keine Rast machen«, zischt Gia Miél zu, der neben mir steht.

»Lass mich das entscheiden, Gia«, raunt er und sieht mich auf eine seltsame Art an.

»Miél, es dämmert gerade erst.« Unverständnis steht in ihren Augen, aber ich kann nicht länger hinschauen, weil mein Körper zur Seite kippt und unsanft auf einer Wurzel landet. Ich hätte mir keinen Flachwurzler aussuchen sollen, um zu ruhen. Doch es ist mir egal. Ich bleibe einfach liegen. Spüre nichts mehr. Nur dass mir kalt ist. Vor allem meine Hüfte und meine Beine sind es. Wie kann das sein? Ich bin eine Heroe. Mir war nie zuvor kalt.

»Gia«, knurrt Miél ihren Namen, »du gehst jetzt zu den anderen und stellst nicht weiter meine Entscheidungen infrage.«

Sie zischt noch etwas, dann aber höre ich ihre Schritte, kurz bevor ich Miéls Arme unter meinen Kniekehlen und meiner Taille spüre.

»Ich will schlafen«, sage ich und winde mich.

»Psscht«, macht Miél und trägt mich weiter. Bis ich einen Wasserfall oder etwas in der Art höre.

Ich blinzle und sehe zu einem See, an dessen Ufer er mich trägt.

»Ich will nicht baden. Mir ist kalt«, beschwere ich mich, doch Miél trägt mich in das Wasser. Es ist kalt, und als es nur meine Hände und Füße berührt, wehre ich mich erneut.

»Was soll das?« Ich will mich von ihm lösen, wobei mir sein tiefer Blick begegnet.

»Navien, ich würde dich gerne baden. Ohne dass du dich zierst, mich schlägst, beißt oder mir eine Kopfnuss verpasst.«

Ich bin zu schwach und entscheide mich, ihm zu vertrauen. Vielleicht muss er meine Wunden reinigen?

Er watet weiter ins Wasser hinein und stellt mich dann ab, um mir die Schuhe und die Hose auszuziehen. Anschließend schiebt er mein Oberteil hoch und reinigt tatsächlich meine Wunden. Die alte Frau hat sie genäht.

»Dort am Ufer liegt eine trockene Hose. Sie gehört mir, aber mit mehr kann ich nicht dienen.« Er verzieht den Mund.

»Das Satteltuch werde ich später reinigen.«

Ich schließe die Augen. Und dann wird mir klar, dass er mich nicht nur der Wunden wegen ins Wasser gebracht hat. Das hier ist der Inbegriff von unangenehm. Schlimmer noch.

»Wahrscheinlich ist eins der Dinge, die du so an Liran magst, wie belesen er ist. Auch du scheinst eine Vorliebe dafür zu haben.«

Ich presse die Lippen aufeinander und werde unsicher, vor allem weil das fast aus dem Nichts kommt. »Doch lass dir eins gesagt sein, falsche Prinzessin. Diese Geschichten mögen heroisch und wunderschön sein. Aber sie sind eben doch nicht echt. Verwundet zu werden, fast zu sterben und wieder zu heilen, ist nichts, was nach außen hin schön ist. Deine Wunden sondern Wundwasser ab. Ich bin froh, dass es kein Eiter ist. Und das nicht, weil es mich anwidern würde, sondern weil es bedeutet, dass du noch einen Tag länger lebst. Du hast dich auf dem Weg zu Nona unzählige Male übergeben. Du hast geblutet und Urin verloren.«

Ich starre ihn einfach nur an. Das, was er da sagt, ist schrecklich. Aber es ist die Wahrheit. Und die scheint ihm nicht das Geringste auszumachen.

»Es ist nicht schön, fast zu sterben. Aber es ist schön, dass sich deine Wangen rot färben, wenn ich darüber spreche. Denn gestern hatte ich noch Angst, dass sie das nie wieder tun würden.«

»Danke«, flüstere ich und sehe dann aus Scham zum Ufer, als würde ich nach der Hose suchen.

»Ich drehe mich gerne um, während du hinausgehst und dich anziehst.«

»Nicht nötig«, presse ich hervor. Und meine es genau so. Ich habe keine Angst, dass er mich in dieser Situation auf eine unangebrachte Weise ansieht. Und selbst wenn. Was könnte intimer sein als das, worüber er gerade geredet hat? Was könnte mehr zeigen, wie viel ich ihm, aus welchem Grund auch immer, bedeute, als das, was er gerade gesagt hat? Sollte es mich da wirklich stören, nackt von ihm gesehen zu werden? Nein. Zumindest tut es das nicht.

»Ich wasche mich selbst, und dann komme ich zum Lager, um dir die Salbe aufzutragen.«

Ich nicke, und kurz bevor ich hinaustrete, wende ich mich noch einmal um und küsse ihn auf die Stirn. »Danke, Miél.«

Am Ufer angekommen, schlüpfe ich in die dunkle, lockere Hose, die zum Glück an den Hüften zwei Schnallen hat, damit ich sie mir an der Taille festziehen kann.

Barfuß laufe ich zurück zum Lager, wobei ich einige Sträucher und Äste mitnehme, weil ich weiterhin wackelig auf den Beinen bin. Als ich ankomme, mustert Gia mich mit einer abfälligen Miene. Ich hoffe, dass sie es dabei belässt. Als ich mich jedoch gerade setzen will, kommt sie auf mich zu.

»Was soll das?«

»Was soll was?«, frage ich schwach und wünschte, ich wäre nicht verwundet. Ich würde gerne gegen sie kämpfen. Das wollte ich schon von der ersten Sekunde an.

»Deinetwegen müssen wir Rast machen, und warum? Weil Madame sich dreckig gefühlt hat? Oder wolltest du nur Zweisamkeit im See?«

Für einen kurzen Moment schließe ich die Augen und atme. In letzter Zeit allerdings klappt diese Taktik der Selbstbeherrschung nur bedingt.

»Es tut mir leid, dass mich ein Dolch und ein Schwert durchbohrt haben, Gia. Wirklich. Es tut mir leid«, stoße ich hervor.

Sie prustet. »Darum geht es hier nicht.«

»Doch, genau darum geht es!«, schreie ich sie an. Aber selbst das klingt kläglich. Ich schaue zu den anderen, die sich hinter ihr versammelt haben und uns mit interessierten Mienen beobachten. Bis auf Sheva sehen sie so aus, als würden sie Gias Meinung teilen.

»Es geht nicht um deine Verletzung, sondern darum, dass du eine Extrawurst willst.«

»Das ist nicht wahr«, gebe ich zurück und verziehe das Gesicht.

»Ach nein? Wir sollten keine Rast machen, Heroe. Wir sollten weiter, denn nicht nur dein Leben steht auf dem Spiel. Aber das ist dir egal, oder? Hauptsache, du kannst mit Miél baden. An einem Tag den Fürsten, am anderen den ausgestoßenen Bruder.«

»Ich bin verletzt und ich wollte nicht …«

»Also war es Miéls Idee? Willst du uns das wirklich weismachen?«

Ich berühre meine Schläfe. Sie redet zu laut und zu viel. Ich kann mich kaum konzentrieren.

»Gia, lass das, sie ist verletzt und braucht nun einmal mehr Rast«, mischt sich Sheva ein.

»Das ist keine Entschuldigung! Sie saß auf einem beschissenen Pferd. Wenn Miél ihretwegen etwas passiert, dann …«

»Ich habe mich eingepinkelt!«, flüstere ich so, dass nur sie es hören kann. Gias Augen weiten sich erschrocken. »Ich habe mich, den Sattel und Miél eingepinkelt, ohne es selbst zu bemerken.« Ich spüre, wie mir Tränen über die Wangen laufen. »Ist das für dich ein ausreichender Grund dafür, dass Miél angehalten hat?« Ich schluchze, obwohl ich die Worte stark sagen will.

Neben mir erkenne ich nun Miél, der den Mund verzogen hat. »Hier ist ja ein richtiges Fest im Gange«, stellt er fest und ich werfe einen Blick auf seinen nackten Oberkörper. Doch so schnell ich kann, wende ich mich erneut Gia zu, die mich immer noch verstört anschaut. Ihre Lippen zucken.

»Tut mir leid«, presst sie dann, anscheinend gegen ihren Willen, hervor. Es ist seltsam, ihr dabei zuzusehen. Als würde ihr Körper implodieren.

»Muss es nicht«, hauche ich schwach. »Ich verstehe dich sehr gut. Und hätte wahrscheinlich genauso reagiert.« Ich zucke mit den Schultern. »Und wer geht schon davon aus, dass sich eine erwachsene, ausgebildete Heroe in die Hosen macht.«

Warum auch immer, aber jetzt ist es mir egal, wer es erfährt, also sage ich es nicht flüsternd. Es ist passiert und ich muss mich nicht schämen.

Sheva ist der Erste, der lacht. Doch er lacht mich nicht aus. Er lacht mit mir. Daraufhin stimmen sie alle mit ein und ich bin ihnen so dankbar dafür. Selbst Ametist und ihr Bruder kichern. Aber diesmal machen sie sich nicht über mich lustig, sondern lachen über die Situation. Lachen mit mir.

KAPITEL 19

Wir entscheiden uns, die Nacht über ein Lager aufzuschlagen, und Miél schickt Ametist und ihren Bruder los, um Liran zu berichten, dass wir in zwei Tagen eintreffen werden. Wir sind immer noch im Fürstentum der Völlerei, aber die Grenze zu Lirans Herrschaftsgebiet ist wohl nicht mehr allzu weit entfernt.

Ich sitze an einem winzigen Feuer und wärme mich, als Miél zu mir tritt. Gustá, Gia und Sheva lehnen ein wenig entfernt an Bäumen.

»Ich musste mich, jetzt, da ihr Freunde seid, mit Gia darum prügeln, dass ich dir die Salbe auftragen darf«, erklärt er und hebt einen Mundwinkel.

»Sehr witzig, Miél«, sage ich und verdrehe leicht die Augen. Aber ein Lächeln kann ich nicht verbergen.

»Na gut, prügeln musste ich mich vielleicht nicht.« Er setzt sich und deutet auf mein Oberteil.

Ich hebe es an und sehe das erste Mal wirklich hin. Die Narben bereiten mir keine Probleme. Sie sind da. So wie es die anderen vor ihnen waren. Was mich wirklich an ihrem Anblick kränkt, ist, wie leicht es den Fürsten gefallen ist, sie mir zuzufügen, als sie wussten, dass ich nicht Aviell, sondern ihre Heroe bin. Als wäre ich in diesem winzigen Moment zu einem Unmenschen geworden. Kein Lebewesen mehr, das fühlt. Einfach etwas, das man ermorden kann, ohne zu zögern. Ein Nichts. Eine Heroe eben. Doch sosehr ich damals geglaubt habe, dass Heroen genau dieses Nichts sind, so sehr glaube ich jetzt, dass das nicht wahr ist. Ich lebe und ich will leben. Ich habe ein Herz, das schlägt und fühlt.

Miél berührt meine Wunden fast ein wenig grob. Aber ebenfalls zart. Fast so, als würde er mich nicht für ein zerbrechliches Wesen halten. Gut so. Als er fertig ist, nehme ich ihm die Salbe ab und schmiere etwas davon auf seine Platzwunde an der Stirn.

»Du kannst ziemlich ungezogen werden.«

Ich zucke nur mit den Schultern. Die Salbe lindert meine Schmerzen verdächtig gut.

»Wer wagt einen Kampf?«, fragt Miél plötzlich und unerwartet in die Runde.

»Wirklich? Wir sollten unsere Kräfte schonen.«

»Mhm«, macht Miél und ignoriert Shevas Einwand.

»Ich.«

»Du kannst noch nicht kämpfen, Navien.«

»Aber ich will sehen, wie du kämpfst.« Ich stehe auf und greife nach einem Messer, um mich kampfbereit hinzustellen. Sie alle starren mich mitleidig an.

Das geht nicht gut aus, ertönt Wirbels Stimme in mir.

Na super. Nicht einmal sie glaubt an mich.

»Ich will ja nicht richtig kämpfen. Sondern wissen, wie du mich angreifen würdest. Und was ich tun kann.«

Miél verengt seinen Blick, dann greift er nach einem Schwert, schmeißt es nach oben und fängt es an seinem Griff, nur um es kurz danach bis kurz vor meinen Hals sinken zu lassen.

»Anders als in deinen und Lirans Büchern, nicht wahr?«

Ich stocke. »Was soll anders sein?« Miél benimmt sich seltsam.

»Na ja, normalerweise bringt der Liebende eine seiner Wachen dazu, die Geliebte zu unterrichten. Er sieht nur zu und wirft ihr heiße Blicke zu, bis er erkennt, dass sie nicht richtig kämpft, und selbst in den Ring tritt. Peng puff. Ein heißer Kampf entbrennt.« Er grinst und sieht sich um. »Bin ich nicht ein viel besserer Geliebter aus einer Erzählung? Gia?«

»Nein«, antwortet die, immer noch lässig an dem Baum lehnend.

»Autsch.«

»Sheva?«

»Du wirst es selbst merken.«

Ich hebe meine Brauen. »Zwei Dinge, Miél«, sage ich und hebe zwei Finger. »Erstens.« Ich senke einen. »Du weißt ziemlich viel über diese Liebesromane, die ich und Liran lesen. Zu viel.«

Er zuckt gelassen mit den Schultern.

»Zweitens wärst du längst tot.«

Er lächelt immer noch.

»Ach wirklich, falsche Prinzessin?« Er hebt sein Kinn, was ihn überlegen wirken lässt, und ich sehe hinab auf den Dolch, den ich auf seine Milz gerichtet habe. Er ist … er besitzt keine Klinge mehr. Sie ist geschmolzen. Miél hat sie mit seiner Macht schmelzen lassen. Ich rieche den Schwefel viel zu spät und blicke wieder auf.

»Willst du dir ein neues *Zweitens* aussuchen? Mir hat dieses Spiel nämlich überaus gut gefallen. Du hattest dabei etwas atemberaubend Heißes an dir.«

Ich atme.

»Dir ging es nicht darum, etwas von mir zu lernen. Du wolltest Überlegenheit demonstrieren. Das geht nie gut aus. Lass dir das gesagt sein.«

Ich schlucke und versuche, keine Scham zu empfinden.

»Ich hatte einen guten Lehrer, also ja. Mir ging es nicht darum, etwas Neues zu lernen«, gebe ich zu.

Sheva klopft sich selbst auf die Schulter.

»Aber ich wollte dir etwas zeigen.« Ich nähere mich ihm. So nah, dass ich seinen Atem auf meiner Haut spüren kann. Eine seiner Locken kitzelt meine Schläfe. Und dann streiche ich mit meinen Lippen über seine und ergreife sein Schwert. Innerhalb von Sekunden drehe ich es und schlage zu. Doch genau wie er zuvor halte ich vor seinem Hals inne.

»Wenn du einem überlegenen Gegner gegenüberstehst, nutze

seine Schwäche.« Als ich bei diesen Worten zu Sheva sehe, nickt er mir stolz zu.

»Genau das hast du bei Lakros getan, nicht wahr?«, wirft Gustá ein.

Ich lasse das Schwert sinken und presse die Hand auf meine Wunde im Bauch. Auch etwas, was Miél belächeln könnte, denn in einem meiner Bücher wäre die Protagonistin längst geheilt und würde wieder kämpfen.

»Das habe ich«, gestehe ich ohne Scham.

»Das war klug und mutig.«

»Mich zu entblößen war mutig?«

»Du hast was?« Miéls Stimme klingt plötzlich zornig. Ich hätte eher erwartet, dass er fragt, warum er bei den spannenden Dingen immer nicht anwesend ist. Aber das hier ist der ernste Miél und ihm scheint das gar nicht zu gefallen. Nur zu gut, dass ich ihm keine Rechenschaft schulde.

»Ich habe Lakros meine Brust gezeigt, damit er mich nicht tötet, und ihn damit überwältigt und den Kampf gewonnen«, sage ich nüchtern.

Gia beginnt zu lachen. Aber es ist ein anerkennendes Lachen.

»Findest du das witzig?«, fährt Miél sie an.

Gia verstummt sofort und schüttelt den Kopf.

Ich blinzle. »Was soll das, Miél?«

Ach, du Scheiße, der ist sauer.

Ich verscheuche Wirbel.

»Was soll was? Die Tatsache, dass ich es nicht unterhaltsam finde, dass du dich vor einem Mann ausziehst, dessen Todsünde die Wollust ist?« Seine Stimme überschlägt sich.

»Miél«, versuche ich ihm zu sagen, dass das nicht seine Sache ist, aber sein Gesichtsausdruck lässt mich zögern. Hinter dieser herablassenden Geste versteckten sich echte Trauer und Zorn. Dennoch bin ich nicht sein Eigentum.

»Ich darf mich ausziehen, vor wem ich will und warum ich will.

Ich kann kaum fassen, dass ich das schon wieder jemandem erklären muss.«

»Bis es zu weit geht und du nach Hilfe rufst.«

Ich öffne den Mund. »Was?« Es ist, als würde er mir gerade sagen, dass ich selbst schuld wäre, wenn ein Mann wie Lakros sich einfach nehmen würde, was er will.

»Ich habe ihm keine Einladung geschickt weiterzugehen.«

»Ach«, lacht Miél. Gustá erhebt sich hinter ihm. »Und Liran? Hast du ihm eine Einladung geschickt? Oder wolltest du da, dass er von sich aus merkt, was du willst?«

»Miél, das meinst du nicht so«, versucht Gustá ihn zu beruhigen, doch Miél stößt ihn von sich. »Wag es nicht, mich anzufassen, Gustá.«

Gustá … gehorcht. So wie sie alle gehorchen. Immer.

»Bist du ihr Anführer?«, frage ich lachend. Wobei ich mir diese herablassende Belustigung hätte sparen können.

Miél legt den Kopf schief. »Entschuldige, falsche Prinzessin, dass ich mich noch nicht vorgestellt habe. Man nennt mich den Fürsten der Unterwelt.«

Ich schiebe die Brauen zusammen, weil ich diese Bezeichnung tatsächlich schon einmal gehört habe. Aviell hat sie kurz vor dem Angriff erwähnt und später auch Lou, immer im Zusammenhang mit einer Rebellion. Ich habe kurz gedacht, dass es der Mann mit der Maske sein könnte, der die Heroenfamilie gerettet hat.

»Miél«, knurrt nun Sheva. »Was zum Teufel ist los mit dir?« Er steht auf und packt ihn an den Schultern. Dann sieht er ihm tief in die Augen. Als er wieder zu uns blickt, steht Panik in seinen Iriden.

»Quiris«, formt er mit seinen Lippen, und ich begreife erst, als Wirbel vor Angst wimmert. Aber sie ist doch ebenfalls ein Quiri. Normalerweise dienen sie jedoch diesem düsteren Wesen und …

»Was können sie?«, frage ich Wirbel.

Blenden. Sie blenden die Menschen und Heroen.

O nein. Das ist es, was mit Miél passiert. Er ist geblendet vor Wut, und wenn es ihn erwischt hat, dann … In der nächsten Sekunde spüre ich einen Schlag gegen meine Schläfe. Gia. Sie steht lachend neben mir und schüttelt ihre Faust. Ich hingegen versuche bei Bewusstsein zu bleiben.

Ich schaue zu Miél, der immer noch zornig wirkt und nichts tut.

»Miél?«, rufe ich ihn. Er sieht sich um, bis sich unsere Blicke treffen. »Miél«, wiederhole ich, und da begreife ich, dass er die einzige Person ist, die es für mich gerade lebenswert macht. Meinem Leben einen Sinn gibt. Wie auch immer das passieren konnte. Er ist genau das.

Seine Augen nehmen einen weichen Ausdruck an und er tritt zu mir. »Navien. Alles in Ordnung?« Seine Stimme klingt normal.

»Hier ist ein Gurra«, flüstere ich und sehe mich um. Gia geht mittlerweile auf Gustá los, der sie, ohne zu zögern, umrennt und schlägt.

Ich konzentriere mich auf die Dunkelheit um uns herum. Auf … und dann entdecke ich die finstere Gestalt hinter den Sträuchern.

»Da ist er«, sage ich und gehe auf ihn zu. Er bewegt sich nicht. Was ein Vorteil ist, da ich in diesem Zustand nicht rennen könnte. Ich bin immer noch barfuß und trete auf kleine Äste und Moos. Spüre Miél hinter mir. Langsam hebe ich meine Hand und bringe ihn so zum Stehen.

Ich bin die Einzige, die der Gurra mit seinen Quiris nicht blenden kann. Da bin ich mir sicher. Nicht nur, weil ich Wirbel auf meiner Haut trage, sondern weil ich schon bei meiner ersten Begegnung mit einem Gurra sein wahres Ich sehen konnte.

Was will er?, frage ich Wirbel in meinen Gedanken.

Gurras ernähren sich von dämonischem Blut, haucht sie.

Ich erstarre. Warum hat der andere Gurra mein Blut dann nicht genommen oder es zumindest versucht?

Ich denke, er war nicht stark genug, weil er meine Geschwister alle getötet hat. Wirbel klingt aufgelöst.

Und auch ich werde nervös, als ich plötzlich direkt vor ihm stehe und in das schwarze Gesicht blicke, das eigentlich kein Gesicht ist. Seine spitzen weißen Zähne blitzen auf. Dann legt er den Kopf schief.

»Was bist du?«, fragt er und seine Stimme überzieht meine Haut mit einem Schauer.

»Eine Heroe«, gebe ich zurück und spüre, dass sich Miél nähert.

»Warum kann ich dich dann nicht blenden?«, hakt er nach, als wäre ich ein exotisches Tier, das er gerne studieren würde.

»Bleib zurück, Miél«, fordere ich, doch diese Entscheidung bereue ich, als der Gurra ihn fixiert und ich plötzlich Miéls Klinge an meinem Hals spüre.

»Ihn kann ich blenden.«

»Miél, das ist nicht echt«, versuche ich ihn herauszuziehen. Aber ich weiß nicht einmal, woraus. Ich habe nicht den blassesten Schimmer, wie die Macht des Gurras wirkt.

Wirbel? Was soll ich tun?, frage ich in meinen Gedanken.

Sie schweigt. Na super. Sonst hat sie zu allem etwas zu sagen, doch jetzt schweigt sie?

Die einzige Möglichkeit, die ich sehe, ist, dass die Quiris aufhören, ihn zu schützen. So würde sein wahres Gesicht hervortreten und keiner wäre mehr geblendet.

Hinter mir höre ich Gias lauten Schrei, ignoriere ihn jedoch. Stattdessen versuche ich mich daran zu erinnern, in welchen Situationen Wirbel meinen Körper verlassen hat, während Miéls Klinge zudrückt. Ich keuche. Und noch mehr, als mir bewusst wird, dass ich ihr immer befohlen habe, mich zu verlassen. Bis auf einmal, als sie zu schwach war, weil sie das Gift in sich aufgenommen hatte, mit dem Taron mich vergiftet hat.

Das ist keine Option. Ich kann und will nicht alle Quiris, die ihn schützen, vergiften. Das wäre nicht richtig, und ich wüsste gerade auch nicht, wie ich an Gift herankommen sollte. Also brauche ich einen anderen Plan. Und den sollte ich schleunigst parat haben, denn Miél wirkt tatsächlich, als würde er mich töten, sollte ich nur *eine* falsche Bewegung machen.

Kannst du mit den Quiris kommunizieren?, frage ich Wirbel und höre ein zustimmendes Geräusch. Aber es ist kaum wahrnehmbar. Sie hat Angst. Verdammt. Sollte ich sie dann wirklich Kontakt zu ihnen aufnehmen lassen? Leider gibt es keine andere Möglichkeit.

Du musst mit ihnen sprechen. Sag ihnen, dass sie in Sicherheit sind, wenn sie sich von ihm lösen.

Er wird sie alle töten, wispert sie.

Ich verziehe den Mund, atme tief ein, befehle Wirbel, sich von mir zu lösen, und suche in mir nach dieser Macht. Sie ist da. Ich weiß es. Meine Gedanken wandern zu Ark und seinen Worten. Vielleicht hat er recht, und ich kann meine Kräfte nur nicht nutzen, weil ich sie für schlecht halte. Weil ich sie abstoße. Aber wie ändere ich das? Ich denke an Miél. Daran, wie gut er im Inneren ist und dass er diese Welt besser machen will. Ich denke an die Worte, dass die Fürsten uns unser Erbe gestohlen haben. Muss daran glauben, dass es wahr ist. Nicht nur, weil es mir hilft, sondern auch, weil ich es spüren kann. Ja, es ergibt Sinn. Wir Heroen sind nicht nur viel eher die wahren Nachfahren, weil wir genau wie sie dämonische Kräfte besitzen. Wir sind eigentlich sogar stärker als sie. Und doch haben sie es geschafft, uns kleinzuhalten.

Als ich das begreife, auch wenn ich es noch nicht vollends glaube, spüre ich plötzlich etwas Neues. Es ist nicht meine Macht. Es ist … ein anderer Geist. Es ist Miél. Ich spüre ihn. Spüre eine Verbindung, wie die zu den anderen Heroen im Fürstentum der Wahrheit, nur dass diese hier stärker ist. Tiefer geht. Ich höre nicht seine Stimme. Ich fühle und vernehme seine Gedanken. Ich spüre den Krieg, den er gerade ausficht. *Miél*, flüstere ich durch diese neue Heroenverbindung. Und ich kann fühlen, wie die Fesseln, die seinen Geist gefangen halten, sich lockern.

Ich schärfe meinen Blick. Selbst wenn ich Miél aus dieser Manipulation befreie und er mir kein Messer mehr an die Kehle hält, ändert das nichts an der Lage. Also richte ich meinen Geist auf den Gurra. Er ist vielleicht kein Heroer. Aber er trägt dämonisches Blut in sich. Und vielleicht kann ich … Die Wucht seiner grausamen Gedanken und die Bilder, die dabei in meinen Geist strömen, lassen mich nach hinten taumeln. Ich pralle gegen Miél, der das Messer fallen lässt und mich irritiert von oben anstarrt. Der Gurra kreischt auf. Wahrscheinlich verhindere ich seinen Einfluss auf die anderen, indem ich in seinem Geist herumwühle. Ich straffe meine Schultern und trete vor. Festige diese seltsame Verbindung und versuche die Bilder auszublenden. Bilder, wie er Menschen zerfetzt und ihre Überreste isst. Mir wird speiübel.

»Raus aus meinem Kopf!«, faucht er unmenschlich.

»Dabei ist es doch so wunderschön in deinem Kopf«, entgegne ich und trete noch näher. Sein Mund mit den weißen spitzen Zähnen reißt auf.

»Raus!«, kreischt er, aber ich ziehe an den Bildern wie an einem Band. Ich reiße ihn zu mir. Ich … verschlinge seinen Geist. Und dann erscheint ein grelles Leuchten. Die Quiris lösen sich von ihm.

Miél keucht erschrocken auf, als er zu begreifen scheint, wie dieses Monster wirklich aussieht.

Ich hebe meine Hand und balle sie zur Faust. Der Gurra schreit bestialisch auf. Denn meine Macht zerquetscht seinen Geist. Ich drehe meine geballte Hand. Der Widerstand ist so groß, dass ich glaube, meine Muskeln würden reißen. Doch im nächsten Moment schnellt meine Hand zur Seite und der Gurra fällt in sich zusammen.

Keuchend sinke ich auf die Knie. Ich weiß nicht, wie viel Zeit vergeht, bis ich mich umdrehe und in fassungslose Gesichter starre. Ich presse die Lippen aufeinander, als ich Scham spüre.

»Hat sie gerade seinen Geist mit ihrer Macht zerstört?«, fragt Gia ungläubig.

»Sie hat ihn zerquetscht«, verbessert Gustá. »Als wäre er ein Insekt.«

Ich schlucke bittere Galle. Schlucke und schlucke, bis ich nicht mehr gegen den Drang meiner Kehle ankomme, all das loszuwerden, was ich gerade getan habe.

Ich übergebe mich. Schon wieder.

»Navien«, höre ich irgendwann Miéls sanfte Stimme. Ich wische mir den Mund mit dem Ärmel ab und sehe zu ihm hoch. In mir breitet sich eine Leere aus, die ich nicht begreife. Dieses Wesen war böse und widerwärtig. Ich musste es töten, und doch schmerzt die Vorstellung, wie ich es getan habe und wie leicht es mir fiel. Wie sehr mich meine dämonische Seite in diesem Moment eingenommen hat und keine Güte mehr in mir war.

»Du hast nichts Falsches getan. Das weißt du, oder?«

Ich schließe kurz die Augen. »Ist das so?«, frage ich und werfe einen Blick auf die Quiris, die sich zu einem Schwarm zusammengetan haben und wie ein riesiger Lichtball aussehen. »Was ist mit ihnen? Wir können nicht für sie alle die Verantwortung übernehmen.«

»Das müssen wir auch nicht«, sagt Miél und seufzt. »Sie können ohne Gurra leben, und es geht ihnen sogar besser, wenn sie frei sind. Sie sind nicht allein, so wie es dein Quiri war.«

Ich nicke trostlos.

»Ich denke, dass es besser ist, die Nacht durchzulaufen und nicht weiter zu rasten«, entscheidet er dann und richtet sich mit Befehlen an die anderen.

Mir ist immer noch übel. »Kannst du ihnen sagen, dass sie frei sind?«, frage ich Wirbel und stupse sie leicht an.

Sie bejaht und fliegt zu ihnen.

Währenddessen erhebe ich mich, und dabei schmerzt mein Körper, als wäre jeder meiner Muskeln mit Säure gefüllt. Warum fällt es mir so schwer? Ich wurde ausgebildet, um zu töten, und doch ist es für mich schlimmer, es mit meiner Macht zu tun, als mit meinen bloßen Händen? Das ergibt keinen Sinn.

Vielleicht ist es aber lediglich das Gefühl, meine dämonische

Macht genutzt zu haben. Vielleicht kämpft mein Herz damit, es wirklich als gute Macht anzuerkennen, wenn diese Kraft so etwas anrichten kann. Und noch schlimmer war dieses Gefühl in mir. Die Dunkelheit, die mich eingenommen hat.

Ich schlucke die Gedanken herunter und lasse mich von Miél auf das Pferd hieven. Die Satteldecke verstaut er in einer Tasche. Zum Waschen ist er nicht mehr gekommen. Auch diesen Gedanken versuche ich auszublenden.

Wir reiten durch die Dunkelheit, bis wir ein wenig Abstand zu den anderen haben und Miéls Stimme neben meinem Ohr ertönt.

»Es ist nichts Verwerfliches an diesem Gefühl.«

»An welchem?«, frage ich und recke mein Kinn.

»Sich zu der Dunkelheit hingezogen zu fühlen.«

Ich schlucke. Vor allem, weil er so genau weiß, was mich beschäftigt.

»Ach nein?«, hake ich nach, da kein weiteres Wort meine Lippen verlassen könnte.

»Nein. Die Dunkelheit ist ein Teil von dir, falsche Prinzessin.« Ich schlucke schwer. Meine Kehle brennt. »Deshalb fühlst du dich auch zu mir hingezogen.«

Ich pruste. »Das tue ich nicht.«

»O doch«, sagt er und ich kann das Grinsen in seiner Stimme hören.

»Du hast mich belogen und …« Ich stocke kurz. »Du bist dieser Fürst der Unterwelt.«

»Und ändert das etwas?«

»Ja, Miél. Das alles zusammen … Ihr braucht mich für irgendetwas. Und jetzt, da ich gesehen habe, was für Mächte in mir schlummern, begreife ich auch, warum. Was ich nicht verstehe, ist, woher ihr das wusstet. Und warum nicht wenigstens du ehrlich warst.«

»*Wenigstens ich* heißt, dass du es von mir mehr erwartet hättest als von Liran?«

Ich nicke nur.

»Und warum?«

»Weil du genau weißt, wie es ist, im eigenen Körper gefangen zu sein. Benutzt zu werden. Immer nur ein Mittel zum Zweck zu sein. Kein eigenständiges Lebewesen. Und kaum löse ich mich von den Menschen, die mich so behandelt haben, stolpere ich in die Arme der nächsten, die mich nur benutzen wollen.«

»Ich würde dich nie benutzen, falsche Prinzessin.«

»O doch. Und du entscheidest für mich. Genauso wie Liran. Ihr entscheidet, dass ich mich im Fürstentum des Hochmuts stellen soll, um in Lirans Dienste entlassen zu werden. Was, wenn ich lieber verschwinden würde? Wegrennen würde, irgendwohin, wo mich niemand findet?«

»Und wo soll das sein?«

»Ich habe einmal gehört, dass in Ustas verstoßene Heroen leben.«

»Das hast du gehört?« Ich kann sein Schmunzeln quasi vor mir sehen. »Ustas ist die Hölle unserer Erde. Dort herrscht nur Chaos, Dreck und Brutalität.«

»Und das lassen die Fürsten zu?«

»Es liegt auf keinem ihrer Gebiete. Was außerhalb der Fürstentümer passiert, ist nicht ihre Sache, und glaub mir, Navien, du willst weder in Ustas noch in einem der anderen Städte sein.« Er redet ganz ruhig und so verdammt mächtig. Als könnte er mit seiner Stimme Kriege auslösen und gewinnen.

Ich schnaube. »Weil du mich ja auch so gut kennst.«

»Ich kenne dich besser, als du denkst«, schnurrt er und umfasst meinen Bauch ein wenig fester. Hitze durchströmt mich. Kann das sein? Warum reagiere ich so auf ihn, wenn noch vor Kurzem Liran meinen Körper all das fühlen lassen hat?

»Was war das, was ich da getan habe? Und können das alle Heroen?«

»Nein. Das, was du da getan hast, kann in diesem Ausmaß wohl nur einer«, erklärt er ruhig und rau. Seine Stimme beruhigt mich. Es ist, als wäre sie mir schon immer vertraut.

»Du?«, frage ich, obwohl ich die Antwort bereits kenne.

»Ja, ich.«

»Habe ich seinen Geist getötet? Seine Seele und damit ihn?« Meine Stimme zittert, und doch hört sie sich stärker an, als ich mich fühle.

»Ja.«

»Es war schrecklich. In dem Moment hat die Dunkelheit zwar alles warm und weich gemacht. Mächtig und erfüllend. Aber einen Wimpernschlag später war da diese Leere in mir. Als hätte ich nicht nur seine Seele, sondern auch meine beschädigt.«

Miél schweigt einen Moment. Dann räuspert er sich und lehnt sich weiter an mein Ohr.

»Ich schwöre dir, dass ich mit all meiner Macht zu verhindern versuche, dass du das je wieder tun musst.«

Ich sage nichts dazu, stattdessen frage ich, was mir die ganze Zeit auf der Seele brennt.

»Was ist an mir? Warum braucht ihr mich?«

Miél versteift sich hinter mir. »Ich würde viel dafür geben, dir das sagen zu können, Navien. Aber Worte sind in deinem Fall sehr mächtig. Und einmal ausgesprochen, würden sie etwas entfesseln, wofür weder diese Welt noch du bereit bist.«

Ich verenge meinen Blick. Worte. Redet er davon, dass Worte zu mir sprechen können? Die Worte der Apokryphen zum Beispiel?

»Bitte akzeptier das.«

»Das sagt sich so leicht. Ich fühle mich mit jeder Silbe, die du sprichst, mehr und mehr hintergangen.«

»Du könntest mir aber auch einfach glauben, dass ich dich nur beschütze.«

»Ach, ist es das, was du die ganze Zeit tust? Warst du deshalb nicht mehr da, nachdem ich vergiftet wurde? Obwohl du mich vorher …« Ich spreche nicht weiter. Obgleich ich gerade einen Gurra getötet habe, schäme ich mich auszusprechen, dass er mich geküsst hat. Und dass ich mir gewünscht habe, er wäre bei mir aufgetaucht, hätte nach mir gesehen.

»Es ging nicht.«

»Warum? Weil Liran dich nicht dahaben wollte?«

»Unter anderem.«

»Und warum noch?«

»Weil …« Er stockt. »Weil das zwischen uns nie eine gute Idee war.«

»Da ist nichts zwischen uns«, zwinge ich mich zu sagen, statt ihn zu fragen, wie er das meint und warum. Ich will es nicht hören. Denn tief in mir weiß ich längst, dass ihn etwas hemmt. Genauso wie mich. Und wahrscheinlich ist es bei uns beiden Liran.

Wir reiten, bis die Sonne langsam aufgeht. Und dann höre ich Pferde hinter uns. Ich blinzle, weil ich halb geschlafen habe, und sehe mich um. Ametist und ihr Bruder halten bei uns.

»Alles in Ordnung?«, fragt Miél.

Ametist wirft ihm einen vielsagenden Blick zu. Nur dass er mir leider nichts sagt.

»Können wir allein sprechen?«

»Ich habe weder Geheimnisse vor den hier Anwesenden noch Zeit. Also sprich!«

Ametist kräuselt ihre Lippen, schaut kurz zu mir und schließlich wieder zu Miél.

»Die Verlobung zwischen Liran und Aviell wurde bekannt gegeben.«

Meine Brust gefriert so schnell zu Eis, dass ich nicht einmal etwas fühlen kann.

»Wie ist das möglich?« Miél scheint völlig irritiert zu sein.

Ametist räuspert sich. »Sie haben sich Briefe geschrieben, die beweisen, dass ihre Liebe echt ist und er sie bereits vor dem Angriff und auch vor der Verlobung mit Taron um ihre Hand bat.«

»Ist das so?«, zischt Miél voller Dunkelheit. Für einen Moment frage ich mich, warum ihn das so zornig macht? Was hat er damit zu tun?

»Miél. Ihr solltet so schnell wie möglich in das Fürstentum des Hochmuts zurückkehren«, flüstert sie, als wäre es ein guter Rat. Ihre Stimme wirkt drängend.

»Ist Liran bei ihr?« Seine Stimme klingt leer.

Ametist presst die Lippen aufeinander. »Aktuell nicht.«

»Sie hat das also allein entschieden?«, hakt er nach.

»Ja, sie hat den anderen Fürsten die Briefe vorgelegt. Doch wir wissen beide, dass es genau das ist, was Liran will. Warum also benimmst du dich so, Miél?«

»Weil ich nicht automatisch dasselbe will wie mein Bruder!«, knurrt er.

»Aber was willst du?«, höre ich mich sagen.

Er atmet hörbar ein und aus. »Ich will nicht, dass Liran aus Pflichtgefühl den größten Fehler seines Lebens begeht.«

»Und der wäre? Meine Schwester zu heiraten?«

»Ja«, haucht er.

»Warum, Miél? Was verheimlichst du mir?«

Wieder schnauft er, als würde ihm das Reden schwerfallen.

»Hör mir zu, Navien. Er liebt sie nicht. Das hat er nie. Er hat das Mädchen aus den Gedichten gemocht. Und vielleicht liebt er auch dich noch nicht. Aber er könnte. Und er will zusammen mit uns diese Welt verändern. Eine Welt erschaffen, in der er dich lieben dürfte. Doch um das zu erreichen, gibt er diese Möglichkeit auf.«

Ich verenge meinen Blick. Frage mich, ob er wirklich so selbstlos ist oder ob er tatsächlich keine echten Gefühle für mich hat. Warum sonst sollte er wollen, dass Liran mich wählt?

»Ich bin nicht die Richtige für ihn«, sage ich ernst und vor allem ehrlich. »Er ist nicht der Einzige für mich, Miél. Ich denke, dass du das gespürt hast. Und Liran, so wie jeder andere, hat jemanden verdient, der nur und wirklich nur ihn will.«

Ich schaue kurz über die Schulter. Miél schließt die Augen. Ich wünschte, ich könnte sehen, was dahinter vor sich geht. Was er denkt und fühlt.

»Reitet jetzt über die Grenze. Ich gebe euch Geleit. Die anderen kommen nach«, sagt Ametist noch drängender. Sie blickt sich unruhig um. »Sie sind hier, Miél. Wenn du im Galopp reitest, dann kommt ihr in zwei Stunden an der Grenze an. Und das ist es doch, was zählt, oder?«

Miél zögert, verkrampft sich.

»Wer ist hier?«, werfe ich ein. Keiner antwortet mir.

»Das ist es, was zählt«, kommt es scharf von Ametist. Als würde sie es ihm einbläuen müssen. »Dass Navien in Sicherheit ist.«

Es dauert noch einmal eine ganze Weile. Er kämpft so sehr mit sich, dass ich kaum atmen kann. Das hier fühlt sich fast wie ein Abschied an. Aber warum?

»Ametist, ich …«

»Miél. Es ist ernst. Die Engel. Sie sind da. Flieh!«, knurrt sie und Miél spornt das Pferd an.

KAPITEL 20

Der Wind peitscht mir ins Gesicht. Miéls Griff um meine Hüften ist fest. Warum sind wir vorher nicht zu zweit losgeritten, um zumindest über die Grenze zu kommen? Sind tatsächlich Engel hier? Das kann nicht sein. Es gibt sie nicht wirklich.

Ich kann nicht länger darüber nachdenken, weil ein dunkler Schatten neben uns meine Aufmerksamkeit auf sich zieht, während Miél das Pferd weiter antreibt.

Zu dem schnellen Schatten gesellen sich weitere. Sie begleiten uns. Aber ein Gefühl sagt mir, dass das keine Schatten der Macht sind. Nichts, was Miél tut. Dort neben uns reiten Menschen. Reiten oder … rennen? Oder fliegen? Sind es wirklich Engel? Ich kann es nicht erkennen.

»Was ist das?«, rufe ich Miél gegen den Wind zu. Ich sehe über meine Schulter in sein angespanntes Gesicht.

»Das …« Er presst die Lippen aufeinander. »Sind die Erzengel.«

Ungläubig schüttle ich den Kopf. Damals, als die Lichtwelt gegen die Unterwelt kämpfte, wurden sie komplett ausgelöscht. Alles, was sie noch tun konnten, war, das Fürstentum der Wahrheit zu erschaffen. Ich wüsste es, wenn die Erzengel damals überlebt hätten. Aviell hat zwar die Rückkehr der Erzengel erwähnt, aber ich hätte doch etwas über sie lesen müssen, sollten sie wirklich echt sein. Und warum wissen offenbar alle oder zumindest Miél und Ametist von ihnen? Was verschweigen sie mir außerdem?

Miél spornt das Pferd weiter an. Ich sehe zur Seite, und nun begreife ich auch, dass diese Dinger weder laufen noch reiten. Sie fliegen.

»Und was wollen die?«, rufe ich fast schon panisch.

»Sie wollen dich, falsche Prinzessin«, höre ich Miél hinter mir, und seine Worte jagen einen Schauer über meine Haut.

»Und warum?«

»Wenn man es genau nimmt, bist du eine Nachfahrin von ihrem Volk«, knurrt Miél und steuert das Pferd auf einen schmalen Pass. »Jetzt bleibt keine Zeit, darüber zu reden.«

Ich schlucke hart. Und dann steht eine riesige, dunkle Gestalt vor uns auf dem Weg. Das Pferd steigt und ich falle zusammen mit Miél auf den harten Boden. Er knurrt auf, ist innerhalb von Sekunden aufgesprungen und schießt Schatten auf … dieses Wesen mit riesigen Flügeln. Sein Gesicht kann ich nicht erkennen. Es trägt eine breite Kapuze.

Und in diesem Moment hebt das Wesen bloß seine Hand und die Schatten verpuffen einfach. Anschließend schießt es Licht auf Miél. Es trifft ihn unerwartet. Er erstarrt.

Ich schreie auf und renne zu ihm. Seine Augen sind leer. Wie tot. Doch er lebt noch.

»Was hast du getan?«, schreie ich das Wesen an.

Es legt den Kopf schief. »Ich wollte mit dir allein sprechen. Es geht ganz schnell.«

Ich verenge meinen Blick, als ich diese warme, aber auch raue männliche Stimme höre, die so menschlich wirkt. Sie kommt mir bekannt vor.

Ich stelle mich aufrecht hin und sehe dabei zu, wie seine Flügel sich senken.

»Und was willst du?«

»Ich will, dass du mit uns kommst.«

Ich lache, aber es bleibt mir in der Kehle stecken, als ich die anderen um mich herum im Wald erkenne. Sie treten ein wenig näher. Mein Herz schlägt laut, und ich suche in mir nach meiner

Kraft, bevor mir klar wird, dass ich dafür erst Wirbel loswerden muss.

Ich presse die Lippen aufeinander und mache einen Schritt auf den Kerl vor mir zu. Ich kann sein Gesicht immer noch nicht erkennen.

»Und wer genau bist du?«, frage ich dann mit erhobenem Kinn. »Es wäre sicher höflicher, wenn du dich erst vorstellen würdest, bevor du mir erklärst, dass ich mit einem Wildfremden mitgehen soll.«

Er lacht tief und düster. »Das spielt keine Rolle. Oder willst du mir wirklich sagen, dass du den Heroer kennst, mit dem du da unterwegs bist?«

Ich verenge den Blick. »Ja, ich kenne ihn.«

Er lacht wieder und dann schiebt er sich die Kapuze vom Kopf. Grüne Augen strahlen mir entgegen. Sie sind so intensiv, dass ich die Luft anhalte. Seine dunklen Haare fallen lässig in sein Gesicht und umrahmen seine kantigen Züge. Ich kenne ihn. Da vor mir steht der Kerl, dem ich im Wald im Fürstentum des Zorns begegnet bin. Der, der die Heroenfamilie gerettet hat.

»Und dich kenne ich auch«, stoße ich erschrocken hervor.

»Du kennst ihn nicht. Genauso wenig, wie du dich selbst kennst, Navien. Oder mich.«

Ich bemühe mich, nicht zu erzittern, als er meinen Namen nennt.

»Woher kennst du mich?« Er hat sich schon damals im Wald benommen, als wüsste er ganz genau, wer ich bin.

»Lange Geschichte, ich könnte sie dir auf dem Weg zu uns erzählen.«

»Ich komme nicht mit.«

Er atmet schwer, als wäre das hier sehr, sehr anstrengend für ihn.

Er macht mir Angst. Wir sollten mit ihm gehen, ertönt Wirbel in mir.

Und dieses Mal muss ich ihr recht geben. Zumindest bei der Sache mit der Angst. Obwohl das da vor mir ein Engel sein soll, ist er furchteinflößender als jeder Heroer, dem ich je begegnet bin.

»Wo willst du sonst hin? Zu ihm? Zu dem Nachfahren Luzifers, der in einer Woche deine Schwester heiraten wird?«

Innerlich bebt mein Körper, aber ich spanne all meine Muskeln an, um es nicht ausbrechen zu lassen.

»Und dann? Dann begibst du dich in seine Dienste und lässt dich weiter ausnutzen?«

»Sie nutzen mich nicht aus«, zische ich.

Er lächelt und kommt näher. So nah, dass ich meinen Kopf in den Nacken legen muss. Ich balle meine Hand zur Faust.

»Keine Sorge, ich werde dir nichts tun. Ich brauche dich. Und außerdem weiß ich, dass du kämpfen kannst. Blaue Flecken oder eine gebrochene Nase stehen mir nicht.«

Ich hebe meine Brauen.

»Deine Schwester nutzt dich schon dein Leben lang aus. Und nun tut es der Fürst des Hochmuts. Oder was genau hat er getan, als du aufgeflogen bist?« Er hebt einen Mundwinkel. So als wüsste er genau, was passiert ist. Aber woher? Er kann nicht da gewesen sein.

Und obwohl ich die Worte dieses Fremden nicht an mich heranlassen will, taucht Lirans Gesicht vor mir auf. Dieser entschuldigende Blick, bevor ich Aviell entdeckt habe. Er hat nichts getan. Er stand nur da und vielleicht hat er sich sogar geschämt.

»Er hat sich genommen, was er wollte, und dann zugesehen, wie du verraten wirst.«

»Woher willst du das wissen?«, schleudere ich ihm entgegen und beginne mich zu fragen, warum ich hier stehe und mit ihm rede. Weil ich sowieso keine Chance gegen sie alle hätte? Oder weil ein Teil in mir weiß, dass er recht hat? Nein. Das kann nicht sein. Liran mag mein Vertrauen verspielt haben, aber es gibt Miél und die anderen, die auf meiner Seite stehen. Sie hätten mich sterben lassen können. Das haben sie nicht. Aber ging es da um mich? Oder darum, dass sie mich brauchen?

»Selbst wenn sie mich nur benutzen. Es hört sich so an, als würdest du dasselbe tun wollen.«

Er lächelt immer noch schief. Dann streckt er die Hand aus und berührt eine meiner Haarsträhnen. Ich schlage seine Hand weg. Seine Augen leuchten auf.

»Ich weiß, dass du viel zu mächtig und schlau bist, um dich benutzen zu können. Ich würde es also nicht einmal versuchen.«

Ich lache. »Ach, ich bin also zu mächtig und schlau, und dennoch sagst du mir, dass ich mich gerade von ihnen benutzen lasse?« Ich schüttle den Kopf und setze dazu an, nach dem Pferd zu suchen, doch er räuspert sich.

»Keine Sorge, wir sind schon im Fürstentum des Hochmuts. Du kannst mir also zuhören, bis sie kommen und dich festnehmen.«

»Nein danke, da verwende ich meine Zeit lieber darauf, Bäume zu zählen«, gebe ich zurück und sehe ihn herausfordernd an.

Er hebt seine Finger an seinen Mund und streicht sich ganz sanft über seine Lippen. »Du bist schlau und mächtig und loyal. Letzteres wird dein Untergang sein.«

»Ich und loyal? Du scheinst genug zu wissen, um das zu widerlegen. Ich habe meine Schwester hintergangen.«

»Und ich denke, dass sie genau das wollte.«

»Was?« Ich schüttle den Kopf. Dieser Engel scheint nicht mehr bei Sinnen zu sein.

»War es nicht so, dass es ihr freier Wille war, bei diesen Rebellen zu sein?«

Ich versteife meine Haltung und bleibe stumm.

»Und war es nicht ebenfalls so, dass sie diese Gedichte an den Fürsten geschickt hat?«

Wieder antworte ich nicht. Ich will kühl und gelassen bleiben. Aber in mir sieht es anders aus. Seine Worte bewirken etwas. Sie lassen mich Aviell hinterfragen.

»Und war es nicht auch so, dass der Hochmütige genau im richtigen, dir nahen Moment herausgefunden hat, dass diese Gedichte von dir sind? Obwohl er selbst sagte, sie seien mit deiner Lilie unterzeichnet gewesen? Mit ebender Lilie, die er im Wald in deinem Gesicht gesehen hat?«

Ich verenge meinen Blick. »Das bedeutet nichts. Vielleicht hat er es schon da geahnt.«

»Wir wissen beide, dass das ein ausgeklügeltes Spiel war, um dich für sich zu gewinnen. Das alles. Es gibt nicht einmal einen Rat, der berufen wird, um eine Verlobung zu genehmigen.« Er lacht.

»Woher weißt du das alles?«, platzt es nun aus mir heraus. Es ist, als wäre er bei all diesen Dingen dabei gewesen.

Sein Blick wandert von meinem Gesicht hinab zu meinem Arm und ein schuldiges Wimmern ertönt in meinem Kopf. Wirbel. Nein. Wirbel kann nicht … Gerade hat sie doch noch erklärt, dass sie Angst vor ihm hat.

»Sie ist ein Geschöpf des Lichts. So wie wir. Und so wie du auch.«

»Das bin ich nicht!«, fauche ich. Ich befehle Wirbel, sich zu lösen. Sie sagt etwas, aber ich höre ihr nicht zu. Und dann schwebt sie vor mir.

»Wie konntest du nur?«

»Ich habe dich nur beschützt«, wispert sie.

»Ich gehöre nicht zu euch!«, schreie ich und strecke demonstrativ meine Hände aus, lasse Schatten in ihnen tanzen.

»Wirbel war dabei, als du die Fürsten mit Licht bekämpft hast statt mit Schatten, Navien.«

Ich presse meine Kiefer aufeinander. »Ich habe dir vertraut!«, spucke ich ihr förmlich entgegen.

Wirbel zuckt. »Ich schwöre, dass es das Beste für dich ist!«, sagt sie ernst und ruhig. Dennoch höre ich Trauer in ihrer Stimme.

Ich wende mich wieder dem Engel zu. »Also war diese Begegnung im Wald mit dem Gurra was? Ein Spiel? Dein Plan?«

Er verzieht den Mund. »Ja, ich wollte, dass es so passiert. Ich habe dich schon eine ganze Weile beobachtet und die Gelegenheit genutzt, als du allein warst. Im Wald des Zorns habe ich meine

Chance verpasst. Und später wieder. Aber das ist eine andere Geschichte.«

»Und dann? Ist Wirbel heimlich zu dir geflogen und hat dich informiert?« Ich weine nicht und doch fühlt es sich so an.

»Nein, das braucht sie nicht. Ich bin mit den Quiris verbunden.«

»Was?« Mir stockt der Atem. Das bedeutet, dass er alles, einfach alles, was ich erlebt habe, während sie auf meiner Haut war, mitbekommen hat. Auch … das, was Liran und ich getan haben.

Ein weit entferntes Wiehern lässt seine Miene wieder ernst werden. Er tritt vor und packt meine Schultern.

»Komm mit uns!«

»Nein!«

»Das ist dumm und töricht!«, knurrt er und sieht sich fast schon panisch um. »Sie werden dich brechen, Navien.«

»Nein!«, entgegne ich erneut.

Seine Finger bohren sich in meine Haut, doch schließlich lässt der Druck nach.

»In einer Woche, bei der Hochzeit, da werden sie alle abgelenkt sein. Ich warte auf dich. Dort, wo du Wirbel gerettet hast.« Er schaut sich wieder um. Dann blickt er mir noch ein letztes Mal tief in die Augen. Das Grün scheint sich zu bewegen. Zu fließen.

»Rückzug!«, ruft er und steigt mit wuchtigen Flügelschlägen in die Höhe.

Ich höre Miél hinter mir fluchen und sehe dem Erzengel nach. Warum hat er mich nicht einfach entführt? Ja, ich kann kämpfen. Aber er ist stärker und sie waren viele. Warum hat er mich hiergelassen?

»Alles in Ordnung?« Miél tritt neben mich.

Ich nicke.

»Hat er mit dir geredet?«

Dieses Mal schüttle ich den Kopf. Und ich weiß nicht, warum ich es tue.

Gerade will ich es zurücknehmen und ihm die Wahrheit gestehen, da brechen vier bemannte Pferde aus dem Wald vor uns. Ich halte die Luft an. Es sind Lirans Wachen. Er hat sie sicher geschickt, damit mich die Fürsten nicht zuerst finden und Selbstjustiz den Regeln seines Fürstentums vorziehen.

»Heroe, Euch wird ein schweres Verbrechen zur Last gelegt«, sagt der älteste der Männer, steigt von seinem Pferd und zieht sein Schwert. »Die Bestrafung dafür ist Köpfen.«

Mein Körper bebt. Miél sieht mich auffordernd an, während die Wache näher tritt und das Schwert hebt. Ich will nicht sterben. Das ist es nicht. Gleichzeitig habe ich plötzlich Angst, mich auf ewig in Lirans Dienste zu begeben. Aber wäre das wirklich so anders als mein Leben bisher? Ja, in den letzten Wochen habe ich etwas anderes kennengelernt. Und doch war ich die ganze Zeit nur wieder ein Spielball.

»Ich berufe mich auf Artikel vierzehn«, sage ich wie aus fremdem Munde. Ich habe keine andere Wahl.

»Dann seid Ihr hiermit festgenommen und werdet dem Fürsten übergeben, damit er die Entscheidung treffen kann«, antwortet die Wache und greift nach meinen Händen, die sie mir grob auf den Rücken bindet.

»Könnt Ihr …«, beginnt Miél zornig. Stoppt jedoch, als der Mann ihn ansieht.

»Ihr werdet im Schloss erwartet, Miél«, sagt er wie ein Vater, der sein Kind tadelt.

»Keine Sorge«, flüstert Miél mir zu. »Ich komme, so schnell es geht, zu dir.«

Und dann trifft mich ein Schlag am Hinterkopf, der alles in Dunkelheit hüllt. Als diese sich langsam wieder zurückzieht und ich die Augen öffne, befinde ich mich nicht mehr im Wald, sondern … auf dem dreckigen Boden eines Kerkers.

Stimmen wirren herum und formen sich langsam zu Worten. Worte, die von bekannten Menschen gesprochen werden.

»Warum wird sie nicht wach?« Aviell klingt nicht erfreut und sofort schließe ich die Augen.

»Die Wachen haben ihr zugesetzt.«

»Du meinst, sie haben sie verprügelt, als sie bewusstlos war.«

»Das ist nun mal ihr Recht.«

Es ist Liran, der mit ihr spricht, und mein Herz brennt bei seinen Worten.

»Ich habe versucht dagegen anzugehen, doch die Menschen verlangen eine Bestrafung, wenn eine Heroe in Ungnade fällt.«

»Ich weiß«, antwortet Aviell. »Aber sollte sie wirklich hier auf diesem kalten, nassen Boden liegen?«

»Zu unserer Hochzeit wird sie freigelassen. Es ist nur eine Woche und die Hälfte ist bereits um.«

War ich wirklich drei oder vier Tage bewusstlos? Ich bemühe mich, ruhig zu atmen, doch meine Rippen schmerzen bestialisch.

»Wir hätten das nicht tun sollen, Liran.«

»Wir hatten keine Wahl. Wenn die Erzengel sie in die Finger bekommen, dann werden sie alles und jeden töten. Alles Dämonische. Jeden Heroer und jede Heroe. Naviens Macht ist zu groß. Und deine und Arks Entscheidung, dass du zurückkehrst und sie enttarnst, war nicht hilfreich.«

Dafür wollte dieser Engel mich also benutzen? Ich verkrampfe mein Gesicht.

»Ich wollte nicht, dass mich die anderen sehen. Ich war sauer.«

»Du hättest mir und meinem Plan vertrauen können. Wir können froh sein, dass Gustá und die anderen so schnell geschaltet haben.«

Von welchem Plan reden sie? Und waren sie alle involviert?

»Ich wollte immer nur, dass Navien in Sicherheit ist und ihr Erbe ihr nicht im Weg steht.« Aviell klingt nicht wirklich ehrlich.

»Und ich will diese Welt retten. Und dafür würde ich alles opfern. Auch sie.«

Die Worte treffen mich hart. Aber ich kann kaum etwas spüren.

Der Hunger und die Kälte nagen an mir und lassen meine inneren Schmerzen verstummen.

Ich höre nur noch, wie Liran die Wachen anweist, die Finger von mir zu lassen und sofort Bescheid zu geben, wenn ich wach werde, bevor es still wird. Doch so schnell diese Stille kam, so schnell wird sie durchbrochen, als ich die Gittertür quietschen höre und kurz darauf zwei mächtige Stiefel, die über den Boden zu mir schreiten.

»Ich weiß, dass du wach bist«, knurrt ein mir unbekannter Mann.

Ich bewege mich nicht. Aber dann tritt er zu. Ich keuche und gebe meine Tarnung auf, um mich zu krümmen.

»Dieses vermaledeite Gesetz mag dich schützen. Aber es ist einen Versuch wert, dich sterben zu lassen, bevor du in den hohen Dienst entlassen wirst.«

Ich spucke Blut und beginne plötzlich den widerlichen Gestank hier wahrzunehmen. Und dann fange ich an zu lachen. Meine Stimme ist heiser und ich erkenne sie kaum wieder.

»Denkst du wirklich, dass mich das beeindruckt?«

Er tritt erneut zu. »Vielleicht tut es das?« Er hebt einen Dolch in die Höhe. Meinen Dolch.

Ich lecke mir über die trockenen Lippen und wünschte, Liran würde zurückkommen. Doch er kommt nicht. Und auch Miél nicht. Ich bin allein und normalerweise könnte ich es ohne Probleme mit diesem Bastard aufnehmen. Aber nicht in dieser Verfassung.

»Was? Willst du mich etwa erstechen? Etwas auffällig. Meinst du nicht?«

Er grinst und entblößt so seine braunen Zähne. Mir wird übel. Vor allem, als er das dreckige Tuch packt, das man mir statt meiner Kleidung um den Körper gebunden hat, und es über meine Schenkel zieht. Ich will schreien. Mich wehren, doch ich bin so kraftlos. Trotzdem trete ich nach ihm und erwische sein Gesicht. Er flucht und schlägt mir ins Gesicht.

»Talo, komm her!«, ruft er, und nur einen Wimpernschlag später erscheint ein weiterer Mann in der Zelle. Sein Gesicht ist allerdings mit einem Tuch verdeckt. Er schmeißt sich auf mich, fixiert meinen Oberkörper und hält mir die Beine auseinander.

Als ich nun endlich doch schreie, reißt der andere ein Stück des Leinenkleids ab und stopft es mir in den Mund. Tränen verlassen meine Augen und kitzeln meine Wange.

Ich schreie und schreie in das Tuch. Bis ich spüre, dass der Dolch in meine Haut schneidet. Einmal meinen Oberschenkel entlang, dort, wo bereits die Narben der Kasteiung prangen. Ich weine, obwohl ich den Schmerz kaum spüre. Viel schrecklicher ist das Gewicht des Körpers auf mir. Es ist wie ein Symbol für all das, was mir schon angetan wurde. Und ein Zeichen dafür, dass sich nichts verändert hat und ich nicht stärker geworden bin als damals.

Er schneidet immer weiter. Lässt mich bluten. Wahrscheinlich in der Hoffnung, dass ich verblute und man es anschließend auf eine Selbstgeißelung schieben kann. Denn so sehen die Wunden aus. Als hätte ich mich bereits mein Leben lang selbst bestraft.

Ich spüre kaum noch etwas. Nur, dass das Gewicht irgendwann verschwindet und ich wieder richtig atmen kann. Brennende Wut und Scham erfüllen meinen Körper mit jedem Zug.

»Na, na, na«, ertönt plötzlich eine vertraute Stimme. »Hatte der Fürst euch nicht befohlen, die Finger von ihr zu lassen?«

Ich blinzle und sehe dann zum Eingang der Zelle. Eine Gestalt steht dort und hinter ihr riesige Flügel.

»Er ist ein … ein geflügeltes Wesen!«, zischt die erste Wache panisch.

»Und du bist ein kleiner, schmutziger Bastard«, knurrt der Engel.

Ich schlucke bittere Galle und drehe mich unter Schmerzen auf die Seite.

»Was hattest du vor? Eine Frau, die halb bewusstlos ist, in den Tod zu treiben?« Er atmet laut ein und aus.

»Sie ist nur eine Heroe.«

»Und du bist nur Schmutz«, sagt er ganz ruhig und in der nächsten Sekunde steht er vor ihm. Licht blitzt durch die Dunkelheit und dann fällt etwas zu Boden.

Ich reiße die Augen auf, als ich erkenne, dass es sein Kopf ist.

Die andere Wache kreischt hinter mir und will hinausrennen, doch der Engel ist so schnell, dass er die Kerkertür noch vor ihm erreicht, seine Hand nach vorne schnellen lässt und sie durch seinen Brustkorb bohrt. »Na? Wie fühlt sich der Druck auf deiner Brust an?« Eine Sekunde später reißt er ihm das Herz heraus. Angeekelt lässt er es fallen und wischt sich die Hand an seinem Mantel ab.

»Wie sieht's aus, Kleines? Willst du jetzt mit mir kommen?«

Ich starre ihn an. Was zum Teufel war das? Und warum ist er hier?

»Nein«, hauche ich mit meiner letzten Kraft.

»Das ist sehr schade«, raunt er und beugt sich zu mir. »Darf ich?« Er deutet auf meine Schenkel.

Ich schlucke hart, nicke jedoch. Als er das Leinentuch ein wenig hebt, verdunkeln sich seine grünen Augen. »Du hast ungefähr eine Stunde, bis du verblutest.«

»Vielleicht solltest du mich sterben lassen.«

»Warum sollte ich das tun?«

»Weil ich mich dir niemals anschließen werde.«

Er lächelt matt. »Das werden wir noch sehen. Aber selbst wenn du weiter stur bleibst.« Er seufzt. »Es wäre schade, solltest du sterben müssen, nur weil ich nicht bekomme, was ich will.«

Er sieht mich lange an, dann greift er an seinen Rücken und zieht sich eine Feder aus dem Flügel. Sein Gesicht verzieht sich vor Schmerz und er wird blass. Es dauert ein wenig, bis er den Kampf mit sich selbst zu gewinnen scheint und seine andere Hand an meine Wange legt. »Das hier muss unser Geheimnis bleiben, Navien.« Ganz sanft platziert er die schwarze Feder auf meiner offenen Wunde, und sie … heilt, während die Feder mit meiner Haut verschmilzt.

»Was war das?«, frage ich, als Kraft zurück in meinen Körper steigt.

»Sagte ich doch. Unser Geheimnis«, murmelt er und dann fahren seine Finger über meine Lider. Schließen sie und ich schlafe ein.

Als ich erwache, sind meine Schmerzen gelindert und mein Bewusstsein wieder vollkommen da. Ich blinzle und erkenne schließlich Miél, der neben mir an die Kerkerwand gelehnt dasitzt und die Augen geschlossen hat.

Ich bewege mich ein wenig und sofort ist er wach und schaut mich an.

»Wie geht es dir?«, stößt er hervor.

Ich stöhne und setze mich auf. Die Schmerzen sind zwar etwas besser. Aber mein Körper spürt, dass sie da waren.

»Es geht.«

»Ich bin so froh, deine Augen zu sehen«, sagt er und grinst.

»Wie lange bin ich schon hier?«

»Sechs Tage.«

»Sechs?« Ich stoße erschrocken die Luft aus. »Heißt das, dass morgen die Hochzeit ist?«

Er schließt die Augen und nickt, bevor er sie wieder öffnet.

»Du darfst anwesend sein und nach der Hochzeit sollst du deinen Eid ablegen.«

»Meinen Eid? Liran gegenüber?«

»Nein. Deiner Schwester. Sie möchte, dass du ihre Heroe bleibst.«

Ich nicke und sollte wohl Freude empfinden, denn genau das war mein Leben lang meine Bestimmung. Doch diese Freude kann ich in mir nicht finden. Obwohl sie doch eigentlich der andere Teil meiner Seele ist.

»Vielleicht hätte ich auf dich hören sollen und wir wären zusammen geflohen. Ustas klingt gar nicht mehr so übel im Vergleich zu dieser Zelle.«

Ich senke meinen Blick. Und denke daran, wie sehr Miél immer schon auf mich aufgepasst hat. Daran, dass er ehrlich zu mir war, als es niemand sonst war. Daran, dass er sich für mich entschieden hat, als es kein anderer getan hat.

»Der Engel, er hat *doch* mit mir geredet, Miél. Und er war hier.«

Seine Muskeln spannen sich an. »Und was hat er gesagt?«

»Er wollte, dass ich mit ihm komme.«

»Das hast du offenbar nicht getan«, gibt er heiser zurück. »Und warum war er hier?«

»Die Wachen haben mich schwer verwundet.« Ich sehe mich um, weil mir erst jetzt einfällt, dass man meinen bewusstlosen Körper mit zwei Leichen hätte finden müssen. Oder hat dieser Engel sie mitgenommen? Selbst wenn, irgendjemandem muss bestimmt das ganze Blut aufgefallen sein.

»Welche Wachen?«

»Zwei Männer, einer hieß Talo.«

»Deine Wachen sind zwei Frauen. Liran wollte es so, damit dich niemand anfasst.«

»Nein«, wehre ich ab und erhebe mich unter Schmerzen.

Miél tut es mir nach und sieht mich an, als hätte ich den Verstand verloren. Ich suche den Boden ab. Aber hier ist kein Blut. Das kann unmöglich jemand weggewischt haben, ohne dass Rückstände bleiben.

»Es waren zwei Männer. Sie haben mich verwundet und der Engel hat sie getötet.«

Miél atmet schwer. »Du warst nicht ganz bei Sinnen.«

»Miél, bitte. Ich weiß, was passiert ist. Und es war echt.«

Er verzieht den Mund. »Und wo haben sie dich verwundet?«, fragt er skeptisch.

Ich ziehe das Tuch hoch. Aber dort sind nur die alten Narben. Natürlich. Er hat mich geheilt. Doch das … das kann ich nicht sagen. Es ist ein Geheimnis und ich verstehe, warum. Was würden die Menschen nur tun, die Fürsten, wenn sie wüssten, welche Macht diese Federn haben.

»Nichts davon ist wirklich passiert.«

»Und das im Wald?«

»Das ist passiert. Aber da weißt nur du, was er wirklich wollte.«

»Nur, dass ich mitkomme.«

Miél tritt einen Schritt näher und berührt meine Schulter.

»Wer ist er?«

»Wenn der Anführer mit dir gesprochen hat, ist er genau wie Liran und ich ein Erbe Luzifers.«

»Was?«

»Ja, Luzifer war zwar einer der Prinzen der Hölle, doch er war auch ein Engel. Bevor er fiel. Und als er noch eine Lichtgestalt war, gab er sein Erbe weiter. Und später als Fürst des Hochmuts ebenfalls.«

»Und will er wirklich alles zerstören? Die Heroen ausrotten?«

»Woher hast du das?«, fragt er skeptisch.

»Ich habe es gehört.«

Er seufzt erneut. »Ja, das will er.«

»Und dafür braucht er mich?«

»Ja.«

»Warum, Miél? Und warum wisst ihr das alles? Und erzähl mir nicht wieder, dass du es mir nicht sagen darfst, weil sonst gleich hier und jetzt die Apokalypse ausbricht.«

»Warum bist du nicht mit ihm gegangen?«, fragt er, statt mir zu antworten. »Wegen Liran?«

Ich lecke mir über die trockenen Lippen, woraufhin Miél mir sofort eine Feldflasche reicht. Ich trinke wie eine Verdurstende.

»Wegen euch beiden«, gebe ich dann flüsternd zurück. Ich will es nicht. Aber es ist die Wahrheit.

Miéls Gesichtsmuskeln zucken. »Ach wirklich?«, schnurrt er und grinst spitzbübisch. »Soll das heißen, dass du auch etwas für mich übrighast?«

»Wir wissen beide, dass …« Etwas zuckt durch mich hindurch, und ich weiß sofort, woher es kommt. Von meinem Schenkel. Ich blinzle irritiert. Ist das diese Feder? Es ist, als würde etwas an mir ziehen, mich zur Vernunft rufen. Ich ignoriere das Gefühl.

»Was wissen wir beide?«, hakt er nach und lehnt sich gegen die Wand.

»Dass da etwas ist. Zwischen uns.«

»Und wie würdest du dieses Etwas bezeichnen, falsche Prinzessin?«

Ich verziehe den Mund, obwohl ich es irgendwie mag, wenn er mich so nennt.

»Ich weiß es nicht.« Es ist keine Liebe. Das kann es aber vielleicht werden. Oder fühle ich das alles nur, weil Liran unerreichbar ist? Das wäre nicht gerecht. Nicht Miél gegenüber. Doch tief in mir weiß ich, dass es mehr ist als nur die Tatsache, dass Liran und ich nie zusammen sein könnten. Ich fühle etwas. Für beide.

Miél stößt sich von der Wand ab und kommt näher.

»Das, was du unter dem Einfluss des Gurras gesagt hast. Dass du der Fürst der Unterwelt bist. Ist das wahr?«

Er hält kurz vor mir inne und berührt mein Kinn. Brennendes Verlangen zuckt durch mich hindurch.

»Man nennt mich so«, gibt er zu. »Aber ich bin nicht dieser Name, Navien.«

»Ich weiß«, flüstere ich und versuche, ruhig zu atmen.

»Ich möchte, dass du alles erfährst, und ich will, dass du mir vertrauen kannst. Dass du es *wieder* kannst. Nur gib mir ein wenig Zeit. Ich muss die Dinge in Ordnung bringen.«

»Welche Dinge?«

»Zu viele«, gibt er zurück und senkt sein Gesicht. Meine Lippen prickeln, als seine die meinen beinahe berühren. Und dann höre ich ein Räuspern. Ich erkenne sofort, wer es ist. Ark. Ich schließe kurz die Lider.

»Liran will dich sehen.«

»Wen von uns beiden?«, entgegnet Miél belustigt und schenkt Ark ein amüsiertes Lächeln.

»Dich, Miél.« Er blickt von ihm zu mir. »Und du wirst heute Abend in dein Zimmer im Schloss gebracht. Es liegt direkt neben dem von Aviell. Wahrscheinlich hat Miél dir bereits erzählt, dass du ihre Heroe wirst.«

»Hat er«, gebe ich knapp zurück.

»Miél«, fordert er dann.

Dieser küsst mich ganz sanft auf meine Stirn, bevor er förmlich aus der Zelle und an seinem Bruder vorbeistürmt. Ark bleibt noch einen Moment stehen, schließt die Kerkertür und mustert mich.

»Etwas ist anders an dir«, raunt er und verengt den Blick.

»Vielleicht weil ich keine Prinzessin mehr bin oder so tue, als wäre ich eine«, gebe ich fauchend zurück. Es ist nicht so, als könnte ich Ark nicht leiden. Vielmehr kann er offenbar mich nicht leiden, und ich verstehe nicht, warum.

»Du bist klug, tapfer und stark, Heroe Navien.«

»Ach, bin ich das?«, entgegne ich zynisch und voller Schmerz. Meine Seele brennt, weil ich mich wie nichts davon fühle. Im Gegenteil. Ich weiß ja nicht einmal, was ich eigentlich fühle. Und ob überhaupt. Und wenn ja, für wen.

»Ja, das bist du«, stellt Ark ruhig fest. »Aber du bist gleichzeitig auch blind, töricht und naiv.«

Ich schnaufe. »Was soll das heißen?«

»Ich kann spüren, dass der Engel dich mit ihm verbunden hat. Und ich spüre ebenfalls, dass er Zweifel in dir gesät hat. Ist dem nicht so?«

»Nein«, sage ich fest. Doch er hat recht. Da sind Zweifel in mir.

»Ich kann dir nur raten, ihm nicht zu vertrauen.«

»Und warum? Soll ich lieber Liran trauen, der mich hintergangen und nur benutzt hat? Mir Gefühle vorgespielt hat, um seinen eigenen Vorteil aus mir zu ziehen?«

»Ist es nicht genau das, was du gerade mit Miél machst?«

»Was?«, stoße ich hervor. »Ich spiele ihm nichts vor. Und einen Vorteil hätte ich davon sicher nicht.«

»Du wärst nicht allein.«

Ich verenge den Blick und würde am liebsten auf Ark losgehen.

»Das ist es, was du schon zu verhindern versuchst, seit das Band zwischen dir und Aviell gebrochen ist. Allein zu sein. Denn das scheint deine größte Angst zu sein.«

Ich denke an unsere Übungsstunde und an die Kerze, die ich für meine größte Schwäche anzünden sollte. Es war nicht das Alleinsein. Es war die Angst, nie wie Aviell zu sein. Darum geht es hier. Darum geht es bei allem, was ich tue. Ich wollte nicht *nicht allein* sein. Ich wollte *sie* sein. Und für ein paar Wochen war ich das. Nur wohin hat es mich gebracht? Und hatte sie recht, als sie mich fragte, ob ihr Leben mir gefallen hätte? Ja. Nur eines sieht Ark falsch. Miél bedeutet mir etwas. Genauso wie es Liran tut. Liran war das Leben, das ich wollte, weil es das Leben wäre, das ich nie haben durfte. Miél ist das echte Leben. Das unverblümte, dreckige oder auch ekelhafte Leben.

»Dir steht eine ganze Welt offen, Navien. Es muss sich nicht zwischen den beiden entscheiden.«

»Heißt, ich soll sie einfach beide gehen lassen?«

»Ich denke, dass diese Entscheidung nicht mehr bei dir liegt.«

»Was soll das bedeuten?«

»Liran heiratet morgen deine Schwester.«

»Das weiß ich.«

»Und du wirst in ihren Dienst treten, während Miél eine Rebellion anführt.«

Ich schweige, weil ich nichts zu sagen habe.

KAPITEL 21

Als es hinter dem winzigen Fenster meiner Zelle dunkel wird, werde ich von zwei Heroen abgeholt und durch das Dorf ins Schloss gebracht. Tatsächlich bin ich davon ausgegangen, meine Zelle würde sich im Palast befinden. Doch stattdessen hat man mich in einem großen Gebäude im Dorfkern untergebracht. Anscheinend wollte man mich so weit wie möglich vom Palast fernhalten. Ich seufze und beobachte das bunte Treiben auf den Straßen. Überall laufen Menschen herum, schmücken ihre Häuser und singen vor Freude. Es schmerzt, dass mich dieser Anblick so traurig macht. Ich fühle mich egoistisch und falsch. Gleichzeitig weiß ich aber auch, dass es Zeit ist, egoistisch zu sein. Nur dass ich das zu spät erkannt habe.

Schon morgen werde ich vor Aviell auf die Knie fallen und einen unwiderruflichen Eid leisten. Sollte ich danach erneut in Ungnade fallen, kann nicht einmal Liran mich retten.

Als wir endlich im Schloss ankommen, das ebenfalls von unzähligen Menschen geschmückt wird, schleicht sich ein Gefühl von Heimat und Nach-Hause-Kommen in meine Brust.

Ich verscheuche die Empfindung und folge den Wachen die große Treppe hinauf und will gerade mein Zimmer betreten, als eine Wache mich zurückhält.

»Das ist Mistress Aviells Gemach«, sagt sie kühl und herablassend, bevor sie auf die Tür daneben deutet.

Ich war nie zuvor in diesem Raum und erkenne auch, warum.

Es ist eigentlich eine Abstellkammer, in die man behelfsweise eine Matratze gelegt hat.

Ich schlucke das Entsetzen herunter und schließe die Tür hinter mir, um minutenlang einfach nur dazustehen. Das hier ist nicht anders als mein Zimmer im Fürstentum der Wahrheit. Warum also schockiert es mich so sehr? Ich bin keine Erbin. Ich bin nicht Aviell. Aber wie soll ich zu der Person zurückkehren, die ich vor alldem war? Wie soll ich rückgängig machen, was sich in mir verändert hat? Und dabei geht es nicht um ein prunkvolles Zimmer. Mir könnte nichts egaler sein. Hier geht es darum, was die Menschen, die über mir stehen, mir damit mitteilen wollen. Es geht um Macht und das Kleinhalten der Heroen. Das ist es, was ich nicht länger kann. Ich kann mich nicht mehr geduckt bewegen. Mein Herz und meine Leidenschaften verbergen und gefangen halten. Ich kann nicht zurück. Und doch muss ich es tun.

Als es klopft, zucke ich zusammen und löse mich endlich aus meiner Starre. Ich drehe mich um und spüre sie, bevor sie eintritt. Aviell. Mein Herz schlägt laut und unerbittlich gegen meine Brust.

»Du bist da«, stellt sie fest.

Ihre Gefühle mischen sich mit meinen, wobei eines am stärksten ist. Enttäuschung, und sie kommt nicht nur von ihr.

»Du auch«, stelle ich fest und weiche ein wenig zurück, bis ich an die Wand mit einem winzigen Fenster stoße.

»Ich habe Liran darum gebeten, dich in meinen Dienst zu entlassen.«

»Warum bist du nicht vorher zurückgekehrt?«, frage ich und sehe dabei zu, wie sich ihre Brauen heben.

»Gut, dann kommen wir direkt zum Wesentlichen.« Sie ist zornig, weil sie das Gespräch normalerweise lenkt. Wie konnte mir das all die Jahre nicht auffallen?

»Warst du an dem Plan beteiligt? Hast du ihm deshalb meine Gedichte geschickt?«

Sie verengt ihren Blick. »Du magst eine Weile so getan haben, als wärst du ich, Navien. Aber das bist du nicht, warst es nie und wirst es nie sein. Also zügle deine Zunge.«

»Warst du schon immer so?«, lache ich.

»Wie?«, zischt sie.

»Herrisch. Bin ich ein Untertan für dich? Ein Dämon?«

Sie verdreht die Augen und räuspert sich. »Es war wichtig, dass du Liran vertraust. Und glaub mir, Navien. Das alles war zu deinem Besten. Mir ging es immer nur darum, dass es dir gut geht.«

»Ach wirklich?« Ich erinnere mich an das Gespräch von ihr und Liran im Kerker, das ich mit angehört habe. Sie wusste von dem Plan. Doch sie sagte ebenfalls, dass sie mich schützen wollte. Aber wovor? Warum verraten sie es mir nicht einfach? Vor allem sie.

»Ja, wirklich. Und wie ich höre, hast du auch etwas für Miél übrig. So ernst können deine Gefühle für Liran dann doch gar nicht sein, oder?«

Ich bemühe mich nicht, ihr zu erklären, wie es dazu kam. Vor allem, weil ich es selbst nicht ganz greifen oder verstehen kann.

»Was willst du hier?«, presse ich stattdessen hervor.

»Dir mitteilen, dass ich dir verzeihe.«

Ich muss mich zusammenreißen, um nicht zu lachen. Was genau will sie mir eigentlich verzeihen? Denn so, wie es aussieht, war es ihr Plan, dass ich mich in Liran verliebe.

»Danke«, sage ich dennoch. Ich weiß, wozu ich geboren wurde und dass ich in ihrem Dienst stehe und stehen werde. Es hat keinen Sinn, sie infrage zu stellen. Es hatte noch nie Sinn, einen von ihnen zu hinterfragen. So ist das nun einmal.

»Du hast Liran versprochen, eine Apokryphe für ihn zu lesen.«

»Habe ich.«

»Wir wollen, dass du das heute Abend tust.«

Säure durchflutet mich, als sie von einem Wir spricht, als gäbe es schon immer nur sie als Verbündete.

»In Ordnung«, willige ich trotzdem ein und denke an Miéls

Worte. Die Apokryphen werden nur mit mir sprechen. Und ich kann entscheiden, was davon ich preisgebe.

»Er wird dich abholen«, sagt Aviell und dreht sich um.

»War das alles?«, frage ich tonlos.

»Ja, fürs Erste«, erklärt sie lapidar und geht.

Und in diesem Moment begreife ich, dass Aviell mich nie so gesehen hat, wie ich dachte und wie ich sie gesehen habe. Wir sind keine echten Schwestern. Das waren wir nie. Und so verliere ich die einzige Familie, die ich je hatte.

❊ ❊ ❊

Als es ein paar Stunden später erneut klopft, trage ich neue Heroenkleidung und bin dank zwei Eimern Wasser sauberer als zuvor. Doch das ändert nichts an den aufwühlenden Gedanken, die Liran in mir auslöst, als er eintritt. Schuld blitzt in seinen Augen.

Aber mehr als ein »Folg mir« bringt er nicht über die Lippen und verlässt gleich darauf mein Zimmer.

Ich folge ihm, und ein paar schweigsame Minuten später betreten wir die Bibliothek. Liran hält an einem Studientisch und deutet auf das dunkle Buch darauf.

»Es sind uralte Apokryphen. Laut Überlieferung war damals nur ein einziger Heroer dazu imstande, es zu lesen.«

»Ich denke nicht, dass ich es lesen kann, aber ich versuche es gerne«, sage ich gehorsam. Denn das ist es doch, was er und Aviell von mir erwarten. So wird meine Zukunft aussehen.

Ich setze mich und berühre das große, dicke Buch. Schließe meine Augen und höre zuallererst in es hinein, ohne es zu öffnen. Dunkelheit strömt mir entgegen. Nachdenklich bemühe ich mich, nach ihr zu greifen und ihr Wesen zu erkennen.

»Was machst du da?«

Ich blinzle und schaue Liran ein wenig herausgerissen an.

»Ich baue eine Verbindung auf. Und Ihr stört dabei.«

Die höfliche Anrede lässt sein Gesicht kurz zucken, dann nickt er jedoch und zieht sich ein wenig zurück, während ich erneut meine Augen schließe und die Dunkelheit durchforste. Ein Bild blitzt vor mir auf.

Vor mir erkenne ich kurz den Umriss einer Frau. Und dann sehe ich das Blut. An ihr und ihrer Klinge. Es tropft hinab und der Aufschlag hallt in meinen Ohren wider, als wären es Sprengsätze. Mein Atem beschleunigt sich und ein Schrei verlässt meine Kehle, als der Geist dieser Frau nach mir greift und mir unendlich viel Leid und Schmerz durch die Glieder und in meine Seele pumpt.

»Navien!«

Ich höre Lirans Stimme. Aber sie ist weit weg. Zu weit weg. Ich kann sie nicht greifen. Kann der Dunkelheit nicht entfliehen. Oder will es nicht. Noch einmal höre ich sie. Aus endloser Ferne. Und dann ist alles um mich herum schwarz, taub und leer.

»Du bist gekommen«, erklingt eine weibliche Stimme, und jetzt entdecke ich sie wieder. Die blutverschmierte Kämpferin, die fast aussieht wie ich. Blondes langes Haar. Blaue Augen. Ein schmächtiger, aber starker Körper. Doch nun trägt sie ein weißes Gewand. Eines, wie es die Priester der Wahrheit tragen.

»Wer bist du?«, frage ich unverhohlen.

Sie legt den Kopf schief. »Weißt du das nicht?« Sie blinzelt einmal kurz, als würde sie selbst verstehen müssen, was gerade passiert. »Warum bist du dann hier?«

»Ich wollte nur die Apokryphen lesen«, gebe ich ehrlich zurück.

Sie regt sich nicht. Eine ganze Weile, bevor sie mir zuwinkt und ich ihr folge. Sie geht durch die Dunkelheit und führt mich hinein ins Licht. Es ist ganz plötzlich da und so hell, dass ich die Augen zusammenpresse.

»Diese Worte dürfen nur von einer Person gelesen werden«, sagt sie, und ich beobachte, wie sich um uns herum Blumen und Ranken bilden. Lilien. Bäume wachsen aus der Erde und das grelle Licht wird zu einem warmen, fast sommerlichen Sonnenschein.

»Aber diese Person kann nicht ich sein.«

Sie dreht sich mir zu. Wir stehen nun mitten in einem von Rosen umrahmten Steinkreis.

»Warum denkst du das?«

»Man sagte mir, dass die einzige Person, die das Buch lesen konnte, vor langer Zeit gelebt hat.«

Sie nickt und deutet auf die Lilien um uns herum. Erst jetzt erkenne ich, dass es ein riesiges, hochgewachsenes Feld ist.

»Und warum, glaubst du, bist du dann hier?«

»Ich weiß es nicht.« Und ehrlich gesagt wüsste ich auch gerne, wie ich hier jemals wieder herauskomme. Und … wo dieses hier eigentlich ist. Und warum ich das überhaupt für jemanden tue, der mich hintergangen hat.

Sie beobachtet mich und die Lilien abwechselnd. »Sie vertrauen dir offenbar nicht.«

»Wie bitte?«, hake ich nach, weil ich nicht verstehe, was sie eigentlich meint.

»Sie müssen dir einen Weg frei machen, aber das tun sie nicht.«

»Den Weg wohin?«

»Den Weg zu den Worten, die du lesen willst.« Sie zögert kurz, als ein Windhauch über uns hinwegfegt. »Nein. Die er lesen will.« Sie sieht mich herausfordernd an. »Deshalb vertrauen sie dir nicht.«

»Weil sie Liran nicht vertrauen?«

Wieder lauscht sie dem Wind. »Nein. Er ist nicht das Problem. Doch du bist nicht bereit für die Worte. Und für ihn sind sie nicht bestimmt.«

»Was soll das heißen, ich bin nicht bereit? Ich kenne sie ja nicht einmal.«

»Ach nein?« Sie lächelt wissend. »Dabei hat es schon einmal mit dir gesprochen. Aber offenbar verdrängst du die Worte. Du hast sie noch nicht angenommen.«

»Ich weiß nicht wirklich, was sie bedeuten«, flüstere ich und gehe ein weiteres Mal das durch, was ich dort im Reich der Wahrheit in den Apokryphen gelesen habe. *Als Erste geboren, als Zweite gesühnt.*

»Ich bin keine Herrscherin.«

»Was bist du dann?«

»Eine Heroe«, entgegne ich und spüre, dass mich diese Tatsache nicht mehr traurig macht. Viel eher erfüllt sie mich mit Stolz.

Sie denkt kurz nach. Und schließlich wirkt sie, als wollte sie nicht tun, was sie jedoch tun muss. Aber was kann das sein?

»Liran ist dein Freund, Heroe. Doch er verheimlicht etwas vor dir.«

»Und was?« Was könnte noch kommen? War nicht sowieso alles eine Lüge?

»Das darf ich dir nicht sagen. Ich bin nur die Wahrerin der Worte. Aber ich sehe vieles. Und ihn beobachte ich schon sehr lange. Er hat dein Herz verletzt.«

Ich atme, um irgendwie zu begreifen, was das hier alles bedeutet, und vor allem, warum ich hier bin. In all den Jahren, die ich bereits Apokryphen lesen muss, ist sie mir nie begegnet.

»In dir ist ein Funke erwacht«, sagt sie, als hätte sie meine unausgesprochene Frage gehört. Und doch ist das keine Antwort.

»Darf ich?«, bittet sie und hält ihre Hand vor meine Brust. Ich nicke und sie legt sie darauf. Ich atme gegen ihre schmalen Finger. Sie schließt ihre Augen, und als sie sie wieder öffnet, tritt mütterliche Zuneigung oder Mitleid auf ihre Züge.

»Er wird dein Herz brechen.«

»Wer?«, presse ich hervor. Dabei kenne ich die Antwort. Aber es ist unmöglich. Denn wenn er die Macht dazu hatte, dann hat er es längst gebrochen.

»Der Fürst des Hochmuts.«

»Nein. Ich …« Ja, was soll ich sagen? Dass er es längst getan hat und morgen meine Schwester heiratet? Dass er sie liebt und sie ihn? Dass ich ihn eigentlich nicht einmal leiden kann? All das nützt nichts, weil ich tief in mir spüre, diese spricht Frau die Wahrheit. Als würde ein Instinkt in mir, mein zukünftiges Ich zustimmend nicken. Aber mein Herz fühlt nichts für ihn. Ja, ich mag seine Nähe und vielleicht auch die Art, wie er seine Heroen behandelt. Doch ich mag ihn nicht mehr. Und jetzt, da mir diese Wahrheit ihre Grausamkeit so sicher ins Gesicht schlägt, verstehe ich nicht, wie.

»Du musst etwas sehen, bevor du gehst«, flüstert sie und haucht mir einen sanften Kuss auf die Stirn. »Und dann … komm wieder, wenn du bereit bist.«

»Wann soll das sein?«, frage ich, doch meine Stimme hallt von dunklen Wänden wider. Alles um mich herum ist erneut schwarz und sie ist weg. Da ist nur … ja, das hier ist meine innere Dunkelheit. Ich spüre sie. Sehe sie. Ich verstehe sie. Gleichzeitig beängstigt sie mich. Also renne ich los. In irgendeine Richtung, Hauptsache, raus. Doch diese Dunkelheit hat kein Ende. Keine Wände. Keine Mauern. Obwohl ich immer noch den Hall meiner Schritte höre. Fast fühlt es sich so an, als hätte sie nicht einmal einen Boden.

»Hör zu!«, flüstert mir die Frau zu. Aber ich höre nichts. Nur mein laut pochendes Herz. Also renne ich weiter und weiter. Bis ich schwach zu Boden sinke und meine Knie umklammere. Warum macht mir meine eigene Dunkelheit so viel Angst? Ich bin sie. Sie ist immer da gewesen.

Und dann höre ich doch etwas. Eine Stimme. Ark.

»Was soll das, Liran?«

Ich schlucke hart. Lausche ich gerade etwa schon wieder? Aber diese Frau sagte mir, ich solle zuhören und ich müsse noch etwas verstehen, bevor ich gehe. Geht es vielleicht nicht um meine eigene Dunkelheit, sondern um das, was sie da besprechen?

Dumpf höre ich nun Lirans Stimme.

»Ich wusste nicht, dass das passiert.« Seine Stimme bebt vor Zorn.

»Was, wenn sie es nicht hinausschafft?« Ark klingt wirklich besorgt. Um mich. »Oder wenn sie erfährt, was sie ist? Was dann, Liran? Dann ist alles verloren. Dann ist sie verloren!«

»Sie wird es nicht erfahren«, entgegnet Liran, als würde er es sich selbst einreden müssen.

»Woher willst du das wissen? Ihr hättet das nicht tun dürfen. Es …«

»Ich habe Aviell versprochen, sie zu schützen. Und ich halte mich daran.«

»Und was soll dann das mit Miél? Warum lässt du sie gewähren? Warum lässt du zu, dass sie sich mit ihm trifft?«

»Sie ist ein freier Mensch und wählt selbst, Ark!«

Mensch? Hat er mich gerade als einen von ihnen bezeichnet?

»Ach.« Ark lacht abschätzig. »Tut sie das? Oder entscheidest du?«

»Halt dich da raus!«

»Das werde ich nicht. Es ist nicht richtig, sie derart zu hintergehen. Und das weißt du.«

»Ich kann nicht anders, Ark«, raunt Liran nun schwach und heiser. Und ehrlich.

»Doch, das kannst du. Akzeptiere dein Schicksal und ihres.«

»Und was, wenn ich Aviell nicht lieben kann?«

Was? Aber er wird sie morgen heiraten.

»Du kannst.« Arks Stimme wirkt herrisch, und doch höre ich, dass er unehrlich ist. »Auf welche Art auch immer.«

»Ich …«

»Nein«, unterbricht ihn Ark, und ich hasse ihn dafür, weil ich gerne Lirans Meinung dazu gehört hätte. Doch so ist das wohl mit dem Lauschen. »Lass sie gehen, Liran.«

Von wem spricht er? Die Antwort wird mir in dem Moment klar, als sich kühle Finger auf meine Wange legen. Ich spüre sie. Rieche diesen Duft nach Dunkelheit. Liran soll mich gehen lassen. Aber warum? Ich gehöre nicht zu ihm. Und er hat mich längst gehen lassen. Ist das hier überhaupt echt?

»Sie ist alles«, haucht Liran.

»Ich weiß, Liran. Ich weiß«, sagt Ark einfühlsam. »Doch sie …« Er stoppt sich selbst. Mein Körper bebt und schüttelt sich.

»Sie hat wieder einen Anfall. Geh aus dem Weg.«

»Ich kann sehr wohl selbst …«

»Ach ja?«, faucht Ark. »Sei froh, dass deine Taten bisher unentdeckt blieben!«

Erneut legt sich eine Hand auf meine Wange. Dieses Mal sind es andere Finger. Sie gehören Ark. Das kann ich spüren. Und dann sticht etwas in meine Brust. Macht. Dunkelheit. Und sie nimmt mir all den Schmerz. Und das Letzte, was ich höre, ist Lirans flehende Stimme. Sie ist an das Buch gerichtet, das mich gefangen hält. »Wenn du sie gehen lässt, tue ich, was du von mir verlangst.«

Stille. Und dann wache ich auf. Alles schmerzt. Meine Augen brennen, als ich sie öffne und mich umsehe. Es ist Nacht. Am Fenster scheint der Mond auf eine Gestalt. Der Wind lässt seinen Mantel umherwehen. Ich kneife die Augen zusammen und richte mich auf. Ist das ein Traum? Das hier ist nicht das winzige Kämmerlein, in dem ich untergebracht bin.

»Was ist passiert?«

Die Gestalt zuckt zusammen, und plötzlich frage ich mich, ob da ein Freund oder ein Feind steht. Und wie ich die beiden generell unterscheiden soll. Aber dort sind keine Flügel. Und als mein Bewusstsein vollends zurückkehrt, erkenne ich ihn.

»Du bist wach.« Miél.

»Was machst du hier?«, wage ich mich unsicher vor und versuche den Raum zu erkennen. Ein Schlafgemach, ja, doch es ist nicht mein altes, also Aviells. Und dann rieche ich, in wessen Bett ich liege. Lirans Duft nach einer regnerischen Nacht umfängt mich.

»Liran sagte mir, dass du krank bist.«

»Liran hat dir das gesagt?«, hake ich verwundert nach und reibe meine Stirn.

»Ja. Er wollte, dass ich mich von dir fernhalte. Kein sonderlich gutes Argument, mir von deiner Krankheit zu berichten.«

»Warum nicht? Weil du dich schon damals für mich entschieden hast?« Ich lache, denn so oft ich auch darüber nachgedacht habe. Ich bin mir sicher, dass Miél damals nur wollte, dass ich mich ihnen anschließe. Mein Vertrauen gewinnen wollte, so wie auch Liran. Dennoch haben wir auf dem Weg hierher mehr geteilt. Echte Dinge geteilt.

»Du hast etwas an dir, Navien, das ich bewundere. Aber Liran hat recht. Ich darf dich nicht mehr sehen.«

Ich zögere.

»Das verlangt er von dir? Warum?«

»Das ist kompliziert.«

»Fang nicht wieder damit an. Bitte, Miél.«

Er seufzt. »Ich werde jetzt gehen.« Und schon schreitet er auf den Balkon zu.

»Miél«, halte ich ihn auf.

Er stockt.

»Ich will nicht, dass du gehst«, flüstere ich und sehe dabei zu, wie sich seine Hände zu Fäusten ballen. Ich selbst versuche irgendwie zu verstehen, wie ich auf diese grandiose Idee gekommen bin. Ich will nicht, dass er geht? Wirklich? Was bedeutet das? Ich liege hier in Lirans Bett. Klasse. Aber ich weiß, woher dieser Entschluss kommt. Diese Frau, diese Wächterin der Worte hat mich nicht ohne Grund das Gespräch zwischen Liran und Ark belauschen lassen. Etwas stimmt nicht. Und er verheimlicht mir zu viel. Mehr noch, als ich dachte. Vor allem, wer ich eigentlich bin. Was auch immer das zu bedeuten hat.

Und Miél. Miél schien stets aufrichtig zu sein. Obwohl ich es nicht immer hören wollte. Und er auch nicht alles gesagt hat. Er hat nicht gelogen.

»Ich kann nicht …«

Ich erhebe mich und laufe auf ihn zu. Berühre seine Schulter und wieder ist da dieses vertraute Gefühl. Als hätte uns das Schicksal zusammengeführt. Als würde ich ihn kennen. Schon mein Leben lang. Als wäre er mein ständiger Begleiter gewesen. Bei jedem Kampf. Bei jedem Schmerz.

»Ich will es so«, flüstere ich und endlich dreht er sich mir zu. Sein eindringlicher Blick wandert über mein Gesicht, hin zu meinen Lippen. Und ein böser Teil in mir fragt sich, ob ich das hier tue, um von Liran loszukommen. Um zu verhindern, dass wirklich das eintrifft, was sie gesagt hat, und er mein Herz noch mehr bricht.

Er hebt seine Hand an meine Wange. »Du kennst mich nicht.«

Und wenn doch? Was, wenn ich ihn zwar nicht wirklich kenne, aber meine Seele schon?

»Ich möchte das, was du auch willst. Die Fürsten stürzen. Ich helfe dir, wenn du ab jetzt ehrlich bist«, sage ich stark und fest. Vor allem, um keinen Rückzieher zu machen, denn ich weiß genau, was das bedeutet. Es heißt, dass ich ebenfalls mit Liran und Aviell zusammenarbeite. Wenigstens haben wir das richtige Ziel.

Er zögert. Warum zögert er? Er wollte mich doch so unbedingt auf seiner Seite haben.

»Was hat Liran dir gesagt?«

Wieder zucken seine Lider.

»Verrate mir die Wahrheit. Du hast es versprochen.«

»Falsche Prinzessin, Liran redet nicht mit mir über Geheimnisse.«

»Irgendetwas hat er gesagt!«, zische ich und wende mich von ihm ab, aber er hält mich fest. Seine Berührung brennt sich in meine Haut. Die Erinnerung daran, wie er über meine Lippen geleckt hat, kehrt zurück und lässt meine Brust aufflammen. Ich sehe ihn an und spüre, dass er nicht reden wird. Obwohl das meine Bedingung war. Er weiß wahrscheinlich genauso gut wie Liran und Aviell, dass ich als ihre Heroe sowieso gezwungen bin, ihnen zu helfen.

»Ich bin kein kleines Kind, Miél!«, fauche ich. Zorn bahnt sich einen Weg durch meinen gesamten Körper.

»Bist du nicht?«

Was will er mir damit sagen? Dass ich mich kindisch benehme?

»Verrat es mir oder wir sehen uns nie wieder!«

Er hebt seine Brauen. »Das ist genau das, was ich will, Navien. Also warum sollte ich jetzt sprechen?«

Guter Plan. Wirklich. Ich bin stolz auf mich. Das hätte ich mir auch denken können.

»Ich bedeute dir etwas«, sage ich einfach geradeheraus. Ich bin zwar nicht das geborene Mitglied des Fürstentums der Wahrheit, weil ich sehr gut lügen kann. Aber eigentlich und obwohl ich es so oft tue, ist es nicht meine Art. Nicht das, was ich gelernt habe. Und doch besteht gerade mein gesamtes Leben nur aus einer gigantischen Lüge. Aber jetzt bin ich ehrlich. Obwohl ich absolut nicht weiß, warum ich ihm etwas bedeute. Oder er mir. Vielleicht hat uns der Moment zusammengeschweißt, als Taron mich schlug und er eingriff. Oder als er mich küsste. Oder als er mich wusch.

Er schweigt. Beißt sich dann auf die Unterlippe und atmet schwer. »Ich kann es dir nicht erzählen. Das Wissen darüber würde etwas in dir auslösen. Etwas, das dir den Tod bringt. Das sagte ich dir bereits. Warum reicht dir das nicht?«

»Soll das heißen, dass, sobald ich es weiß, ich einfach tot umfalle? Das glaubst du doch wohl selbst nicht.«

»Es ist die Wahrheit«, ertönt nun eine andere Stimme hinter mir. Ark. Er tritt zu uns und sieht Miél voller Abscheu an.

»Miél. Was machst du hier?«

»Der falschen Prinzessin einen Besuch abstatten, Ark.«

Ark hebt seine Handflächen.

»Ehrlich?«, fragt Miél fast enttäuscht. »Du willst mit mir kämpfen?«

»Offensichtlich müssen wir das. Hatten wir nicht darüber gesprochen?«, zischt er.

Ich weiche zurück und Miél lässt mich los. Arks Augen senken sich auf die Stelle, an der er mich gerade noch berührt hat.

»Verdammt noch mal!«, schreit er und ich weite erschrocken die Augen. Ich hätte es nicht für möglich gehalten, dass Ark schreien kann.

»Miél, du musst gehen!«

»Was jetzt? Willst du mit mir kämpfen oder dass ich gehe?«

»Gehst du freiwillig?«

Herausfordernd hebt Miél leicht den Kopf. »Nein.«

»Was?« Ark wirkt fassungslos. Doch in der nächsten Sekunde hat er sich gefangen und stößt ihm schwarze Schatten entgegen.

Miél zuckt nicht einmal mit der Wimper, um sie abzuwehren. Um ihn haben sich ebenfalls Schatten gebildet, aber es ist, als würde er sie allein durch seinen Geist befehligen.

Arks Blick verengt sich. »Du bist mein Bruder. Also bitte geh einfach.«

»Nicht ohne Navien.«

»Hast du jetzt vollkommen den Verstand verloren?«, fragt Ark entgeistert. Seine sonst so perfekte Fassade bröckelt.

»Es ist das Richtige!« Miél klingt mittlerweile fast schon irre.

»Das ist es nicht.«

Miél zögert. Er ringt mit sich. »Bitte«, flüstert er dann gebrochen.

»Nein.«

»Was soll das?«, schalte ich mich ein und bin ziemlich stolz, dass ich endlich meine Stimme gefunden habe. Ich war zu lange stumm. Was denken die eigentlich? Dass sie einfach so über mein Leben bestimmen können?

»Halt dich da raus«, knurrt Ark.

»Ich halte mich nicht raus, wenn es hier um mein Leben geht.«

»Schön.« Ark schnauft. »Du solltest aber zuerst mit Liran reden.«

»Und worüber? Er verheimlicht mir doch auch alles, was wichtig ist. Und er hat mich die ganze Zeit belogen und benutzt. Und er heiratet morgen meine Schwester! Obwohl ich dachte, dass er mich mag.« Es tut weh, diese Wahrheit auszusprechen.

Ark wirkt skeptisch. »Was hat Miél dir gesagt?«

»Nichts.«

»Und was hat er dir versprochen, Navien?«

»Nichts.«

»Was hat er dir versprochen?«, wiederholt Ark.

Ich blinzle. »Er hat mir rein gar nichts versprochen. Ich möchte einfach bei ihm sein.« Ich stoße die Worte hervor. Nein, nicht wirklich ich. Ark zwingt mich dazu. Ich funkle ihn voller Zorn an. Doch der sieht bereits zu Miél. Beiden fehlen die Worte. Ark wirkt, als hätte man ihm gerade den Boden unter den Füßen weggezogen.

»Liebst du ihn?«

Ich will mich dagegen wehren zu sprechen. Aber ein »Ich könnte es« verlässt meinen Mund.

»Was bedeutet das?«

»Dass ich ihn küssen will. Und ihm nah sein will. Ich will, dass er mich berührt.« Ich keuche vor Wut, weil er mich zwingt, das auszusprechen.

»Was tust du nur?«, richtet sich Ark an Miél.

»Das Richtige, Ark.«

»Das ist nicht richtig, denn sie will genau das auch von Liran, nicht wahr?« Er sieht mich an und ich presse ungewollt ein »Ja« hervor.

Ark fährt sich durch sein Haar. Dann hebt er seine Hände und Schatten bilden sich um die Brüder. Ihre Lippen bewegen sich. Doch ich kann nichts mehr hören. Und als sich die Schemen wieder legen, ist Miél über den Balkon verschwunden.

Ark schaut mich nicht an und will ebenfalls gehen, jedoch durch die Tür, aber ich halte ihn auf. »Ark?«

»Navien?«, presst er hervor.

»Ich …«

»Was? Willst du dich entschuldigen?«

Tatsächlich will ich das. Doch ich verstehe nicht, warum und wofür. Bis er es ausspricht. »Es ist nicht falsch, sie beide zu wollen.«

»Nein?«, frage ich gebrochen.

»Nein. Es ist falsch, dass sie dich wollen. Mehr als das. Ich denke, dass sie dich beide lieben.« Mit diesen Worten verlässt er den Raum.

Ich starre auf die Holztür, während ich mich auf das Bett sinken lasse. Warum wollen Liran und Ark nicht, dass Miél in meiner Nähe ist? Das ergibt keinen Sinn. In mir tobt ein Krieg. Vor allem, weil mir immer klarer wird, dass mich hier jeder bevormunden und für dumm verkaufen will. Da ist so viel Zorn. So viel Wut auf mich selbst.

Und dann höre ich ein Geräusch und erkenne eine Gestalt auf dem Balkon. Ich kann gerade noch aufstehen, als er auf mich zustürmt. Miél bleibt kurz vor mir stehen und umgreift mein Gesicht mit seinen Händen. Ich kann mich nicht bewegen. Nicht atmen.

»Ich habe etwas vergessen«, stößt er außer Atem hervor und meine Brust flattert, als er mich auf diese eine Weise ansieht. Und schließlich senkt er seine Lippen auf meine. Küsst mich. Er ist nicht sanft. Eher wie ein Verdurstender. Er greift mir in den Nacken. Ich öffne meinen Mund ein wenig und spüre seine Zunge auf meiner. Mein Herz schlägt schnell. Seine Hände wandern hinab, meine Taille entlang hin zu meinen Hüften. Er stöhnt leicht auf und lässt dann von mir ab. Sieht mich so schockiert an, dass mein Gesicht zu brennen beginnt.

»Ich …« Er weicht zurück. »Es tut mir leid.«

»Was tut dir leid?«, frage ich völlig außer Atem.

»Ich werde morgen gehen. Ich verschwinde. Und ich werde nicht zurückkehren.«

»Was?«

»Es muss sein. Ich bringe dich in Gefahr, falsche Prinzessin. Darum geht es ihnen. Und ich kann das nicht zulassen.« Er dreht sich ruckartig um und verschwindet über den Balkon.

Ich starre ihm hinterher und weiß nicht, was ich fühlen soll. Als wäre ich leer.

KAPITEL 22

Ich warte, bis Liran kommt. Natürlich hätte ich selbst in mein Zimmer gehen können, aber ich wollte es nicht. Ich muss mich dieser Begegnung stellen, bevor sie morgen heiraten.

»Du bist noch da«, stellt er mit rauer Stimme fest und ein Schauer durchzuckt mich. »Hast du … willst du mir sagen, ob die Apokryphen dir etwas mitgeteilt haben?«

Ich erstarre. Das scheint wirklich das Wichtigste für ihn zu sein.

»Nein. Ich wollte …« Ich weiß nicht, was ich wollte.

»Ich vermute, dass du eine Entschuldigung erwartest. Und die hast du auch verdient, Navien. Egal ob das Lesen etwas gebracht hat oder nicht.«

»Habe ich das?«, frage ich trocken.

»Es tut mir leid. Ich habe diesen Plan vor langer Zeit geschmiedet, und damals konnte ich nicht wissen, dass ich wirklich Gefühle für dich entwickle.«

Ich halte den Atem an. »Ist das so?«

Er nickt und kommt näher. Trotzdem scheint er einen Sicherheitsabstand zu wahren. Seine große Statur und diese mächtige Aura bringen mich vollkommen durcheinander.

»Leider wissen wir beide, dass das keine Zukunft hat.«

»In diesem Zimmer hast du etwas anderes gesagt«, erinnere ich ihn, auch wenn ich nichts davon ernst genommen habe. Ich wusste schon da, dass das leere Versprechungen sind. Trotzdem tut es weh, dass er es jetzt einfach als gegeben hinnimmt.

»Ich weiß, ich wurde von meiner eigenen Lust und dem Verlangen geblendet, Navien. Das hätte nicht passieren dürfen.« Seine Stimme ist scharf und genauso schneidet sie auch in meine Brust.

»Es ist in Ordnung. Ich wollte es ebenfalls.«

Seine Hände ballen sich zu Fäusten. »Ich werde dich in dein Zimmer bringen.« Mit diesen Worten geht er zur Tür, öffnet sie und wartet, bis ich ihm folge.

Als wir vor der kleinen Kammer angekommen sind, setzt er ein weiteres Mal zum Sprechen an. »Es tut mir wirklich leid. Alles. Und sobald ich dir sagen kann, warum ich das tun musste, werde ich es tun.«

Ich nicke und will gehen, aber er hält mich auf und senkt sein Gesicht auf meins. Doch bevor er mich küssen kann, weiche ich zurück.

»Tu das nicht.«

»Es tut mir leid«, sagt er völlig durcheinander und fährt sich durch das zerzauste Haar. »Ich wünschte, ich könnte es irgendwie besser machen.«

»Du könntest Miél nicht wegschicken.«

Er verengt seinen Blick. »Seinetwegen willst du mich nicht küssen?«

»Das ist deine Sorge, Liran?« Ich schnaube. »Ich habe so viel von dir gehalten. Aber du bist nichts von alldem.« Ich denke an die Worte des Engels, und mir wird bewusster denn je, dass Liran sich nie wirklich für mich eingesetzt hat oder mich an erste Stelle gesetzt hat. Und sollte es so nicht sein, wenn er mich wirklich so begehrt, wie er behauptet?

»Ich bin immer noch derselbe.«

»Ja, nur dass ich jetzt wirklich hinsehe.«

Ich reiße mich los und flüchte in mein Zimmer. Wie konnte ich nur so blind sein? Und Miél. Er war da. Wollte mich nicht als Prinzessin verkleiden und spielen. Er wollte *mich*. So wie ich bin. Aber auch das ändert nichts daran, dass Liran mir etwas bedeutet.

Ich habe ihn immer als stark und mächtig wahrgenommen. Doch die letzten Begegnungen waren geprägt von seiner Schwäche.

Ich lege mich auf mein Bett und sinke irgendwann in einen unruhigen Schlaf. Als es morgens an der Tür klopft, bin ich sofort hellwach und beobachte, wie Miral hereintritt.

»Mistress«, begrüßt sie mich. Ich erhebe mich und lächle sie an. »Du musst mich nicht mehr so nennen. Ich bin Navien.«

»Freut mich«, sagt sie und knickst leicht. »Ich soll dich für die Hochzeit herrichten. Was eigentlich nur bedeutet, dass ich die blauen Flecken in deinem Gesicht kaschieren soll.«

Ich nicke, obwohl ich nicht einmal wusste, dass dort welche sind.

Sie pudert sie und reicht mir dann eine neue schwarze Lederhose und ein dazu passendes Oberteil. Ich weiß noch, wie oft ich mir meine Heroenkleidung zurückgewünscht habe. Und auch jetzt bin ich zwar froh, sie statt eines Kleides tragen zu können, dennoch ist es eine Entscheidung von oben. Es ist nicht meine.

Ich verziehe den Mund und denke an Lou, die mir sagte, ich solle mein eigenes Kleid auswählen. Das werde ich nie wieder dürfen.

Als ich mich fertig umgezogen habe, bindet Miral mir einen geflochtenen Zopf und lächelt.

»Es wird ein großer Tag.« Sie klingt kindlich aufgeregt, weshalb ich zurücklächle und mir jeglichen Kommentar spare.

»Nachdem sie geheiratet haben, wird es ein Fest geben. Dort wirst du ganz feierlich deinen Schwur ablegen.«

Ich nicke und atme. Atme und atme. Als ich dann endlich aus meinem Zimmer trete, wartet Aviell bereits auf mich. Sie trägt ein wunderschönes weißes Kleid und mustert mich nur kurz, bevor sie voranschreitet. Ich gehe ihr hinterher. So wie früher. Ihre Leibwache. Dazu bin ich geboren. Aber warum fühle ich so vieles, wenn ich dazu geboren wurde? Das ist nicht richtig. Ich erinnere mich an Miéls Worte, dass sie es waren, die unser Erbe gestohlen haben. Doch genau dagegen wollen Liran und Aviell kämpfen. Also ist das, was ich tue, richtig und gut.

Ich reiße mich zusammen und öffne meinen Geist für die anderen Heroen im Schloss. Im ersten Moment überrennen mich ihre Befehle und Stimmen, dann gewöhne ich mich jedoch daran und schicke die Nachricht heraus, dass die zukünftige Fürstin unterwegs ist.

Wir treten aus dem Palast und steuern auf eine Kutsche zu. Ich mustere die Umgebung, bevor ich Aviell folge und einsteige. Sobald ich auf der Bank ihr gegenüber Platz genommen habe, bemühe ich mich, sie nicht anzublicken.

Sie bleibt stumm. Bis wir durch die Massen an Menschen gefahren sind und vor einer gigantischen Kirche ankommen, die ich bei meinem ersten Besuch nicht gesehen habe.

»Das hier ist dein Platz, Navien.« Sie sagt es liebevoll und warm. Aber ihre Worte sind es nicht für mich. Nicht mehr. Auch wenn sie das denkt. »Siehst du die Kirche?«

Ich blinzle, schaue dann aus dem Fenster und nicke. Alles in mir ist verkrampft.

»Dort wirst du nie stehen und Ja sagen. Es ist ein Gebäude der Lichtwelt und der Fürsten, die ohne dämonisches Blut leben.«

Ich will atmen, doch ich kriege keine Luft. »Das ist, was du bist. Und das hier ist, was Liran und ich sind.«

Endlich atme ich und dann sehe ich sie an. »Ich stamme ebenfalls von der Lichtwelt ab«, sage ich fest und ehrlich.

Sie verschränkt die Arme. »Das weiß ich doch. Aber da ist nun mal auch der dunkle Teil in dir.«

Ich nicke, weil ich nicht weiter mit ihr reden will. Es nicht kann. Ich bin nicht mehr die Person, mit der sie da zu reden glaubt.

Als die Tür aufgeht, steige ich zuerst aus. Überall jubeln Menschen, und diejenigen, die mich erkennen, werfen mir böse Blicke zu. Vor der Kirche entdecke ich Santos. Am liebsten würde ich ihn auf der Stelle umbringen. Neben ihm erscheint Lakros. Ihm gilt noch mehr meines Zorns.

Ich begnüge mich aber innerlich mit der Tatsache, dass ich sie getäuscht habe. Und ihnen entkommen bin.

Als nun Aviell aussteigt und Applaus ertönt, sehe ich zu ihr. Sie ist so wunderschön, dass mir der Atem stockt. Ich wende mich ab und weiß, dass es Neid ist, den ich da spüre. Ja. Egal wie sehr ich mich dafür verachte. Ich beneide Aviell.

Ich schaue mich wieder um, weil das schließlich meine Aufgabe ist, und plötzlich trifft mich ein grünes Augenpaar. Nur für den Bruchteil einer Sekunde, dann ist es verschwunden. Aber ich bin mir sicher, dass es da war. Dass der Erzengel hier ist. Oder habe ich mir das nur eingebildet? Ich weiß ja nicht einmal, ob er wirklich in meiner Zelle war.

Ich ignoriere es. Obwohl eine gute Heroe dem nachgehen müsste. Was, wenn die Erzengel angreifen wollen? Nein. Das hätten sie längst getan.

Ich folge Aviell in die Kirche, wo Licht durch die bemalten Fenster scheint und das Innere in ein wunderschönes buntes Schimmern taucht. Neben uns erkenne ich unter den Anwesenden auch die anderen Fürsten. Wir gehen weiter, und ich sehe wieder strikt nach vorn, betrachte den Altar, der mit etlichen Kerzen geschmückt ist, und die Statue von Lucifer dahinter, der in seinen Händen das Licht trägt. Und dann komme ich nicht umhin, auch Liran anzuschauen, der am Altar auf Aviell wartet. Er trägt seine übliche schwarze Kleidung und den förmlichen Mantel. Seine Augen glänzen, doch dann starrt er mich an und Trauer tritt in seine Iriden.

Ich senke den Blick und versuche einfach nur durchzuhalten. Mein Verstand kann noch so lange auf mich einreden, dass Liran einfach zu schwach war und jeder etwas Besseres verdient hat als jemanden, der nicht um dich kämpft. Mein Herz will es nicht wirklich begreifen. Warum auch immer.

Die Zeremonie fliegt tonlos an mir vorbei, während ich ein wenig versteckt seitlich vom Altar neben einer hohen Säule stehe. Ich höre nichts. Sehe nicht auf. Zumindest bis eine Stimme hinter mir ertönt.

»Straff deine Schultern, Navien.«

Ich erstarre. Es ist der Engel. Er ist also wirklich hier. Ich tue, was er sagt, und öffne dann kaum merklich meinen Mund.

»Bist du hier, um anzugreifen?«

»Warum?«, schnurrt er. »Würdest du mich aufhalten und deine Schwester und deinen Liebsten beschützen?«

Ich zwinge mich, nicht die Augen zu verdrehen.

»Ich würde dich aufhalten.«

»Und ich würde nur zu gern dabei zusehen, wenn du mir den Arsch aufreißt, Kleines. Aber deswegen bin ich nicht hier.«

»Sondern? Willst du mich noch einmal daran erinnern, dass ich mit dir gehen kann, um alle Heroen zu töten?«

Er lacht ganz leise. »Genau darum will ich eine Heroe bitten.« Er zischt etwas, das ich nicht verstehe. »Es wundert mich, dass du ihren Worten weiterhin Glauben schenkst.«

»Soll ich lieber auf dich hören?« Ich schnalze mit der Zunge.

»Kratzbürstig. Das mag ich. Aber ja. Solltest du. Ich brüste mich gerne damit, immer recht zu haben.«

»Wundert mich nicht«, gebe ich leise zurück, mustere die Gäste und ganz kurz das Brautpaar. Schmerz zuckt durch meine Brust und nimmt mir den Atem.

»Ich weiß, dass du nicht mit mir kommen wirst, deshalb habe ich einen guten Rat für dich.«

»Und ist dieser Rat umsonst?«

»Dein hübsches Gesicht ist meine Belohnung.«

Ich schnaufe. »Seid ihr Engel alle so?«

»Kommt drauf an, worauf du dich beziehst.«

Ich erwidere nichts. Denn ich weiß selbst nicht so genau, was ich eigentlich meine.

»Also, was ist dein supertoller Rat?«

»Nimm Wirbel zurück.«

»Nein«, sage ich fest, um nicht von meiner Meinung abzuweichen. Ich vermisse sie, auch wenn ich es nicht zugeben will. Aber sie hat mich neben all den anderen, die mich nur hintergangen haben, ebenfalls hintergangen.

»Aber sie nervt mich. Sie redet die ganze Zeit«, schnurrt er. »Jetzt gerade erzählt sie mir, wie schön Aviell aussieht. Dabei habe ich doch nur Augen für dich.«

Ich keuche ganz leise vor Überraschung.

»Igitt«, fauche ich dann und stoße ihm meinen Ellbogen in die Rippen. Ehrlich gesagt frage ich mich, wie er überhaupt hier sein kann. Flügel kann ich nicht erkennen. Kann er die also einfach einklappen? Es muss so sein, denn bei unserer ersten Begegnung hatte er ebenfalls keine Flügel.

»Was genau sollen diese zweideutigen Dinge und Komplimente? Was denkst du, was du damit erreichst?«

»Weiß nicht, sonst bist du doch ziemlich zugänglich für so was.«

Ich öffne den Mund, als gerade alle aufstehen und klatschen. »Soll das heißen, dass ich leicht zu haben bin und man mir nur nette Worte sagen muss, damit ich …«

»Genau das heißt es, Kleines. Es tut mir leid, wenn das wehtut. Aber genau so war es.«

Ich funkle ihn böse an. Obwohl ein Teil von mir sich schon eine Weile fragt, wie ich so viele Dinge nicht sehen konnte.

»Du reagierst nun einmal auf Aufmerksamkeit, da du sie nie bekommen hast. Das ist nicht verwerflich.«

»Ich muss jetzt gehen«, sage ich, weil Liran und Aviell sich gerade auf den Weg machen.

»Mach das.«

Ich wende mich ihm noch einmal zu, da er keinen Versuch unternimmt, ein weiteres Mal über Wirbel zu reden. Doch als ich sein zufriedenes Lächeln sehe, begreife ich, dass er etwas ganz anderes getan hat. Er hat mich abgelenkt, und ich habe nichts gefühlt, als sie sich das Jawort gegeben haben.

»Ich werde mich nicht bedanken.«

»Habe ich auch nicht erwartet.«

Ich lasse ihn zurück und gehe zu Liran und Aviell. Während ich sie hinausbegleite, frage ich mich, ob ich jemandem erzählen sollte, dass sich hier ein Erzengel herumtreibt. Ehrlich gesagt wüsste ich nicht einmal, wer er ist oder dass diese Engel überhaupt existieren, wären sie uns nicht begegnet. Hätte man uns so etwas nicht in der Ausbildung mitteilen müssen? Und ich meine nicht irgendwelche Gerüchte, die Aviell im Geheimen an mich weitergetragen hat. Sie haben es uns nicht verraten, also ist es auch nicht meine Pflicht, ihre Anwesenheit zu melden.

Wie in Trance erreiche ich die Kutsche und steige zu dem Brautpaar. Es ist weniger schrecklich, als ich dachte, dass sie mir gegenübersitzen. Schlimmer sind die Blicke von Ark, der genau neben mir Platz genommen hat.

Als wir aussteigen und Aviell sagt, sie wolle sich frisch machen, verschwindet Liran im Inneren des Palastes und ich bleibe mit Ark zurück. Dieser mustert mich von der Seite, bis ich mich zu ihm drehe. »Was ist?«

»Ich kauf dir das nicht ab.«

»Was?«, fauche ich und spüre, wie in mir etwas bröckelt. Eine Mauer, die ich aber brauche.

»Diese kalte Fassade.«

»Wie sollte ich deiner Meinung nach sein?«

»Emotionaler.«

Ich lache. »Ach wirklich? Und wenn ich einfach keine Kraft mehr habe? Und ehrlich gesagt sind diese Emotionen für Liran so weit weg.«

»Dabei ist es nicht lange her, dass ihr euch nah wart und …«

»Und du Aviell geholt hast?«

»Richtig.«

»Ja. Es ist nicht lange her. Aber ich habe etwas begriffen. Und muss meine Gefühle deshalb herunterschlucken. Ich habe keine Wahl.«

»Geht das so einfach?« Ark mustert mich fast interessiert, als würde er wirklich den Geheimtipp hören wollen, wie man monatelang einen Mann anschmachtet, ihm nahekommt und ihm dann dabei zusieht, wie er eine andere heiratet, ohne eine Träne zu vergießen.

»Es gab eine Zeit, eine sehr, sehr kurze«, sage ich, während um uns herum bereits alle im Schloss verschwunden sind. »Da hat meine Mutter, also Aviells Mutter, mich zu sich rufen lassen. Und da hat sie mir Dinge aus ihrer Jugend erzählt. Es sollte aber geheim bleiben. Deshalb weiß niemand etwas davon«, erzähle ich und lächle trocken. »Einmal sagte sie mir, dass, wenn man verletzt ist, vor allem von einer anderen Person, man sich genau überlegen soll, was man selbst für diese Person tun würde und was sie für dich tut oder tun würde.«

Ark tritt näher und verengt den Blick.

»Wenn man selbst viel mehr gibt, dann ist es nicht das Wahre. Das Wahre wartet in diesem Fall irgendwo da draußen«, flüstere ich und spüre viel zu spät, dass mir Tränen über die Wange laufen. Ark wischt sie in einer so sanften Geste weg, wie ich sie ihm nie zugetraut hätte.

»Ich habe gestern nachgedacht. Viel. Ich bin alles noch einmal durchgegangen. Und ja, ich dachte die ganze Zeit, dass Liran so viel für mich tut. Aber … hat er das wirklich? Ist er diesen Handel mit mir eingegangen, um mich zu schützen? Nein. Wollte er, dass du mich ausbildest, damit ich mich verteidigen kann? Oder viel eher, weil er mich als Waffe benutzen will? Weil ich irgendeine besondere Macht habe?« Ich hole tief Luft. »Hat er Taron wirklich nur für mich getötet? Nein. Das wissen wir beide. Auch alles andere hat er nicht für mich getan. Und als er die Chance hatte. Als Aviell mich unabsichtlich verraten hat, und schon vorher, als sie mich zur Rede gestellt hat. Hat er da wirklich etwas getan?«

Ark mustert mich immer noch. Sein Blick ist benebelt und voller Mitleid.

»Ich wusste, dass Aviell in Sicherheit ist. Er hat es mir gesagt. Ich habe das alles nur für ihn getan. Nur für ihn habe ich mich verstellt und so getan, als würde ich mich verlieben, während ich es wirklich getan habe. Nur für Aviell habe ich mit dem Spiel angefangen und mir meine Lilie aus dem Gesicht geschnitten. Nur für ihn habe ich mich gegen Miél entschieden, als er mich in der Nacht in dem Landhaus bat, gemeinsame Sache mit ihm zu machen. Nur für ihn habe ich selbst gestern noch viel zu mächtige Apokryphen gelesen.« Ich schließe kurz die Augen. »Es ist zu viel. Ich muss lernen, wer ich bin und was ich will, und die Dinge für mich tun.«

»Und was willst du tun?« Ark wirkt in diesem winzigen Moment wie der Vater, den ich nie hatte. Einer, dem wichtig ist, was ich will.

Aber weiß ich das wirklich? Nein.

»Ich weiß es nicht. Doch ich hätte gerne einfach nur die Erlaubnis, es herauszufinden. Und egal, wie sehr du ihn hasst. Ich will nicht, dass Miél geht. Er war mir neben allem, was ich für ihn fühle, ein wahrer Freund.«

»Miél ist …«

Schreie ertönen aus dem Inneren des Schlosses. Ark und ich reagieren gleichzeitig und rennen los. Rennen hinein, durch die Gänge, bis wir vor dem Festsaal ankommen, aus dem die Schreie zu kommen scheinen.

Ich prüfe in meinem Kopf, welche Befehle und Warnungen die anderen Heroen durchgeben. Aber ihre Geister sind leer.

Oder die Verbindung behindert.

Ich quetsche mich durch die Menschenmenge und verliere Ark, bis ich in den Saal gelange und wie erstarrt innehalte. Liran und Aviell stehen vor den Thronen und blicken darauf, denn die sind nicht leer. Auf einem sitzt der Engel und neben ihm eine angekettete Gestalt. Ich erkenne ihn. Es ist Abt Rejan. Doch … warum lebt er noch und was tut er da? Ich sehe erneut zu dem Engel, der mir ein wölfisches, hungerndes Lächeln zuwirft.

Wäre die Situation nicht so grausam, würde ich fast meinen, dass er die Kommentare über mein schönes Gesicht wirklich ernst meinte. Er wirkt, als würde er sich nach mir verzehren. Gleichzeitig aber auch danach, Blut zu vergießen. Mein Blick wandert zu dem Dolch in seiner Hand. Die Spitze liegt auf seinem Knie und er lässt die Waffe bedrohlich kreisen.

»Liran. Wie schön, dass du es einrichten konntest.«

»Was willst du hier?«, schreit der wie ein Tier. Sein Körper ist angespannt, und ich erkenne wieder diese dunklen Adern, die heraustreten.

»Ich will dir zur Hochzeit gratulieren«, sagt der Erzengel mit lieblicher Stimme, die dennoch Welten zerfetzen könnte. »Und ich habe sogar ein Geschenk mitgebracht.«

»Abt Rejan!«, stößt Aviell wispernd hervor und ihre Angst um ihn löst Zorn in mir aus. Ich habe ihr nie im Detail erzählt, was er getan hat. Aber oft genug hat sie es spüren müssen. Zumindest meine verletzte Seele.

»Was soll das?«

»Was? Das hier? Ich bin gekränkt, dass du das nicht erkennst. Doch ich helfe dir gerne auf die Sprünge.«

Ich blinzle, und erst jetzt bemerke ich, dass ich mich nicht bewegen kann. Genauso wie auch die restlichen Anwesenden, wenn ich ihre Gesichtsausdrücke richtig deute.

Der Engel geht auf Abt Rejan zu und zieht … eine Geißel. Ich schlucke schwer. Dann schlägt er zu.

»Und, Liran? Cousin meines Vertrauens?«

Liran bellt irgendeine Beleidigung, die ich nicht verstehe.

»Nein?« Er grinst. Anschließend packt er die Robe des Abts und zerreißt sie so, dass dessen Bein offen daliegt. Er nimmt den Dolch.

»Stopp!«, schreie ich. Ich begreife es erst, als er wirklich innehält und mich ansieht. Abt Rejans Augen sind nun auch voller Panik auf mich gerichtet.

»Und? Jetzt?«, fragt der Engel wieder an Liran gerichtet. »Ich dachte, du wolltest ihn dafür töten. Nein?«

Lirans Körper bebt. »Rache ist keine Lösung.«

»Mhm«, macht der Engel, als hätte Liran recht. »Wenn das so ist, warum behältst du nicht einfach dein Geschenk und überlegst selbst, was du mit ihm machst?«

»Gehst du dann?«

»Das werde ich. Aber ich habe noch ein Geschenk für dich.«

»Und welches?«, fragt Liran tonlos.

»Ich habe es auf die nette Art versucht.« Er schaut zu mir und zuckt kurz mit den Schultern. »Wirklich, das habe ich. Doch jetzt ist mir die Geduld leider abhandengekommen. Genauso wie meine kostbare Zeit. Also tue ich dir einen Gefallen und nehme die kleine Heroe mit, die eurem Glück im Wege steht. Hinter uns lösen sich Männer aus der Menge. Es sind Engel. Mein Herz hämmert laut, als ich die hellen und dunklen Flügel sehe.

»Das wirst du nicht«, knurrt Liran und zieht sein Schwert.

Der Engel verzieht anerkennend den Mund. »Hättest du ihr nur einen Funken dieses Respekts vorher entgegengebracht, würde ich mir wirklich überlegen, sie bei dir zu lassen. Aber so, leider nein.«

In der nächsten Sekunde steht er vor mir. Ich spüre seinen Atem auf meiner Haut und erschauere. »Ich komme nicht mit.«

»Ich hatte nicht gefragt.«

»Und so kämpfst du? Indem du alle lähmst?«

Er verengt seinen Blick, hebt die Hand und ich falle nach vorn. Pralle gegen seine Brust, lasse jedoch die Verwirrung nicht zu und drücke meine Beine mit voller Kraft durch, bis mein Kopf gegen sein Kinn knallt und er schmerzhaft aufstöhnt.

»Das hat wehgetan«, zischt er wie eine Schlange.

»Gut so«, gebe ich zurück und hole aus. Er fängt meinen Schlag ab, was ich erwartet habe und den Halt, den er mir damit gibt, dafür nutze, ihm meinen Fuß in den Bauch zu rammen.

»Verdammt noch mal«, knurrt er und lässt mich los.

»Ark! Beschütz sie! Bring sie hier weg!«, höre ich Lirans Stimme und im nächsten Moment umgeben mich Schatten.

Der Erzengel knurrt auf, aber ich bin plötzlich am anderen Ende des Raums. Ark öffnet eine geheime Tür und schiebt mich hindurch. Wir hasten durch einen Gang und die Bilder von meiner Flucht mit Avi prasseln auf mich ein. Ihre Angst war so greifbar. War das echt? Es muss echt gewesen sein.

»Wo gehen wir hin?«

»Irgendwohin, wo er dich nicht bekommt.«

»Wie ist sein Name?«

»Keiner kennt seinen Namen.«

Ich schlucke und versuche meine brennenden Beine zu ignorieren. Aber sie schmerzen, und dann wird mir klar, dass es nicht meine Muskeln sind, sondern diese Feder, die mit mir verschmolzen ist. Verdammt. Es ist, als würde er nach ihr rufen. Sie zu sich locken.

»Was ist?«

»Nichts«, lüge ich und renne weiter durch den dunklen Tunnel, bis wir an eine Tür kommen.

»Bist du bereit zu kämpfen?« Er legt mir ein Schwert in die Hand.

Ich nicke und im nächsten Moment tritt er die Tür auf. Es ist niemand in dem Raum dahinter, aber es fühlt sich verdammt nach der Ruhe vor dem Sturm an.

»Sie sind gleich da.«

»Was wollen sie von mir, Ark?«, frage ich, als ich ihre Schritte bereits höre. »Du musst es mir sagen. Wenn ich gefangen genommen werde, muss ich wissen, was sie mit mir vorhaben.«

Er ringt mit sich, dann sieht er mich fest an. »Du bist der Vorbote.«

»Wofür?«, hake ich irritiert nach.

»Für das Ende des himmlischen Reichs und den Aufstieg der Unterwelt.«

»Aber …« Ich höre meinen Atem so laut und klar, dass ich nicht denken kann. »Warum durfte ich das nicht wissen?«

»Weil es mit deinem Wissen darüber beginnt. Es beginnt also

jetzt. Du bist der Lichtbringer. Als du im Wald damals das erste Mal Licht verströmt hast, hat das zusätzlich zu Liran, der bereits von dir wusste, den Engel auf den Plan gerufen.«

»Und ihr wusstet alle davon? Von Lirans Plan und dass es Engel gibt? Und habt es nicht für nötig gehalten, mir davon zu berichten?«

»Ganz so ist das nicht. Wir wussten alle nur, was man sich eben über Engel erzählt, und wir wussten, dass der Vorbote sie hervorlockt. Aber dass sie bereits hier sind … das wusste keiner.«

In diesem Moment stürmen fünf Engel durch die Tür. Sie alle fixieren mich. Wenn das, was Ark da gesagt hat, stimmt, dann will der Erzengel mich töten, oder nicht? Damit sein Reich nicht untergeht. Doch ist es das nicht längst? Wie kann ich der Vorbote für etwas sein, das vor Tausenden von Jahren doch längst geschehen ist?

»Navien!«, warnt mich Ark schreiend und ich hebe in letzter Sekunde mein Schwert. Eine Klinge landet auf meiner. Es ist die des namenlosen Erzengels.

»Willst du mich töten?«

»Hätte ich das dann nicht längst getan?«, fragt er irritiert und auch ein wenig belustigt.

»Was soll das dann?«

»Du musst mit mir kommen.«

»Das werde ich nicht.«

»Weil du lieber bei diesen Heuchlern bleibst?« Er spuckt neben sich auf den Boden.

Ich werfe einen Blick zu Ark, der gegen drei der Engel kämpft, während einer verschwunden ist.

»Weil ich dir nicht traue.«

Er verzieht den Mund. »Das hat wirklich wehgetan«, sagt er und hält sich theatralisch die Brust.

»Wir haben keine Zeit für Spielchen«, ruft ihm ein anderer Engel zu.

Ich nutze seine kurze Unachtsamkeit, um unter seinem Arm

hindurchzuschlüpfen und zurück zu dem Geheimgang zu laufen. Als ich gerade in der Dunkelheit angekommen bin, packt er mich von hinten und presst mich gegen die Wand. Sein Unterarm drückt gegen meinen Hals.

»Was hast du gedacht, wie das ausgeht?«, fragt er fast zornig.

»Genauso, wie ich es wollte«, gebe ich heiser von mir, hebe mein Bein und ramme ihm mein Knie zwischen die Beine. Er stöhnt auf und lässt von mir ab, was ich nutze, um zurückzustürmen und die Tür zu verschließen. Es wird ihn nicht ewig aufhalten, doch die Tür ist aus Stahl.

»Ark!«, rufe ich und renne durch den Raum hinaus in den Flur. Er folgt mir. Zusammen steuern wir den Thronsaal an, um Liran und Aviell zu finden, aber sie sind nicht mehr hier.

»Wir müssen uns trennen«, sagt er und deutet in zwei Richtungen. Ich haste los, ohne mir weitere Gedanken zu machen, doch als ich im Flur ankomme, stellen sich mir einige Wachen entgegen.

»Was ist?«, frage ich keuchend und halte an. Und dann erkenne ich Santos und Lakros unter ihnen. Verdammt. Nein. Das darf nicht sein.

»Niemand mehr da, der dich beschützt«, sagt Lakros mit widerlicher Befriedigung in der Stimme. »Liran ist mit seiner Frau verschwunden und Miél, dieser seltsame unwürdige Bruder …« Er lacht grausam.

»Was ist mit Miél?«

»Er wollte zu deiner Rettung eilen. Aber er ist nicht weit gekommen.«

Ich sage nichts. Ich will nicht wissen, was sie ihm angetan haben. Ich kann nur hoffen, dass er noch lebt. Er *muss* noch leben. Miél ist stark. Stärker als sie.

»Was will dieser Erzengel von dir?«, fragt nun Santos und tritt vor.

Ich weiche einen Schritt zurück, aber dann schließen zwei ihrer Wachen die Türen zum Thronsaal und ich sitze in der Falle. Nun erscheint mir dieser Erzengel doch als die bessere Wahl, wenn es um einen Gegner geht.

»Wo ist dein Licht jetzt? Mhm?«

Ich beiße die Zähe aufeinander. Suche in mir nach meiner Macht, aber ich weiß längst, dass ich nicht nach ihr greifen kann. Es ist etwas, das der Erzengel getan hat. Auch meine Heroenverbindung ist nicht intakt. Ark muss für kurze Zeit stark genug gewesen sein, um das zu umgehen, als er seine Schatten benutzte Doch ich bin es nicht. Also hebe ich mein Schwert.

Und als Santos gerade den Mund öffnet, um sich über mich lustig zu machen, und währenddessen eine seiner Wachen das Schwert auf meinen Hals richtet, hole ich aus und trenne die Hand des Lakaien von seinem Arm. Zusammen mit dem Schwert fällt sie klirrend zu Boden. Blut spritzt in mein Gesicht. Auf meinen Lippen schmecke ich den eisernen Geschmack und will, dass sie alle bluten.

Wieder hebe ich mein Schwert und bohre es dem Mann in die Brust, sein Schrei erstickt in seiner Kehle. Santos und Lakros weichen zurück, als sie den Wahnsinn in meinen Augen sehen. Den, den ich in mir spüre. Die Dunkelheit. Das Dämonische. Ich schreie und ersteche die nächste Wache, die mich köpfen will.

Jemand packt mich an den Haaren. Zieht meinen Kopf zur Seite, rammt mir einen Tritt in die Kniekehlen, sodass ich zu Boden gehe, und drückt ihn auf den kalten Marmorboden.

Ich erkenne Lakros, der das Schwert hebt. Er will mich köpfen, und ich kann es ihm nicht wirklich verübeln, denn ich würde ihm auf der Stelle das Gleiche antun. Sofort und ohne zu zögern. Dieser Mann ist pures Gift. Eine Abartigkeit. Viel mehr noch, als ich es durch mein Blut je sein könnte.

Ich schreie, schreie tief aus meiner Seele heraus und höre kaum etwas.

Der Griff an meinen Haaren lockert sich und ich drehe mich, hebe mein Schwert, greife nach Lakros' Schulter und ziehe sie zu mir. Ziehe seinen Körper in meine Klinge. Ich spüre es. Spüre, wie mein Schwert seine Haut, sein Fleisch, seine Organe durchbohrt, und kämpfe dabei gegen den Ekel in meiner Kehle.

Als er sich nicht mehr bewegt, winde ich mich unter ihm hervor und wische mir über das blutnasse Gesicht.

Santos starrt mich an, als wäre ich die Ausgeburt der Hölle. Er weicht einen Schritt zurück, als ich auf ihn zugehe und ein Schwert von einem der Toten an mich nehme.

»Was? Hast du etwa Angst vor einem Mädchen, Santos?«, spucke ich ihm förmlich entgegen und hebe das Schwert. Es ist schwer. Viel zu schwer. Die Klinge, die nun in Lakros' Körper steckt, gehört zu einem heroischen Schwert. Sie sind leichter und besser zu handhaben. Königliche Wachen tragen oft viel größere, schwerere Schwerter, die ich mit meinem Körperbau kaum halten kann. Aber ich tue es. Mit all meiner verbliebenen Kraft.

»Angst?«, fragt er belustigt, und ich beginne mich darüber zu wundern, doch dann sehe ich, dass sein Blick kurz hinter mich zuckt. Aber es ist zu spät. Ich spüre den Schmerz, kurz bevor alles schwarz wird.

KAPITEL 23

Das Erste, was ich höre, bevor ich die Augen öffne, ist Aviells Wimmern. Ich schlage die Lider auf und suche sie. Sie sitzt gegenüber von mir. Gefesselt. Ich will mich erheben, doch auch ich bin gefesselt und lehne sitzend an einem Regal. Wir befinden uns in Lirans Bibliothek.

Ich recke meinen Nacken, der so unmenschlich schmerzt, dass ich kaum scharf sehen kann.

Dann tritt Santos in mein Sichtfeld und neben ihm Lakros. Wie konnte er das überleben? Er hält sich die Wunde, aber sie blutet kaum noch. Ein Heroer muss ihn geheilt haben.

Ich schnaufe vor Zorn.

»Guten Morgen, Sonnenschein«, lacht er gequält und sieht auf mich hinab, als wäre ich ein Insekt, das er jede Sekunde zerquetschen kann.

»Wo ist Liran?«, frage ich eher an Avi gerichtet als an die beiden Fürsten.

»Er kämpft gegen die Engel«, wispert sie.

»Wer hätte das gedacht. Dass Engel einmal etwas tun, was mir wirklich zugutekommt. Ich dachte ja immer, dass sie uns alle töten, wenn sie wirklich auferstehen«, ruft Santos erfreut.

Ich blicke mich um. Niemand sonst ist hier.

»Weißt du, kleine Heroe, du magst doch so gerne Spiele, nicht wahr? Spielen wir wieder eins.«

»Leck mich!«, presse ich hervor.

Er holt aus und schlägt mir ins Gesicht. Ein Dröhnen benebelt mich. Sein Ring hat mich stark an der Schläfe getroffen. Ich spucke Blut.

»Wir spielen *Entweder du oder sie.*«

Ich kräusle meinen Mund und atme schnaufend. Wo ist dieser Engel, wenn man ihn mal braucht?

»Ich finde, dass wir nicht genug nackte Haut sehen«, sagt Lakros nachdenklich. »Also, wer zieht sich aus? Du oder muss sie?« Er deutet auf Avi, die pikiert aufquietscht.

Ich lache verzweifelt und fast schon hysterisch. »Du weißt, wofür ich mich entscheide.«

»Ehrlich? Weiß ich das? Schließlich wolltest du doch ihr Leben stehlen. Warum kehrt also jetzt dein Beschützerinstinkt zurück?«

»Du würdest sie sowieso nie ausziehen, Lakros. Nicht einmal du kannst dir das erlauben. Denn wir beide wissen, dass es ein Morgen geben wird. Leider auch für dich. Und da ist sie immer noch die Fürstin eines Reichs und die Frau des Fürsten des Hochmuts.«

»Na dann, zieh dein Oberteil aus!«

Ich hebe demonstrativ meine Fesseln. »Wird schwer.«

Er verengt seinen Blick, bevor er auf mich zukommt. Packt mein Oberteil und zerreißt es.

Ich recke mein Kinn und ignoriere sein lüsternes Starren.

»Wie schön das doch wäre, ohne dieses widerliche Herz, das deine Wahrheit zeigt.«

»Ach, also ist mein Herz das Schwarze hier und nicht Eure Taten?« Ich lache.

»Gleich wird dir das Lachen vergehen.« Er nimmt ein Messer aus seinem Stiefel und lächelt krank. Dann setzt er die Klinge an meiner Brust an.

»Das mit dem Herausschneiden war deine Idee, Schätzchen, also danke für die Inspiration«, raunt er grausam und schneidet in mein Fleisch.

Ich versuche nicht zu schreien und ein paar Sekunden lang gelingt es mir, aber als er zwei, drei gute Zentimeter meines Fleischs abschält und den Hautlappen anschließend wie eine Trophäe in die Luft hält, schreie ich aus vollem Halse. Tränen wandern meine Wangen hinab. Mein Körper bebt.

»Tut das weh?«

»Wie sieht's denn aus?«

»Mhm«, macht er und wiegt den Kopf hin und her. »Ich denke, das war nicht genug Schmerz.«

Avi beginnt zu weinen. Doch ich höre es kaum, als er weiterschneidet.

»Noch eine Bewegung und ich sauge dir deine dreckige Seele aus dem Leib, Fürst der Wollust.« Die Stimme bebt durch den Raum, als würde sie die Zeit anhalten.

Ich blicke auf und sehe in die entsetzten grünen Augen des Erzengels. Warum muss ich ständig von ihm gerettet werden?

»Weg von ihr!«, presst er zwischen zusammengebissenen Zähnen hervor.

Lakros erhebt sich, dreht sich allerdings plötzlich um und will ihm das Messer in den Hals rammen. Die Hand des Engels schnellt so schnell nach vorne, packt seinen Hals und hebt ihn in die Luft, dass ich es kaum richtig erkennen kann. Mein Atem stockt.

»Du kranke Bestie«, sagt er wirklich fassungslos und voller Hass und Zorn, und dann drückt er zu. Ich sehe es an den Adern am Hals des Fürsten, die dick hervorquellen, bis sie platzen. Blut spritzt und ich schließe kurz erschrocken die Augen. Santos Schreie klingen weit entfernt. Er rennt also weg. Es scheint dem Engel egal zu sein, denn er kniet in der nächsten Sekunde vor mir.

»Navien«, haucht er und will gerade eine Feder von seinem Flügel entfernen, als ich den Kopf schüttle und kaum merklich zu Avi sehe.

Und das ist der Moment, in dem ich begreife, dass ich ihr nicht mehr vertraue. Gar nicht. Nicht einmal ansatzweise. Es ist sogar eher so, dass ich mir sicher bin, dass sie das gegen die Engel verwenden würde. Sie würde damit eine Hetzjagd lostreten, in der alle die Engel fangen und ihre Federn stehlen wollen. Das kann ich nicht zulassen.

Er nickt, dann reißt er sich etwas Stoff aus seinem Mantel und presst ihn auf meine Wunde, während er mit der anderen Hand meine Fesseln löst.

»Wie hast du uns gefunden?«

»Ich bin der Spur der Verwüstung gefolgt«, schnurrt er anerkennend. »Bis hierher hast du gute Arbeit geleistet.«

Ich schüttle mich, als ich daran denke, mit welcher Leichtigkeit ich getötet habe.

»Soll ich sie auch befreien?«

Ich schaue zu Avi hinab, als ich mich mit seiner Hilfe erhebe. Mit wenigen Handgriffen verknotet er die Fetzen meines Oberteils, sodass die Wunde und meine Brust wieder verdeckt sind. Das hier ist so vertraut, obwohl wir uns nicht kennen, ja sogar Feinde sind, dass es schon wieder auf eine seltsame Art schön ist. Zwei fast Fremde, die sich helfen. Er sieht mich noch einmal fragend an und nickt in Aviells Richtung. Es dauert ein wenig zu lange, bis ich nicke. Sie bemerkt es, sagt aber nichts. Und so löst er ihre Fesseln und wir treten zusammen hinaus.

»Was jetzt? Hört das erst auf, wenn ich mit dir gehe?«

»So ungefähr.«

»Ich werde nicht kampflos mit dir gehen«, gebe ich gebrochen von mir. Ich kann es nicht tun. Denn das wäre die alte Navi. Und die will ich nicht mehr sein.

»Ich weiß. Und deshalb …« Er zögert und beißt sich auf die Unterlippe.

»Was soll das?«, fragt ein anderer Engel, der zu uns tritt. »Nimm sie mit und wir verschwinden von hier, Melech«, zischt er.

Der Erzengel, ich bezweifle, dass er Melech heißt, es scheint eher ein Titel zu sein, hebt die Hand. Seine Lider senken sich.

»Wie entscheidest du dich, wenn ich, solltest du nicht mitkommen, jeden in diesem Schloss töte?«

Meine Augen zucken.

»Du musst mit ihm gehen«, höre ich Avis Stimme hinter mir.

Am liebsten würde ich mich umdrehen und sie schlagen. Ja, das ist es, was ich will. Aber ich tue es nicht.

»Das wirst du nicht tun.«

»Ach nein?«, fragt er gelassen. »Ich weiß, dass ich ziemlich nett war. Doch diese Nettigkeit hat irgendwann ein Ende. Es entspricht nicht gerade meinem Naturell.«

Ich atme. Atme und atme. Und dann denke ich an Liran, der bemerkt hat, dass ich das tue, und mir diese Kette geschenkt hat. Und ich denke an Miél, der mir alles geben wollte. Aber nicht konnte. Ich werde sie nicht hier zurücklassen. Ich werde mich nicht einsperren und benutzen lassen. Doch welche Wahl habe ich? Ich atme weiter und spüre in mich hinein und dann höre ich Ark durch die Verbindung. Er spricht nicht mit mir, sondern eher mit sich selbst. *Miél ist schwer verwundet.*

Ich balle die Hände zu Fäusten und begreife, was es heißt, wenn ich Ark hören kann. Es bedeutet, dass meine Macht auch wieder greifbar ist. Also packe ich sie. Und schließlich lasse ich dieses allumfassende mächtige Gefühl los. Licht und Schatten strömen durch die Palastgänge. Ich kann nur noch an Miél denken. Ich muss zu ihm. Die Engel werden weggeschleudert. Ich sehe ihnen an, wie unerwartet das kommt. Vor allem er, der Erzengel, ist erschrocken, weil er offenbar nicht gemerkt hat, dass er, was auch immer er getan hat, um meine Macht einzudämmen, nicht mehr getan hat.

Ich schieße Licht auf sie. Mehr Schatten. Sie krümmen sich. Der Erzengel schaut mich mit verzerrtem Gesicht an. Seine Augen sehen so aus, als wollte er mir sagen, dass ich einen großen Fehler mache. Trotzdem gibt er den Befehl und sie verschwinden. Ich schieße weiteres Licht um mich. Spüre, wie meine Macht wie von selbst eine Barriere baut. Um das Schloss. Einen Schutzwall.

So schnell ich kann, renne ich los. Ich spüre Ark. Höre ihn. Er ist in den Katakomben. Ich renne weiter. Avi ist einfach stehen geblieben. Voller Panik wegen dem, was in mir schlummert.

Ich haste weiter und weiter. An Toten und Verwundeten vorbei die steinerne Treppe hinab, dorthin, wo ich mit Ark geübt habe.

Alle meine Sinne richten sich auf Miél. Er muss am Leben sein.

Ich stolpere beinahe. Und spüre, dass mein Licht immer noch aus mir herausströmt, mich förmlich aussaugt.

Und dann komme ich unten an und falle auf die Knie.

»Miél«, höre ich Arks Stimme. »Bitte!«

Ich richte mich auf. Gehe ganz langsam um die steinerne Wand herum und bete, dass er lebt. Als ich um die Ecke biege, sehe ich ihn. Er steht. Er lebt. Erleichterung durchflutet mich. Mein Herz explodiert. Ich will auf ihn zugehen. Ihn umarmen. Ihn küssen.

»Komm jetzt zurück!«, befiehlt Ark streng.

Ich will vortreten, doch aus irgendeinem Grund wage ich es nicht. Ark sagt etwas, ich denke, dass es Hebräisch ist. Sheva hat die Sprache oft benutzt, als er uns ausbildete, wenn er sauer war. Und in der nächsten Sekunde … geht meine Welt unter. Denn Miél verändert sich … er … wird zu … Liran.

Leere. Da ist nur noch Leere in mir. Ich starre auf die beiden. Ich schlucke. Ich blinzle. Versuche zu verstehen oder eher ungeschehen zu machen, was ich dort sehe. Aber es ist echt.

Ich weiche zurück. Stolpere und knalle auf den Boden. Ark und … Liran starren mich an. Ich starre zurück. Mein Herz bricht.

»Was … was war das?« Ich bemühe mich, die Fassung zu wahren. Will einfach nur eine Erklärung hören. Ich *muss.*

»Warum benutzt du diese Kraft? Warum willst du täuschen, warum …«, stottere ich meine letzte Hoffnung vor mich hin.

»Navien«, raunt Liran und kniet sich vor mich.

Und in diesem Augenblick begreife ich, dass es gerade nicht Miél ist, der diese Macht nutzt, um so auszusehen wie Liran. Nein. Miél ist Liran. Liran ist Miél. Ich stoße Laute aus. Schmerzenslaute, so sehr verwundet fühle ich mich.

»Du bist … er.«

Lirans Gesicht verzerrt sich. »Es tut mir leid.«

»Warum?«, stoße ich wimmernd hervor. Warum hat er das getan?

»Ich habe keine Kontrolle. Weder über die Verwandlung noch über Miél.«

»Aber ihr seid eine Person?« Ich will es einfach nicht glauben.

Lirans Hände ballen sich zu Fäusten.

»Liran hat keinen Bruder, Navien«, mischt sich Ark ein. »Er wurde mit beiden Seiten geboren.«

Ich hebe meine blutverschmierten Hände und lege sie auf mein Gesicht.

»Es gibt ihn gar nicht«, hauche ich kaum hörbar. Meine Stimme ist gebrochen. Meine Kehle brennt und zieht sich zusammen. Meine Brust verkrampft sich.

»Natürlich gibt es ihn«, sagt Liran und berührt meine Hand, doch ich schlage sie weg.

»Du bist er und du hast gerade meine Schwester geheiratet«, presse ich voller Schmerz hervor. Die Erkenntnis ist so ausweglos, dass meine Seele entscheidet, mit Wut zu reagieren. Miél mag auf irgendeine Weise existieren. Aber … nicht wirklich. Er ist nur der dämonische Teil von Liran. Und ich war zu blind, es zu sehen. Zu begreifen, warum ich sie nie zusammen erlebt habe. All die Dinge, die Ark sagte. Warum habe ich nicht darüber nachgedacht? Eins und eins zusammengezählt. Warum … Liran will mich erneut berühren, doch ich erhebe mich. Mein Herz ist gebrochen oder bricht gerade oder … ich weiß es nicht. Wie soll ich diesen Schmerz in mir je heilen?

Es ist in Ordnung, sie beide zu lieben. Das waren Arks Worte. Ich schaue zu ihm. Er sieht schuldig und betreten zu Boden.

»War es dein Schützling? Der gestorben ist?«, wispere ich.

Ark nickt. Und ich tue es ihm gleich, als würde diese Bewegung mich beruhigen. Aber das tut sie nicht.

»Navien, ich …«

»Nein!«, sage ich fest und weiche zurück. »Ich will nichts hören.« Mit diesen Worten drehe ich mich um und gehe. Auf der Treppe beginne ich zu rennen. Ich renne hinauf in die Eingangshalle, hinein in den Thronsaal, durch die Glastüren in den Garten. Ohne darüber nachzudenken, wie, lasse ich den Schutzwall fallen. Der Wind peitscht mir ins Gesicht, als ich zur alten Kapelle komme. Ich sehe zu der Stelle, an der Miél mir als Liran erschienen ist. Es scheint Jahre her zu sein. Aber vielleicht hätte ich es schon da begreifen müssen. Der Schmerz in mir ist unbesiegbar, also versuche ich ihn wegzuschieben. So wie immer.

Ich wische mir die letzten Tränen aus dem Gesicht und gehe weiter. Ruhig. Aufmerksam. Lauschend. Ich habe eine Entscheidung getroffen, auch wenn sie wieder nur dem Verrat eines anderen geschuldet ist. Und ich hoffe, dass ich meine letzte Chance nicht vertan habe.

Ich presse die Lippen aufeinander und sehe hoch in den sternenbehangenen Himmel, als ich die Stelle erreiche, an der ich Wirbel aufgenommen habe.

Es dauert eine unendliche Weile, während der ich mir sicher bin, dass der Engel mich nie mehr sehen will, bis ich leise, zarte Schritte hinter mir höre.

»Du bist also doch gekommen«, raunt er einfühlsam.

Ich drehe mich um. Er mustert mein Gesicht. Ich muss furchtbar aussehen und wahrscheinlich haben die Tränen Spuren in dem sonst blutverschmierten Gesicht hinterlassen.

»Du hast also herausgefunden, wer Liran und Miél wirklich sind.«

»Du wusstest davon?«

Er nickt. Ich nicke.

»Und nun willst du mit mir mitkommen? Freiwillig?«

»Deshalb bin ich hier. Hauptsache, ich muss nicht bei ihnen bleiben.«

»Und du weißt, worauf du dich da einlässt?«

Ich atme tief ein und aus. »Willst du es mir jetzt etwa doch noch ausreden?«

Er lacht heiser. »Nein.«

»Und wo gehen wir hin?«

Er legt den Kopf schief. Und dann sieht er mich entsetzt an. »Hast du mich in eine Falle gelockt?«

»Was?«, frage ich irritiert, doch im nächsten Moment höre ich ein Pfeifen und keine Sekunde später landet ein Pfeil in einem seiner Flügel. Er knurrt auf und will zu den Angreifern stürmen, fällt jedoch auf die Knie. »Gift«, stößt er hervor. »Wusstest du davon?«, nuschelt er benommen.

Meine Augen weiten sich. »Nein.«

»Dann lauf weg!«

Ich blinzle, und als er gänzlich umkippt, halte ich ihn, statt davonzulaufen, was ich wohl besser hätte tun sollen, denn nun tritt Liran zwischen den Bäumen hervor. Einen Bogen in seiner Hand.

»Keine Sorge, er wird dir nichts tun.«

»Ich …« Ich bin so sprachlos, dass ich erst einmal nichts herausbekomme.

»Liran, was hast du getan?«, presse ich schließlich hervor.

»Dich beschützt«, erklärt er.

»Ist er tot?«

»Nein. Ich habe ihn nur betäubt.«

Mein Mund ist trocken. Und sosehr ich ihn gerade anschreien, schlagen und beleidigen will, ich bleibe still. Denn mein Instinkt sagt mir, dass ich besser nicht verraten sollte, dass ich mit ihm gehen wollte.

Ich halte den Engel auch dann noch, als Ark, Ametist, Laro, Gustá, Sheva und Gia zu uns treten. Sie alle scheinen gewusst zu haben, wer Miél wirklich ist. Ich lecke mir über die Lippen und befehle meiner Kehle, keinen Laut von sich zu geben.

»Es tut mir wirklich leid«, flüstert Liran und legt seine Hand auf meine Schulter.

»Lass das.« Ich schüttle sie ab und weiß, dass es eher seltsam gewesen wäre, hätte ich es zugelassen.

»Bringt ihn in den Kerker!«, befiehlt Liran, und ich sehe mit leerem Blick dabei zu, wie sie ihn packen und wegtragen.

Zurück bleiben nur Ark und ich. Liran geht, als er meine ausdruckslose Miene bemerkt.

»Mir tut es auch leid«, kommt es von Ark.

Ich sage nichts. Bemühe mich nur, die Teile, die einzeln in meiner Brust herumschwirren und mich stechen, zusammenzusetzen.

»Wolltest du mit dem Engel gehen?«

Ich lache. »Und das hier war *was*? Unser geheimer Treffpunkt?«

Ark wirkt nicht überzeugt. Aber es ist mir egal.

»Weißt du, Navien, es gab eine Zeit, da dachte ich, dass es für dich ein Segen sein wird, wenn du herausfindest, dass sie ein und dieselbe Person sind.«

Ich entgegne nichts. Abstreiten kann ich es nicht.

»Und doch existieren sie beide nicht.«

»Das tun sie. Nur nicht so, wie du sie gerne hättest.« Mit diesen Worten geht Ark und ich versuche das alles zu ordnen und zu begreifen. Und das Schlimmste ist, dass ich gerade nur diese beiden Personen bei mir haben will. Miél und Liran.

Dennoch folge ich ihnen zurück ins Schloss, aus dem ich gerade noch geflohen bin.

Als ich eintrete und im Eingangsbereich stehen bleibe, sehe ich, wie sie den Engel in die Katakomben tragen.

Aviell steht an der Treppe und starrt mich an.

»Was?«, presse ich irgendwann hervor.

»Du musst noch deinen Schwur leisten.«

»Ist das jetzt wirklich wichtig?«, frage ich.

»Das da gerade beweist, dass es sehr wichtig ist. Du wolltest gehen, nicht wahr?« Ihre Stimme ist kühl und scharf. Auch sie scheint nicht verwundert darüber, dass Liran und Miél dieselbe Person sind. Nur ich war wieder einmal unwissend.

»Ich brauchte nur frische Luft.«

Sie hebt ihre Brauen, doch ich ignoriere sie und schaue erneut zu der Treppe hinab in das Kellergewölbe. Und dann erscheint Liran dort. Er schreitet auf uns zu und blickt mich entschuldigend an. Aber ändert das etwas?

»Wir sollten uns alle erst einmal hinlegen.«

»Ich will mit ihm reden.«

»Mit dem Engel?«

»Mit Miél«, sage ich fest und sehe in seine dunklen Augen.

Er verzieht den Mund und fährt sich durch sein Haar. »Ich kann ihn nicht einfach so herausholen, Navien.«

»Wie hast du es denn sonst gemacht?«, frage ich schnaubend.

»Es passiert, wenn mich meine Emotionen überrennen.«

»Ich will mit ihm reden«, fordere ich noch einmal und gehe durch den Gang in den Thronsaal und hinaus in den Garten. Ich blicke hinab auf die Stelle, an der Tarons toter Körper lag. Dann schreite ich zu einer der Bänke und setze mich. Ich warte Stunden, bis ich Schritte höre. Als ich hochschaue und in Miéls blaue Augen sehe, beginne ich zu weinen. Ich habe keine Kontrolle darüber. Er kommt zu mir, kniet sich vor mir in das Gras und berührt mein Kinn.

»Ich wollte nicht, dass du es so herausfindest.«

»Wie sonst? Wolltest du mir sagen, dass du eigentlich Liran bist? Hätte es das wirklich besser gemacht?«

»Ich verstehe deine Wut.«

»Tust du das?«, entgegne ich kühl.

»Ich bin nicht er. Nicht wirklich. Ich spüre seine Emotionen, ja. Doch ich habe auch meine eigenen. Und ich handle nach meinem eigenen Willen.«

»Dennoch seid ihr eine Person.«

»Zwei Seiten einer Person. Und du mochtest sie beide.«

»Aber das spielt keine Rolle. Er ist mit Aviell verheiratet. Und du dadurch sozusagen ebenfalls.«

Er verzieht den Mund und sagt nichts. Ich senke für einen Moment den Blick und atme. Ich kann ihn nicht mehr nur als Miél sehen. Und das tut so verdammt weh.

»Ich habe wirklich versucht, mich von dir fernzuhalten. Doch … ich konnte nicht.« Er presst kurz die Lippen aufeinander. »Es war alles echt. Und ich bin fast durchgedreht, weil du ihn ebenfalls wolltest. Es war mein Ernst, als ich sagte, dass ich mich für dich entschieden habe.«

»Doch du kannst dich für niemanden entscheiden.«

»Du konntest dich auch nicht entscheiden, bleib gerecht, Navien.«

»Weil … weil ihr eine Person seid, Miél. Es gab so viele Momente, in denen ihr beide mir viel vertrauter wart, als ihr hättet sein dürfen. So viele Momente, in denen sich meine Gefühle gemischt haben.«

»Du magst beide Seiten, das ist eigentlich etwas Gutes.«

Ich weiß nicht, was ich sagen soll. Ich bin leer. Also sage ich das Einzige, was ich wirklich spüre. »Das hier ist ein Abschied, nicht wahr?«

Er nickt und meine Kehle zieht sich zusammen. »Würdest du es etwa anders wollen?«

Ich schüttle den Kopf, dabei bin ich mir nicht einmal sicher. Wie krank bin ich eigentlich? Würde ich wirklich weiter mit ihm zusammen sein wollen, obwohl ich weiß, dass er nur die andere Seite von Liran ist? Dass das auch Lirans Körper ist, der nur anders aussieht?

Das Schlimmste ist, dass der Schmerz in mir nicht nur durch den Verlust von Miél ausgelöst wird, sondern weil ich sie gleich beide verliere. Aber das ist egoistisch und zeigt mir nur noch mehr, wie falsch meine Gefühle waren. Was hätte ich getan, wären sie nicht ein und dieselbe Person? Liran gewählt, wenn er sich gegen Aviell entschieden hätte, und Miél, wenn Liran sie geheiratet hätte? Hatte ich das wirklich vor? Oder hätte ich mich auch gegen

Liran und für Miél entschieden? Ich weiß es nicht. Und allein das macht es nicht richtig.

Miél steht auf und zieht mich zu sich. Er schließt mich in die Arme und ich drücke mein Gesicht gegen seine Brust. Eigentlich hätte ich es am Geruch bemerken müssen. Dass Miél immer etwas nach Schwefel gerochen hat, hat meine Sinne wohl verwirrt. Aber er riecht ebenfalls nach einer regnerischen Nacht im Wald.

Als er sich ein wenig löst, berührt er erneut mein Kinn und hebt mein Gesicht an. Dann berühren mich seine Lippen und mein Herz brennt.

Vielleicht hat der Engel recht, und ich habe so sehr danach gelechzt, dass mich jemand liebt, dass ich vergessen habe, in mich hineinzuhören.

Als Miél von meinen Lippen ablässt, küsst er mich noch einmal auf die Stirn. »Auf Wiedersehen, falsche Prinzessin«, haucht er und geht.

Ich bleibe stehen. Es fühlt sich so an, als wäre unter mir kein Boden. Mache ich nur einen Schritt, stürze ich in den Abgrund.

Meine Gedanken fliegen umher, gehen alles durch, was die letzten Wochen passiert ist. Ich habe einen Fehler nach dem anderen begangen und mich selbst so sehr verleugnet, dass ich nicht wusste, wer ich bin. Und jetzt muss ich die Dinge in Ordnung bringen.

Aber wo fange ich an?

Ich schließe die Augen und atme die frische Luft. bevor ich endlich in die richtige Richtung losmarschiere. Zur Terrasse und hinein ins Schloss. Ich weiß nicht, wo die anderen sind, doch die Eingangshalle ist leer, also steuere ich die Kellertreppe an und schreite hinab. Ich gehe durch das Kellergewölbe, in dem wir geübt haben, und noch weiter, bis neben mir Zellen erscheinen. Und ganz hinten erkenne ich einen Käfig. Auf seinem Boden liegt der Engel.

Ganz leise nähere ich mich und sehe auf ihn hinab, als ich vor den Gitterstäben ankomme. Sie haben ihn eingesperrt wie ein Tier. Wie einen Vogel, dem man so verbietet zu fliegen.

Es vergeht eine halbe Ewigkeit, bis er endlich wach wird und mich blinzelnd ansieht.

»Was …«

»Ich war das nicht«, gebe ich von mir. Meine Hand wandert zu der Käfigtür und dem Haken, der sie verschließt. Die grünen Augen verfolgen mich mit Argwohn.

»Navien.«

Ich erstarre, als ich Lirans Stimme höre. So schnell verwandelt er sich also zurück. So schnell ist ein Mensch wie Miél einfach wieder verschwunden.

»Was?«, frage ich und drehe mich erst jetzt um.

Liran hält eine Armbrust vor sich. Auf mich gerichtet. Der Engel erhebt sich hinter mir und rüttelt an den Gitterstäben.

»Willst du mich erschießen?«

»Nein«, sagt er. »Willst du den Engel freilassen?«

Meine Lippen beben. In mir sind viele unausgesprochene Dinge. So viel Schmerz und so viel Verzweiflung.

»Lass uns einfach gehen«, flehe ich.

Sein Mund und seine Augen öffnen sich erschrocken. »Uns?« Er blinzelt. »Du wolltest mit ihm gehen?«

Ich nicke mit tränenden Augen.

»Aber warum?«

»Weil ihr mich belogen und benutzt habt«, fauche ich wie ein verletztes Tier.

»Und du denkst, dass er das nicht tut? Ich hatte doch keine Wahl.«

»Man hat immer eine Wahl, Liran.«

»Und was ist mit dir? Du warst mir nah und Miél. Du hättest dich nie entscheiden können. Ist das richtig?«

Ich schnaufe und schüttle resigniert den Kopf. »Ihr seid eine Person. Was denkst du, warum ich euch beide mochte? Weil ich alles an dir mochte. Auch deine dämonische Seite. Nur meine … die könnt ihr alle nicht lieben.« Ich berühre die Wunde an meiner

Brust, wo Lakros mir Teile des schwarzen Herzens herausgeschnitten hat. Liran hat das vielleicht nicht getan. Aber auch er wollte meine dämonische Seite doch nie wirklich annehmen. Er wollte sie benutzen, aber gleichzeitig, dass ich sie für mich behalte. So wie er es selbst tut. Denn offenbar weiß außer seinen engsten Vertrauten niemand von seiner anderen Persönlichkeit.

»Das ist nicht wahr.«

»Doch, das ist es. Und du weißt das. Du wolltest mich zu etwas machen, was ich nicht war. Und das nicht, um mich oder Aviell zu schützen. Du wolltest mir ein Leben vorspielen, das meines sein könnte, damit ich Gefühle für dich entwickle, weil du mich brauchst. Und weißt du was? Es hat fast geklappt. Ja, beinahe habe ich gedacht, dass ich so sein will.« Immer mehr Tränen verlassen meine Augen, als mir bewusst wird, wie geblendet ich war. Von mir selbst. »Ich habe gedacht, es wäre schön, so behandelt zu werden wie Aviell. Ich dachte kurz, es würde sich richtig anfühlen, dass ich geliebt werden kann, einfach nur weil ich existiere. Für eine Weile dachte ich, dass ich so sein will. Geschenke bekommen will, wie diese Kette.« Meine Hand wandert hinauf und umklammert den Anhänger. »Ich dachte, dass ich eines Tages Nächte in diesen Kleidern durchtanzen würde, so wie es Aviell getan hat. Ja, ich habe mir gewünscht, vor diesen Altar zu treten. Ich dachte, das Leben, das ich kurz leben durfte, wäre jenes, das mir immer vorenthalten wurde, das ich aber so sehr herbeisehnte. Ich dachte, dass ich es wert bin. Das erste Mal in meinem Leben wirklich und wahrhaftig wert bin.« Meine Stimme bricht. Mein Kiefer zittert. Ich weine. Und ich begreife, wie falsch das alles war.

»Und weißt du was, Liran? Ich bin es verdammt noch mal wert. Aber dieses Leben, diesen Schwindel und die falschen Bekundungen. Die brauche ich nicht, um das zu wissen.«

Die Tränen rinnen über meine Wange und meinen Hals, als ich es wirklich endlich begreife. Es war der Moment, als wir bei Santos saßen und ich mich und meine Stärke nicht länger verstecken wollte. Meine Narbe nicht verstecken wollte. Ich bin jemand. Ich bin Navien. Ich bin eine Heroe. Und gottverdammt, ich bin es wert. Für mich, und nicht weil ich Aviell spiele.

Ich drehe mich um und öffne das Schloss.

»Navien, lass das!«, knurrt Liran, doch da springt die Tür auf und mich erfasst ein dumpfer, atemloser Schmerz.

Benommen sehe ich hinab auf die Spitze des Pfeils, die aus meinem Bauch ragt. Liran hat mich erschossen.

Der Engel tritt langsam aus seinem Käfig. Sein Blick wandert von dem Pfeil zu Liran und brennender Hass steht in seinen Augen.

Ich will mich bewegen, aber dann packt mich etwas. Nicht etwas. Jemand. Es ist Laro. Hinter ihm erscheinen Ametist und Gia. Sie weben Schatten um mich.

Der Engel knurrt auf und versucht zu mir zu gelangen. Der pochende Schmerz in meinem Bauch versiegt und hinterlässt Leere. Ich schaue zu Liran, der geschockt dasteht und mich anstarrt. So entsetzt, dass er den Engel nicht kommen sieht. Der schlägt ihm einen seiner Flügel gegen den Kopf und Liran geht zu Boden.

Dann dreht sich der Erzengel wieder mir zu. Ich hebe den Kopf und sehe die unendliche Verzweiflung in seinen grünen Iriden.

»Flieh!«, hauche ich tonlos.

Sein Gesicht zuckt. Sein Körper ist vollkommen angespannt.

Er sagt nichts, aber das stumme Versprechen, dass er mich hier rausholt, liegt in seinem Blick, und dann verschwindet er.

EPILOG

Die Schreie der falschen Prinzessin hallen durch die Palastgänge.

Ich erinnere mich daran, dass meine Mutter mir von ihrer Geburt erzählte. Es war ihre Aufgabe, das Neugeborene wegzubringen. Ihre Mutter, die Fürstengattin, wollte sie nicht gehen lassen.

Ich folge den Schreien, versteckt in den Schatten der Gänge, um nicht entdeckt zu werden. Auch das hat mir meine Mutter beigebracht. Denn sie war in einen Heroer des Wahrheitshofs verliebt und gebar schließlich mich. Niemand durfte erfahren, was ich bin.

Und als ich schließlich das Mal der Prinzessin, das schwarze Herz, sah, als ich ihr ihre Kleidung bringen wollte, entfaltete sich Hoffnung in mir, dass sich etwas in dieser Welt ändern könnte. Doch jetzt schaue ich dabei zu, wie sie sie in die Bibliothek bringen. In ihrer Brust steckt ein Pfeil. Mein Herz schlägt laut gegen meine Brust. Ich sollte etwas tun. Aber was?

»Ich habe ihr erzählt, dass sie der Vorbote, der Lichtbringer ist. Wir müssen ihr ihre Erinnerungen nehmen«, sagt Ark aufgeregt.

Ich mag den Heroer des Fürsten. Doch das, was er von sich gibt, lässt mich erschaudern. Sie wollen ihr ihre Erinnerungen nehmen?

»Tu, was nötig ist«, befiehlt der Fürst und nickt ihm zu. »Und heile ihre Wunde.«

»Was weiß sie alles?«, fragt Ametist, die weibliche Heroe unseres Fürsten.

»Kaum etwas. Sie kennt Gustás wirkliche Rolle noch nicht. Und die von Taron. Außerdem weiß sie nicht, was Aviell bei den Rebellen gemacht hat.«

»Gut.« Ametist nickt. »Sonst hätte sie diese Informationen an den Engel weitergeben können. Das wäre wirklich schlecht.«

»Er wird sie nicht einfach bei uns lassen«, murmelt der Fürst nachdenklich.

»Also müssen wir sie so schnell wie möglich durch den Eid an mich binden«, sagt Aviell, die echte Prinzessin, und grinst überlegen. »Dann kann sie nicht mehr gehen. Nie wieder. Sie wird keinen eigenen Willen mehr haben.«

ENDE VON BAND 1

H
Z
G
T W
N
V
W